破碎的道路

从铁门峡谷到阿托斯圣山

〔英〕帕特里克·莱斯·弗莫尔 著

〔英〕科林·杜勃朗 阿尔忒弥斯·库珀 编

一 熙 译

THE BROKEN ROAD

Patrick Leigh Fermor

Colin Thubron Artemis Cooper

重庆大学出版社

献给我的妻子琼

帕特里克·莱斯·弗莫尔在里拉修道院，保加利亚，一九三四年秋

"我当时的模样一定粗陋不堪。头发又长又乱，满是灰扑扑的尘土，看上去像一绺绺搓成的麻绳。烈日把我的脸晒得跟山胡桃没什么分别。皱巴巴的衣服，一个帆布背包，一根雕花匈牙利手杖，便是我的所有家当。说句老实话，现在想起来、我还不免有些难为情，差点羞红了脸。在特兰西瓦尼亚买的红黄色相间的编织腰带，钢柄的小匕首，以及在博罗夫齐市场里买的棕色皮帽，这些东西唤醒了我对往昔岁月的回忆。"

前　言

在未完成的作品背后，往往有许多鲜活而神秘的话外音。在《时间的礼物》和《山林与水泽之间》相继问世后，还需要一部作品才能为这个三部曲画下完美的句号。如果说二十世纪的游记文学中，上述作品堪称神来之笔，那么在半个世纪后，当文字再次带领我们踏上旅途，尘封的往事，历历在目，宛如英雄奥德赛的冒险历程。

一九三三年，十八岁的莱斯·弗莫尔从荷兰角港出发，步行前往君士坦丁堡（他坚持叫伊斯坦布尔）。多年后，他用文字记载下这次旅行，将其看成人生中弥足珍贵的"成人仪式"。在一九七七年出版的《时间的礼物》中，他描绘了途经德国、奥地利和捷克斯洛伐克的所见所闻。在一九八六年出版的《山林与水泽之间》中，他的行程包括匈牙利、罗马尼亚中部的特兰西瓦尼亚和位于多瑙河流域的"铁门"，并抵达罗马尼亚与保加利亚的交界处。此刻，距离目的地君士坦丁堡仅仅剩下五百英里。

如果这个史诗般的三部曲能顺利完成，必将与威廉·戈尔丁的《海洋三部曲》并驾齐驱，或者与伊夫林·沃的《荣誉之剑》不相上下。可是就在"铁门"映入读者眼帘之时，弗莫尔的文字却戛然而止。人们忍不住纷纷猜测，说作者是遇到了创作上的瓶颈，记忆力开始衰退，或是

破碎的道路

因为写作风格无法统一。

二○一一年，弗莫尔与世长辞，留下一摞未完成的作品手稿。这些尚待打磨的文字困扰了他很多年，也许他早已打定主意，将其永远束之高阁。这背后的原因我们无从得知，就连他本人都难以解释，所以《破碎的道路》一书的问世意义非同寻常，既是作者青年时代冒险旅程的总结，也是在他隐秘的内心深处，创造力和才华的真实展现。

十八岁时，年轻的"帕迪"（这是朋友和读者粉丝们对他的昵称）觉得自己是个彻头彻尾的失败者。在坎特伯雷的国王学院的舍监眼中，这个小伙子是"性情难以捉摸、做事不计后果的危险分子"。帕迪屡遭学校除名。他的父母常年分居。父亲虽然是一位卓有建树的地质学家，却身在遥远的印度。帕迪一度考虑过参军，但军中的纪律约束让他打消了此念。他立志成为作家，还在伦敦的牧人市场附近租了间小房子，虽然耳畔充斥着聚会的喧嚣，弥漫着二十世纪二十年代英国青年一代的放浪形骸，但在酒酣耳热之余，帕迪的写作梦一直没有停止。直到一九三三年冬天，他在复杂而忧郁的心情中写下："突然之间，一切都难以忍受、惹人心烦，鸡毛蒜皮的小事，躁动不安的心情……我厌烦了这些聚会，身边每个人都让我不顺眼，我得想个法子做个了断。"

说不定就是在这灵光闪现之间，他有了远行的打算。这是一次孤独的行走，要将物质享受降到最低。在他的脑海里，欧洲的版图正徐徐展开。"全新的生活！彻底的自由！更是写作的素材！"皮卡迪利广场上，一千把亮闪闪的雨伞撑在一千顶黑色圆顶呢帽上。帕迪靠着父母每周给的一英镑，把《牛津英语诗集》和《贺拉斯颂歌》扔进帆布包，头也不回地出发了。

前　言

他沿着莱茵河溯流而上，走进中欧腹地，又顺着多瑙河河岸前行，穿越匈牙利大平原，行至罗马尼亚中部的特兰西瓦尼亚。一路上，他睡过肮脏的简陋小屋，也住过巍峨的贵族城堡，强烈的反差令他百感交集。怀着满腹的好奇，他越过莽莽群山，用一个年轻人的视角来认识欧洲大陆的历史和文化。他整整走了一年，但直到四十年后，才将这段经历与读者分享。

这当中还有不少隐情。抵达君士坦丁堡的四年后，他与自己的初恋——一位叫巴拉夏·坎塔库济诺的罗马尼亚贵妇——住在一起。也就是在这期间，他开始动笔记录旅途中的见闻，可就是"写不出来。我觉得笔尖很干涸，完全理不出头绪"。初次尝试失败了，连只言片语都没有保留下来。

随后，战争爆发，他应征成为德占克里特岛上英国特别行动处（SOE）的一名少校。他最富有传奇色彩的功绩，是俘虏了德国航空兵将军维尔纳·克赖佩，后者当时是纳粹德国派驻克里特岛中部的司令官。直到一九五〇年，他的第一部作品终于与世人见面，书中描绘了加勒比海的风景。随后，他推出《静默时刻》，描写自己在修道院度过的一段归隐生活。他与妻子琼·艾尔·蒙赛尔在希腊定居，当地的风土人情为他提供了很多写作素材，《玛尼》和《柔米里》两书便是最好的例证，书中不仅歌颂了当地历史悠久的古迹，也赞美了朴实、平凡的乡村生活。

一九六二年年底，一本名为《假日》的美国刊物邀请帕迪写一篇五千字的长文，讲一讲"行走中的快乐"，并愿意支付稿酬。帕迪信笔写来，将年轻时的欧洲之行娓娓道出。眼看着写了七十页稿纸，行程还不及三分之一，写到快要接近保加利亚边境时，宏伟的"铁门"才显露雏形。

很明显，五千字的篇幅远远不够，记忆的匣子已经打开，如汹涌的潮水难以遏制，就算是精心挑选出来的句子，读上去也让人意犹未尽。接下来，帕迪以写出的七十页为蓝本，有条不紊地继续创作，这一次，他的目标是完成一本内容完整的游记，一路从保加利亚写到土耳其。稿纸上，作者的思绪恣意蔓延：丰富的历史、陌生的语言、印象深刻的人物、难以忘怀的景色。一九六四年新年那天，他写信给望眼欲穿的出版商乔克·默里，说自己的书"就快要成型，里面有不少个人体验，节奏感也更好，势必能满足读者猎奇的眼光"。

于是乎，这段快要接近目的地的旅程——从"铁门"到君士坦丁堡——反而成了他首先着手整理成书的部分。他想借用天文学上的术语"视差"，来给自己这本新作命名。从概念上看，"视差"指的是由于眼睛观察的角度不同，物体呈现出的不同状态。帕迪觉得，用这种方法可以真切地反映出年轻人和老年人看待相同问题时，心态所发生的微妙变化。然而，乔克·默里并不认同，他觉得"视差"这个词听上去意思含糊不清，更像是药品的名称，于是改成了《青春的旅程》。

二十世纪六十年代中期，帕迪把未完成的手稿放到一边，忙着与妻子琼打造位于希腊南部伯罗奔尼撒半岛上的爱巢。等到七十年代初，他才重新把注意力集中到写书这份差事上。一切又从头开始。从迈出旅行的第一步，到抵达荷兰，看起来一本书的篇幅根本装不下所有内容。在随后的十五年中，他用手中的笔开始了"艰难的跋涉"，相继完成了两部作品，行程来到保加利亚的边境。与此同时，《青春的旅程》一书的手稿几乎被人遗忘，静静地躺在作者书房架子上三个黑色的活页夹里。

前两本书取得的巨大成功，让公众对接下来的第三本书充满期待。

在《山林与水泽之间》的末尾，赫然写着"未完待续"，看来帕迪的传奇旅程还将继续下去。不过，等到他重返《青春的旅程》，再次踏上《山林与水泽之间》和伫立着"铁门"的那片土地，已是古稀之年。尘封了二十年的手稿，已是半个多世纪前的回忆。这些未经加工的文字读上去并不太连贯，需要进一步编辑和润色。作者在前两本书上倾注了很多心力，字斟句酌，力求完美，这一点，从他对每一个新版所做的修订就可以看出来。不过，随着年老力衰，他已经难以胜任如此浩大的工程。再加上噩耗频传，一九九三年，帕迪的挚友乔克·默里去世；二〇〇三年，他的妻子琼也与世长辞。帕迪失去了人生中最重要的两个精神支柱。一夜之间，他的生活仿佛进入了冰河时代，连心理医生都没能把他解救出来。

《时间的礼物》和《山林与水泽之间》两书的特别之处，是作者全凭自己的记忆写成，没有借鉴日记或笔记上的原始材料。帕迪的第一本日记于一九三四年遗失在慕尼黑的青年旅社，其余的日记以及讲述旅途惊险的家信，战争期间都存放在哈罗德保险银行，后来由于无人认领而被付之一炬。对帕迪来说，这样的损失可不小，他生前常提起这件事，"一想到这个，我的心就痛，就好像一到阴雨天，旧伤口隐隐作痛"。

不过，也许正是原始记录的缺失，让帕迪的文字不受约束，天马行空。他有着与生俱来的观察力，哪怕时过境迁，也能将事件现场还原和再现。在《破碎的道路》一书中，他写道："数十年无人打扰的记忆碎片，被一个个串联起来，突然间，所有的细节都浮现在眼前，如同普鲁斯特在小说里提到的童年时尝过的小玛德琳蛋糕。思绪在脑海中来回碰撞，有时多得让人来不及反应。"没有了旅行日志的束缚，预想中一本正经的文字变成了灵光闪现的再创造。他承认，在写作过程中，增加了不少奇思妙想。

一九六五年，就在他把《青春的旅程》放到一旁，潜心修建自己在伯罗奔尼撒的新居的时候，他收到了来自出版方的邀请，要他写一写多瑙河，从这条河的源头写起，直到在罗马尼亚注入黑海。当时，罗马尼亚是社会主义国家，很少有西方人入境，借此机会，他与往日的恋人巴拉夏·坎塔库济诺重逢。两人自一九三九年战争爆发以来，就没有再见过面。夜深人静，他来到普奇尼萨小镇，登上一间小阁楼，坎塔库济诺和自己的妹妹、妹夫就住在这狭小的空间里。十五年的时光流转，物是人非，让他不由感慨万千。一九四九年，本已家徒四壁的坎塔库济诺和她的家人，被当局勒令在十五分钟内打点行装，搬出祖宅。手忙脚乱中，坎塔库济诺将帕迪临行前留下的第四本和最后一本日记与其他东西一道装进了手提箱。他将这两本奇迹般保存下来的日记带回了希腊，其中，"绿皮本"上用铅笔写的字迹还隐约可见，记录了他从旅行结束到一九三五年的所见所闻，内容涉及教堂、民族服装、朋友，匈牙利语、罗马尼亚语、保加利亚语和希腊语中的词汇，以及人名和住址。

令人惊讶的是，尽管日记里记录了他从"铁门"到君士坦丁堡的见闻，但他从未将其用在《青春的旅程》中。也许他觉得这些材料过于肤浅，在手稿中采用很不合适，或者原文中有些记载与作者的回忆有出入。简言之，存在两个版本，观点不尽相同。不管出于何种原因，在帕迪眼中如护身符般重要的日记，并没有将他从记忆的困境中解救出来。

二〇〇八年，在为撰写帕迪的传记作准备时，阿尔忒弥斯·库珀在约翰·默里位于伦敦的办公室里，发现了《青春的旅程》的打印稿。此前，帕迪从未向她透露过藏在黑色活页夹里的手稿，就连他本人，估计都忘了曾给默里一家寄过这部未完成作品的副本。这份打印稿又回到了帕迪手里，此时他已年过九旬，由于患上眼疾，一次只能读两行文字。奥利维亚·斯图尔特在帕迪的妻子去世后，无微不至地照顾他，并用打字机将手稿重新打印了一遍，将字号放大了不少。

帕迪又开始辛苦地校订这份稿子。为了照顾视力不佳的眼睛，他一只手举着放大镜，另一只手用黑色水笔在错误的地方进行修改。力求完美是他的天性，所以这份差事对他来说，注定是一桩难以完成的使命。他曾说，整篇文章需要"大刀阔斧"地修改，要是他还有时间和精力，说不定会推倒重写一遍。就在他去世前的几个月，他还在用颤抖的双手编辑稿子。

正是这份与《青春的旅程》原始手稿比对而成的打印稿，构成了《破碎的道路》一书的主要内容。创作时间大致在一九六三至一九六四年，在语法、风格和标点等方面，都与帕迪生前完成并出版的书有很大不同。一些罗列出的数据还有待核实，还有一些段落进行了删减。

作为帕迪信任的编辑和朋友，我们首先力求本书文字流畅，尽可能不添词加字。可以负责任地说，书中的一字一句，都来自作者本人。为了保留他独特的行文风格，我们未对复杂的主句和从句进行改动，标点符号、插入语和长段落均保持原样。他利用数字编号，将全文分成很多部分，而我们将其组织成八个章节，并按照他的习惯，为每个章节加上地名作为标题。书中的注释有很多来自作者本人，目的是对历史背景和当地语言进行补充说明，尤其是后者，编纂人员们花费了不少力气，以减轻读者在阅读时遇到的文字障碍。

最后，要说一说本书的标题。之所以取名《破碎的道路》，是因为

破碎的道路

在保留下来的文字里，帕迪并没有描述本次旅行终点的场景。他在保加利亚的小镇布尔加斯停下了脚步，此地距离土耳其边境还有不到五十英里。当然还有另外一个原因，本书的语言可能尚显生涩，距离帕迪心目中的完美还有一段距离，不过，面对遗留下的缺憾，我们已力所不逮了。

将青年时代的这段行走经历写下来，也许是帕迪前世注定的因缘。对于这次壮举，他始终念念不忘，并终其一生都保持了如孩童般对周遭世界的单纯与童趣。在《破碎的道路》一书中，他待人宽厚，行事大胆，还时不时喜欢出出风头。他体验了人世间的亲善，并对施以援手的好人心存感激。不过，在字里行间，偶尔也流露出身处异国他乡时的孤独与无助，压抑与思乡之情常常在不经意间袭来。对此，书中并没有遮遮掩掩，而是坦诚地展现了作者当时的精神状态。尤其在布加勒斯特，懵懂少年身上火一般的热情，以及对世间万象的好恶褒贬，都在文字中展露无遗。

洋溢的青春气息，在《时间的礼物》和《玛尼》两书的主人公身上都能闻见。这段难得的人生境遇，决定了帕迪成年后的兴趣与爱好。他后来痴迷戏剧，对历史和语言也很热衷，还喜欢研究民族服饰、民间故事、宗教仪式和沿途的壮美风景。虽然有些片段内容过于简略，但总体来说，还是体现了作者的行文风格。夜幕掩映下，一轮清月从保加利亚的莽莽群山背后升起，一只流浪狗在帕迪身旁小跑，昂起头，冲着月亮发出哀号——此情此景，谁能不为之动容？迁徙的鹳鸟遮蔽了巴尔干半岛的天空；穿越保加利亚北部时，让他遭遇麻烦的剃头匠学徒；或是传说中从第二次大洪水中幸存下来的异族与海妖。

不过，与帕迪的欢欣激动相比，脚下的欧洲大陆要沉稳得多。就在十五年前，奥匈帝国土崩瓦解，而它的老对手奥斯曼土耳其帝国，也渐渐成为居住在南巴尔干半岛上人们远去的记忆。战后举行的巴黎和会将这里变成了一个火药桶。保加利亚，这个前希腊总理韦尼泽洛斯戏称为"东普鲁士"的地方，曾经同德国一道并肩战斗，如今面临战败后国土被瓜分的窘境。在饿殍遍野的乡村，东正教堂成为民族主义的滋生地，而共同的斯拉夫文化渊源，成为保加利亚与俄罗斯之间的连接纽带。与之相反，罗马尼亚与协约国站在一起，战后国土面积增加了不少，俨然成为对抗苏联的桥头堡。

保加利亚和罗马尼亚，是书中帕迪欧洲之行的终点。两国文化迥异，但在其他方面有很多相似之处：贫穷的农业国家，小块的田地，贵族不再居于统治阶层。在保加利亚，贵族几乎已被铲除干净，而在布加勒斯特，帕迪结交的上流社会阶层也正遭受着围剿，取而代之的是年轻而脆弱的资产阶级人群。

在帕迪的回忆中，整个欧洲大陆就如同朝灾难走去的梦游者。巴尔干半岛笼罩在大萧条中，农民的生活尤其艰苦。纳粹政权像一头巨兽，正伺机将世界收入囊中。一月初，希特勒登上了德国总理的宝座，帕迪旅途中所遇到的旧贵族、罗马尼亚犹太人与吉卜赛人，都对未来产生了不祥的预感。

尽管帕迪旅行的终点是君士坦丁堡，但他对这座城市的描述只有日记上的寥寥数笔，令人心驰神往的拜占庭或奥斯曼土耳其文化艺术，几乎只字未提。他心中的挚爱仍是希腊。到达君士坦丁堡十一天后，日记本上留下的文字显示他已动身前往位于希腊的宗教圣地——阿托斯圣山。一九三五年一月二十四日，日记里不再是支离破碎的片段，而是完整的文章，一直写到作者离开圣山。这些在君士坦丁堡之外发生的故事，构成了本书的最后部分。

阿托斯圣山的故事，由作者在事件发生地创作完成，这与其他游记不太一样。那时，帕迪才二十出头，而在随后的日子里，他对这个故事反复修改，力求忠实和完美。相比之下，《青春的旅程》就粗糙多了。直到生命的最后时刻，他还在稿子的空白处标注"把这几页大刀阔斧地砍掉"，或者留下谜一般的"让我睁大双眼"的字样。

与《青春的旅程》相比，日记上的文字让我们得以窥见作者早年的青涩。毫无顾忌的欢笑、莫名其妙的忧郁、不经意间流露出的不安和惶恐，以及对希腊的了解和喜爱，难怪他后来会选择定居于此。日记至少有四个版本，我们尽量保留原始材料，仅仅去掉一些重复的部分。至于因作者年事已高而不能确定的修改部分，我们则采用了最初的版本。

当然，我们在编撰过程中还遇到了其他难题：帕迪是否同意将其出版？在他生前，他从未表示过赞成，但在临终前的几个月，他开始允许其他人参与稿件修改，有些部分希望删掉，有些文字要进行润色，这两点我们都做到了。在他的文件里，有一份一九九二年与默里一家签订的出版合同，直到弥留之际，他还不无悲伤地表示，将这些不完美的文字公之于世是不是个错误。《破碎的道路》不一定是长久以来让他备受折磨的"第三卷"书，但至少完成了他晚年的心愿，让他不留遗憾地告别人世。

科林·杜勃朗、阿尔忒弥斯·库珀

二〇一三年秋

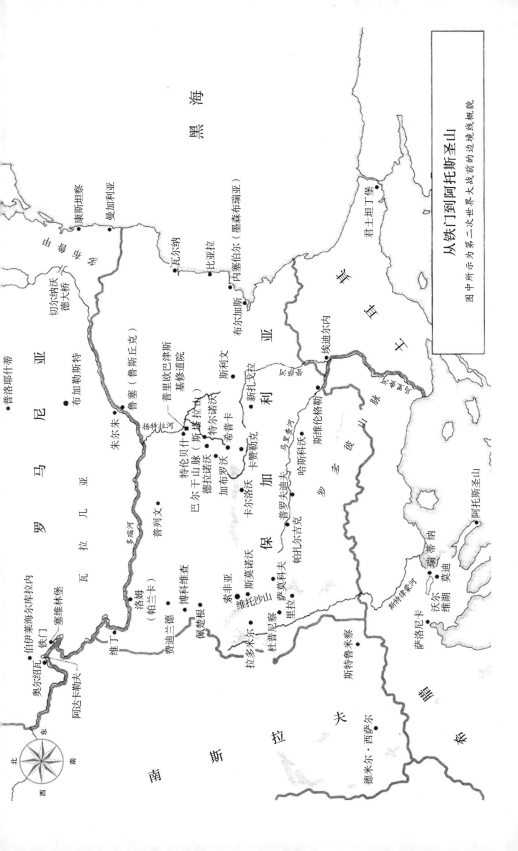

从铁门到阿托斯圣山

图中所示为第二次世界大战前的边境线概貌

目　录

1. 从"铁门"出发

罗马尼亚，奥尔绍瓦镇。我再次与多瑙河相遇。此时，河面宽度将近一英里，但不知怎么的，忽然拐了个弯，向西流去，劈开喀山的深幽峡谷，河面也骤然收缩，只剩下不到一百六十二英尺。自从和我在布达佩斯分道扬镳，这条河沿途先后汇合了萨瓦河、德拉瓦河、毛洛什河、摩拉瓦河，以及其余十多条不知名的支流。从奥尔绍瓦出发，顺流而下，没过多久就到了位于河中央的阿达卡勒夫小岛。岛上长满了白杨和桑树，木制的房檐之间耸立着教堂的圆顶和尖塔。街上行人来来往往，都穿着土耳其风格的服装。这是因为岛上居民大多数是土耳其人，他们构成了除土著之外，中欧地区唯一的土耳其人聚居区。伴随维也纳战役的失利，庞大的奥斯曼帝国在欧洲的影响力已日益衰微。站在岛上，河对岸低矮陡峭的小山尽收眼底，那里是南斯拉夫的地界。

第二天一早，我在留存邮局收到一封从布达佩斯寄来的信[1]——一路上，我一有机会就写信，凑成厚厚的一叠，便寻找机会塞进路边简陋的邮筒里，就在德瓦火车站与朋友挥手告别的当口，还寄走了好几封。我怀着喜悦的心情爬上多瑙河上的汽轮。随着机器的轰鸣，船速越来越快，城市被远远抛在身后。很快，汽轮

---

[1] 帕特里克·莱斯·弗莫尔盼望着齐妮亚·色诺维茨（"安吉拉"）的来信，对方是匈牙利人，《山林与水泽之间》一书描写了两人不同寻常的关系。

钻进了峭壁林立的峡谷，蜿蜒着朝"铁门"开去。湍急的河水拍打着两岸，水声、汽笛声连成一片。又走了几英里，山势渐渐平缓，河面也恢复了往常的宽度。在罗马尼亚一侧的河岸上，耸立着高大的塞维林堡，公元一七二和一七三年，罗马皇帝曾率兵在这里击败夸迪人与马克曼尼人。平坦的奥尔特尼亚平原上，芦苇迎风飘扬，荒无人烟的沼泽地似乎还在哀悼战场上的亡灵。左侧的河岸上绵延着塞尔维亚的群山，那里是巴尔干山脉的起点。河水在山间回环往复，突然间，南斯拉夫的山峦延伸到了保加利亚境内。巨大的木筏漂浮在水面上，装载着货物的驳船首尾相连，足足有一英里长。记得在奥尔绍瓦，看到自己护照被盖上"八月十四日"的日期戳，心里既惊讶又兴奋，不知不觉间，我在特兰西瓦尼亚已经待了三个多月。终于又踏上新的旅途，我决定把出发前收到的信再重温一遍。

不过，我的心绪很快就被出现在多瑙河南岸的城墙和城堡打乱了。这里是保加利亚的维丁镇，一个古老的要塞。闹喳喳的男孩子们涌上栈桥，兜售手里的西瓜。我挑了一个西瓜，摸了摸口袋，又尴尬地还给卖主，因为身上只剩下两英镑和一把罗马尼亚硬币。同行的一位身材高挑、一头直发的英国姑娘，慷慨地给了我几枚保加利亚硬币。我们将西瓜一分两半，碧绿的瓜皮、鲜红的瓜瓤、黝黑的瓜籽，看上去就让人口齿生津。

经过好几个月语言不通的日子，突然有人跟我用英语交谈，真是件让人兴奋的事儿。她叫瑞秋·弗洛伊德，正打算前往保加利亚首都索非亚，她读牛津大学时的朋友，现在是驻索非亚的英国领事的夫人。一路上，我们天南海北地聊起各自的见闻。下午，汽船到达帕卡拉，我们下了船，挥手告别，约定在索非亚见面。她继续乘火车出发，而我将探寻保加利亚之行的第一座城市。

纵贯中欧，从漫天飞雪的莱茵河，穿越巴伐利亚和奥地利，跨过古老的波西米亚与匈牙利帝国，直到被密林掩映的特兰西瓦尼亚，神圣罗马帝国的遗韵、查理曼大帝的功绩，以及基督教世界的隐秘，似乎还萦绕在空气中挥之不去。土耳其人对东欧的占领早已结束，时至今日，连遗迹都难以寻觅。不过，位于多瑙河南岸的连绵群山，似乎还臣服于原来的主人。直到最近，土耳其对保加利亚的影响才慢慢削弱，但在托罗斯山脉、阿拉伯的沙漠和亚洲的高原，土耳其文化仍大行其道。过去数百年中，奥斯曼土耳其帝国的文明如汹涌的海潮，席卷了东西方，随后风浪渐平，取而代之的是斯拉夫 - 拜占庭文明。不同文明的冲撞，在日常生活中随处可见，比如教堂的圆顶和尖塔、街头的烤肉串、木结构的房舍、拜占庭式建筑、黑色圆柱形帽子、修士的长袍、留着长发和大胡子的神甫。还有店铺招牌上的古斯拉夫语字母，让人以为来到了俄国。壮实、直率的保加利亚人喜欢跟人分享自己悠久的民族发展史，那时他们住在伏尔加河以外的荒野，数个世纪之前才来到此地定居。作为游牧部落的后代，他们继承了先辈粗犷豪放的性格，而且跟罗马尼亚人一样，脚上穿着牛皮做成的鞋子，像强壮的黑熊一样在卵石路上蹒跚而行；手工制成的衣服又厚又结实，颜色多为深蓝或棕色，某些地方还用黑线织出刺绣的花纹；肥大宽松的裤子，前襟交叉的背心，短外套，一英尺宽的猩红色腰带上常常插着用来防身的匕首。他们还戴着和哥萨克人一样的棕色或黑色的鹿皮帽子。

我来到小广场上的露天餐馆，要了泛着油花的炖羊肉、土豆、西红柿、豆荚、绿皮小黄瓜和秋葵，这些令人垂涎欲滴的菜肴都盛在巨大的铜锅里。我注意到隔壁桌的两个年轻人左手小拇指上留着长长的指甲，这说明他们的身份并非是在田间辛勤劳作的农夫。三位留着白胡子、脚穿鹿皮软鞋的老人默默地坐在一旁，抽着琥珀烟嘴的水烟袋，嘴里不时吐出白色的烟雾。他们手里悠闲地拨弄着用琥珀做成的念珠，珠子相互敲击，发出有节奏的、清脆的声响，好像是在计算与回味过去的人生。一群军官，身穿白色的上装，扣子像俄罗斯人一样扣在左耳下方，金色的肩章，黑红相间的条纹，俄罗斯样式的帽子，长软靴子。他们边抽烟边聊天，有时还蹴到树下，腰间的佩剑来回晃荡。奇怪的是，这里看不到一个女人。狗儿趴在地上啃着羊骨头，砍下来的羊头排列在肉铺门口的案板上，眼神空洞地瞅着上门的买主。从羊肚子里掏出来的羊肝、羊肺还挂着血滴，羊肠盘在铁钩上，像一朵苍白的垂花。不知从什么地方响起了乐声，和着带有东方色彩的歌谣，哀怨的曲调让人黯然神伤。茉莉花的清香弥漫在空气里，耳畔传来蚊子的嗡嗡声。

　　这真是个悲伤的时刻。与昔日的繁华相比，一切都发生了变化。

　　我一路向南，走过地势起伏的多瑙河山地和平原。这里草木苍翠，成片的水泽绿意盎然，道路两旁长满了在意大利伦巴第地区常见的白杨。阔步走过蜿蜒了约二十一英里的水滨路，我终于爬上了巴尔干山脉。在保加利亚语中，位于巴尔干半岛东部的这段山脉被称为斯塔拉山脉，意思是"老山山脉"。山势腾挪跌宕，从保加利亚北部一直延伸至塞尔维亚和黑海。山体像狮子高耸的脊背，线条刚健，几乎找不到豁口和裂缝。沿着北风呼啸的开阔地，我像爬楼梯一样，一级一级地登上高处，又下到像巨大盆地一样的峡谷里，灰白色的路面向远处延伸开来，绕过突兀的小山包，穿越放牧的羊群，最后消失在卡其色的山坡顶上。有时我会遇上商队，成群结队的驴子和骡子拉着马车朝哈斯科沃行进，这样的情形并不多见，因为在很多地方，骆驼已经取代了它们的位置。如果货物比较轻，一般用马来拉，商队里的马个子小、性子倔，走起路来摇摇晃晃。如果拉的是木材类的重物，黑色的水牛就该登场了，它们脖子上套着沉重的轭架，眼珠子瞪得老大，牛角伴随着沉重的脚步悠悠晃动。木制的马鞍两旁悬挂着鹿皮褡裢，看上去像一乘华美而笨拙的象轿。西瓜是最主要的货物，另外还有大筐的西红柿、黄瓜和其他瓜果，要知道在整个巴尔干半岛，保加利亚人是最称职的农夫。每个村子的四周都种着蔬菜瓜果，他们还用中空的树干搭起小型的沟渠，把每一滴宝贵的水都用于灌溉。"打哪儿来呀？"戴着皮帽子、两手枯瘦的男人问道。"亚洲？欧洲？""欧洲来的。""德国人？""不，不是德国人。""英国人。"大部分人弄不清英国在哪里。我是干什么的？小提琴手？士兵？学生？间谍？我不得不花费很大的力气回答他们抛出的疑问，连说带比划：面包、水、酒、马、猫、狗、羊奶酪、黄瓜、教堂。靠着原始的交流方式，我们一路同行。

头一天晚上，我借宿在谷仓旁边。接下来两天，我先后到了费迪兰德和博科维查，每晚都饱受蚊虫的滋扰。到第四天晚上，我们已经翻越最后也是最高的一座分水岭，在一棵悬铃树旁与前往索非亚的商队会合。树下有一泓清泉，甘洌的泉水从石板围成的出水口喷涌而出，装满了整个水槽。石板上刻着弯弯曲曲的阿拉伯字母，据说是一篇纪念死去的帕夏[2]的悼文。我们和牧羊人围坐在篝火旁，圆形的木制酒瓶从一人的手中递给另一个人，有人吹起三英尺长的排箫，有人奏响风笛。风笛的制作方法很奇特，得先将剥好的羊皮做成气囊，接上木质的吹口，笛管用牛角做成，管身用烧红的

---

[2]通常指奥斯曼土耳其帝国对高级官员的称呼。

烤肉叉子钻出小洞。他们最喜欢唱的是纪念哈吉·迪米塔的歌曲，来自斯利文的迪米塔是保加利亚的民族英雄，俄土战争中，他率领一支游击队在希普卡隘口英勇抗击敌军。夜已深，人们还盘腿聚在一起，鞋袜与羊皮帽放在身旁，火光映红了微醺的脸庞。五彩的饰带，轮流值夜的牲畜，间或传来的铃铛声划破了夜空的宁静。浩瀚星河、神游太虚，我们此行的目的地似乎已不限于东欧，而是远及萨尔马罕、霍拉桑、塔什干或喀喇昆仑山。

第二天，我来到首都索非亚，穿过用废铁皮简单搭建的吉卜赛棚户区，走进摆着大号铜秤的牲口市场，这里好像聚集了所有从保加利亚西部贩卖来的牲口，马嘶驴鸣，不绝于耳。继续前行，身旁出现了巍峨宏伟的清真寺，高高的尖塔直插云霄。沿着电车铁轨，我走到了这座城市的中心。

要是一直待在这样的环境里，我肯定吃不消，不过如果只是当个匆匆过客，浮光掠影地感受一下当地人的生活，这座首都还是很有吸引力。城市建在山间的高地上，抬头就能望见维托沙山，阳光越过山峰，均匀地洒在大街小巷，让人有种神圣而肃然起敬的感觉，如同日本人见到心目中的神山富士山。沙皇鲍里斯[3]的宫殿门口，旗杆上的旗子在风中猎猎飘扬，代表保加利亚的狮子图案分外清晰。我依次经过国民议会大厦、国家剧院、花园、树林和保加利亚民族英雄的塑像，来到路面宽阔、绿树成荫的奥兹沃博迪特沙皇大道。这里是城市的中轴线，一座俄国沙皇亚历山大二世[4]的策马雕像巍然屹立，越过雕像的头顶，依稀可以望见亚历山大·涅夫斯基大教堂金色的圆顶和彩绘立柱。此时，太阳已经下山，空气

[3]指鲍里斯三世（1894—1843），保加利亚沙皇，一九一八至一九四三年在位。
[4]俄国沙皇亚历山大二世（1818—1881），一八七七至一八七八年，他率军击败奥斯曼土耳其帝国，解放了保加利亚。

里稍微有了一丝凉爽。城里的居民都出了门，街上慢慢汇聚了不少人。从布达佩斯以东到比斯开湾以南，在黄昏时分出门溜达乘凉，仿佛是每个城里人的必修课。咖啡店里，侍者端出各式各样的土耳其风味咖啡，有学问的人们手里数着念珠，讨论着《莫斯科时报》上登载的头条新闻。街道像射出的子弹一样笔直，路旁点缀着小巧的民居，据说，索非亚的居民都是佩切涅格人的后裔。这个民族曾经是凶悍的游牧部落，世代居住在乌拉尔山脉，与东罗马帝国交战了数百年，最终定居于此，繁衍生息。

多亏瑞秋·弗洛伊德，那位在汽船上跟我分享西瓜的英国姑娘，把我从只住了一天的市场旁边的小旅舍里解救出来。驻索非亚的英国领事博伊德·托林顿与他的妻子朱迪斯·托林顿，慷慨地为我安排了住处。现在回想起来，那真是一段快乐的时光。能在异国他乡遇上英国人，用英语交谈，感到既兴奋又奇妙，就好像在国内遇上一群外国人，聊起天来很带劲。老家在英格兰中西部拉格比的主人，不停地向我讲述他在保加利亚的见闻。每天早上，用过早餐，我端着一杯格雷伯爵茶站在阳台上，注视着皇家卫队在奥兹沃博迪特沙皇大道上威武地行进。不限时供应的洗澡水，干净整洁的床单，身材魁梧的俄罗斯管家，视野开阔的露台，丰富的藏书，还可以远眺索非亚城的象征维托沙山脉，这简直是天堂般的生活。我找到主人私藏的《大英百科全书》，像猎豹一样猛扑了上去。想想旅途中的艰辛，简直令人不堪回首！那个夏天，拜占庭文化研究会正在索非亚召开年会，能亲耳聆听惠特莫尔教授[5]的真知灼见，领教专家们对索非亚大教堂的马赛克装饰艺术的高论，不啻为一件幸事。我还遇上温文尔雅、穿着小山羊皮鞋、白色长衫和巴拿马草帽的罗

[5]托马斯·惠特莫尔教授（1871—1950），美国考古学家、拜占庭文化学者，其最大成就是重新评价了伊斯坦布尔索非亚大教堂精美的马赛克镶嵌画艺术。

杰·辛克斯[6]与斯蒂芬·兰西曼[7]，两人性格各异，一位比较和善，不过待人接物时多少带点个人的偏见，另一位也还讨人喜欢，只是相处久了会觉得有些油腔滑调。那时，两人的代表作都还没怎么出版，印象中只有兰西曼的一本《保加利亚第一帝国》。后来，我们还常常见面，但这两位学者给我留下的第一印象实在强烈，多年后，每次见到深色的玻璃杯子，我都能回忆起那个奇妙的咖啡馆之夜。

有那么几天，我偷偷告别这座都城的欢愉，跑到维托沙山的东面山坡感受大自然的气息。夜里，我住在斯莫诺沃的美国学院，这里设施完备，空气新鲜，图书馆藏书也很丰富。虽然放假了，还是有不少年轻人留了下来，为撰写论文加班加点。第二天，我翻山越岭前往多里·帕萨雷拉，天黑时才到达，借宿在一户好心的农家。摇摇晃晃的农舍建在村子中央，村民们三五成群聚在一起，喝着当地人喜欢的斯利沃酒，这种类似梅子白兰地的烈酒气味浓烈，尝一口就会上瘾。我和男主人蹒跚着走回家，他的妻子在柴火上煮了一锅土豆和小黄瓜，然后盛在共用的大盘子里。大家依次用勺子舀菜，然后盘腿围坐在一张矮圆桌旁，分享切成片的黑面包和白山羊奶酪。女主人将自己的长发编成辫子，用手帕扎紧。她腰间系着色彩斑斓的围裙，身穿红蓝相间的紧身上衣，衣服的下摆呈圆形，边沿有装饰用的穗带，看上去类似老式的晚宴礼服。衣袖仅到手肘部位，袖口除了镶有宽边，还有几英寸长的打褶蕾丝，虽然有些陈旧，依然富有美感。手工编织的地毯留着锯齿形的边沿，我大致数

[6]罗杰·辛克斯（1903—1963），艺术历史学家，因参与清洗埃尔金石雕，对古迹造成破坏而备受争议。
[7]斯蒂芬·兰西曼（1903—2000），历史学家，以研究拜占庭文化和十字军东征历史而闻名。

了数颜色，有紫色、黄色、红色和绿色，一直铺到墙角。除了我，全家人的穿戴都很整齐，扎着腰带，穿着鹿皮靴。互致晚安后不久，房间里就响起了鼾声，圣母玛利亚和隐士圣西门的圣像前面搁着一盏油灯，忽闪忽闪的火苗正徒劳地驱散步步紧逼的黑暗。夜半时分，我走到院子里，一不留神就被一团软软的东西绊了一跤，我擦了根火柴，亮光中，一头俯卧在地上的水牛正冲我怒目而视。

破晓之前，趁驴子还没有发出第一声嘶叫，我们就起床了。女主人端上土耳其咖啡、一小杯斯利沃酒、面包和白奶酪。男主人米尔科坚持不要我支付食宿费，一再摇头，嘴里不停重复着我听不懂的话。从巴尔干半岛到黎凡特盆地，当地人都是用这样的方式来表达否定意见。带着主人的良好祝愿，我继续上路。村民们的盛情款待给了寂寞的行路人莫大的安慰。在穿越保加利亚的旅途中，我度过了不少这样的美妙夜晚。第二天傍晚，我来到小镇萨莫科夫，脚下的地形变得越来越陡峭崎岖，在夜幕的掩映下，里奥斯卡河山谷挺立在我面前。

第二天，我走进山里。和巴尔干山脉浑厚圆润的线条不同，这里都是锯齿状的山脊，形成蜿蜒幽深的峡谷，山坡上长满了冷杉和松树。沿着山脊艰难地攀登了好几个小时，眼前出现了并行山脉特有的拱壁，朝南方不断延伸。在山路以东，一两道山梁相互合拢、拔地而起，形成巴尔干半岛最高的山峰穆萨拉，而在山路以西，罗多彼山脉一路从保加利亚南部延伸至希腊东北，巨大的分水岭成为两国之间的天然屏障。最后，这条山脉进入土耳其位于欧洲的境内，山势也渐渐平坦。

顺着最近的一处分水岭，我来到一处山间的洼地。这里杳无人迹，估计只有狼和熊曾经有胆量从这里经过。雄鹰展开翅膀，在峡谷间静静地盘旋。在岩石背风的一侧，偶尔还能看到残雪。干涸的河床上留下了零散的巨石，表明在冬天这里曾经涨过洪水。枯死的树木被烈日烤成了白色，看上去就像史前巨兽的骸骨。我的脚步声惊扰了一条在路上打盹的蛇，它扭动着长长的身子，钻进了路旁的百里香树丛。我花了整整一个下午，从一座岩壁下到另一座岩壁，掉落的碎石顺着岩石表面落进深谷，传来阵阵回声，最后归于沉寂。树木也从针叶林慢慢变成阔叶林，俯瞰着冰斗湖中湛蓝的天空。动物的足迹少了许多，林间出现一条人工开辟的小道，伐木工砍下的木屑表明这附近有了人烟。

　　拐过一个弯，透过枝叶的间隙，我看见林间有一块空地。一栋堡垒模样的建筑映入眼帘，还配有瞭望塔，俨然是座小城市，包围在浓密的山毛榉和松林中。堡垒南面的土墙紧挨着峡谷，五座高墙首尾相连，顶上铺了瓦，构成一个不规则的五面体。中间是深深的庭院和由半圆形拱门形成的围廊，庭院正中立着一座教堂，圆柱形的主塔上安放着金属穹顶，稀稀拉拉开着些窗户，周围环绕着副楼的小圆顶，在夕阳下反射着柔和的光。这一抹阳光照耀在教堂塔楼顶端的十字架上，将紫杉树的影子映在砂岩墙面。随着时间的推移，洒进庭院里的光线越来越少，阴影最终占领了这片区域。突然，院子里响起一阵敲击声，好像乐师在用小槌有节奏地击打乐砧。敲击的速度逐渐加快，等我走进外堡的拱门，整个墙面都在震动。乐声骤然停止，只留下耳畔的嗡嗡声。一个穿着黑色袍子的修士用手里的小槌敲响了挂在围廊上的一张大锣。其他的修士也罩着黑袍，烟囱状的帽子下围着黑纱，依次走进教堂。里面已经聚集了不少身穿马其顿北部民族服装的村民，他们中有不少人风餐露宿来到此地。要是没有大锣，有些教堂会用一根响木来代替，在大多数东正教修道院里，敲锣或者敲木头，就相当于敲响了钟声。圣·伊凡·里尔斯基修道院用的就是这种方式。

圣约翰·里拉修道院在信徒们心目中的地位，仅次于圣西里尔和墨索迪乌斯修道院与圣西门修道院，前者是为了纪念西里尔字母的发明者，后者则位列保加利亚的圣徒传。这座建在距离其创始人隐修之地不远处的修道院，已经成为保加利亚人最重要的宗教中心。历经动荡的岁月，修道院屡次被焚毁，又屡次重建，最近一次修缮完成于十九世纪末。几十年过去，内墙上的壁画和分割内殿的屏帏老旧了不少，在烛光下，颜色隐隐绰绰。晚祷仪式即将开始，身穿黑衣、留着长发和胡子的修士们或站立或依靠在各自的祈祷台上，嘴里念念有词。这样的祈祷会持续好几个小时。虽然修道院已经人满为患，但为了照顾我这个外来的访客，还是特地给我安排了一间过夜的小房间。而村民们就没有特殊待遇了，他们不得不铺上褡裢，睡在院子里或者树下。第二天，来修道院朝圣的人更多，每个角落都挤得满满当当。修道院院长和他的随从身旁，站着大主教、主教和名誉院长，每个人都穿着精美的长袍，像甲虫的翅膀一样闪着金光。地位较高的教士头戴金色的法冠，手里握着牧杖。法冠如南瓜一般大小，镶嵌着熠熠生辉的宝石，牧杖的顶端雕着两条盘卷在一起的蛇。烟雾袅袅，吟诵祷文的声音高低起伏，仪式结束时，信徒们排成一列，绕场一圈，亲吻放在圣骨匣里的圣·伊凡雕像，尤其是他那只祛病除魔的手，也许是接受过太多人的亲吻，颜色和石南根一样黝黑。

完成了朝圣的大事，很多信徒聚在修道院外的空地上自娱自乐。吉卜赛人用小提琴、鲁特琴、齐特琴和竖笛奏起欢快的音乐，人们围成一圈，不知疲倦地跳起霍拉舞曲。还有吉卜赛人带来一头熊，这只动物会跟着角笛的曲调展示笨拙的舞姿，还能跟着主人的鼓点摇动铃鼓。响板声从远处传来，一个来自阿尔巴尼亚的行商敲着黄铜杯子，从铜罐子上的水龙头里倒出一杯杯香甜的博萨酒[8]。罐子有四英尺高，形状像泰姬陵，顶部还立着一只展翅翱翔的铜制小鸟。烤肉架上，肉串和香肠在炉火上冒着香气，各色美味像伯劳鸟的巢穴一样丰富，人们喝着斯利沃酒，享用难得的佳肴，热烈的气氛就快达到顶点。醉得东倒西歪的村民向每个加入狂欢的人递上手中的木头雕花圆酒瓶。从喀尔巴阡山到品都斯山脉，对每个巴尔干半岛的山民来说，造型精巧的木头制品在生活中扮演着极其重要的角色。同样的情况也出现在阿尔卑斯山脉地区，那里也有严酷的冬季、漫长的夜晚、取之不尽的软木和锋利的匕首。树荫下，一群系着围裙的女人坐在风笛手旁边，陶醉在动听的乐声中。

见识了这场巴尔干特色的盛宴，我走到人群边缘，与一群来自普罗夫迪夫的学生们攀谈。跟我一样，他们也翻山越岭而来，夜里还在荒郊露宿。最吸引我的，是一个满头金发、性格爽朗的漂亮姑娘。她叫娜代日达，在索非亚大学读法国文学专业。她跳起霍拉舞来摇曳生姿，火热的激情感染了身旁所有人。她准备在修道院待三天，潜心阅读随身带来的书籍，我们的日程安排正好一样，于是自然而然成了朋友。除了阿托斯圣山严禁女性前往，在大多数的东正教修道院，女性和男性访客一样，都可以自由迈入修道院的大门。乐善好施、泽被世人应该是修道院主要的功能之一，与西方基督教

---

[8]博萨酒，产于保加利亚，一种由谷物和糖发酵而成的甜酒。

世界静穆而严苛的隐修院相比，这里的氛围要轻松欢快得多。耳畔传来清脆的脚步声，信徒们来来往往，修士们兴致高昂，这里看上去更像是中世纪时期安居乐业的城邦。支撑回廊与步道的木板破旧不堪，仿佛一阵风刮来，就能像柔弱的蛛网一样土崩瓦解。骡子是庭院里的常客。修道院院长奥特兹·伊戈曼神父待人和善，白色的胡须一看就透着威严，为了接待数量众多的信徒，他可没少操心。当然，从多瑙河南岸赶来的村民也会送来不少土特产，比如冰冻果子露、玫瑰花瓣酱、斯利沃酒或土耳其咖啡，以答谢修道院的款待。

第二天，修道院恢复了往日的宁静。在歌舞狂欢和美梦酣睡之后，信徒们打点行装，带着宿醉，一步三摇地下山去了。

娜代日达是我旅途中的良好伴侣。每天早上，我们带着图书和画本，去修道院墙外的小摊买些奶酪、面包、红酒、绿紫色的无花果和装在篮子里的新鲜葡萄，然后出发去附近的小树林，途中还能经过博切尔[9]的墓园。这位曾经在伊顿公学任教的老师和《泰晤士报》记者，在全体保加利亚人心中博得了一席之地，如同希腊人对拜伦满怀崇敬之情一样。我们一起读书、讨论，饿了就找个树荫大快朵颐。娜代日达要完成的功课是背诵浪漫派大师拉马丁的诗歌《湖》。"他曾经住在普罗夫迪夫，"她告诉我，"有机会的话，我可以带你去看他住过的地方。"还有一首西奥多·德·邦维尔的诗也是学习内容，标题听上去有些不应景，叫《我们不再去森林》。我一遍遍听她背诵，纠正其中的错误。有时她会把书抢过去，然后戴上一副金属边框的眼镜，仔细阅读那些拗口的字句，脸上的表情时而兴奋、时而懊恼。学习果然是件乏味的事儿，还不如爬树有趣，

---

[9] 詹姆斯·大卫·博切尔（1850—1920），多年担任《泰晤士报》驻巴尔干半岛记者，并公开声援保加利亚的民族解放运动。

要知道，她可是这方面的高手，其速度与技巧让我望尘莫及。我们分别的前一天，她还带我去峡谷的水塘游泳，或是躺在草地上聊天。那几天，我们像孪生兄妹一样，形影不离。

有了娜代日达的陪伴，在林间的美妙时光过得飞快。又到了修道院召集修道士们晚祷的时刻，娜代日达也要动身回城了。我们沿着山路下行，她告诉我，在记载中，诺亚用手里的木槌敲击方舟上的过梁，提醒动物们赶紧登船，"这就是修道院里用木槌敲木梁的由来"。我问她有哪些动物，她想了想，咧着嘴，闷闷不乐地望着我。"是狼，"她沉默了片刻，"年幼的狼。"我们模仿着狼的嗥叫，一路奔跑，冲下山坡。

娜代日达走后，我也告别了修道院，沿着峡谷前行，来到斯特鲁马山谷。古老的斯特律蒙河从皮林山脉与南斯拉夫边界之间流出，注入马其顿的腹地。（层层叠叠的山峦会继续向西边挺进，越过马其顿，穿过阿尔巴尼亚和黑山，最后钻进亚得里亚海。）山路顺着河面曲折地转向南方，先到达险峻的鲁佩尔峡谷，然后走过"铁城堡"的城垛，就进入希腊地界。这个地区向来富有争议，邻近的三个国家都声称对这里拥有主权，相互批评谴责，甚至刀剑相向。其中最大规模的冲突是前不久爆发的战争，保加利亚的非正规兵团——一支历史可以追溯到中世纪、由宗教狂热分子组成的兵团——与宣誓效忠东正教普世教首的希腊人展开了血战。在领土争夺问题上，宗教因素与民族、语言等因素一样重要，随着奥斯曼土耳其帝国对欧洲的控制和影响日渐衰弱，民族主义分子们都蠢蠢欲动。第一次巴尔干战争埋下了仇恨的种子，半岛上的王国之间剑拔弩张，入侵和杀戮时有发生，直接导致民族矛盾激化，爆发了第二次巴尔干战争。地区冲突不断，边界随时可能发生变化，双方都采用恐怖手段对付心目中的敌人。伏击、暗杀、焚毁村庄、大屠杀，人们生活在恐惧和仇恨中，更加重了彼此复仇的心理。

马其顿一带地形复杂，杂居着许多巴尔干民族，其中有不少与本民族的聚居区隔绝开来，被包围在怀有恶意的近邻当中。世代的仇恨延续到了现在，在街头随便找一个保加利亚人或希腊人，都会说对方的坏话，你就知道彼此之间的恩怨有多深了。很多咖啡馆的墙壁上挂着托多尔·亚历山德罗夫的画像，他是保加利亚裔马其顿人，曾经尝试通过宣传和武力的方式，建立一个半独立的马其顿国，首都设在佩特里奇（如今南斯拉夫的一座城市），并由自己掌管政权。画面上，他气势威严，长着黑色的胡须，戴着皮帽子，肩上挂着子弹带、望远镜，手里握着步枪。可惜，事与愿违，与斯塔姆博利伊斯基[10]在索非亚大街上被穆斯林弯刀结果了性命一样，亚历山德罗夫也于一九二四年遇刺身亡。不过由他创立的"马其顿革命组织"依然在履行秘密社团的职能，展开如火如荼的地下活动。很多墙壁上还贴着地图，标注出在保加利亚统治之下，实质上属于他国的领土，比如南斯拉夫的一部分、罗马尼亚境内的多布鲁甲，以及包括萨洛尼卡在内的希腊马其顿地区。

靠在斯特鲁马大桥的栏杆上，凝望着流淌的河水，很难想象，如果自己是个希腊人，此时此刻会有怎样的情愫涌上心头。也许更令我惊讶的是，五个月后，我会在一百英里的下游漫步于奥利亚科的另一座桥上，在韦尼泽洛斯革命的气氛中，感受手握军刀的希腊骑兵的风采。世事真是变幻无常，令人感慨，我将一片葡萄叶抛入

---

[10]亚历山大·斯塔姆博利伊斯基(1879—1923)，保加利亚首相，一九二三年下台并被军方处决。

水中，也不知道它能不能跟着水流，顺利地游到爱琴海。

返回索非亚的路上要经过里斯卡平原，在夕阳的映衬下，褐色的土地变成了红色，水牛牵着古老的木犁，在地里辛勤耕作。村子里，挂在房前屋后的烟叶已经晒干了，无论从大小还是色泽，看上去都像一条条腌鱼。头一天，我在干草堆上过了一夜，第二天去了杜普尼察镇，并赶在黄昏前到了拉多米尔。精疲力尽的我，正独自喝着斯利沃酒，这时，一辆公共汽车停在酒馆对面。车上印着俄文字母，车顶堆放着捆好的篮子和背篓，再看看车厢里，跟诺亚方舟的情形差不多，除了我和其他拎着大包小包的乘客，鸡鸭来回跑动，火鸡"咕咕"叫，羊羔"咩咩"叫。车子在黑夜中颠簸，身旁有几个乘客轻声地哼着歌曲，听上去既哀怨又忧伤，跟我一路上听过的曲风大不相同。我听得入迷，忍不住学着他们的样子，模仿起头一句歌词来——"你为何对我生气，我的爱人？"

不知在山中穿行了多久，索非亚的灯光终于出现在眼前。星星点点，和巴黎、伦敦或维也纳一样耀眼，活脱脱一座大都市的模样。我当时的模样一定粗陋不堪。头发又长又乱，满是灰扑扑的尘土，看上去像一绺绺搓成的麻绳。烈日把我的脸晒得跟山胡桃没什么分别。皱巴巴的衣服，一个帆布背包，一根雕花匈牙利手杖，便是我的所有家当。说句老实话，现在想起来我还不免有些难为情，差点羞红了脸。在特兰西瓦尼亚买的红黄色相间的编织腰带，钢柄的小匕首，以及在博罗夫齐市场里买的棕色皮帽。我曾经也考虑脱下靴子，换一双当地人喜欢的牛皮鞋，但走了不到一英里就苦不堪言。穿这种鞋下地干活不错，但用来走路，哪怕是草地，感觉都很难受。本来这身不地道的巴尔干人装束就让人受够了，更不用说还灰头土脸，浑身带着泥巴、汗水、洋葱、大蒜和斯利沃酒的味道。

我买了一篮子无花果，当作礼物送给款待我的主人家。伴随着亚历山大·涅夫斯基教堂夜里十一点的钟声，我走进托林顿的公寓，这里弥漫着柔和的灯光和食客们的低语，男人们穿着洁白的衬衫和锃亮的皮鞋，女士们的晚礼服一直拖到地面。侍者端着白兰地来回穿梭，忙着把空了的高脚杯斟满，而哥萨克男管家伊万则送来浓香四溢的咖啡，让人忍不住一饮而尽。也许是才从苦难中解脱出来，眼前的幻象让我有些不敢相信，身体仿佛凝固了，大脑也开始模糊。突然，朱迪斯·托林顿浑厚的声音传来——"谢天谢地，你总算及时赶到，再晚点就喝不上白兰地啦"——控制我的魔咒，转眼间消散了。

2. 悬空的玻璃房

从索非亚出发，我们先是向东前进，然后稍微转向南方，急急地穿越保加利亚棕色土壤的中部高原，来到马里查河盆地。广阔的盆地边缘，北面是高耸入云的巴尔干山脉，南面屹立着罗多彼山脉。根据历史记载，这里是从欧洲前往黎凡特的必经之路，也是去君士坦丁堡和亚洲的门户。不知有多少支军队曾经路过此地，从拉古萨启程的商旅走走停停，取道马里查前往黑海和安纳托利亚。那时，在意大利的城市中，只有威尼斯以海运的方式参与地中海沿岸的贸易，商船队拉着货物，在里海、地中海和红海的港口停靠。在上述地区生活的保加利亚人，虽然人数众多，但在土耳其的高压统治下，不得不忍气吞声地熬过漫漫长夜。帝国设立了驻巴尔干总督之职，官衔相当于三级帕夏，并在索非亚建起了法庭和兵营。无权无势的保加利亚人只要稍有反叛的苗头，当局就会派出装备精良的步兵、阿尔及利亚骑兵或者土耳其非正规军团。他们在城镇道路两旁竖起绞刑架，将村庄付之一炬。我记得有一则阿拉伯的谚语说过，"奥斯曼土耳其铁蹄经过的地方，连草都长不出来"。事实证明的确如此，土耳其人的占领给巴尔干半岛带来连年战乱，以保加利亚为例，先是卷入"玫瑰战争"，之后又被迫加入普法战争，弄得生灵涂炭、民生凋敝。若不是历史重演，奥斯曼帝国也许是最后一个给东欧人带来深重灾难的野蛮民族。

我就这么寻思着，在愈加浓重的暮色中，沿着铁路的路基向前走。身旁的铁轨传来微弱的咔嗒声，由远而近，一列火车正飞驰而来。硕大的车头越来越近，让我有种被压迫的紧张感。长蛇般的车厢从身边经过，客车厢和餐车都亮着灯光，车身上印着"巴黎—慕尼黑—维也纳—萨格勒布—贝尔格莱德—索非亚—伊斯兰堡"和铁路公司的名字。这是一列东方快车！餐车里弥漫着粉红色的光影，乘客们放下手中的小说或填字游戏，等着身穿棕色马甲的服务生送上餐前的开胃菜。我朝火车挥舞着手臂，不过夜色深沉，根本没人注意到我的存在。我在想，车上的乘客会是怎样的人呢？两天的车程，我要整整走上九个月，再过几个小时，他们也许就可以在君士坦丁堡下车。远去的列车像一条明亮的项链，里面有私奔的爱侣、卡巴莱舞女、马耳他的骑士、交际花、杂耍艺人、走私者、教廷的使节、私人侦探、为作品四处演讲的小说家、百万富翁、武器制造商、水利专家和间谍。铁轨的声音消失了，鲁米利亚高原恢复了肃穆般的宁静。

到了帕扎尔吉克，我借宿在一间老式的土耳其商队客栈，在巴尔干地区的城镇里，类似的客栈很常见。木头搭的房子四四方方，看上去很像修道院的回廊。褪了色的瓦片豁了口子，刚好方便鹳鸟搭窝，雏鸟在四月份孵化，现在都从窝里探出头来，鼓噪着争抢食物。客栈的院子跟农场一样，养着各种牲畜。有些人家在院子里安营扎寨，吃住都在自家的马车旁，身旁围绕着马、牛、骡子、驴子、绵羊、山羊和狗。男人们抽着烟、喝着咖啡，女人们像母鸡一样，三五成群凑在一起聊天，有的背上背着木头摇篮，不会走路的婴孩就搁在里面。哪怕在聊天或唱歌的时候，她们也没有忘记手中的活计，熟练地缠手里的线团。毛线多由羊毛做成，从卡在银扣皮带上的卷线杆上抽出，在食指和拇指间打好一个线头，然后利用另外一只手的食指和拇指，灵巧而均匀地缠绕在纺锤上。整座庭院，包括里面的人群、动物、柴火发出的亮光，以及忧伤的歌曲，营造出富有异国情调的、游牧生活般的浪漫之夜。

全天，我都顺着马里查河边的路前进。河面宽阔，水深浪高，这条巴尔干半岛上仅次于多瑙河的第二条大河从保加利亚西北部流向东南部，穿越东面的罗多彼山脉，进入希腊境内，最后注入爱琴海。河水形成了希腊和土耳其之间的天然分界线，希腊人更习惯用神话中的名字"赫布路斯河"来称呼。对保加利亚人来说，马里查河是祖国的象征，甚至将其写入了国歌的歌词里。每当保加利亚的三色国旗在旗杆上升起或是降下，人们就唱起这首慷慨激扬的歌，在"马里查河，河水滔滔"的歌声中，仪仗队士兵荷枪在手，军官们肃立行礼。中午时分，我在河岸的柳树下打了个盹，然后继续上路，赶在夜幕降临前到了普罗夫迪夫。

第二天清晨，我又与娜代日达重逢了。她看上去很开心，并履行诺言，带着我去参观诗人拉马丁住过的宅子。这是一栋土耳其风格的房子，有洁白的墙面，凸出的露台。她还邀请我住在她家，虽然这是我们当初的约定，但我的脑海里，还是浮现出一句古老的保加利亚谚语来："不速之客上门，比土耳其人入侵还糟糕。"在巴尔干国家，无论是家里的女儿或者妻子，在行为举止方面都有着严格的约束。正因为如此，在里拉修道院遇上娜代日达时，我才对她身上洋溢出的独立精神惊讶不已。要是我对这些国家的认识能跟后来一样深刻，面对他们的盛情邀请和热情款待，就不会表现得不知所措了。我猜想，这种独立的精神也许是保加利亚人与生俱来的天性，当然，还可能有其他因素。娜代日达告诉过我，她的父亲和母亲曾经是斯坦尼玛卡的富农，几年前双双在地震中罹难，地震还夺走了她最喜欢的当时年仅一岁的弟弟。

她和卧病在床的外公住在一起。老人家长着白胡子，和蔼可亲，而且是个希腊人。"马其顿的菲利普"创建了普罗夫迪夫，打那以后，有不少希腊人在此地定居，其中就包括娜代日达的外公。老人告诉我说："想当年，保加利亚人不过是住在伏尔加河外草房子里的部落！"他曾经在君士坦丁堡的塔克希姆区开了家药店，能说流利的法语，对源于西方的自由主义也很推崇。他跟我聊起伏尔泰、卢梭、阿纳托尔·法朗士、左拉、庞加莱、克莱蒙梭和韦尼泽洛斯，更让我欣慰的是，他还提到几个英国人的名字，比如坎宁、格莱斯顿和劳合·乔治。不过，最令他崇敬的是拜伦，诗人的名字让他激动万分，不禁从打着补丁的睡衣袖口中颤巍巍地伸出枯瘦的手，紧紧地拉着守在病床边的我。幸亏我也来自英国，换作是其他地方，说不定就享受不到这样的招待了。在后来的日子里，我会更深切地体会到希腊人对这位英年早逝的英国诗人的真挚感情，他们几乎将他神化，当作圣人来供奉。还有一点值得一提，老人是我一生中遇到的第一个希腊人，他向我讲述了在保加利亚人统治下，当地希腊人的悲惨遭遇：残酷的压制和迫害，骇人的屠杀，跟我平时听说的情况大不一样，也与保加利亚人口中的描述大相径庭。在过去二十年中，很多希腊人离开普罗夫迪夫，回到他们的故土，类似的迁徙仍在继续，不过老人说自己年老体衰，更何况在这里待了一辈子，已经有了深厚的感情，就打消了搬走的念头。在他的政治理念影响下，孙女没有选修保加利亚的知识分子喜欢的德语，而是选了法语，而她独立的性格，很大程度上源于外公宽广与国际化的视野；还有就是由于老人身体虚弱，不得不由孙女过早地肩负起操持家业的重任。只要不太出格，年少轻狂的莽撞、玩世不恭的态度，都能得到谅解甚至赞赏，这就是巴尔干地区真实的生活写照。她既是希腊人，也是保加利亚人，游走在主教长制和总督制的冲突之间。这样的文化冲击对她来说是个沉重的负担，不过她处理得游刃有余。

　　尽管不如从前，这幢位于城里希腊区背街小巷的老宅，还是依稀能看出往日的盛景。楼上粗大的房梁带有土耳其特色，看上去源于拜占庭式室内建筑风格，也跟我在修道院里观察到的建筑特色有相似之处。宅子离街道有段距离，顺着台阶走下回廊，就到了搭着葡萄架的庭院，架子上结满了成熟的葡萄，花坛里长着茂盛的紫苏，石榴树上果实累累，紫崖燕在屋檐上安了家。走进屋里，过梁和窗户上，点缀着用石膏雕刻的巴洛克风格的蔓藤花纹。穿过楼上大厅，浅浅地拾级而上，会发现一个宽敞的休息厅，木制的天花板装饰着繁复的雕花纹饰，花朵的尺寸和马车轮子差不多。再往上就是玻璃房了，在土耳其，这种窗扉常常会加上格栅，里面的人可以清楚地望见楼下的石子路，而不用担心被路人发现。在大晴天里，明媚的阳光会透过窗口，在地面投射下一个个小方格。这真是喧嚣城市里一个恬静的好去处，让人不由联想到十五、十六世纪海船上的小船舱。站在阳台上，可以望见玫瑰色的瓦片、笔直的街巷、烟囱、鸟窝和远处的钟楼、穹顶以及用花岗岩建造的宅邸，斯塔拉山脉宛如一个巨人，静静地守卫着这座城市。南面是奔流不息的马里查河，有一侧河岸白杨树排列成行，另一侧栽着白杨和柳树，在初露的晨光中，隐约可以看见远处的罗多彼山脉。那里该是色雷斯了吧？我寻思着，两只鹳鸟在树丛间滑翔，继而收拢翅膀，降落在马里查河岸。它们不紧不慢地踱着步子，穿行在芦苇丛中，偶尔探下身子，用长长的喙搜寻水中吵闹不休的青蛙。水面上漂浮着一层薄薄的轻雾，但对于这两位高明的捕猎者，根本算不上什么障碍。"它们今年来得比较晚，"娜代日达对我说，"不过很快又要飞走了。"

在休息厅的角落里，主人为我临时搭了个小床。每天在悬在空中的玻璃房子里醒来，总有莫名其妙的幸福感。想象一下吧，慵懒地躺在床上，让朝阳的金光从窗格间照进来，形成一根根神奇的光柱。目光从一扇窗转到另一扇窗，呆呆地看着像雪茄盒盖一样精美的天花板，透明的玻璃在阳光中渐渐消融，将我包裹在水晶当中，仰望蓝天和飞过的鸟群。不过，卵石路上马蹄"嘚嘚"，转动的车轮"嘎吱"作响，小贩在高声叫卖，秤杆叮当作响，这些对我来说也有极强的诱惑力。在院子里的铜水龙头下匆匆洗漱完毕，我就迫不及待地上了街。

有时，我独自一人跑到城里逛，娜代日达偶尔也充当我的向导。城市中心满是现代化的楼宇、保加利亚人与希腊人各自的教堂以及修剪整齐的草坪。如果说中心区的建筑看上去有些呆板，那么越往外走，风格越有特色。房子大多修在高低起伏的山坡上，有些地方坡度很陡，感觉屋顶的瓦片随时会倾泻而下；还有一些建在危崖绝壁旁，碎石小道蜿蜒穿行在房前屋后。

在有些狭窄的地方，房子之间刚好搭起遮雨篷，形成加了顶的走廊，免除了行人风吹日晒之苦。铁匠、分拣烟叶的伙计与起毛工人盘腿坐在店里，阳光从篷子的缝隙照下来，在碎石路上留下半明半暗的光影。堆积如山的羊毛堆上，起毛工人把粗梳羊毛的工具置于羊毛上方约三码处，这是一张弓弦紧绷的弯弓，形状像《圣经》里大卫在扫罗面前弹奏的竖琴。铁匠、铜匠、锡匠、皮匠和制作枪支、马具和骡具的工匠们正干得热火朝天，其中还有一位是黑人。

黄绿相间的西瓜像炮弹一样堆在路旁，葡萄和无花果装在筐里，绿皮的辣椒和小南瓜新鲜无比。肉铺老板摆出上好的货色，看起来仿佛是陈列在圣殿的血淋淋的战利品，头颅上獠牙突出，很像法国漫画中的英国旅行者形象。鲜血滴落在石子路上，很快就引来成群的苍蝇。驮在骡背上的篮子东摇西晃，对道路两旁的小摊构成了极大的威胁，间或还会涌来一群绵羊，顿时阻断了往来的交通。在纷乱的"咩咩"声中，有的羊误打误撞地闯进路旁的商铺，但很快就被伙计们轰了出来。牧羊人往来奔忙，牧羊犬跑前跑后。在人群中艰难行进的还有从阿尔巴尼亚来的行商，跟在里拉修道院见到的情景差不多，仍旧背着那个装满美酒的大铜罐子。有时，头顶的屋檐就快挨到一起，透过门洞，我看见恬静的庭院，妇女们正忙着操作手里的织布机，葡萄架下，羊皮帽、宽边红腰带和鹿皮靴零乱地堆放在咖啡馆和酒馆的桌旁。

这里还有尖顶的清真寺和热气腾腾的土耳其浴室。在"铁门"旁边、多瑙河中的阿达卡勒夫小岛上，我生平第一次见到了土耳其人；而现在，我几乎被摩肩接踵的土耳其人包围。他们跟保加利亚人一样系着红色腰带，只不过下装是宽松的黑色裤子，脚上穿着拖鞋，头上戴着红色土耳其毡帽或扎着深紫红色的头巾。老旧的帽子有些褪色，头巾也破破烂烂，不过还能辨认出上面多彩的图案和花纹，偶尔还夹杂着一抹绿色，表明他是先知的后代。人们盘腿而坐，手里拨弄着琥珀念珠，眼帘低垂，不声不响地抽着水烟袋。粗看上去，他们的装束没什么分别，但仔细打量，还是有些差异。有些人正拿着水桶给驴子舀水，他们头上不是常见的毡帽，而是戴着灰色或白色的便帽，像阿拉伯式建筑的圆顶，也像游牧民族萨拉森人的头盔。娜代日达告诉我，眼前这些人是居住在东南方哈斯科沃附近、罗多彼山脉中的波马克人。他们有时候会跟随骆驼商队来到此地，可惜行人太过拥挤，除了后背和快要戳到顶篷的帽子，我并没有看清他们的样子。要是运气好的话，我还会遇上瓦拉几亚人，他们中有些分布在马其顿西南部，以放牧为生，能讲带有斯拉夫口音的拉丁语。瓦拉几亚人和罗马尼亚人属于同一个民族，后来，我在希腊的塞萨利和品都斯山脉还遇见过。至于波马克人，据说是在土耳其占领后，皈依伊斯兰教的保加利亚人，他们虽然以保加利亚语为母语，但却是虔诚的穆斯林。在整个奥斯曼土耳其帝国中，只有波马克人是苏丹的坚定拥护者，还帮助最高统治者镇压当地的叛乱。他们怀着宗教热情，屠杀了成千上万的同胞。有些学者认为波马克人的祖先是北欧的蛮夷部落，也有一些希腊学者声称波马克人是色雷斯人的后裔，理由是在希腊境内，科多斯和厄其诺斯附近，罗多彼山脉的山坡上，还分布着许多波马克人村落。同样在这片山脉，国境线的两侧，还住着少数克兹巴什人，这些当地人口中的"红头发人"是信奉哈扎特·阿里的什叶派穆斯林，与古时候生活在波斯的穆斯林教派同属一支。趁着土耳其人忙于和波兰人、威尼斯人作战，伊斯玛仪一世萨法维控制了小亚细亚，什叶派教义散播开来。此后，教徒们辗转来到色雷斯，并因此被逊尼派土耳其人和波马克人革除教门。望着这些为了信仰而背井离乡的人，我的心中充满敬畏之情。

　　拐个弯，店铺的招牌都变成了希腊语，风格也变得浪漫洒脱起来。那时我已经对这种语言有了些许了解，正准备多花些功夫熟练掌握。店铺上的人名一看就是基督徒，不是叫萨尔基斯、海克，就是叫克里科、迪克伦或阿戈，名字都以"扬"字结尾。咖啡馆里，亚美尼亚人读着用本民族语言写成的作品，在外人眼里，这种文字与埃塞俄比亚人使用的阿姆哈拉语很相似。还有些人凑在一起闲聊，敏锐的眼神越过挺拔的鼻梁，让外来人感觉仿佛见到了巴西丛林里的犀鸟。

而走到另一个街区，招牌上的姓就变成了艾萨克、雅各布、艾弗拉姆、海姆或纳胡姆，西班牙犹太人店主，在堆积如山的棉花或萨丁布中钻进钻出。我在巴纳特省旅行时[1]，曾经住在阿什肯纳兹犹太人家里，这些中欧和东欧血统的犹太人分布在从俄国腹地到大西洋的广大区域，而与之呼应的西班牙犹太人则主要分布在欧洲大陆南部。在古罗马皇帝提图斯血洗圣城耶路撒冷后，这一支犹太人踏上漫长的迁徙之路，跟随攻无不克的摩尔人穿越北非，最后到达西班牙。过去的几百年里，他们安居乐业，而且在开明的安达卢西亚埃米尔统治之下，犹太人迎来了历史上的"黄金时期"，产生了一大批商人、科学家、医生、哲学家和诗人，出生于西班牙的犹太哲学家迈蒙尼德就是其中的佼佼者。一四九二年，也就是哥伦布发现新大陆的那一年，天主教国王费迪南德二世与伊莎贝拉女王的军队攻下了统治伊比利亚半岛南部的摩尔人的最后一个据点——格拉纳达，宗教法庭宣布将当地的犹太人驱逐出境，有些与来自葡萄牙的犹太难民会合，逃往当时敢于挑战西班牙强权的荷兰，还有些人在接下来几十年里远渡重洋，来到新发现的美洲大陆，足迹遍及巴西伯南布哥州和加勒比海岸。近代"最伟大的犹太人"斯宾诺莎就出生于荷兰的犹太家庭，而英国也有不少名人是犹太人，比如洛佩兹和蒙特菲奥里，第一位犹太拳击冠军门多萨，英国首相迪斯累利。不过，大多数被驱逐的犹太人都迁往东方，返回了黎凡特盆地；或者成为美第奇家族的客人，散居在位于里沃纳和格罗塞托的托斯卡纳海岸；或者回到奥斯曼土耳其，受到帝国苏丹的庇护。

---

[1]详见《山林与水泽之间》一书，巴纳特省是罗马尼亚西部的多民族聚居区。

他们定居在诸如君士坦丁堡、萨洛尼卡、士麦那和罗兹岛这样的港口，据说离船上岸时几乎一无所有，只带了经卷和修建于哥多华、格拉纳达与加的斯的豪宅的大门钥匙。究竟有没有这样的房子，我没有亲眼目睹，所以也没有发言权。在巴耶济德二世、塞利姆一世和苏莱曼一世统治时期，犹太人的身影已经遍及巴尔干的城镇，我听说他们仍在使用流行于十五世纪安达卢西亚的拉地诺语。站在柜台边，我竖起耳朵仔细倾听："还好吗？挺好的！我也是。"

还有一个在旁人眼中神秘的宗教派别：东仪天主教会。这样说，倒不是因为他们是完全承认罗马教廷地位的一支很小的东正教分支，而是因为他们拥有极大的自治权，可以使用东方礼仪、东方教义，甚至有一本专门的东仪天主教法典。在原始基督教时期，"二元论"被认为是旁门左道，兴盛于小亚细亚一带。基督教"二元论"源于初期的诺斯替教和波斯的拜火教，认为世间存在善神和恶神，分别代表了光明与黑暗、善良与罪恶。两种力量势均力敌，形成每个人终其一生的灵魂争斗。"二元论"的信徒往往性格朴实、心地善良，笃信的教义也与众不同，比如不崇拜圣母玛利亚；自身划十字时，横线从右肩到左肩，而非从左至右；以行厌恶之事完成救赎和人类最终的命运是走向灭绝。在正统基督教看来，这些观点无异于异端邪说，必须被无情地扼杀和剿灭。与此同时，发源于古代波斯王朝的摩尼教也在基督教世界秘密传播。公元九世纪，拜占庭帝国皇帝亚历克赛·康尼努斯下令镇压在幼发拉底河流域的摩尼教保罗派，将其流亡到菲利普波里斯，即现在的普罗夫迪夫。由于教义相似，保罗派与十世纪盛行于保加利亚的鲍格米勒派和谐共存，该派别以创始人鲍格米勒的名字命名。保罗派以保加利亚为据点，向西传教；皈依伊斯兰的鲍格米勒派则培育了波斯尼亚和黑塞哥维那的穆斯林信徒。东方的商贾在当地行吟诗人的怂恿下，夹带着被查禁的经卷来到西方，阿比尔派或纯洁异端派的教徒们，穿行在普罗旺斯与朗格多克的村镇和城堡之间。随后，西蒙·德·蒙德福特的军队与教徒们爆发了"阿尔比十字军战役"，位于比利牛斯山脚的蒙特色拉特堡垒最终被攻下，被俘的异端分子都被送上了火刑架。残存的菲利普波里斯的保罗派教徒，最终在十七世纪归顺了耶稣会，并在马里查河边修建教堂，沿用至今。尽管发源于小亚细亚，后人却更多地将保罗派与保加利亚人联系起来，古代法语中将异教徒称作"bougress"，意思是"恶棍"；对摩尼教的偏见则更多与性相关，古英语中的新词"bugger"（同性恋者）就来源于此。

　　还有很多地方值得一逛。我在迷宫般的市集转悠了好几个小时，累了就坐在咖啡馆门前的凉亭下歇口气。不过耳朵可闲不下来。树荫里有人在玩扑克牌，骰子或双陆棋子清脆地撞击，更能听见从街巷里传来的各种语言和方言。别急，还得加上吉卜赛语。两个吉卜赛女人坐在不远处的石子路上，修长的手指戴着金属戒指，指间夹了根香烟。这里算是城市的郊区，住着相当数量的吉卜赛人，他们身上黄色、橙色、红色、淡紫色和深紫色的衣裙让本已色彩丰富的集市更加流光溢彩。一位穿着带补丁黑色衣服、头戴无沿帽子的修士把两个甜瓜分别夹在胳膊下，一瘸一拐地从我身旁走过。对面的吉卜赛铁匠挥动手中的锤子，熟练地将铁皮打成一副驴掌。除开咖啡的香气，我的鼻子捕捉到更多的、带有巴尔干特色的味道，比如汗味、灰尘、焦煳味、血腥味、水烟、粪便、斯利沃酒、葡萄酒、烤羊肉和辣椒，其间伴随着偶尔飘过的玫瑰香与薰香。不知年幼的亚历山大大帝当年是否看到过同样的景象，因为他的父亲曾率军东征色雷斯人并驻扎于此。后来，罗马皇帝图拉真、哈德良与马可·奥勒留扩建了城池。还有个悲伤的传说与这座城市相关，诗人俄耳甫斯就是在这里忘记了冥王哈迪斯的叮嘱，扭头看了妻子欧律狄刻一样，让死亡的长臂再一次将妻子拉回地府。

希腊人也许自建城之始就涉足此地，不过，如果有关保加利亚裔穆斯林波马克人的历史属实，普罗夫迪夫才会发展成各民族的聚居地，这真让人感慨。至今，保加利亚人仍居住在遥远的伏尔加河流域与乌拉尔山之间，而斯拉夫人还在北方维斯瓦河、德涅斯特河与普里佩特河流域繁衍生息。蒙古高原上的土耳其人，伊朗平原和山地上的克孜巴什人，犹大王国与巴比伦王国的西班牙、葡萄牙裔犹太人，多瑙河流域达契亚高地的瓦拉几亚人，伊利里亚与亚克罗西尼亚山脉的阿尔巴尼亚人，阿勒山山麓与凡湖边的亚美尼亚人，幼发拉底河流域的前保罗派天主教徒，俾路支边境附近德拉威平原上的吉卜赛人。还有那个制作马具的黑人，他的祖籍是努比亚峡谷、尼罗河上游覆盖着森林、有狮子出没的王国，还是埃塞俄比亚？英国的历史也是如此，不妨想想爱尔兰的沼泽地、督伊德教出没的丛林、终年不见阳光的峡湾、易北河河口的撒克逊人定居点，还有朱特人盘踞的海岸。

该再喝上一杯斯利沃酒，吃几个烤辣椒了。巷子深处的篷子上突然出现了一块阴影，顺着一张张帆布，转眼间便来到我的头顶，影子在桌面停顿了片刻，又继续朝前移动了。从透着阳光的顶篷的缝隙，我清楚地看见鹳鸟深红色的喙和白色的长脖子，腹部的羽毛像雪一样白，伸展开的翅膀足足有六英尺宽，在气流的抬升下，黑色的翼羽向上翻着，如同一根根分开的手指。顺着白色的腹部，线条逐渐变得尖细。翘起的尾翼活像一把扇子，鸟腿上仿佛涂着红色的漆，每一个蜷曲的足尖都呈流线型。不过，在阳光下，鹳鸟只是映在帆布上的巨大影子，看上去既呆滞又无精打采，让人根本想象不到这是一只迁徙中的飞鸟。影子顺着屋檐和烟囱滑行，倾斜着掠过弯道，盘旋着飞上了天空。每个人的一生，也有这样的兜兜转转吧！

娜代日达家里藏有《拉鲁斯法语词典》、多卷本的《迈尔斯会话词典》，以及不少讲君士坦丁堡的法文书，甚至还有《奥德赛》的法译本，大小正好用来熨烫衣服。我大声地给她朗诵书中的经典片段，检查她背诵时出现的错误，还向她推荐波德莱尔的诗歌。她的年龄比我大一天，但我的法语比她好一点，这样就扯平了。她想让自己看上去像索邦大学的在校生，于是剪了齐耳短发，身穿白衬衣、黑褶裙，歪戴贝雷帽，这样的装束屡屡让她混进了校园。

在娜代日达家的第二天清晨，她翻出一堆漂亮的民族服饰，有希腊风格的，也有保加利亚风格的，很多岁数都超过了一百年。有带椭圆形刺绣的罩衫，多种颜色的围裙，湖绿色天鹅绒制成的长裙，衣袖上织着金丝银线的松石绿丝质紧身胸衣，挂着奥地利和土耳其金币的三角胸衣，嵌着波斯蔓藤花纹腰片的腰带，丝绸手帕，带黑色缎面流苏的红色毡帽和带刺绣的天鹅绒面皮拖鞋。其中几件风格很粗犷，也有些还算典雅。我鼓动她穿上身试试，想不到一下子就激起了她的兴趣，换了一套又一套，然后像人体模型一样，双手叉腰站在我面前。她得意地踮着脚尖转圈子，或者斜躺在沙发椅上，含情脉脉地望着我，金色的头发垂下来，看上去就像格鲁吉亚或切尔克斯的宫女。

在这个百宝箱的最下层，我们还找到了几杆土耳其造的老枪，樱桃木制的枪管足有几英尺长，陶瓷枪柄，琥珀枪口。其余的传家宝包括银质长筒燧发枪，牛角制成的火药筒，短弯刀，象牙柄穆斯林弯刀和刀刃上刻着土耳其、希腊与保加利亚花体文字的土耳其弯刀。我们从银刀鞘中抽出这些利刃，一手拿着弯刀，一手握着短剑，面对面地比划着，假装对方是决斗的对手。刀刃相互撞击，发出铿锵的声音，两位决斗者靠得越来越近，道道寒光在眼前晃动，终于有人倒下了，挣扎着从地板爬向沙发椅，最后体力不支，在呻吟中咽下了最后一口气。不过，他很快又复活了，叫喊着朝自己的对手杀去。喧闹声和地板发出的砰砰声惊扰了娜代日达的外公，颤抖的声音从他房间里传来，老人家不知道家里是不是发生了什么变故。

在我的日记本上，娜代日达写了满满三页保加利亚语中常用的表达法，希望我在旅途中能够用得上。即便是现在，我都还知道这些斯拉夫字母组合的意思。打头的一句是"*Gospodine, az sum Anglitchanin i az hodya pesha ot London za Tzarigrad*"，意思是"先生，我是英国人，正步行从伦敦前往君士坦丁堡"。"*Tzarigrad*"是君士坦丁堡？是的，娜代日达告诉我，在保加利亚语中，君士坦丁堡叫"*Tzarigrad*"，即"沙皇的城池"，确切一点说是拜占庭皇帝的称谓。"*Kolko ban*？"多少钱？"*Mnogo losho*"，真糟糕；"*tchudesno*"，棒极了；"*Cherno More*"，黑海；"那个西瓜有多重？""我的床上都是臭虫，你这个卑鄙的家伙！"诸如此类的表达。我慢慢地朗读，她边听边纠正我的发音。我还学了些常见的恭维话。"说不定什么时候就派上用场了，"她说，"你的眼睛像闪烁的星星！""你的头发和眼睛让我倾倒！""你是我见过的世上最漂亮的姑娘！""跟我一起飞翔吧！"

娜代日达是个知识面广、精力充沛的向导。我们来到博物馆里，仔细端详陈列的古代色雷斯展品，最吸引人的是绘制了图案的瓷板，上面有武士、马背上的猎手、罩着奇怪面纱的女人和戴着死亡面具的色雷斯王子。很多在战争爆发后被发现的奇珍异宝，包括我以前在图片上见过的黄金碟子、女人头形水壶、鹿头杯子和半人马手柄的两耳细颈酒罐，如今仍深藏于地下。

我们去了城外罗多彼山北坡的修道院。抛开那些重建的教堂和里拉修道院现代的造像，我终于有幸在有生之年，头一次亲眼见到古老的拜占庭教堂。教堂有高高的围墙，四周环绕着草坪和卵石路。在柏树茂密的树冠下，灰褐色的墙、金色的砖、窗口狭小的塔楼、色彩暗淡的穹顶，都透露出一股沧桑感。瓦片由于年代久远有些剥落，金属格栅在雨水的侵蚀下锈迹斑斑。在随后的几十年中，我还会见到更多类似的教堂。走进正堂，金色的阳光从头顶的窗户照进来，正好让不太适应黑暗的眼睛逐渐恢复功能。穿过半圆形的拱廊，走过内殿的门廊，就到了礼拜堂的前廊。教堂的丨字形翼部、东端凸出的半圆壁龛和分隔内殿的屏饰，都成为壁画上人物的背景。画面中有圣人和天使、戴着王冠的国王和王后、圣像的光轮、末日审判和受难。每个头像的旁边都写有拜占庭字体的希腊语，详细地介绍了该人物的生平和故事。壁画上的圣人，如同庞大军队里孤独的哨兵和先遣队，他们分散在成百上千座教堂里等待我去发现，在靠近波兰和俄国边境、罗马尼亚北部的布科维纳，在埃及，在西西里岛和小亚细亚东部的古卡帕多西亚王国，我都看到了他们的身影。

我已经不记得壁画上的细节了。那时，我还没有培养出成熟的观察力，很多被忽略掉的东西要等到错过之后才恍然大悟。唯一刻在我脑海里的，是施洗者圣约翰舀起约旦河的圣水为耶稣施以洗礼，因为接下来我在伊万·普里欧巴津斯基修道院的壁画上也见到了他，但不知道他的名字。娜代日达告诉我这是先知圣约翰，希腊语的叫法是约安尼斯·普罗德罗莫斯。壁画静静地向人们讲述宗教史上的传奇故事，让灵魂营造一个谨慎的安生之所。这样看来，穹顶上的瓦是用何种材料铺成，是奢侈还是简陋，有什么关系呢？岁月洗去了往日的铅华，留下饱受摧残的砖瓦，又有什么大不了呢？疑问越来越多，却无关紧要。记忆常常会逃避我们刻意想记住的面容和场景，反倒是不经意的一瞥，随着时光的流逝会愈加清晰。至今，我还记得头顶上葡萄藤洒下的绿荫，阳光透过枝叶间的缝隙，在石板上映出像星星和钻石一般的光点。我们还坐在巨大的悬铃树下，热烈讨论波德莱尔的名诗《恶之花》。记得有人曾提醒过，永远不要轻视艺术作品的力量。诗歌、绘画、音乐、书籍或一些随感会改变人的一生，甚至让两个人坠入爱河或成为终生的密友。命运就像一根根扯不断的线，编织出人们的前世今生。起跑线上，沉闷的发令枪声响起。在我漫长的人生中，这段旅途点缀着许多值得回味的节点，不论是雾霭中的拂晓，还是主显节上朴实无华的服装。

在市中心的花园里，在人工搭建的花台、宽阔的街道、线条简洁的市政大楼和银行之间，有一块舞池。华灯初上，乐队成员在树丛中奏响手中的乐器，优美的旋律吸引了普罗夫迪夫的文化精英们。娜代日达和在里拉修道院遇上的那群学生带我来到舞池，还把我介绍给他们的同学，轻松活跃的气氛中，白天的劳顿烟消云散。乐队演奏的曲目比我在特兰西瓦尼亚听到的还要古老，虽然有几支狐步舞，但中欧的传统华尔兹似乎更为流行，还有我压根就不擅长的探戈舞。我脚上穿着在奥尔绍瓦买的棕色球鞋，小心翼翼地迈开舞步，一开始步子有些不稳，慢慢地就掌握了节奏和韵律，虽说跳得马马虎虎，但总算没有辜负舞伴的期望。一个女歌手站在舞台上，高声唱着德语歌，台下跳舞的人群也跟随着她抑扬顿挫的歌声，跳得越来越热烈。

几小时后，伴着皎洁的月光，我们潜行在静静的街头。手里拿着酒瓶，爬上马里查河边的小船，划到水中央，一边唱歌，一边传递手里的酒瓶，最后把船泊在树丛中。对保加利亚人来说，这样的聚会不过是喜欢恶作剧的天性的一种释放，他们中有兄弟姐妹，还有的是已经订婚的准新人，新郎是年轻的军官。我们决定比赛，看谁能一口气快速喝光杯子里的酒。女孩子们大多只能灌下一小口，这时娜代日达挺身而出，"看我的！"她夺过杯子，一饮而尽，然后像狗一样抖动着身子，甩着头发，周围掌声、欢呼声响成一片。按规矩，受邀参加聚会的客人要唱一首家乡的歌曲。我唱起《镇上有家小酒馆》，兴许是醉了，舌头有些打结，不过要是你遇上同样的情形，我还是强烈推荐这首英国民谣。你可以自由发挥，快板也行，慢板也行，总之能符合当时的气氛。要不然，还可以唱《那些年轻的可人儿》。我迫不及待地想听听地道的保加利亚民歌，在拉多米尔的巴士车上，我听过同行的女乘客反复哼唱的曲子，现在终于有机会向学生们请教了。"为什么对我生气，我的爱人？为什么不理我？是因为你没有骏马，还是你忘记了回来的路？"

　　悠扬的歌声回荡在空中，令人意犹未尽。他们缓缓地唱出复杂而优美的旋律，还转了几次调门。忧郁而魅惑的乐声浮在月色袅袅的河面上，让我不禁有些飘飘然。

　　第二天早上，我们俩把柜子里的古董衣服又翻出来，精心挑选华美的服饰，把娜代日达打扮得光彩照人。一条深红色天鹅绒长裙，一件绿色绣花紧身上衣。上衣带有金色花边蕾丝，钉着小金纽扣，撒开的袖口从手腕垂到肘部，看上去像郁金香的花瓣。银扣子的腰带，可以挂起来的金币和金链子。一顶金红色边的毡帽歪戴在梳理整齐的金发上。我为她设计了名画上宫女的造型，一只手上斜握着土耳其长烟管，另一只胳膊慵懒地搭在沙发椅背后。阳光从窗玻璃照进来，抬头便能望见树冠、房檐、穹顶和高山，形成一幅引人入胜的景致。她俨然是被俘的切克尔斯公主，或者是拜伦诗中的女主角：艾瑟、海伊黛或希腊海盗的美丽女儿。一切准备就绪，我掏出素描本，专心地画起来。绘画并不是我的专长，只是断断续续学过一阵子，靠着慢工出细活，我还完成过几幅看上去不太糟糕的画作。我抓住这个千载难逢的机会，尽可能抓住娜代日达故意装出的愁眉不展的神情。花了一小时，总算大功告成，也不知道画上的女子能不能令她满意，如果还过得去，我会把这幅画作为我们分别时的礼物，因为我明天又要动身上路了。分别总是让人忧伤。她一改往日活泼的样子，安静而耐心地充当我的模特。画面美极了！毡帽的流苏拖到绿色上衣的肩头，丝绸的光泽在敞亮的房间里熠熠生辉。我们聊着天，听她背诵《梅莉娜与玛格丽特》中的句子。她是如此美丽、善良、聪明，不由让我想起头一天读过的《荷马史诗》，要是能一直待在这儿该有多好，就像奥德赛住在海中女神的洞穴里一样。

"这样该多好，"娜代日达突然打破了长久的沉默，脸上露出漫不经心的微笑，"如果你能一直待在这儿，就像奥德赛住在海中女神的洞穴里一样。"

"我刚刚也是这么想的。"

其实在头一天，我的旅行计划发生了很大变化。我本来打算顺着马里查河谷走，在阿德里安堡穿越土耳其边境，然后取道色雷斯前往君士坦丁堡。但在前天夜里，我与娜代日达聊起白天去过的普里欧巴津斯基修道院，谈到拜占庭壁画，她说画面虽然精美，但还是比不上巴尔干半岛最北边大特尔诺沃地区的宗教壁画作品。更何况，那里还是土耳其人入侵前古保加利亚帝国的首都，在保加利亚历史中的地位不亚于里拉修道院，甚至还要重要些。再说马里查河谷气候炎热，地势平坦，一路上都是稻田和烟草地，蚊蝇滋生，空气污浊。学生们也同意娜代日达的意见，于是我们在沙发椅上摊开地图，标注出全新的路线。我要翻越群山，沿着小路到达特尔诺沃，然后折向东边，走到黑海之滨，再顺着海岸线朝南进发，抵达伊斯坦布尔。这样一来，要多走几百英里，但我觉得很值得。黑海是不能错过的景点，而且我也不赶时间。一想到路途上可能遇上的奇景和艰险，我忍不住兴奋起来。

故地重游，我们晚上又去了市中心的舞池，一直跳到散场。我们漫步在月光下，从一个山包爬到另一个山包，俯瞰着星星点点的灯光和空无一人的街巷。走累了就坐在台阶上歇口气，直到下半夜才回家。

临行前，我向娜代日达的外公道别。过去三天中，我一有空就陪他聊天散心，老人家舍不得我离开，但还是觉得我应该再次启程，多见见世面。他送给我一本皮面的弗里埃尔《希腊流行歌曲集》，并叮嘱我到雅典后代他造访帕特农神庙。他从没去过那里，"照现在这样子，一辈子也没机会去了"。他悲伤地喃喃自语，就像一位穆斯林终生未能完成去麦加朝觐的夙愿。娜代日达陪我出了城北，我们手挽着手，在树林里走了三英里。她塞给我一个包裹，里面装着面包、哈尔瓦芝麻蜜饼、奶酪、煮鸡蛋、苹果和一瓶斯利沃酒。她还送我六包英国牌子的香烟作为临别赠礼，也不知道她什么时候溜出过家门，偷偷买了这些。印有大胡子水手头像的香烟盒上贴满了税票，一看就价格不菲。我被彻底地感动了。等悲伤的心情平复下来，我们紧紧相拥了好一阵子，然后才依依不舍地松开手，各自朝相反方向迈开沉重的脚步。空气中带着绝望的味道，我们一步三回头，不停地挥舞手臂，一直等到看不见对方的人影。手臂还在用力地挥动，心中纵然千般痛楚，也不愿在对方面前流露。

旅途中，这样令人心碎的离别场景并不常见。虽然我一路上我致过很多次告别辞，但不是每一次都像这样痛彻心扉，有时也很敷衍，甚至是一种解脱。离别时，有一丝挥之不去的忧郁，有一种突如其来的亲切，对方拍着你的肩膀，提醒你提防路上的危险，每个人都很和善，好像是我的老朋友，而告别的话语出了口，今生也许无缘再次相见。人与人之间有自然而然的亲切感，这种感觉打破了地域和种族的藩篱，加深了彼此间的信任和友爱，虽然有时不便于说出口，但根植于内心深处。欢聚和离别让人们摆脱孤立无援之感，这便是我在特兰西瓦尼亚和旅行到其他地方时的最大感受。

"瞧，草地已经荒芜，月桂树颓然倒伏。"这句歌词最近一直在我耳边回响。

3. 穿越巴尔干

我一鼓作气，全速向北行进，穿过炎热的平原地带。被烈日烘烤过的小块田地上，男男女女正在辛勤劳作。他们使用木头做的耙犁和扁斧，在精心开垦和灌溉过的土地上种植庄稼。烟叶是这里最主要的农作物，成片的烟草田像一首阴郁的田园诗。在远处，有时会浮现一片诡异的绿色。是沼泽地、海市蜃楼，还是此前听说过的稻田？繁重的农活，加上严酷的环境，让人难免感到萎靡不振。只要能稍微缓口气，人们就感到一丝欢愉，但这种转瞬即逝的欢愉，又让人们的内心有负罪感，觉得自己不够勤奋和节俭。如果这是片贫瘠的土地，像沙漠、冻土和高原一样，或者只能用来放牧，那么能有点收成，还奢望些什么呢？难不成要把这里变成如浩瀚大海一样辽阔的麦田？不过外人可不这么想，眼前凄凉而凋敝的景象让他们心情忧郁，觉得这里的农户过于懒惰，但世间很多事情看起来容易，做起来难。

幸好，北方的地平线上浮现出山峦美丽的身影，安抚了我的心情。我大步流星朝峡口走去，峡口宛如天然的关卡，将西边的斯雷那山脉和东边的卡拉贾山分开。为了尽快走出平原地带，我沿着小路走向斯雷那山脉一侧。娜代日达给的食物已经差不多吃光了，我躺在牧羊人用树枝搭建的坡屋里，这里地势高、气温低，冷得我好几次爬起身观察屋外的天色，期待黎明早些到来。我点燃一根珍贵的香烟，提提精神。北边有一片数英里宽苍翠的幽谷，对面便是拔地而起的、金棕色的巴尔干山脉。好一个崭新的世界！中空的树槽里积着冰冷的山泉，我用手把水捧起来，喝了两口，又顺便擦了把脸。林间有肥沃的腐殖土，小草长得又绿又密，在下山的路上，我啃完了娜代日达送我的最后一个苹果，云影掠过巴尔干山脉上的陡坡与沟壑。天已经大亮了，我翻到山的另一边，涉过小河，终于从干旱的平原来到流水潺潺的卡尔洛沃镇。

卡尔诺沃建在河岸坡度平缓的岩石上，木头屋檐富有层次，墙壁五颜六色，有白色、绿色、赭石色和红色，房屋间点缀着茂密的树冠和王冠般的尖塔。小镇背靠郁郁葱葱的山坡，卵石铺成的小路从镇上穿过，小河两岸垂柳成行，每一户人家的庭院都栽着树，修了高高的木头院门。行路的人太多，将石阶上走出了浅浅的坑，拾级而上，路旁依次开着马具铺、铁匠铺、锡匠铺与木匠铺，看上去都忙得热火朝天。阳光下，做帽子的把一顶顶鹿皮毡帽搁在小木桩上，鹿皮鞋垒成了小金字塔，这种土耳其风格的凉鞋可以方便地拆开，垫在腿下做祷告，或者铺在长椅上小憩。除此之外，红色的毡帽更是必不可少。

带有坡度的街巷在一块广场会合。广场一端建了清真寺，扎着头巾、戴着毡帽的土耳其人摩肩接踵。女人都穿着长裤，罩着黑色的袍子，只露出眼睛，她们头顶着沉重的篮子和桶，或者肩背着摇摇晃晃的铜水罐。

这是我生平第一次见到这么多土耳其人。跋涉好几百英里来到此地，逐渐加深了我对昔日帝国的印象，也激起了我对这个民族的好奇心。他们是最靠近西方的东方人，是来自中亚的萨满部落的后裔，是横扫一切的蒙古人的子孙。他们涌向西方，皈依穆斯林世界，建立鲁姆苏丹国，征服东罗马帝国并夺取君士坦丁堡，比野蛮的哥德人早一千年给欧洲带来巨大的灾难。他们的帝国延及亚非大陆，包括四分之三的地中海海岸，从赫拉克勒斯之柱，到北面的波兰、俄罗斯与西面的维也纳，如果从雷根斯堡出发，只需一天就能到达慕尼黑。我们还记得，西班牙的摩尔人在卢瓦尔河畔的图尔市停下了脚步，如果土耳其人的足迹再远一些，圣彼得大教堂、巴黎圣母院和威斯敏斯特教堂也许会成为三座知名的修道院，与君士坦丁堡的索非亚大教堂一起听命于同样的教皇。

小城是在星期二被攻占的，后来，当地的东正教徒把每年那一天都看作不祥的日子，出行和开业都不宜。在亚洲，绿色象征着先知的降临，而在欧洲，不知是不是土耳其征服者曾举着绿色的旗帜，这个颜色也有了不好的联想？我时常在想，如果人们发自内心地感激法兰克王国宫相查理·马特和保卫维也纳的索别斯基，因为他们成功抵御了伊斯兰教对基督教世界的入侵，一定也会谴责第四次十字军东征和基督教的贪欲与偏见。因为正是打着宗教的旗号，骑士们洗劫了君士坦丁堡，摧毁了拜占庭帝国，让厄运笼罩在东方。奥斯曼帝国入侵欧洲，好比洪水淹没了田地，究竟造成何种影响，众说纷纭。

他们的大军横扫欧洲平原，场面壮观无比，包括安纳托利亚步兵、亚细亚马队、阿拉伯贝多因骑兵、东部沙漠的弓箭手以及阿尔巴尼亚人、鞑靼人、切尔克斯人组成的先遣队和非洲黑人。还有戴着奇怪徽章和羽毛头盔的奥斯曼帝国士兵，他们中大多数是被诱拐或劫掠来的基督教孩子，长大后皈依了穆斯林世界，并被训练成冷血的武士，伴随着长号与铜鼓奏响的激昂军乐，敲打着背在身上的巨大青铜汤锅，以排山倒海般的气势向敌阵发起冲锋。武士们的身后还有佩戴巨大木剑的托钵僧，数不清的骆驼和大口径的火炮，战旗猎猎飘扬，马尾扬起的尘土几乎遮住了月亮，只微弱映出一片骇人的绿光。在最初几个世纪，苏丹会亲率大军出征，并挥剑冲在最前面。后来，当苏丹王"雷神之锤"巴雅泽特、"征服者"穆罕默德二世、"伟大的"苏莱曼一世和塞利姆一世都成为传说，军队常常由大雅齐尔、大将军或帕夏率领，而成为傀儡的苏丹王则像被关在笼子里的金丝雀[1]，他们在凉亭、花园和后宫里打发时光，下下棋，与妻子、嫔妃和宠臣寻欢作乐，种郁金香，用土耳其语、波斯语和阿拉伯语写四行诗，或者大肆搜刮龙涎香和黑貂皮，穷凶极奢地让国库空虚，帝国岌岌可危。苏丹王既是帝国的皇帝，也是伊斯兰教主哈里发。如果他遥远的追随者洗劫了一座基督教城池，就不可避免会爆发一场圣战。如果武士在战场上阵亡，人们会解下裹在死者头部、在贝里尼和皮萨内罗画笔下出现过的白色大方巾，从剃过的头皮上剪下仅存的几绺头发，交缠在神像带有法力的食指上，这样死者的灵魂就能得到超度，在风和日丽的天堂与纯真无邪的少女朝夕相伴。

广场上，这些土耳其人的后代看上去依然保留着粗犷而豪放的作风。跟他们的保加利亚邻居一样，大多靠放牧与耕田为生，身穿有补丁和褶子的裤子，头戴褪了颜色的头巾和毡帽。不过，他们比保加利亚人清闲许多，很多人盘腿坐在清真寺墙边阳光明媚的凉廊里，一边轻声交谈，一边喝着咖啡、吸着水烟袋或忙着斋戒。又有人用手轻触自己的心脏、嘴唇和前额位置，加入聊天者的队伍，大家也纷纷行同样的额手礼向对方致敬，在深鞠躬的同时把右手举

---

[1] 自十七世纪初始，差不多有两百年时间，奥斯曼土耳其帝国的王储及其兄弟被软禁在皇宫一隅，时人将其称为"笼子"。假如去世的苏丹王没有子嗣，则由他的兄弟继承王位，但实际权力仍掌握在他人之手。

到前额上。我走到清真寺门口，一位面带微笑的老人向我行礼致意，他是清真寺的宣礼吏，有湖水般清澈的蓝眼睛，白色的胡须，毡帽上裹着洗烫过的头巾。我问能不能进去参观，他领着我，赤脚走上清真寺的地毯。中空的穹顶正下方，是正殿纵深处墙正中间指向麦加方向的小拱门，顺着台阶就到了讲经坛，每天固定时间，老人会站在这里高声宣讲《古兰经》。简单介绍后，他让我随便转转，自己慢慢地鞠了几次躬，然后屈膝跪倒，将身子前倾，头贴在地毯上。随后直起身来，盘腿坐着，沉浸在祷词中。有时举起双手，手心向上，分别放在身体两侧几秒钟，好像在施放光明或看不见的礼物。合起来的手掌贴在腿上，裤子的褶皱顺着腰带的红色边缘呈扇形徐徐展开。征得他的允许，我爬上了清真寺的尖塔。

塔里热得像块熨斗，我满头大汗地靠在护墙上，俯瞰高低不一的木头房檐和树梢。远方，斯雷那山脉与卡拉贾山群峰林立，沟壑丛生。我从塔上下来，见老人还在目视前方，双手向上举在身旁，便不敢打扰，蹑手蹑脚地溜了出去。

在桑树下小睡了片刻，我步行来到沿山石奔流而下的清泉旁，清冽的泉水为当地人的生活提供了很大方便。太阳下山前，我返回清真寺。老人正凭栏立在塔上，将双手平举到脸颊旁，在夕阳的余晖中，身影高大而威严。他开始缓慢地用阿拉伯语像信徒发出第一声呼唤，提醒他们晚祷的时间到了，拉长的高音如泣如诉，划破了宁静的暮霭。停顿了一会儿，宣礼声再次重复，紧接着是一阵沉默，从宣礼吏口中念出一个更长的句子，余音袅袅，响彻云霄。

沉默的间隙仿佛是湖面上掀起的涟漪，眼看着水面就快恢复平静，耳畔又传来声声呼唤，如同向水里又扔进一个小石块，搅起阵阵微澜。宣礼吏走到塔的另一角，继续完成自己神圣而庄严的使命，这一次，他的音调好像有些变化。等到最后一遍宣礼喊出，句子间的停顿已经延伸为一片沉寂，祷词跟随天光云影，掠过田野和高山，最后幻化成永恒。护墙上没有了宣礼吏的身影，取而代之的是一弯升起来的新月，老人正顺着螺旋形的梯子走下来，太阳已经落到斯塔拉山和斯雷那山背后，桑树下不知什么时候多了许多飞翔的燕子，叽叽喳喳地吵个不停。

第二天一早，我被清真寺传来的宣礼声惊醒，晨曦从尖塔的背后照过来。我一边起身，一边寻思着，如果按常人的说法，土耳其人带给欧洲的只有灾难与毁灭，那么眼前这些迷人而富有魅力的历史遗迹，难道不是他们留给欧洲的礼物？迥异的建筑风格，雕刻花纹的屋檐，巴洛克式的石膏板，古井和清泉，带立柱的凉廊，还有清真寺的穹顶和尖塔，勾勒出城市上空美丽的天际线。在大的城镇，清真寺里人头攒动，土耳其浴室也宾客盈门。这些建筑充分利用庭院、空间、绿树和水流，营造出安详恬淡的氛围。还有横跨在河上，跨度几乎为半圆形的桥梁，从巴尔干半岛到托罗斯，塞尔柱王朝和奥斯曼王朝在条条急流上升起一座座彩虹，悬铃树、夹竹桃和翱翔的鹡鸰也成为河畔的风景。

还有一点值得一提，在保加利亚，除了地主，只有土耳其人热衷于修建高大巍峨的华堂大宅，而且新房子还融合了他们刚刚征服的拜占庭帝国的艺术风格。事实上，正是拜占庭的建筑师和石匠设计并建造了很多宏伟的清真寺，如今再加上别具一格的土耳其风味。想想那些衣着简朴，甚至不修边幅的土耳其人，他们互致问候时表露出的温和与恭顺，这种特征在他们的楼宇、花园和喷泉上也能见到，杂糅了他们对诸多邻邦的了解和借鉴。他们从高原迁徙而来，在小亚细亚落地生根。除了遥远的中国，他们受到包括希腊、波斯和阿拉伯等文明古国的影响。不可否认，土耳其人领悟了灿烂文化的精髓，并将其发扬光大。等社会安定和谐，笞刑与绞刑再也派不上用场，土耳其人开始致力于修筑花园和喷泉，打造美丽的清真寺和精致的庭院。直到一八七六年保加利亚人民发动"四月起义"，土耳其人的严刑酷法才再一次派上场，针对平民的血腥镇压震惊世界，英国自由党领导人格莱斯顿更撰写《保加利亚的恐怖事件与东方问题》一文抨击土耳其政府的暴行。奥斯曼土耳其的铁蹄摧毁了东罗马帝国，但在文化方面，前朝的遗存随处可见。土耳其人已经习惯在浓荫遮蔽的花园里喝咖啡、冥想、听弦乐器奏出的曲子或《四十个晨昏的故事》和《莱拉·马吉努》。

有一处遗存就坐落在城外。我走进这座土耳其人的墓地，高大的柏树下，石头墓碑静静立着，有人正挥动手中的镰刀除去疯长的杂草，走近一看，原来是头一天在清真寺门口遇见的宣礼吏。他直起身，向我行额手礼，布满皱纹的脸上露出微笑。我们穿行在墓碑间，结结巴巴地聊天。有些大理石石碑仅有一英尺高，顶端雕刻出毡帽的样子，有些高度和普通人相当，自下而上变得越来越宽。矮一点的碑大多上了年头，不是残缺，就是有了裂缝，或者东倒西歪，但顶端都精雕细琢地刻着马首挽具图案。土耳其毡帽在十九世纪二十年代由马哈茂德二世引入，到二十世纪二十年代被凯末尔废除，成为土耳其长达百年的民族记忆。墓碑上刻的毡帽有的像大南瓜和葫芦，由圆锥形的石尖凿出褶皱与花纹而成，有的像在头盔顶上串着植物的球茎，有的像在石头上缠着一圈圈的亚麻布，还有的是圆柱形，上面刻着白鹭的样子。究竟是怎样的达官显贵，才能在死后还享受如此的奢华呀？是帕夏、元帅、酋长，还是神气的将军、络腮胡的贵族？可惜我不会阿拉伯语，要不然还能读读长满苔藓的墓碑上，框在巴洛克涡卷纹饰里的墓主人介绍。宣礼吏念着他们的名字：奥斯曼、塞利姆、穆罕默德、阿卜杜勒 - 阿齐兹、杰姆、穆斯塔法、奥马尔、法里德——每段铭文的最后两个词都是一样的，读到这里时，老人的语调变得异常庄重，元音拖得很长，后来我才知道这句话来自《古兰经》首章《法蒂哈》，意思是"一切荣耀归于真主，万世之主"。除此之外，在伊斯兰世界，"奉至仁至慈真主之名"也是教徒们脱口而出的语句。

深深的峡谷中，登萨河蜿蜒向东流去，我沿着水面与大路上方的巴尔干山脉，从干涸的河床爬上山壁，然后冲下陡坡来到另一道河床，跃过一个又一个凹坑。我的左侧是山脉的斜坡，翻越垂直的悬崖，就进入平缓的山坳。牧羊人靠在曲柄牧羊棍上，吆喝声在山谷中回荡，脖子上挂着铃铛的羊群在崎岖的岩石缝里努力寻找能够果腹的青草。我停下来休息，顺便想看看牧羊人头上究竟戴的是羊皮帽，还是头巾和毡帽，因为两种帽子的颜色和形状都差不多，从远处看根本区分不出来。既然是个陌生的外来者，我用阿拉伯语喊出"日安""你好"，率先向对方致意，几秒钟后，牧羊人的喊声传来。俯瞰山下，小小的尖塔旁围着村舍。也许是我的声音激起了他的好奇心，牧羊人又开始高喊，按照人们见面时的习惯，意思应该是问我要去哪里。去"君士坦丁堡"和"伊斯坦布尔"！他冲我挥了挥手，边喊边用牧羊棍指着西面的山坡，难道那里有什么不同寻常？

峡谷上空漂着一块黑乎乎的东西，中心部分颜色很深，像实心的固体。边缘有很多细小的斑点在移动盘旋，如同狂风卷起地上的尘土或羽毛。这块东西越过山梁，阻隔了阳光，在山坡上留下剪影，并逐渐膨胀，看上去呈现灰白色，更像是羽毛。先头部队开始向下俯冲，变幻着越来越大的队形，径直朝我和牧羊人所在的山麓飞来。伴随着翅膀的扑棱声，一群飞鸟在视野中愈加清晰。鸟群实在庞大，令人不由心生畏惧，它们伸展翅膀，从我的头顶滑翔而过。是鹳鸟！我总算看清了。鹳鸟大多按纵队飞行，偶尔也会看到一两只离群的散兵游勇，长长的喙，绷直的腿，看上去就像水波中流线型的木筏。金色的阳光透过完全舒展开的羽毛，羽毛几乎变得透明，鼓鼓囊囊的脖子像一把梭子。在气流中，鹳鸟的羽翼上下翻飞，黑色的羽毛从翅尖延伸到身体，形成一道道条纹。领头的鹳鸟一马当先，几只掉队者紧随其后，随后，遮天蔽日的大部队从我们头顶飞过。这真是一支庞大的舰队，颤抖的空气中传来气流的呼啸，夹杂着鸟叫声。鹳鸟有时心血来潮，翅膀微微动一两下，改变飞行的方向，耳畔就传来接二连三的"嘎吱"声，仿佛有人在扳动房门的铰链。昏暗的天色还在持续，一道道阴影从眼前掠过，有几只飞得很低，逼得人下意识低头躲闪，有的或独来独往，或三五成群，充当鸟群侦察兵的角色，还有一只估计是飞累了，先是收起翅膀成一个"V"形，然后伸出红色的长脚，跟跟跄跄地在山坡上走了几步，总算安全着陆。不过只甩了甩头，活动活动筋骨，又急匆匆地起飞了。鸟群徜徉在山间，有时像瀑布一样倾泻而下，有时在峡谷里连续画出优美的弧线。领头的鸟远得几乎看不见，只能依稀分辨出簇拥在它们身后的大批追随者的影子。鹳鸟群像一股灵动的涡流，不知疲倦地长途迁徙，飞越六千英尺高的巴尔干山脉希普卡分水岭，穿越卡拉贾山。头鸟慢慢分散成一支支小分队，穿行在舰队集群的上方，大约相距一英里，随后，从舰队中也独立出一些船只，在浩瀚无垠的海面上破浪前进。鸟群渐渐远去，身形越来越小，最后只剩下一只殿后的掉队者，追赶着大家东进的步伐。几分钟后，山谷刚恢复宁静，头顶又出现一只姗姗来迟的鹳鸟。飞快点！我差一点就要喊出声来。在升腾的气流中，鹳鸟群毫不费力地自由滑翔，最终消失在巴尔干的山谷走廊中。

土耳其牧羊人耸了耸肩，抬起手臂又放下，摊开双手在面前。我猜他的意思是："瞧，这下只剩咱俩，它们都走了。"我们没有像刚才那样叫喊，因为不知道该说些什么。也许大家都有些伤感，这些美丽而带有灵性的鸟儿，这些陪伴人们度过春夏的精灵，已经抛弃了这块大陆。

这些鹳鸟是从哪里飞来的？从飞行方向判断，我认为是特兰西瓦尼亚和匈牙利，或者是波兰。盛夏时节，鹳鸟最北可以飞至波罗的海沿岸。生活在东欧、俄罗斯西部与乌克兰的鹳鸟习惯结伴飞向北方，多布鲁甲是它们的碰头地点，然后聚在一起顺着黑海的岸边飞到君士坦丁堡，穿越博斯普鲁斯海峡和黎凡特盆地，到达埃及。鹳鸟通常在陆地上空飞行，这一点和苍鹭不同。面对茫茫大海，苍鹭毫不畏惧，一路飞越爱琴海群岛与克里特岛，跨过利比亚海，最后降落在沙漠中。鹳鸟群到达埃及后，一部分飞向东南部的阿拉伯绿洲，剩下的继续向南，将赤道抛在身后。有些会转向西边，飞到乍得湖与喀麦隆，等到来年飞回欧洲时，有些伤愈的鹳鸟身上还嵌着原始部落用于捕猎的箭头。在陌生的大陆，它们说不定还能遇上从阿尔萨斯 - 洛林、西班牙和葡萄牙飞来的同类。生活在西欧的鹳鸟会直接向南飞行，越过直布罗陀海峡、摩洛哥与撒哈拉沙漠。鉴于它们征服了博斯普鲁斯和被称作"赫拉克勒斯之柱"的直布罗陀两道海峡，我觉得不妨分别将两支鹳鸟队伍命名为"拜占庭"与"赫拉克勒斯"。

我已经记不清目睹这场鹳鸟迁徙奇观的具体日期，大概是九月份。天气依旧炎热，没有转凉，秋分还要等上一阵子。被骄阳炙烤过的山谷，仍然显示出夏天的威力。正午时分，艳阳高照，只有在太阳落了坡，才能感到一丝若有若无的凉意。今年，鹳鸟逗留的时间远远超过往年，这成为当地人津津乐道的谈论话题。鸟儿也有些纳闷，为什么夏天还在继续，温暖的日子仿佛会一直持续下去。神奇的自然是用什么方式，提醒鹳鸟该振翅远行了？是温度与空气湿度的变化，是聚集的水蒸气，是远方形成的雨云，还是一丝清凉的微风？种种迹象表明，盛夏就要过去！阴雨即将来临！

　　经过一天的艰难跋涉，我到了卡赞勒克镇。咖啡店里的男孩听出了我的口音，极力鼓动我去拜访镇上的一户英国人家。此话当真？英国人？就为了等着我有朝一日造访此地？"是的，不骗你！真的是英国人！"我将信将疑地走进花园，树下的木桌旁，坐着一位戴着眼镜、头发花白的英国老人，这便是男孩提到的巴恩比·克莱恩先生。桌上摆着菜肴，我有些尴尬，觉得自己来得不是时候。"别愣着啦，小伙子，"克莱恩先生似乎看出了我的不安，热情地招呼我，"快坐下来，一起吃晚餐。"我也只好恭敬不如从命。克莱恩先生的老家在英格兰北部，多年前来到保加利亚，娶妻生子安了家。看得出，他已经完全习惯了这里的生活。跟我聊天时，他的右手熟练而自然地数着绿色流苏上的琥珀念珠，遇到某些难以表达的字眼，保加利亚语便脱口而出。在巴尔干地区生活了大半辈子，他已不太回忆得起英格兰的模样。年轻时，偶尔触景生情，他会思念曼彻斯特的马车巴士，拉车的骏马头上都戴着圆顶小帽；或是周日骑着自行车跑去鬼磨坊。初到保加利亚，他靠从事纺织业为生，现在总算功成名就，成了卡赞勒克镇上受爱戴与尊敬的人。告别时，我在想，他此生也许再也回不到兰开夏郡的故土了，因为斯塔拉山脉与卡拉贾山已经俘获了他的心。

整片山谷种满了玫瑰花，成千上万，数也数不清。熬过漫长的夏天，再加上过了采摘季节，残存的花朵少之又少。卡赞勒克是举世闻名的玫瑰精油产地之一，采摘好的玫瑰花经过提炼加工，萃取出气味芬芳的精油，很受上流贵族们青睐，甚至远销到印度和波斯等远东地区。深红色花瓣、黄色花蕊的大马士革玫瑰释放出香甜的味道，是制作上好精油的不二之选。男男女女穿梭在花丛中，借着黎明的晨辉，将花瓣收集起来，要是晚了一步，炙热的阳光会把露水滋润过的花瓣晒得干瘪，香味自然也没有了。工人将采摘下来的花瓣倒进大缸里，等精油熬出来，失去色泽的花瓣就被扔掉了。跟秋天里诺曼底人酿制有名的卡瓦多斯苹果白兰地一样，提炼玫瑰精油也会用上蒸馏器，三千磅重的玫瑰花瓣，只能萃取出一磅精油。这种美容养颜的灵药会分装到镀金的小玻璃瓶里，至于价格，当然贵得离谱。精油的味道沁人心脾，令人神魂颠倒，不过闻久了也难免会倒胃口。这让我想起在莎士比亚的悲剧《麦克白》中，试图谋杀丈夫邓肯的麦克白夫人叹息道："这儿还是有一股血腥气；所有阿拉伯的香科都不能叫这只小手变得香一点。"玫瑰花采摘最繁忙的时候，整座镇子都弥漫着花香，连山谷都被薰得快要醉倒。两轮和四轮马车上垒着麻袋，红色玫瑰花瓣顺着车辙散落一地。不知内情的人还以为遇上了身负重伤的食人魔王，正血流不止地朝栖身的山洞逃去。

往北就是巴尔干山脉中段的希普卡峡谷，我钻进长满胡桃树、橡树和山毛榉的林子，一不小心就遇上了野猪群。深色皮毛、长着獠牙的野猪用鼻子在林地上拱来拱去，搜寻埋进土里的坚果和橡子。有些树木已经枯死，光秃秃的山路愈加崎岖。本来有大路通向希普卡隘口，但要绕个大圈子。山路虽然难走些，却是一条捷径。下午，我越过一道林木茂密的山脊，来到南部山麓，差点被眼前的景象惊呆了。这里居然有一座教堂，外观和红场上的圣瓦西里教堂差不多，只是按比例缩小了。教堂的穹顶像一颗颗洋葱头，表面贴着绿色和金色的鱼鳞状亮片，在阳光下熠熠生辉。尖顶上竖着俄罗斯东正教十字架，第一道横木上写着拉丁文铭文"耶稣，拿撒勒人，犹太人之王"，第二道横木是十字架，第三道倾斜的横木代表钉着耶稣的脚。教堂四周，稀疏地建着几栋修道院里常见的房舍，院子里有人走动，有的孤苦伶仃，有的三五个凑在一起，看上去都悲戚戚的，缺乏生气。他们大多上了年纪，很多人手里杵着拐杖，而且跟我在路上遇见的保加利亚人不一样，尽管说的斯拉夫语，发音上却与当地人有所不同。他们的衣服打着补丁、露出线头，看上去很陈旧，不过还算整洁。在一群老弱病残中，我看到一位身材高大、面容和善的牧师，他腰间扎着宽腰带，留着淡黄色短发，头戴装饰着东正教十字架的天鹅绒帽子。

有将近两百人住在这里，他们中有退伍老兵，也有残疾人。自从俄国爆发布尔什维克革命，沙皇军队土崩瓦解，不少人逃到保加利亚，靠这个战场上的盟友施舍度日。一位在高尔察克[2]反革命军队里担任过炮兵中尉的前白俄军官，担任了我的向导。据他介绍，希普卡俄罗斯教堂与修道院是一八七七至一八七八年第十次俄土战争后，为纪念在战争中牺牲的俄罗斯战士，由获胜的俄罗斯兴建。他用带有俄语口音的法语，在摊开的地图上向我讲述当时的战况，听得让人仿佛身临其境。他描绘了俄罗斯军队渡过多瑙河挥师

---

[2]俄国海军上将高尔察克（1874—1920），一九一八年起担任沙俄白卫军首领，一九二○年被布尔什维克政党处决。

前进的场面，还找来棍子指点两军的攻防形势，俄方是斯科别列夫将军、古尔科将军、米尔斯基王子和沙皇的长子——未来的亚历山大三世，土方是苏莱曼帕夏、奥斯曼帕夏和魏塞尔帕夏。他回忆起俄军围困并攻下普列文的情景，当时双方相持了几个月，伤亡数字不断增加，直到寒冬到来，俄军才在漫天大雪中赢得希普卡山口战役的胜利，而苏莱曼将军也由此被称作"希普卡刽子手"。战斗结束后，斯科别列夫将军望着遍野的尸体，感叹道："希普卡总算安静了。"此役，俄军有超过五千人阵亡，而与其并肩作战的保加利亚志愿军也不畏牺牲、浴血奋战。俄军随后攻到君士坦丁堡城下，与土耳其签订了《圣斯特法诺条约》，保加利亚终于获得独立。

　　他带我参观教堂，陈设很新，可惜不够精致。圣像是从俄罗斯送来的，镶嵌着耀眼的宝石。他领着我来到一间屋子，跟老兵们围坐在硕大的俄罗斯茶壶旁。墙上贴着画片，内容题材有沙皇尼古拉二世、高尔察克和邓尼金、莫斯科和圣彼得堡、白雪覆盖的涅夫斯基大街以及普列文战役、希普卡战役和别列津纳河战役等。交谈中，老兵们用蹩脚的法语讲起军团的荣耀，血腥的战场，尤其是亲身参与过的白卫军与布尔什维克军队的战争。尽管流落到异国他乡，他们仍然坚信苏维埃政权会垮台，白卫军有东山再起的一天。等西里尔大公[3]登上皇位，双鹰旗帜将再次飘扬在彼得堡的夏宫、皇村和冬宫上空。到那时，光荣退休的老兵就可以回到故乡基辅、坦波夫、敖德萨和叶卡捷琳娜堡。虽然聊得兴奋，却不时有人长吁短叹，突然，大家都陷入沉默，肃杀的秋意笼罩了房间。

　　在通向山顶的路上，我只遇到几辆马车。拉车的马匹肌肉健壮，

---

[3] 西里尔·弗拉基米尔诺维奇大公（1876—1938），沙皇亚历山大二世之孙，从一九二四至一九三八年去世期间，为名义上的俄国沙皇继位者。

身体两侧分别有一根车辕与弯曲的马车前梁相连，木头做的前梁搭在马肩隆上。我右脚上的靴子松了根鞋钉，脚很快就遭了罪，等走到山口，已经疼痛难忍。这里说是一道分水岭，却连一滴水的影子都没有。纪念希普卡战役的自由峰纪念碑上蹲着一头巨大的青铜雄狮，象征着保加利亚人勇敢无畏的精神。我坐在纪念碑前的台阶上，找来石块和随身携带的折叠刀，想把那根折磨人的鞋钉敲平，因为我的脚趾已经破了口子，开始流血了。我鼓捣了半天，把靴子穿上脚试了试，结果令人沮丧，那根钉子好像更长、更锋利了些。刚迈开步子，刺痛感就传遍全身。

那场著名的战役就发生在这里。经验丰富的地理学家用食指摸一摸分水岭上突出的岩石，就能还原出当年降雨时的情景。雨水聚成溪流，在山口一分为二，顺着北坡的一股汇入多瑙河，最后注入黑海，而顺着南坡的一股流向登萨河和马里查河，流出赫布洛斯河口，成为爱琴海与地中海的水源。

暮色渐渐浓重，空旷的山涧云雾飘渺，山口两侧亮起点点灯火。天色已晚，脚上的疼痛却没有缓解，让我有些忧心忡忡。远远地，有马车辘辘的车辙声传来。一辆两轮马车经过身旁，车厢空着，条凳上坐了两个农夫。马车跟我同向而行，我朝他们挥了挥手，赶车人拉紧缰绳，车子停了下来。我问他是不是要去加布罗沃，他点头称是。我给他讲自己的脚被磨破了，还一瘸一拐地走了几步给他看。他会捎我一程吗？赶车人上下打量了我一眼，开口说道："Kolko ban？"我有些迷惑不解，他这话是什么意思？不过很快就明白了："有多少钱？"他重复着问题，咧开嘴笑，用大拇指和食指比划着数钱的动作。我以为他在开玩笑，回了一句"一百万"，准备爬到车上。谁知一只握着马鞭的手拦住了我："Kolko ban？"我肯定误解了他脸上的笑容，对方同意我搭车去加布罗沃，但要付十先令车钱。可我身上只剩下一英镑，身处荒郊野外，腿脚还不方便，如此惨状难道还不能打动他？赶车人拒绝了我的请求，掉转头去，手里的鞭子清脆地响了一声，车轮转动起来。我呆立在原地，过了好一阵才反应过来。在路上走了这么久，还是第一次遇上这种情况。耳朵里又传来车轮的轱辘声，还有一线希望！但几分钟后，刚才的对话再次上演。随后车子启程上路，将我孤零零地抛在路旁。（这种贪图小利的琐事，我在保加利亚碰到过几次。其实空车顺便搭个人，不过是与人方便。在此前和随后的旅途中，都有好心的赶车人伸出援手。意大利车夫天生热情。要是希腊车夫，陌生人都能搭个便车，更不用说天黑时还在赶路的病号。在希腊人看来，乘人之危是一生的羞耻。）

看来注定要在山上熬过这一夜了。气温很低，冷飕飕的风刮过山口。到哪里去避风呢？周围都像沙漠一样荒凉。我拖着脚又走了几英里，借着清冷的月光，欣喜地发现路旁有座房子。发现有生人靠近，一只白色的牧羊犬狂吠起来。我来到门口，透过百叶窗的缝隙，可以看见里面的灯光。我敲了敲门和窗，一字一句地用保加利亚语说明来意。"我是个英国旅行者，脚受伤了。风很大，能让我进来吗？"我听见屋里有人窃窃私语，随后是一片沉默。几英尺外，牧羊犬龇牙咧嘴，冲我恶狠狠地咆哮。我又重复了一遍，仍旧没有回音。我终于放弃了，摸索着走下北面的山坡，一路跌跌撞撞，忍不住骂骂咧咧，气得我忍不住淌下眼泪。娜代日达教我的那些诅咒人的话，都不能表达我现在的糟糕心情。我有些忐忑不安，但感受更深的是茫然与慌乱。在这片漆黑而陌生的山谷，恐惧与胆怯一起向我袭来。难道他们觉得我是强盗或杀人犯，假扮成旅行中的外国学生，还故意讲一口蹩脚的保加利亚语？或者担心我是山中的恶灵、魔鬼、狼人和吸血鬼，会剜心挖肝，或是其他趁着夜色出没在巴尔干山间为害乡民的怪物。

借着一弯冷月，我深一脚浅一脚地走了一个多小时。我瞅见左侧的山谷里有一个大窟窿冒出微弱的火光。风在呼呼地吹，风向变幻不定，刮得山毛榉林呜呜作响。树林边缘，巨大的炭窑正在闷烧，空中飘着木柴释放的清香。光线从门缝中照出来。这是个山洞，顶部和洞口精巧地搭着树枝。里面坐着三个蛮族模样的人，点着一盏油灯，衣服破破烂烂。他们盘腿坐在铺了树叶的地上，把筛子倒扣当桌子，正在玩牌。这些烧木炭的工人对我的造访表露出欢迎！三人挪了挪身子，给我空出位置，帮我脱下浸透了鲜血的靴子，用斯沃维茨李子烧酒清洗我脚上的伤口，用干净的手帕包扎起来，然后递上斯利沃酒、面包和黄油。虽然一再推辞，我还是接受了他们的好意，睡在用新砍下来的树枝和树叶搭建的床上。他们向我道过晚安，各自就寝。有人吹灭油灯，走到洞外洒满月光的林地上，检查炭窑的燃烧情况，把火压到最低。在烟熏得发白的残烬之间，三根圆锥形的木头已经干馏得差不多了。

第二天早上，某位好心人将扁斧用作鞋楦和铁砧，捶平了我靴子上那枚错位的鞋钉。刀劈斧凿的声音响彻在林间，不时有树木轰然倒下。他们用钩镰刨去树干上多余的枝叶，充当炭窑里的燃料，邪恶的白烟从窑壁缝隙钻出来，让整座炭窑看上去像布满喷气孔的火山，随时随地可能爆发。烧炭工们爬上窑壁，用叉棍捣出窟窿，每个人都被熏得漆黑，看上去跟烧好的木炭没什么两样。我与他们挥手告别，顺着树林爬上大路，经过一天的行程，来到了加布罗沃。

没错，经过一天的行程。我不是故意要卖关子，攀登巴尔干山脉南坡和卡赞勒克那一段行程我记得很清楚，而这一天只顾着匆匆赶路，没留下什么印象。

如何将多年前——确切地说是二十九年前——的记忆片段串联起来，对我是个严峻的考验，要是早些日子完成这份苦差事就好了。

整段旅程中，常会发生一些倒霉事，把我辛苦写下的日记和速写化为乌有。在慕尼黑时，就有人偷走我最初的一批日记和资料。很快，我买了新的硬面抄和画板，记录下我从德国前往希腊的所见所闻。日记本上写了很多内容，速写却画得不多，这也许是因为我生性懒惰。五年后，日记本跟着我来到罗马尼亚北部的摩尔达维亚，第二次世界大战的烽烟开始燃遍欧洲大陆。

我在东欧游历了四年，罗马尼亚和希腊群岛各耗去一半时间。多出来的一年里，我回到家乡英国，多次在巴黎、法兰西岛和普罗旺斯逗留，并乘坐返程火车慢吞吞地跨越欧洲大陆，途中还不忘去拜访住在维也纳、匈牙利和特兰西瓦尼亚的老朋友。显然，少不更事的我对战争的前景浑然不知，记得一九三九年九月我动身返回英国，应征入伍，临行前，我把所有的日记本和其他资料都留在摩尔达维亚，打算等战争结束再故地重游。谁知等到战争结束，跟本书中描述过的其他国家和地区一样，摩尔达维亚也被"铁幕"笼罩起来。历经天灾人祸、流离失所、受尽磨难的人们终于投入自由世界的怀抱。

时至今日，我能找到的有关那次旅行的原始资料，是两张破碎不堪的地图和图上用铅笔画出的路线，横杠代表我借宿的地点。虽说只能看个大概，但还是派上了大用场。出发之前，我就对途经的地点做过深入研究，途中又不断加深印象。我把这些地名背得滚瓜烂熟，就算现在考我，还能一口气说出来。另外一件幸存下来的老古董是我在慕尼黑时补办的护照，以前那本被人偷走了。护照上清晰地盖着出入境的印戳，上面的数字也能帮助我回想起当时的情形，尤其是带有纪念意义的日子，比如圣诞节、复活节、当地的宗教纪念日和普通人的生日。还有一些爆炸性新闻，也能帮我恢复记忆，比如国会纵火案的审判[4]、六月清洗[5]、维也纳二月起义[6]和暗杀陶尔斐斯[7]（那一年，暗杀事件层出不穷）。一九三四年，几乎每天都有大事发生，有的与地域相关，有的与心理相关，有的兼而有之，勾勒出我大概的行进路线。至于没有记录下来的事件，就只能推测了，反正对照我的日程，误差不会超过一个星期。

我就像是在做拼图游戏，但图案至今仍残缺不全。这样做最大的好处，是可以看着某个空缺部分陷入沉思，记忆说不定就会被调动起来。以前我尝试过类似的方法，成功地复原了幸存的日记本中那些丢失的章节。语调、情绪、光线、风景或服饰上的细节、街道、城堡、山脉、马车、睫毛、金牙、伤疤、气味、房间的陈设、歌词、头一次吃的食物和酒、摊开在长椅上的书、报纸标题，还有我不喜欢的在橱窗里展示的商品，以及电杆旁圆顶硬礼帽和软呢帽下露出的面容，我没有和他们交谈，但细心地观察过，他们像极了波德莱尔笔下的陌生人，生命中的"过客"！他们从蛛网密布的暗处走出来，有的小跑，有的不慌不忙。他们在我的记忆中尘封了三十年。

---

[4]国会纵火案审判（1933年9月21日—9月23日）。一九三三年二月二十七日，位于柏林的国会大厦发生火灾，德国共产党与纳粹党相互指责对方蓄意纵火。在随后的审判中，最高法院判决纵火案是马丁内斯·范·德尔·卢贝所为，希特勒对此审判结果大为不满。

[5]六月清洗（1934年6月30日—7月2日），即"长剑之夜"，希特勒采取行动，平息由冲锋队领导的叛乱。

[6]维也纳二月起义（1934年2月12日—15日）。战前欧洲最大的一次反法西斯武装起义，交战双方为社会民主工人党武装与亲纳粹的基督教社会党及其控制的军警。

[7]恩格尔伯特·陶尔斐斯（1892—1934）。他于一九三二至一九三四年七月二十五日被纳粹暗杀之前担任奥地利总理。帕特里克·莱斯·弗莫尔曾在一九三四年早些时候在维也纳街头的游行集会中见过陶尔斐斯：他身材娇小，穿着大礼服，"几乎小跑着跟随游行的队伍"。

不过还有些空缺，我实在难以弥补，记忆仿佛永远地丢失了。

加布罗沃就是其中之一。我记得这是个小镇，以纺织加工为主要产业，是不是有人将其称作"保加利亚的曼彻斯特"？如此大的规模，一定有很多工厂和烟囱，但我却想不出一家工厂、一根烟囱。怎么可能呢？这完全不合情理。我是怎么去的？谁带我去的？苍茫的暮色中，疲惫的我把身子靠在半掩的木门上，现在想想，样子和马厩的圈门差不多。这是条背街小巷，坡下清澈的小河映出河畔树木的倒影，身后是我刚刚越过的连绵青山。我靠在那里，跟房主搭着话。她躺在房间角落的床上，盖着打了补丁的被子，背后垫着几个枕头。身穿宽领长袖的白色棉质睡袍，修长的手指抚摸着趴在腿上、长着斑纹、正在打盹儿的猫。她是嫁到保加利亚来的英国女人，跟巴恩比·克莱恩先生一样，老家也在英格兰北部。她来自约克郡，口音听上去温柔而美妙。她患了传染病，正在康复当中，这也许是我当时站在门口，没有进屋的原因。患的是麻疹？还是猩红热？我不知道，也不清楚是谁把我带到她的家门。她叫贝蒂，二十出头。她的脸颊被疾病折磨得凹陷下去，淡蓝色的眼睛，又长又直的金发。她看上去如同水中精灵一样苍白，也像诗人罗塞蒂笔下病怏怏的女主人公。能在巴尔干腹地听到来自约克郡的乡音，真让人感到亲切。她是位农夫的女儿，农场建在遥远的约克郡谷地，遇上大雪封山的坏天气，与世隔绝的日子起码要过上十天半个月。她很渴望有人陪她说说话。"瞧，你这么郁郁寡欢，一定是在保加利亚待得太久，只说他们的语言，我到现在都还没学好保加利亚语呢！"她的父亲是个好人，远亲近邻都喜欢跟他打交道。他喜欢赛狗，带孩子步行去温斯利代尔、斯韦尔谷地和喷泉修道院。我忘了她是如何结识现在的丈夫的，当时她丈夫正好外出去了索非亚。他一直在附近镇上学习纺织技术。她父亲从一开始就反对这门亲事，但最后还是拗不过女儿。她喜欢保加利亚人，说他们热情开朗，又很迷信。一听见有人生病，就吓得六神无主。

在加布罗沃安家以来，她生过两次大病，饱尝孤寂与落寞，时刻担心死神会降临。"听天由命吧。"她脸上露出虚弱的微笑，在夜色中显得楚楚动人。她用寻常的语气跟我聊起经历过的艰难困苦，阴暗的房间里顿时泛起浓浓的思乡之情。屋里的家什一件件被夜色吞没，墙角书架上书脊的文字渐渐模糊：《黑美人》《皮尔斯少年百科全书》《约克丛林历险记》《一九二三年话匣子年鉴》《十足的祸端》《天使街》和鲁伯特·布鲁克的诗选。立式钢琴、缝纫机、画框里的约克大教堂、带补丁的被子和酣睡的猫。最后，只剩下她苍白的睡袍、脸颊、头发和娓娓的声音。天完全黑了，有人来接我去华灯初上的街头。记得她挥着手臂与我告别，白色的衣袖飘逸而优雅。返回镇子的路上，蝙蝠"扑咚咚"地在空中留下繁忙的身影。

第二天，我去了德拉诺沃镇。已经记不得当天发生了什么，时光浓缩成地图上用铅笔做出的模糊记号，提示我在那里过了一夜。不过在接下来一天的下午，视野中的景象清晰起来。我围着一处陡峭的悬崖绕了一圈。道路一侧是急速下行的山脊，另一侧是危岩陡壁，合围成一个天然的巨型锁孔，穿过这个锁孔，再走上几英里，就到了特尔诺沃镇。小镇依山而建，鳞次栉比的房舍像波浪一样顺着山坡盘旋而下，围着悬崖形成一个大半圆。登上小镇的最高处，眼前是深不可测的峡谷，树影婆娑，扬特拉河迂回在林间。铺着瓦片的屋檐像鸟的翅膀一样展开，绿树与钟楼点缀其间。要是见过罗马圆形剧场，更能发挥想象力，因为镇上的教堂就建在圆形剧场般的山坡顶端。阳台都朝向东方，用交叉的木梁支撑着。成百上千的窗户玻璃反射出万道霞光，红彤彤的，像一团团跳动的火苗。

　　我一下就明白了娜代日达的活力与激情来自何处。每迈上一级台阶，我的心中就多一分喜悦。主路的梯级又窄又长，一眼望去仿佛没有尽头。沉甸甸的葡萄挂在藤上，藤蔓缠绕住屋梁、旗杆和卵石路旁的凉亭，行人伸手就能触碰到绿油油的叶子。主路右边的巷子建在山坡上，都铎式建筑式样的木楼贴着精美的石膏板，两侧楼顶伸出的屋檐几乎挨到一起，像立在空中的跳板。脚穿鹿皮靴、头戴红色毡帽或鹿皮帽的行人摩肩接踵，人群中夹杂着家禽、驴子和骡子，在绳梯般的小道上上下下。一位体型壮硕、长着络腮胡的牧师费力地牵着自己的马，他手里紧握雨伞和缰绳，连滚带爬地走在滑溜溜的石板路上。眼看他圆筒状的帽子歪到肩上，小圆面包从包袱中接二连三往下掉，差点把送奶工顶在头上的陶制奶罐打翻在地。

　　行人加上牲畜，让本就狭窄的街道拥挤不堪，谁知酒铺门口又斜停着一辆四轮马车。车轮上托着木槽、里面站着两个男人，光着脚，使劲地踩榨脚下的葡萄。这种人工压碎葡萄的方式被称为"踏浆"。其余的人或忙着卸货，或端着锡罐接住从木槽底部水龙头里汩汩流出的葡萄汁，再把装满的罐子搬进店内，倒入酒桶和酒缸。又走了没多远，我看见屠户腰间系着被鲜血浸透的围裙，手里挥动锋利的切肉刀，正将宰好的猪大卸八块。我猜想，杀猪的时候，惊天动地的哀嚎声肯定震得附近的人耳朵发麻。一个小孩蹲在沾满血的卵石路上，身旁围着猫和苍蝇，正专注地摆弄手里的猪肠。不知他是在完成大人交代的活计，还是当作玩具自娱自乐。只见他鼓起腮帮子，朝猪肠开口的一端吹气。每吹一口，盘卷在一起的肠子就长一截，到最后，先前散落在地的猪肠神奇地变成一条伸直身体的蛇，跟村里节日庆典时用来表演的蛇一模一样。熙熙攘攘的人群，流光溢彩的晚霞，让这座巴尔干的山区小镇，看上去像西藏一样遥远而神秘。

眼前一派欢快景象，却让我心里愁云密布。口袋里只剩下相当于几先令的保加利亚列弗。脚上的靴子虽然不像在希普卡山口时那般折磨人，但也快报废了。在普罗夫迪夫时，我曾写信给远在英格兰的家人，让他们把旅费汇到特尔诺沃。几英镑就成，因为从索非亚出发到现在，身上的钱已经用得差不多了。旅途中，我尽可能地把开销压到最低，这样每周就能存些钱。等积攒到一定的数目连同寄来的旅费，就成了一笔巨款。我习惯依照先前制定的路线，随时调整去的地方，然后在途中前往邮局的邮件待领处，等来挂号信封里装着的三四英镑。这种方式既经济又划算，而且一路上走下来，从来没有出过岔子。要是寄来的是一张薄薄的、甩起来"哗啦"作响的五英镑大钞，最好兑换成小额的当地货币，比如荷兰盾、德国马克、奥地利先令、匈牙利辨戈和保加利亚列弗。但要记住，别去罗马尼亚或保加利亚的银行换，因为黑市的汇率几乎是官方银行的两倍。任何一家杂货店、面包店或街上的黑市贩子都能提供货币兑换服务。这个高招，是一位好心的银行职员，实在不忍心看到可怜巴巴的我被银行痛宰，从柜台上探过身来，偷偷告诉我的。跟其他徒步旅行的人一样，除了烟酒之外，我的生活成本几乎为零。年轻时，我的烟瘾不算大，要是手头紧买不起，也能凑合过去，反倒是步入老年后，常常烟不离手。酒就更不用说，堪称我一生难以割舍的爱好。如今，我不再奢望人在旅途的日子，不必担心会露宿在山野或桥洞，但常常会想起曾经领略过的湖光山色，怀念乡民们端出的佳肴美酒！相比现在，第二次世界大战前的英镑要值钱得多，而巴尔干地区的物价水平却很低。花三四先令，就能享受舒适的住宿条件；花六个便士，就能吃到走不动路。至于我本人，相比中世纪沿路乞讨的朝圣者，生活条件还过得去，也就不好意思厚着脸皮寻求他人的怜悯和帮助。在中欧和西欧，每周花费一英镑，日子过得紧巴巴，但在这里，一英镑足以让你成为令人艳羡的富翁。

不过那时候，我的裤兜也见底了，只剩两个先令。催款的信倒是发了，但保加利亚的邮路慢吞吞的，不知要等到何年何月。如此窘迫，让我不由得怀念起在普罗夫迪夫的快乐时光，想到善良而开朗的娜代日达。克莱恩先生定居在异国他乡，恐怕也有不为人知的隐情。一想到在希普卡山口遇见的势利村民和赶车人，我就忿忿不平，也更加同情那些生活在修道院里的白俄老兵。还有在加布罗沃的暮色中，心情沉重地与患病的约克郡姑娘交谈，以及迁徙的鹳鸟宣告夏天的结束。明媚的阳光中多了一丝秋日的苍白，再加上旅途中的不愉快一幕幕闪现眼前，让我的脚步不免沉重起来。

我在面包店买了一条刚出炉的面包，又去旁边的铺子里买了片白色的山羊奶酪。当地人把这种白色的奶酪叫"奇莉"。还有一种黄色的叫"卡什卡瓦"，发音听上去跟意大利产的一种奶酪很相似，意思是"马背奶酪"。我很好奇，保加利亚语是不是斯拉夫化了的意大利语？两种语言似乎存在着某种联系。不过，语言背后的奥秘，可不是我这个门外汉讲得清的。我准备找个安静的街角，从背包里掏出几枚蒜头，用随身带的匕首切碎，再撒上些干胡椒面，好好地饱餐一顿。然后，去镇子外面的山坡找个背风处，比如岩石缝间的洞穴，充当睡觉的地方，等着海伦给我捎来救命的盘缠。太阳已经落山了，镇上每间房舍的窗户里都透出温暖而柔和的灯光，而我这个像圣杰罗姆一样的隐士，内心却充满了悲戚与苦楚。我不由得羡慕起杂货店的店主来，他的铺子宽敞明亮，有成桶的小银鱼和挂起来的腌肉。台灯照亮酒瓶，竹签串起无花果干。从德国和奥地利运来的小桶、柳条箱和罐子堆成一座小山，红色的培根肉片、奶酪和芝麻蜜饼让人垂涎三尺，像阿拉丁山洞里堆放的金银财宝一样令人目眩神迷。

　　杂货店没什么主顾。一个年纪跟我差不多的男孩正坐在门前的台阶上读书。他站起身来，领着我进去。你从哪里来？要去哪里？他一边迈着轻快的步子，一边问着，偶尔还回头瞅我一眼。简单的交流不是问题，但遇上复杂的表达，我极其有限的保加利亚语就帮不上忙了。幸好他还能讲一口带斯拉夫口音的德语，这才摆脱了尴尬局面。我们坐在木桶上，喝着斯利沃酒，用德语作自我介绍。加乔是店主的儿子，因为父亲出门参加巴尔干战争老兵的年度聚会，儿子临时肩负起看家的重任。加乔就读于瓦尔纳的高等学院，学校放假了，他也返回了家乡。之前，他在特尔诺沃的文理中学读书，准备毕业后去索非亚跟大伯一起从事进出口贸易。如果顺利的话，他可以见识保加利亚以外的世界：布达佩斯、维也纳、慕尼黑、巴黎。有些地方我是不是没去过？科隆、杜塞尔多夫、鹿特丹？接下来，该我打开话匣子。还不到一个小时，我的行囊就被扔进他哥哥的房间里（这个可怜的人正在外服兵役），又过了半小时，我与加乔和他的两个妹妹一起坐在餐桌旁，分享他们体型庞大、宽厚开朗的母亲亲手烹制的佳肴。我们聊起赫里斯托·波特夫与伊万·瓦索夫的诗歌，前者是保加利亚有名的游吟诗人，后者堪称"保加利亚的华兹华斯"。看吧，我的命运突然发生了转机，再也不用担心会在冰冷的山坡上熬过漫漫长夜了。

　　我真是时来运转。本来只想去杂货店买点东西，谁知不仅解决了住的地方，还能与加乔一家共进晚餐。加乔有个叔叔，是特尔诺沃最好的皮匠之一。他把我那双千疮百孔、看上去就快散架的靴子拿去修理，第二天就大功告成，而且执意不收工钱。修好了的靴子像新的一样，鞋跟增加了耐磨的马蹄铁，走在特尔诺沃的石板路上，靴底常常会摩擦出四溅的火花。这双重获新生的靴子是走大路和山路的利器，而对于特尔诺沃高低陡峭的街巷，运动鞋才是不二之选。望着加乔哥哥房间角落里的圣人尼古拉画像，我觉得能住在这里真是上天的恩赐。每天空闲的时候，我就躺在床上读书，要不就蹲坐或俯卧在小阳台上，用手肘撑着身子，在旅行日志上写写画画。

我记得那几本硬面抄加起来得有一英寸厚，花了不少时间和精力才写满。可惜，要是都能保留下来就好了，能帮助我更好地还原当时的情景。绵延的山脉，蜿蜒的河流，密密匝匝的房舍院墙林立，高低不一的屋顶宛如交错摆放的骨牌，一块倒下去就会连累另一块。瓦缝间留着许多空空的鸟巢，像海边用来消夏的沙滩别墅，等到来年春暖花开时，房客们就会返回自己的住处。我记得自己当时还很担心鹳鸟的安危，它们已经安顿好了吗？还是飞过了赤道，继续向南行进，一边凝视着森林与慵懒的江河，一边小心地避开会飞来响箭的林间草棚，直到眼前出现熟悉的屋檐、树林和溪流。它们谨慎地检查房前屋后，直到确认这里是去年冬天住过的小窝。穿梭于两地之间，它们究竟飞行了多长的距离？这样的迁徙流传了多少代？特尔诺沃很早便有人定居，在十二世纪成为保加利亚第二帝国首都之前，镇子已经相当繁华。镇外一处岩壁上的骑马者浮雕的历史大概可以追溯到亚历山大大帝时期吧？从那时起，鹳鸟也许已经把这里选为过冬的好去处，并将这种习惯代代延续至今。这期间，仅仅在欧洲范围，就经历了数不清的宗教纷争与帝国兴衰，战火在鹳鸟迁徙的路线上此起彼伏。多么令人可怕！加乔如数家珍地向我讲述特尔诺沃的历史，而我也听得如痴如醉。

加乔是个谦逊善良的小伙子，总是在最需要帮助时出现在你面前。他有时很外向，兴致高昂，有时又很沉默，郁郁寡欢。他会冲家里人发火，不过对我这个远道而来的客人，从来没有红过脸。特尔诺沃是个令人心情放松的地方。头天清晨，我被一阵闷雷般的响声惊醒。从阳台向下张望，我看见一只不知从哪里来的空木桶，像挣脱了束缚的动物，正顺着下行的石阶滚动，吓坏了驴子，砸翻了菜摊，弄得过往的行人纷纷避让，街上顿时乱成一团，像极了陷落时的杰里科城。

天气晴好，加乔带我骑着自行车，去几英里的镇外参观当地人榨酒。记得那是一幢土耳其风格的大宅子，以前住的准是达官显贵。周围有大片的田地和葡萄园，高大的悬铃木树和白杨树撒下浓荫。枯萎的蒺藜被大风吹散，飘落进溪流。榨酒工人大概有五十个，为首的是三个男人，去了鞋袜，裤脚卷得老高，正赤脚踩在葡萄上，红色的果汁从浅浅的缸里飞溅出来。剩下的人轮番上阵，只见饱满的果粒在他们脚下炸裂开，发出"咯吱咯吱"的声响。后来，我在希腊和克里特岛也亲自体验了一把，感觉真是妙极了！榨出的葡萄汁渐渐没过脚踝，淹到膝盖。看来，今年又是个丰收季。新酒开始发酵，酿好的则分装进细颈的玻璃瓶子。腌熏肉串在长长的竹签上，工人们肩搭着肩，在被葡萄汁和溅出的葡萄酒浸湿的泥地上跳起欢快的舞蹈。小提琴率先奏响，还有一种奇特的椭圆形弦乐器，用一整块木头掏空制成，像久远年代的小提琴，既可以放在下巴下面，也可以头朝上撑在身体一侧，用半圆形短弓演奏。类似的乐器，我后来在黑山地区也见到过，大概起源于克里特岛的里拉手琴。最后，工人们将红色和黄色的小地毯铺在悬铃木树下，摆上木制酒壶和背包，继续喝着酒、吃着肉、唱着歌。空气中弥漫着葡萄汁醇厚的芳香，引来成群结队的苍蝇、胡蜂和蛰起人来生疼的大黄蜂，但这丝毫没有影响大家的兴致，酒足饭饱后，一个个酣然入睡。

等我从悬铃木树错节的盘根上醒来，竟不知道自己身在何处。世界好像变了样子。阳光在林间投下长长的树影。人们穿好鞋袜，站起身，走路的步态僵硬而笨拙。他们把不远处的马匹唤过来，将葡萄酒囊挂上马背。酒囊看上去像膨胀的山羊身体，表面摸起来很光滑，这是因其本来就是用山羊皮鞣制而成，甚至还有充了气的四条腿。飞蛾成了这里的主人。加乔使劲地摇着我的肩膀。再不赶紧回城，就要错过为学生举行的聚会了。我们骑上自行车，在暮色中穿过葡萄园，朝特尔诺沃方向奔去。

这个季节好像有数不清的假期、聚会和宗教节日，我们每天都狂欢到深夜，第二天在头痛欲裂中醒来。加乔拿来一些茶渣，为我预测明天是否有盛大的筵席，他说以前常用这种方法看有没有陌生人登门拜访，屡试不爽。他在我床上发现一顶绵羊皮做的呢帽。可能是怕别人觉得滑稽，或者是被娜代日达笑话过，在过去的一两周里，我一直不敢把这顶呢帽戴在头上。他一把将帽子夺过去，兴奋地说，"来，咱们看看，明天是否又是节日庆典？"帽子越过头顶，"砰"地一声落到地板上。他紧锁眉头，看上去有些苦恼。他又连续扔了几次。"要是帽子端端正正地扣在地上，就说明会有好事发生，"他告诉我，"瞧，一切顺利，明天也像过节一样。"果不其然。

午夜已过，我们和其他几个特尔诺沃的男孩子一起，躲在城郊一个茅草棚里抽印度大麻。晒干的大麻叶被卷起来，小心翼翼地塞进抽去烟丝的香烟纸里。在肃穆的气氛中，点燃的大麻烟从一只手传到另一只手，缭绕的烟雾很快将我们裹在其中，空气中有股植物的甜香，让人有些昏昏沉沉，大家莫名其妙地一起笑出声来。一句无关紧要的话，一个并无深意的举动，都让我们心有戚戚，到后来，个个上气不接下气，脸颊上留下斑驳的泪痕。保加利亚是世界上种植大麻叶最多的国家之一。这里的印度大麻长势喜人，还不需要过多的人力来照看。不过在保加利亚，政府严令禁止吸食大麻。"都是偷偷地抽，哈！哈！哈！"在大多数人眼中，大麻叶跟欧芹、荨麻一样，是可以铲除的杂草。这里几乎没有人吸食大麻成瘾，偶尔抽上一口，也只是为了找点乐子。我一直想找个机会，来一次"有大麻烟抽的聚会"！如今终于如愿以偿。

在特尔诺沃逗留的日子，让我的旅途又多了一抹亮色，更让我欣喜的是，家里寄来的钱总算平安到达。几天后，我守在邮局柜台前，焦急地等待工作人员从画着蓝色十字的长方形帆布包里掏出挂号信。这封信经历了怎样的时空旅行呀！好像还带着余温！信封上盖着荷兰的邮戳，里面装着积攒起来的、崭新的英镑。我可以用这笔钱来报答加乔的盛情款待，走到黑海，买件新衣服，买几双新袜子、新笔记本、画纸、铅笔、橡皮、香烟、烟叶、肥皂、牙刷、下馆子、喝葡萄酒、斯利沃酒。别急，这样做是不是太奢侈了一点？我兴高采烈地走回加乔父亲开的杂货店。

欢庆的日子持续了三天，但不要忘了，我临时改变旅行计划一路北行的真正目的是参观教堂。带上奶酪、意大利蒜味腊肠和沙丁鱼后，我们在上午早些时候就出发了。顺着山脊朝前走，房舍渐渐稀疏，最后只剩下嶙峋的山石。拐过一道弯，我口中一直念叨的教堂就坐落在小山丘上。残存的城垛守卫着神圣的教堂，一座土耳其风格的石桥帮助我们走下山脊，踏上这块圣地。北风劲吹，陡峭的山崖径直伸入峡谷深处，像一道垂下的幕帘。据说，以前被判处死刑的犯人会被带到一处悬崖，扔进深不可测的谷底。从这里还能望见关押佛兰德斯伯爵鲍德温的圆形塔楼，他是在君士坦丁堡加冕的法兰克帝国皇帝，统治期间目睹了拜占庭帝国的灭亡和第四次十字军东征，最后成为保加利亚沙皇的囚犯，在这里孤独终老。

保加利亚第二帝国的沙皇，历史上有名的阿森兄弟，其祖先大概是东欧南部的瓦拉几亚人。他们缔造了一个蓬勃兴盛的王朝，也用磐石般的意志开拓了这片坚硬的山岭。他们是拜占庭文明的模仿者与竞争对手，要不是亲眼目睹，很难想象彼得、伊万、安德罗尼柯和卡洛扬这些圣人的形象会如此栩栩如生。历史记载少之又少，而官方的年鉴只提及他们是叛逆的人，虽然道德高尚，却招致屠杀殉道的命运。如今，徜徉在荒废的教堂和修道院的墙边，壁画上的人物仿佛将观者带回那段历史。只剩下一所修道院里还住着少量的修女。一位面容苍白、穿着黑色袍子、头戴圆盒帽、围着黑色方巾的姑娘把我们领进白色的客房，羞怯地递上咖啡和一勺果酱。

我们在一座座教堂间穿行。有些教堂把每一寸墙面都画上《圣经》里的场景或殉难图。我们注视着色彩暗淡的国王和王子画像，武士身披战袍，威风凛凛地站在朝堂或战场上。在保加利亚历史中，彼得·阿森二世是十二世纪保加利亚第二帝国的建立者之一，在他的统治下，帝国疆域自黑海向西，覆盖整个巴尔干半岛，直到亚得里亚海，向南则远及爱琴海。时至今日，保加利亚人还对这段辉煌历史津津乐道，远去的帝国梦想依然萦绕在人们心头。正是借助东正教会传播发扬的民族统一主义，保加利亚人才能在土耳其帝国的严酷统治之下，仍然保留下本民族的语言和文化。一三九三年，奥斯曼帝国征服了保加利亚，特尔诺沃陷入一片火海，王冠与权杖、沙皇与王妃、锦衣华服的贵族，都在战火中烟消云散。六十年后，拜占庭帝国灭亡，宣告东欧地区基督教国家统治的终结。保加利亚成为这个区域最先被土耳其人占领、最后获得民族解放的地方。

保加利亚人对拜占庭人的宿怨，甚至延续到了现代希腊人身上——当然，对方也一直忿忿不平！在四十殉道者教堂，加乔兴致高昂地给我翻译壁画上的文字，讲述伊万·阿森领兵大败拜占庭军队，生擒西奥多·康尼努斯的故事。拜占庭皇帝巴西尔二世的残暴行为，也许能反映出两个民族之间的深仇大恨。他将保加利亚主力军逼至爱琴海北岸的萨洛尼卡，迫使保加利亚军队与其决战，并获得决定性的胜利，俘虏了一万名保加利亚士兵。巴西尔下令将九千九百名战俘的双眼刺瞎，余下的一百名战俘也被刺瞎了一只眼睛，好牵着其他人，摸索着返回家乡。巴西尔由此赢得"保加利亚人杀手"的名声，而保加利亚沙皇萨缪尔见到士兵们的惨状，惊骇得一病不起，不久便忧愤而死。希腊人至今还对这段中世纪时期的黑暗历史津津乐道，而他们心目中土里土气的保加利亚敌人，也一直想还自己一个公道。正是出于这样复杂的原因，保加利亚人跟自己的邻邦关系都不好，民族仇恨成了维系民族尊严的利器。

我们花了好几个小时仔细观赏残存的教堂拱壁和内堂。墙上有美轮美奂的壁画，至于拱壁和穹顶上的彩绘，要使劲昂着头才能一窥究竟。加乔发现了一根由阿森帝国创立者们建造的立柱，上面的文字介绍了奥莫尔塔格可汗，他是九世纪时保加利亚的最高统治者。九世纪末，保加利亚沙皇鲍里斯皈依基督教，并将其定为国教。而在当时，保加利亚人多是从伏尔加河流域来的、以蒙古人种为主的异教徒，信奉原始的萨满教。他们迁徙到这片肥沃的土地，建立了自己的国家，并与两三百年前就定居于此的、性格温和的斯拉夫人和谐共处。他们最初的语言发音听起来比较生硬，属于乌拉尔 - 阿尔泰语系的乌戈尔 - 芬兰 - 图拉尼亚分支，后来受到斯拉夫语的影响，音节渐渐趋向柔和。在保加利亚第一帝国时期，沙皇克鲁姆巩固了成型的保加利亚民族与斯拉夫人的联合，颁布确立封建制度的法典，并大大地扩展了保加利亚的版图。半个世纪后，沙皇鲍里斯成为一名基督徒，而西米恩一世奉行对外扩张政策，由此拉开了与拜占庭帝国冲突纷争的序幕。

保加利亚人皈依基督教，标志着东欧及斯拉夫地区基督教世界正式形成。此前，波兰、波西米亚、摩拉维亚、斯洛文尼亚和克罗地亚已经接受来自天主教西方教会的福音，拉丁语成为做礼拜的语言。而来自东罗马帝国的传教士西里尔与其兄长墨索迪乌斯除了将基督教传入保加利亚，还参考并改良希腊字母，使其更符合斯拉夫语中元音不发音的情况，比如"j""sh"和"sht"，希腊语中并没有这样的字母组合。由此诞生的"西里尔字母表"为保加利亚、塞尔维亚和俄罗斯采用，十九世纪经过改革，也成为信奉东正教的罗马尼亚使用的文字。与保加利亚语相似的古斯拉夫语成为斯拉夫地区东正教的通行语，直到民族主义勃兴，才被当地语言取而代之。与之相对，拉丁语成为西方基督教世界的通行语。

柱子和墙上绘着国王与圣人的形象，每个人物旁边都有线条流畅的西里尔字母组成的文字，在经年累月的风化作用下，字迹开始变得模糊，有些已经脱落。画面配上铭文，向人们生动讲述了修行者和殉道者的传奇故事。我们继续前行，加乔用德语介绍。先知、游侠、隐士和剑子手瞪大了眼睛。克雷西之战爆发前几年，教堂开工建造。不难想象，我们所在的位置，当时竖着密密麻麻的脚手架、梯子和阳光垂直照进来所形成的光柱。修士们像蜘蛛一样爬在尚未完工的拱壁和穹顶上，将研磨好的朱砂投入熊熊燃烧的火炉，让这里看上去好像被上帝毁灭的索多玛城。调好的蛋清被送到脚手架的顶端，一双双敏捷的手勾勒出神明的仁慈、警示与愤怒。采石场刚刚运来薄薄的石板，地上散落着破碎的蛋壳，仿佛是养鸡场孵出小鸡后的场景。

光线越来越暗，圣像头顶的光晕完全看不清了。按常理，下午这个时辰，光线会比较充足。

等我们参观到最后一座教堂，天空已经变了颜色，仿佛被罩上一个巨大的蓝绿色盖子。阴影愈加浓重，空气也凝滞起来，一丝风都没有。站在高高的山坡上，俯瞰峡谷，黑沉沉的乌云正向我们扑来。风起云涌间，眼前又浮现出壁画上列队行进的士兵、紫色的拳击手套、风笛、羊皮酒囊、牲畜、身躯庞大的象群和鲸鱼。最后，头顶似乎撑起一个巨大的华盖，眼看就要倾覆下来。

弯弯曲曲的扬特拉河旁，树木开始在风中摇晃。狂风卷着尘土，刮上榆树的树梢。渺小的人影急促地奔跑，寻找能遮风挡雨的地方。突然，呼啸而至的大风将我们裹挟其中，身子差点旋转起来飞入墙上的壁画中。用来躲雨的教堂门廊会被撕碎吗？伴随"飕飕"的风声，大颗大颗的雨滴砸到地面，溅起一阵阵白烟。转眼间，天地间挂上了一副巨大的珠帘，数不清的水坑汇成一条土黄色的奔流。又过了片刻，冰雹接踵而至。醋栗大小的冰雹砸在斯拉夫 - 拜占庭式的瓦片上，"噼啪"作响，像一挺喷着火舌的机关枪。冰雹下完了，雨又回来。大自然的伟力，让人有一种沐浴在甘霖中的冲动。伴随落下的雨滴，加乔用敬畏的口吻说出一个德语词"*Regen*"（雨），冰雹降临时，他又念叨着"*Hagel*"（冰雹）。湿润的天空划过一道闪电，紧接着响起一声炸雷，震得山谷轰轰响，教堂里也回荡着嗡嗡声，*"Donner und blitzen!"*（连闪电也来了！）

那年的夏天和秋天，好像下过几场雨。但在我的印象中，那段日子一直干旱无雨，烈日炎炎。类似这样的豪雨更是少见。在震耳欲聋的雷声中，我们坐在十二世纪的拱门下，静静凝望着瓢泼的大雨，聆听潇潇的雨声。沟渠里涌着欢快的水流，卵石滚得咕噜响。雪亮的闪电中，镇子好像在瑟瑟发抖，峡谷和山峦也成了一幅奇特的特写。我们忽然有种与世隔绝的感觉，滔天的洪水吞没了一切，只剩下远古的废墟容我们栖身。反正也无处可去，我们拿出为野餐准备的食物，掏出酒瓶，点上香烟。雨丝毫没有停歇的意思，我们好像是深海中的潜水员，正在探索深埋水下的教堂或者海床上密布的珊瑚丛。是教堂的钟声在发出下潜的信号吗？头顶的海面，航行在勒班陀湾、特拉法尔加、纳瓦里诺和日德兰半岛的军舰鏖战正酣。光影投射进黑黢黢的峡谷，像一艘宏伟的旗舰载着火炮、财宝和溺水的船员滑向海底，被螺旋形的海流吸入冒着水沫的深渊。

也可以把这里想象为阿勒山。教堂前厅墙的壁画上描绘过这座屹立在洪水中的圣山，如今，洪水再次泛滥，而我们是山上唯一的幸存者。洪水漫到城垛根部，便会止步不前？没错，但人类如何延续下去呢？寻思了好一阵，我和加乔心有灵犀地转过头，用德语表达相同的意见，"真可惜，你不是个姑娘。"我们的疏忽导致了人类的灭绝，这可真是个罪过。海中漂亮的海妖呢？加乔一边打开第二瓶酒，一边向我建议。她们会带着竖琴来到海边，把浅滩当作自己的闺房。哦，那怎么跟长着鳞片的海妖打交道呢？有的还长着分叉的尾巴，像飘逸的裙摆。生育后代的方式呢？是胎生？还是卵生？后代会长成什么样子？从膝盖部位往上，是人的模样？然后慢慢进化，等到孙辈时，只剩脚踝下面还保留鱼的样子。反正有足够长的寿命，足够多的精力，希望总在前方。也许到曾孙女出生的时候，她可以扭动鱼鳍般的脚尖，看望弥留之际的我们。她的孩子，不管是男孩还是女孩，终于长出与人类一模一样的脚趾。我和加乔终于放心地咽下最后一口气，直立行走的人类物种终于又能延续下去了。他们是美丽的海洋女神忒提丝和人鱼的后代，相貌与健全的人并无二致，唯有金发中透出的一丝绿光，暴露出他们与水的渊源。他们在攀岩、钓鱼和演奏竖琴方面是高手，饮食结构上，由于洪水夺走了陆生动物和在树上搭窝的鸟类的生命，主要靠海鸟蛋和鱼类为生。

　　暴雨毫无征兆地来，又毫无征兆地停了。急匆匆下完最后一滴雨，山谷里的水雾渐渐散去。乌云裂开口子，迅速分解成小块的云团，被如洗的碧空驱赶到天边。整个世界焕然一新。山野欣欣然睁开眼睛，镇上房舍的屋顶和窗玻璃反射着亮光，钟楼也金光灿灿。充沛的降水让山坡上出现上百条溪流，欢唱着流向涨了水的扬特拉河。氤氲的雾气像花环一样点缀在林间，让人恍如回到原始世纪。先前土黄色的庄稼地，现在变成深巧克力色，葡萄园绿得惹眼，被雨水冲刷后的岩石碎片五颜六色。灌木和花草重新抖擞起精神，自春旱以来久违的植物芬芳再次弥漫在空气中。树木挺直了坚硬的身板，叶片上还留着晶莹的水珠。峡谷上空升起一道彩虹，再高明的画家，也无法在画板上调出如此鲜艳的颜色。

　　雨后如诗如画的壮美景象，也许只是一个幻觉。山谷充满了生命的律动，每一种声音都是悦耳的音符。山羊脖子下的铃铛、塔楼上的大钟、马嘶驴鸣、牧羊人的吆喝，汇成动听的交响乐。在我们返回的路上，天上的云彩在地上投下亦真亦幻的影子，山坡上有释放钻石光泽的驴子和水晶般璀璨的山羊。山间小道上奔跑着通体透明的狗，莫非是被云彩施了魔法？

跟普罗夫迪夫一样，在特尔诺沃，人们习惯在露天餐馆和舞池开展社交活动。舞池是一块圆形水泥地，建在悬崖边的高台上。周围摆有桌子，皂荚木做成围栏。站在围栏边，可以俯瞰自由翱翔的茶隼、褐雨燕与鸽子。不过，和普罗夫迪夫这样的大都市相比，特尔诺沃的姑娘很少在这些地方抛头露面。有些是进城赶集的店主和农民，还有些是镇上的青年、高中生和年轻军官。军官们身穿白色俄罗斯式衬衣，头戴红色带纹帽，脚蹬靴刺，腰间斜挎着军刀，喝着小杯咖啡或斯利沃酒，跳着探戈和狐步舞。临近傍晚的时候，我会去那里写日记或读读瓦西尔·列夫斯基或伊万·瓦索夫[8]的作品，加乔则大声朗读诗歌，或者跟我探讨英国文学。当然，我在这方面也是一知半解。他熟悉的作家，多半是因为其作品被翻译成德语或由陶赫尼茨出版社出版过而为中欧读者所知，其中包括狄更斯、王尔德和 H.G. 韦尔斯，如果对英国文学有更深入的了解，则还要加上高尔斯华绥、萨默塞特·毛姆和查尔斯·摩根，要是还能知道罗莎蒙德·雷曼的大名，我真该大为吃惊了。最让加乔头痛的，是以剧作《武器和人》闻名的萧伯纳。

一天夜里，人们正聚在一起聊天，门口突然响起清脆的枪声。离大门最近的客人站起身来，把疯狂挥舞着手中报纸的卖报人团团围住。乐队停止了演奏，每个人都跑向卖报人。一个学生用激动的语气高声念出报上的头条。人们脸上露出急迫而专注的神情，不时爆发出欢呼声和笑声，读报的人不得不停下来，等喧闹稍稍停歇，

---

[8]瓦西尔·列夫斯基（1837—1873），伊万·瓦索夫（1850—1921），两人都是保加利亚民族解放运动的积极支持者，反对奥斯曼帝国的统治。

又在众人的催促下继续念下去。围观的人张着嘴，瞪大眼睛，脸颊上泛着红光。究竟发生了什么？我只能重复听见一些名词：赛博斯基·克拉尔、犯罪企图、马赛、弗兰茨基、特里亚农、协约国、马其顿语。读报人念完了新闻，话音未落，大伙又欢呼起来，兴奋地交谈，开怀大笑，跺着脚，拍着肩，彼此拥抱和亲吻。我好不容易在人群中发现加乔的身影。他的脸涨得通红，大声地说："有人杀掉了塞尔维亚的国王！就是今天，在法国！是个保加利亚人干的！"

从加乔零零散散的语句中，我大概弄清了事情的来龙去脉。一九三四年十月九日，南斯拉夫国王亚历山大一世[9]对法国进行国事访问。抵达马赛后，法国外交部长路易·巴尔杜前往迎接并乘车同行。此前，巴尔杜力主在东欧成立小协约国[10]，以巩固法国在欧洲的地位，并与南斯拉夫签订《特里亚农条约》和《纳伊条约》[11]，保加利亚由此丧失了边境地区大片领土。车队穿过德波斯街时，一名刺客冲出警察筑成的人墙，跳上行进中的汽车，向车内连续射击，打光了左轮枪膛里的子弹。国王和巴尔杜不治身亡。惨案震惊世界，刺客是个保加利亚人，也死于暗杀现场。他是多么英勇的人啊！（后来，有报道说刺客根本不是来自保加利亚，而是秘密组织乌斯塔沙的成员，该组织以克罗地亚为据点，成员多是亲西方的天主教分裂主义分子，强烈反对克罗地亚与南斯拉夫王国合并。合并也激起了保加利亚人的愤恨，有人告诉我，刺客的手臂上留有"不自由，毋宁死"字样的刺青，这是马其顿革命组织立下的

---

[9]南斯拉夫国王亚历山大一世，被一名叫弗拉多·切尔诺泽姆斯基的保加利亚革命者暗杀。警察用马刀将刺客砍翻，群众上前对其围殴。同行的巴尔杜因伤势过重，于数小时后去世。
[10]小协约国（创建于1921—1922年），为捷克斯洛伐克、罗马尼亚和南斯拉夫三国军事政治联盟，受法国支持，目的是对抗匈牙利和德国。
[11]《纳伊条约》（1919年），第一次世界大战结束后，协约国同保加利亚王国之间签订的一份条约，为迎合希腊、塞尔维亚和罗马尼亚的要求，牺牲了保加利亚的边境领土。

誓言。刺客本名弗拉多·切尔诺泽姆斯基，老家住在斯特鲁米察河流域，是个克罗地亚人！）加乔的声音被唱响的保加利亚王国国歌《流淌的马里查河》打断了。合唱的人们眼中闪着泪光，额头迸出青筋："和我们的将军一起，前进，前进，让我们加入战斗，碾碎敌人！向前进！"

舞池旁，激动的人群还没有散去，喧闹声仍在继续，招呼老板送上更多的斯利沃酒。我在想，当忠于卡拉乔尔杰·彼得罗维奇的刺客暗杀了塞尔维亚国王亚历山大·奥布雷诺维奇[12]和王后马欣，并把他们的尸体从宫殿的窗户推出去时，贝尔格莱德的群众是不是一样心情激动？或者如普林西普在萨拉热窝街头刺杀了弗兰茨·斐迪南大公与霍恩贝格女公爵？有人把空酒杯抛进舞池，玻璃破碎的声音吸引了狂躁的人们。很快，更多人如法炮制，酒杯、酒瓶和水杯"嗖嗖"地飞过头顶，砸向舞池。碎玻璃四处飞溅，没有喝完的酒浸湿地板，留下醒目的印记。大家手挽着手，围成一个巨大的圆圈，跳起欢快的霍拉舞曲，速度快得让乐手们都赶不上。先前年轻军官们坐的角落也空了，只剩下搁在椅背上的军刀。他们脚上带着马刺的皮靴总算派上了用场，跟随舞曲的节奏，将地板上的玻璃碎片踩成更小的碴儿。只有一位上了年纪的牧师还坐在原位，微笑着，用手摸摸脸上的胡子，然后把伞尖戳在地上，打着拍子。至于我，已经被眼前的混乱吓呆了。有人把粉笔掰成两截，用最粗的字体在墙上写出"塞尔维亚国王死了！"

后来，我在乱成一团的桌子中间找到加乔。他正跟几个学生手挽着手，扯下桌布，像头巾一样包在头上，酒杯和餐具叮叮当当

---

[12]塞尔维亚国王亚历山大·奥布雷诺维奇一世与王后，一九〇三年死于一场兵变。由卡拉乔尔杰家族的王子彼得即位，该家族与奥布雷诺维奇家族长期不和。

散落一地。他们高唱着那年在保加利亚年轻人中最流行的歌曲，"让我们喝酒、抽烟、歌唱，直到柳条编的坛子见了底！这才是小伙子们的生活！"经理担心这几个年轻人会惹出什么乱子，急匆匆地朝他们跑去，但半路上却发现更糟糕的情况，赶紧调转方向。一个农夫在阳台上找到一张摆好餐具和菜肴的饭桌，欣喜若狂的他双手拽住两根桌腿，铆足了劲，将桌子举了起来。还没等经理冲过来，他大喝一声，在众人的掌声与喝彩声中，把桌子扔下了山崖。刀、叉、汤勺、水罐、酒杯、调味瓶、切好的香肠和凤尾鱼在空中翻着筋斗，山谷中留下袅袅的余音。

几天后，我往北穿过特尔诺沃与多瑙河之间的山丘，而没有按计划朝东面的黑海进发。在跟加乔一道研究地图上的路线时，我发现多瑙河流向北方，而布加勒斯特有令人难以抗拒的魅力。不过，我又要多出好几百英里的行程，跟原定的终点君士坦丁堡距离越来越远。我有些左右为难。加乔也持反对意见，再过一周，他就要返回瓦尔纳的学校，为什么不跟他同行，然后从瓦尔纳南下前往土耳其？我还是坚持去一趟布加勒斯特，再到瓦尔纳看他，随后向南走穿越多布鲁甲。我想，他之所以反对，是因为保加利亚人不喜欢这些北方的邻居。他告诫我，罗马尼亚人都很坏，到处是骗子、抢劫犯、小偷、恶棍和无赖。见我不相信，加乔紧锁双眉："他们偷走了多布鲁甲，就在多瑙河三角洲与黑海之间，那里本来是保加利亚的。"我说自己只是想去一探究竟，看看当地人的样子，与特兰西瓦尼亚的匈牙利人眼中的罗马尼亚人有什么不一样。"他们也偷了那块地方！"他大叫起来。我可不是个政治观察家，我感兴趣的是民族文化、语言和风土人情：教堂、民歌、文学作品、民族服饰和饮食，其余的根本不在乎！加乔能理解我的意思吗？他也喜欢外国文学和艺术，也渴望出国开阔眼界。还有修道院、寺庙、绘画、山脉、艺术、历史。"这些都跟历史有关！"他急切地说，看来对什么是旅行，总算有了正确的认识。

我们静静地坐着。我不得不使出杀手锏。"假设罗马尼亚国王被暗杀了，"我问，"你会像昨晚听到南斯拉夫国王亚历山大一世遇刺的消息时那样开心地手舞足蹈吗？"加乔大笑起来，"那当然，我还会去敲响教堂的钟声。"看来陷阱设置得不错，对方毫无防备就上钩了。"那么，"我语气平静地说，"希腊国王呢？"加乔哼了一声："希腊可没有国王。至少现在还没有。你不会不知道吧？不过要是希腊国王被暗杀，我还是会很高兴。"陷阱坍塌了。"我知道你为什么问这些问题。英国是法国的盟友。你站在法国一边，站在小协约国一边。"我申辩说自己喜欢法国是因为其悠久的文明，至于法国或英国在巴尔干推行的政策，压根儿就不关心。难道国家政策的失败，也要归咎于该国的民众？"肯定呀，"加乔说，"你是英国人，有庞大的帝国做靠山，是体会不到的。你们从来没有被入侵或占领。多亏了岛国这个地理优势。""我们当然被入侵过！""是吗？什么时候？"我冥思苦想着那个日期。"九百年前！没错！"我说，"好吧，就算你们讨厌所有的邻居，比如希腊、罗马尼亚和南斯拉夫，那土耳其呢？"土耳其是他们中最可恶的，他说，从一开始就让保加利亚人遭了罪。长达六百年的占领！不得不说，这的确是段令保加利亚人感伤的岁月，从乔叟的时代到狄更斯，几乎占据保加利亚建立王国后一半的历史。"但我们击败过土耳其人，在第一次巴尔干战争中。""与罗马尼亚、塞尔维亚和希腊一起，"我添了句。他似乎觉得这几个曾经的盟友不值一提："我们会再次战胜土耳其，当初差点就攻下了君士坦丁堡！"沉思片刻，我问加乔有没有喜欢的国家，他想了想："俄罗斯。"

尽管加乔对共产主义有偏见，但他将俄国排除在自己厌恶的国家名单之外，还是让我有些吃惊。看来在保加利亚，民族统一主义的影响根深蒂固。举个例子来说，加乔对德国现政权并无好感，但有时也设想保加利亚是否应该向德国学习，用权力政治让国家走上正途。（几年后，保加利亚就作了这种选择，并成为德国的战时盟友，不出一两年，就从邻国抢夺来大片领土。）除了政治上的亲近感，保加利亚对俄国还有一种神秘的、发自内心的好感。作为斯拉夫东正教会的教首，俄国是希腊天主教会的强劲对手，在对君士坦丁堡的宗教影响力上相互制衡。正是俄国沙皇亚历山大二世废除了农奴制，建立了现代的保加利亚。保加利亚人与俄罗斯人都讲斯拉夫语。苏维埃政权对沙皇和贵族的残酷镇压，似乎也没有影响到两国的关系。除了立场坚定的共产党人，普通民众认为政治上的分歧与种族间的亲密完全可以统一起来。保加利亚像斯拉夫国家中一枚巨大的磁石，随着磁场的变化，释放出相互吸引或排斥的力量。心情的好坏有各种理由。不过，这种根植于内心深处的偏见并没有妨碍保加利亚卷入第一次世界大战，在短视的机会主义的驱动下，与自己的恩人反目成仇，最终给国家带来灾难性的后果。（同样的原因，让保加利亚在第二次世界大战中也站错了队伍，结果招致更严重的浩劫。虽然总的来说，东欧国家无论属于哪个阵营，都被绵延的战火破坏得面目全非。）看来，保加利亚人在如何分辨敌我方面，总是有些偏离。要是他们少一点政治上的考虑，多一些内心的同情，就不会作出既缺乏原则性，又不够圆滑的行为了，而保加利亚的历史也会少些黑暗，多些光明。

这些话我并没有说出口。面对如此尴尬的局面，我最好还是缄默不语，任由一片略带紧张的沉默如天使般从空中降临。加乔靠在咖啡桌旁，双手插在裤兜里，倔强而英俊的面容上皱起眉头，两眼注视着桌面，黑发遮住额头。接下来一整天，我们都刻意避开对方的目光。我问是不是自己做错或说错了什么。没有，他回答道，没有错。是我的话让他回忆起家族的伤心事，令他情绪低落。他向我道歉。后来，我和加乔聊起这几天跟我们厮混的玩伴。"你觉得瓦西尔怎么样？"他问。"我不太喜欢他，"我实话实说。"我也是，"加乔说，"他也不怎么喜欢你。""为什么？""他觉得你是个间谍。"

听到这话，我忍不住大笑起来，加乔也笑了。"他肯定是看你成天到晚在地图上琢磨。"他指着放在桌上那本翻得卷了边的弗莱塔格《旅行指南》。"可我长得像间谍吗，"我反驳道。"啊！"加乔说，"间谍就得让人瞧不出破绽。"我猜，瓦西尔的话说不定也激起了加乔的疑心，尤其是注意到在过去一两天，我开始变得有些冷漠，说不定是打算从这段萍水相逢的友谊中全身而退。"我当然不信，"加乔提高了嗓门，"其他人也是。"之后，他又加上一句："再说了，是不是间谍，又有什么关系呢？"眼见我又羞又气，准备开口为自己争个清白，他把手按在我的肩头，大声叫侍者端上酒。这下轮到我闷闷不乐了，整个夜晚，舞池里的歌声我一句也没有听进去，不停地找机会想澄清自己的身份，但总觉得没有说服面前的听众。

这是继我在捷克斯洛伐克边境的遭遇之后，又一次体会到在巴尔干半岛上，除了希腊，旅行者们随时可能会遇上麻烦。被无辜指责的人纵然火冒三丈，却无力为自己辩解。幸亏这样的猜测很快就像水蒸气一样烟消云散。又浪费了一段宝贵的时光，疲惫的叹息，歉意的微笑，总算说完了开场白。但仍有些隔阂难以弥补，就像虽然拔出了刺，痛感还是会持续好几天。加乔就被这样的烦乱困扰着，直到我第二天动身，他还逼着我发誓，会在南下途中去瓦尔纳见他。

4. 多瑙河畔

　　行走在原野，风景千篇一律。不过，有股看不见的力量悄然滋长。夏日雾霭被驱散，天空一片湛蓝，光线透出淡淡的柠檬黄，在地上投下柔和的影子。从南部巴尔干山脉延伸出的峡谷主要由岩石构成，像大自然刀劈斧凿的杰作，向北行进一段距离后，突然转向东方。山间高地上，牧羊人点火烧掉一处处低矮的灌木丛，期待来年长成绿草茵茵的牧场。红色的火苗燃得正旺，黑烟升腾。云朵变幻着形状，有时像花椰菜，飘到头顶，映得沟壑里鬼影森森；有时像船锚，钩住了庞大的白色鲸鱼；有时像鸵鸟的羽毛，轻轻地贴在高山隘口、草原荒野。红日渐渐西沉，给一切都镀上一层金光。近乎垂直的岩壁受到雨水的滋润，长出细密的草木。深色的泥土下钻出仙客来和秋番红花。蓬勃的绿叶依然挂在枝头，但微微变成金色的叶脉预示秋天就快到来。仿佛是化学作用，山坡上的树林都染上一层绿色的铜锈。胡桃木的树皮开始发白，溪边白杨金绿色的叶子也会慢慢落尽，最后只残留下一片在枝杈顶端，像蜡烛燃烧的火焰。

　　许多葡萄藤上还挂着尚未采摘的葡萄。我沿着山路走进峡谷，虽然看不见烟囱和茅草屋顶，但飘在空中的缕缕青烟说明村庄就在附近。鲜美的葡萄、苹果和梨让人大快朵颐。女人们的围裙里装满了用来制作蜜饯的柑橘，别看现在个头大，腌制好了招待客人时，只能盛在汤勺里。山坡上长满了低矮的山楂树和野梨树，坚硬的树干上生出小尖刺。胡桃也是村里常见的零食，我喜欢醮上点蜂蜜吃，口袋里也鼓鼓囊囊塞满了胡桃，一边走一边去壳。在一座村庄外，我见到样子奇特的养蜂场，蜂巢是圆锥形泥巴做的，看上去像生活在喀麦隆的部落居住的草房。有时在带刺的灌木丛顶或村子入口的地上，平铺着很多等待晾晒的毛毯，总面积将近一英亩。颜色各异的毛毯上织着条纹图案。静谧的林子里难得遇见人，偶尔有修剪枝叶的、捡拾柴火的、烧火开荒的和赶着水牛或毛驴的从身旁经过，牧人扯着喉咙，吆喝着牲畜与牧羊犬。

漫长旅途的第二段顺利完成，我踏上了计划之外的北上行程。自从那场大雨过后，每一天都变得悠长而恬静，连牲畜群"叮当"作响的铃铛都变得悦耳动听。到处都静悄悄的，只有燕子还没有离开，一会儿在天上打着旋儿，一会儿低飞掠过村庄。而在山里，成群的麻雀不是在路上飞来飞去，就是聚在田埂上鼓噪个不停。再加上乌鸦、白嘴鸦和猫头鹰，这几种鸟陪伴我走完了接下来的行程。我常常蹲坐或躺在树下休息，有气无力地打着盹儿。突然，伴随挥动翅膀时的"飕飕"声，一只大蚱蜢停在我的膝盖上。看着那对明亮的眼睛、弯曲的触角，疲惫的我一下子睡意全无。天比以前黑得更早了。当然，大自然生物钟总是转动得不露声色，让人难以觉察到细微的变化，但一旦时机成熟，就会固定下来，像家里老祖母踱着的方步。从下午到日落再到暮色降临，天上的云彩好像在进行一场华丽的演出。在金色、锌色、猩红色到深红色的云霞映衬下，巴尔干山脉向西延伸到普列文，云彩呈现出金丝、沙洲和浅湖的形态，像小天使在飞舞，像燃烧的舰队在沉没，也像罪恶的索多玛城在慢慢地崩塌和毁灭。

为了给单调枯燥的路途增添几分快乐，我有时选择爬东边的山麓小丘，有时穿越开阔的庄稼地。第二天傍晚，差不多快日落的时候，我沿着一条狭窄的山路在陡坡上行进，不知从哪里来了一条黑色的狗，看上去乖巧温顺，亦步亦趋地跟在我的身后。要不要赶它回家呢？我有些犹豫。旅途中经常会遇上在路上溜达的狗，也许是太寂寞，想找个玩伴，它们会尾随好几个小时。灿烂的晚霞散去，暮色渐浓。天还没有黑尽，拐过山口，一轮圆月冷不丁出现在眼前。清冷的白光洒在险峻的山坡，营造出一种神秘的气氛，要是我生出四条腿，估计也会像身旁的黑狗一样仰起头，对着月亮嗥叫起来。它往前猛冲几步，停在路上，狂吠了好一阵，像是想把月亮赶走。几分钟后，月亮被层层叠叠的山峰挡住，山路重新陷入漆黑的阴影。狗变得安静多了，只是在月光偶尔出现在山坡上时，才又狂躁地大吼大叫。它追逐着自己投在地上的影子，叫声回荡在山谷，随后扭头向我跑来，竖起尾巴左右摇摆，眼神里分明希望得到肯定和夸奖。半小时里，类似的情形重复了很多次，等到月亮挣脱束缚，明晃晃地挂在夜空，我的这位同伴声嘶力竭地吼叫了很长时间，一直忿忿不平。我们走进山涧，借着溪水的微光穿行在密林。一两英里后，溪水带我们来到椴树环绕的空地，一座被遗弃的清真寺包围在黑莓树丛里。我摘下黑莓放进嘴里，黑狗还在断断续续地哀嚎。

清真寺肯定荒废了很多年。屋顶和墙体还算完好，但石膏板都已经脱落，尖塔也倒塌了。借着月光，可以看见正殿立柱旁的阶梯，像鹦鹉螺化石的碎片。这里为什么会有清真寺呢？离村子那么远。也许是一座坟墓，或数百年前托钵僧隐居修行的处所。墙面镶嵌的大理石板刻着阿拉伯文字，地板上有锈迹斑斑的马掌、几捆干草、一个锡盘、一把菜草，墙上还残留着烟熏的痕迹，说明曾经有过路人借宿于此。说不定黑盗客在这里住过。这些流窜在乡间、跟土耳其人作对的侠士相当于保加利亚的罗宾汉。我在林间仔细搜寻，发现空地上散乱地立着长满青苔的石碑，顶端雕刻头巾纹饰，其中有一块已经断成两截，倒伏在地的石碑完全被欧洲蕨、杂草和黑莓树丛遮盖了。溪水中也现出一大块石碑的影子。

　　这里距离最近的村子应该有好几英里，我决定停下来暂住一夜。我用柴草和壁龛里尚未燃尽的木柴生起一堆火，跟黑狗分享了一根匈牙利香肠和半条面包。它像个出门在外的人，在火堆旁一会儿伸脚而坐，一会儿俯卧身子。吃过梨子和胡桃，去小溪边抽根烟是不错的选择。我们走着走着，差点踩到站在草丛里的一只猫头鹰。它扑着翅膀，悄无声息地钻进了树林。我接连抽了好几根烟。月亮在稀疏的云里钻进钻出，仿佛给这个神奇的地方施加了魔法。能够打破魔咒的，只剩下身旁这条养足了力气的黑狗。再次见到月光，它变得从容而淡定，反正吼破了嗓子也没有用，不如钻进灌木丛里寻找呢哝的秋虫。它忙活了一阵，两手空空地跑回来，喘着粗气，咧开嘴，伸出舌头。我也只好安慰安慰它，伸出手，轻轻拍打它的颈背。它的尾巴卷着，看样子还有些心结没有解开。我们坐在叶片泛着银光的树下，聆听潺潺的水声，然后起身走回清真寺。快要燃尽的柴草发出轻微的噼啪声，我把帆布背包枕在头下，黑狗四肢摊开，睡在我的脚旁，很快就呼呼入睡了。这样温馨的场景，在旅途中出现过不止一次。在这个无人知晓的角落，连我自己都有着恍如隔世的感觉。我伸出手，闪烁的火光将手的影子映在清真寺的穹顶，由大而小的同心圆，让人宛如置身宇宙的中心。静谧中，猫头鹰在枝头鸣叫。

　　醒来的时候，黑狗已经不见了。这样也好，要是它再陪我走一程，也许就忘了回家的路。此时此刻，它一定正在路上撒着欢。清真寺外，晨光洒满山谷，像亚马孙人女王希波吕忒派出的猎犬驱散了朝露。一群羊在小溪对岸的草地上吃草，树丛中的残垣断壁好像打量着阳光下的勃勃生机。潮湿的草丛下，五颜六色的蘑菇从土里探出头，一簇簇，长满了清真寺四周的空地。我把采下来的蘑菇装在一张红色的扎染印花大手帕里，又启程上路。

　　麻烦事来了。从地图上看，是从特尔诺沃到鲁斯丘克步行最多只要一周，五个铅笔作的记号标出过夜的地点。也许我的记录有遗漏，因为日程表上有两个时间点确定无误，一是国王亚历山大被暗杀的日子，二是保加利亚海关在我的护照上盖的印戳。这样算的话，这一段路我总共走了十三天。日子过得平淡无奇，不紧不慢，跟我在特兰西瓦尼亚的行程相比，后者虽然路程不长，花的时间倒挺多。特兰西瓦尼亚可以逛的地方不少，聚会、图书馆、骑马、拜访朋友，房间里精美的家具、丰富的藏书、窗前的风景和每个人的音容笑貌至今犹在，连邻居、仆人、马和狗，都像是几分钟前看过的样子。是什么延误了我的行程？也许是发生了一些要紧事，假如我的日记本还在，肯定能找到些蛛丝马迹，继而恍然大悟。但现在不管我如何集中精神，记忆始终模糊不清，能想起来的只剩下一眼望不到头的山路。幸好还有一张破旧的地图，几页泛黄的纸，像在山洞里点燃一支火把，照亮了几处黑暗的角落，让我唇齿间留下黑莓的香甜，耳畔回响起猫头鹰唱出的音符，眼前出现那条黑狗的身影。记忆的碎片，总是在不经意间串联起来的，比如在散步、就餐或等火车的时候，压缩的思绪似乎一下子松开了。

　　还有一个原因可以解释，那就是沿途的地形。跟南部跌宕起伏的地势不同，位于保加利亚北部的巴尔干分水岭，沿着波浪形的台地倾斜着下降，直至多瑙河的河床。每下一级阶梯，山势就平缓许多，到最后，不留痕迹地融入土质艰涩的低地，而分水岭的线条也变得更加修长。没有了高耸入云的险峰，千篇一律的山峦让大脑迟钝起来，等到我踏上一望无垠的平原，脑子里只留下一片空白，呈现洛克哲学里的"白板"状态。

月光下的清真寺废墟，在传说中也许有极其重要的地位。此外，我的脑海中还不断浮现出一个意象，那是一座奥斯曼风格的石桥，青石做成，半圆形的桥身结满蛛网，横跨在河上。水流急急地往下游奔去，推动了磨坊的水轮。此情此景，难道不像童话故事吗？临近村庄的时候，我总会遇上一个身体残疾、牙齿掉光、皮肤干瘪的老婆婆。她在林子里捡柴火，装满树枝的背篓又沉又重，几乎把她的头压到地上。她也是民间传说中的人物吧？那我呢？是她最没有力气的三儿子，只要把她的背篓扛到自己肩上，就可以实现三个愿望，交上好运？可惜，我们之间的交流仅限于打个招呼，我说声"晚上好呀，女士"，她回一句"今天天气不错"。

场景变幻：路旁有一家店铺，玻璃窗里的架子上摆着圣艾琳的雕像，一只鸟扇着翅膀，嘴巴啄得玻璃"哐哐"作响。现在想想，那大概是一只穗即鸟，因为每啄一次玻璃，就能看见它翘起白色的尾巴，露出白色的鸟腹，而背上的颜色要深得多。玻璃窗里残留的蜡烛看上去像块面包，又像只软体的虫子，欺骗了穗即鸟的眼睛，害得它在玻璃外面啄了差不多十分钟才依依不舍地飞走。下一个地点是村里的牛奶场——在那里，我品尝了盛在陶盘里的保加利亚特产：酸奶。我很快就喜欢上这种新奇的食物，在带着酒窝的奶皮上撒上砂糖，然后用勺子吃得一干二净。我从聪明的雅典人那里学到一招，将柠檬汁挤到砂糖上，让果汁与糖充分融合。我还学会了克里特人的方法，用勺子舀出蜂蜜，在酸奶上淋上一圈，再撒点胡桃粒。味道棒极了！在巴尔干半岛，保加利亚人做的酸奶品质最好。当然，如果要问他们最擅长的，那还是商品蔬菜栽培。奇怪的是，当地人从来不用"yaourt"（酸奶）这个词，而叫"kissolo mleko"，意思是"酸牛奶"。

邻桌坐了六个乡民，都穿着土布衣服、生皮鞋子，扎着腰带。两人头戴柳条编的宽檐帽，其余的戴着布帽子。他们看上去跟普通的保加利亚农民不同，说话时嗓门不大，眼神亲切友好，笑起来的时候，眼角和嘴角都现出愉快的皱纹。一种难以形容的魅力从他们身上释放出来，让周围的人有安宁和喜悦之感。虽然听不太懂谈话的内容，但通过独特的装束，我判断他们是流动的养蜂人，正奔波在保加利亚的乡间，趁寒冬到来前整理好蜂巢。他们会怎么处置我在路上遇见的圆锥形泥巴蜂房呢？它们看上去相当结实。就像古埃及人在荒野得到的天赐食粮，蜜蜂来回奔忙，将一粒粒细微的花粉炼成蜜糖。在诗人卡佩塔拉科斯笔下，兴奋狂热的蜂群"打打杀杀、永无宁日"，多亏这些养蜂人，让蜜蜂王国的子民安居乐业。能品尝到香甜的蜂蜜，真得感谢养蜂人，他们身上几乎没有防护，采用纯手工的方式，整天和蜜蜂打交道。蜂蜜卖给千家万户，蜂蜡给刻工、皮匠和做蜡烛的人。他们罩上细纹棉布，精心侍弄村庄附近的蜂巢和蜂群。

我习惯一大早起床，整理停当后就上路。除非是住在朋友家，或被窝实在太舒服，当然，这样的情况并不多见。好几次，我躺在简陋的床板上读书，中午才起身，甚至有一次在床上待了一整天，直到吃晚饭的时候。我在波黎查镇上借宿的地方还算过得去，那是一家修车行的阁楼。透过床边地板上的活板门，我可以看到车行老板的秃头晃来晃去，地上的刨花没过脚踝，胡乱堆放着牧草、轮辐和马车梁。他一会儿用锤子敲，一会儿用刨子刨，忙得不亦乐乎。随后，他手握一把老式的锯子，锯片靠皮带固定在四方形的木框上。木板锯好后，他又用扁斧或槌棒修正加工，敲得叮叮当当。这些工具看上去跟拿撒勒人的一样古老。阳光照进屋子，形成一根根光柱，锯屑在光柱中飞舞，木头的清香顺着梯子拾级而上，最后钻进我的鼻孔，让人不由得想到面包店新鲜出炉的糕点。窗外，马蹄声和车轮声此起彼伏，不远处传来鼓噪的蛙鸣。

　　不过，这些印象都是断断续续的。我从头天晚上开始看《卡拉马佐夫兄弟》，熬了一整夜，一本书已经啃完了一半。这是我第一次接触陀思妥耶夫斯基的作品，读的是普罗佐尔的法文译本。我被书中的文字迷住了，起床的时间一推再推，直到秋日的阳光照亮整间屋子。快到十一点时，天色暗了下来。随后乌云密布，大雨瓢泼。我索性不起床了，专注于书中阿廖沙的命运。下午两点，我拖着疲惫的步子走下楼梯，满脸羞愧地跟忙碌的老板打招呼。一下午，我都坐在饮食店里看书。懒洋洋的苍蝇停在摊开的书页上，天空落下一阵雨点，店主好奇的询问都没有打扰我的兴致。"你读书读得不少，"他观察了好几个小时，终于忍不住开了口，"读得多。""是的。"我大言不惭地回答。还有两个皱着眉头的警察在旁边坐了差不多一个小时，也不说话，步枪夹在膝间，满腹狐疑地望着我。我心里有些惴惴不安。终于有个警察站起身来，朝我敬了个礼，有礼貌地问能不能讨两根我抽的英国香烟。幸好在特尔诺沃时，我买了两包，赶紧掏了几根递给他们。起初，我还以为这两位是听了瓦西尔的告密，说我是个英国间谍，专程从特尔诺沃追踪过来的。《卡拉马佐夫兄弟》陪伴我度过晚餐时间，直到饮食店打烊。回到阁楼，我借着烛光，在凌晨三点半读完，这才合上书页，安心入眠。

从那以后，只要提到陀思妥耶夫斯基的名字，我就会想起那个雨天和刚锯好的木头的味道。

接下来几天，雨时断时续。地势低洼的地方和庄稼田都泡在水里。我走在路上，偶尔有汽车从身旁呼啸而过，有时还会遇上长途巴士，前挡风玻璃上贴着用俄语写的目的地——"鲁塞"，保加利亚人叫鲁斯丘克。马车倒是很常见，车辕都是半圆形，还有随处可见的吉卜赛人，荷叶边的长裙被雨水浸湿，裙摆贴在女人的脚踝上，长长的头发遮住了脸颊。大人们都赤着脚，马车上载着几个年幼的孩子，赤身裸体地在罐子、编了一半的篮子和帐篷杆里玩耍。我误打误撞走进操练中的行军队伍。士兵们背着牛皮包裹着的寝具，在雨中艰难行进；马拉着加农炮走在笔直平坦的路上，车轮磷磷作响；骑兵先是小跑、进而急速飞驰，剑鞘在空中有节奏地舞动。他们的飒爽英姿，让我一下子想到《伦敦画报》上有关巴尔干战争的专题报道。士兵们都穿着冬装，我也换上了长裤和布绑腿，外套也第一次派上用场，充当睡觉时盖在身上的被子。

也不知在哪一段雨雾迷离的路上，我遇上一个往北去的年轻人。他叫伊万乔，是帕扎尔吉克州的理发师，衣衫褴褛，野兔般的眼神透着城里人的精明。我从哪里来？英国？太好了！我们开始有一句没一句搭起话来。他的语速太快，我一个词也听不清，只是觉得语气很激动，饱含热情的声音几乎震破我的耳膜，句子之间没有丝毫停顿，边说边手舞足蹈，一脸带着死板的笑容，眼珠骨碌碌乱转。一英里，又走了一英里，他还在滔滔不绝。我的脑袋开始隐隐作痛，急切地想找个法子喘口气，恢复内心的平静状态，于是在他说话的间隙，只支吾一声"是"或者"不是"。但我的回答常常不能令他满意，结果，他又打开话匣子，边说边抓住我的胳膊，用食指戳戳点点，希望我能明白这些内容有多么重要。他的步子也快，走着走着就把我挤到路边，眼看就要跌倒到路基下的庄稼地里，我只得一个箭步绕到他的身前，慢慢朝路中间靠过去，但这个执着的家伙不依不饶地跟过来，又把我逼到路的另一边。他的脸上始终带着微笑，真挚的眼神令人难以抗拒。有时他会冲到前面，踩着舞步往回走，嘴里哼着莫名其妙的歌词。要是我的身体不由自主转个圈，更会让他舞兴大发，变本加厉地一展歌喉。我想唱《暴风雨的季节》，但节奏实在太慢，完全不是他的对手，于是换上《林肯郡的偷猎者》《莉莉布勒罗》《我们在周五清晨远航》和莫里斯·切瓦利亚的《情人节》。我翻来覆去唱着这几首歌，只要他想开口说话，我就引吭高歌，渐渐占据了上风。伴随强有力的乐句戛然而止，四周静悄悄的，我正心中暗喜自己是不是赢得了这场比试，掌声、大笑声和叽里呱啦的保加利亚语就像潮水般淹没了我。我被打得溃不成军。又过了一小时，我站定身子，双手在空中挥舞，近乎哀号："别说了！别说了！伊万乔！"我用力摇着他的肩膀，换来的却是笑声和抑扬顿挫的音节。我像梦游者一样跌跌撞撞，或像死刑犯一样元神出窍，但高亢的调门冷不丁把我拉回现实。我的头快要裂成两块，这时，我才体会到坟墓里永恒的宁静是多么美妙。朋友们常常说我喝醉后废话连篇，他们真应该来和伊万乔一决高下！

　　只剩下一线希望。伊万乔是某个保加利亚理发师行会的成员，因为他曾把一张折了角、贴着照片的卡片拿给我看。小卡片能有大用处？我表示怀疑。路过附近的村庄时，他走进一家理发店，把卡片递给店主看了看，换回一大把保加利亚列弗。走到另一个村子，趁他到理发店讨钱的工夫，我偷偷溜到门外，撒腿就跑。也不知跑了多远，我回头张望，看见他出现在理发店门口。他开始追赶，但这次我占据了先机，两人之间的距离越来越远。我像一头心情舒畅的雄鹿，在公路上昂首飞奔，直到身后空荡荡的没了人影，才放慢脚步。不料几分钟后，一辆往北开的汽车在我身边缓缓停下，伊万乔先是摇着食指，仿佛在警告我，然后从脚踏板上跳下。

我彻底绝望了。整个晚上，包括晚餐时间，我都闷闷不乐。爬上床后，我始终难以入睡。幸好旅社房间紧缺，把我们安排在不同的房间。那一晚我饱受噩梦的折磨，索性天还没亮就起来，付了房费，早饭也没吃就上路了。不过，没走多远，一个等待已久的身影从树下走出来，看来他已养足了精神，神采奕奕地向我致早安，亲切地拍打我的肩膀。此刻，晨曦初绽。

我有些心力交瘁，但到了下午，我又开始寻找逃跑的机会。雨势丝毫没有减弱的迹象，赶路的人都躲在村子里的茶室喝茶。俄罗斯式红茶加了很多糖，甜得令人发腻。茶室的样子很特别，墙角简陋的围栏上，搭着用来放酒瓶的木板，锡制的桌子，东倒西歪的椅子，跛脚的公羊和活禽走来走去，有人打鼾，有人往地上啐口水，一种斯拉夫风格的喧嚣与吵闹，沉重的步子溅起水坑里的泥浆，手握马鞭的赶车人在喝酒，空气中带着斯利沃酒、咖啡、甜茶、烟叶、湿衣服、汗水、木炭、狗、马厩和牛棚的味道。我喜欢上了这种味道！这样的环境，把我的嗅觉和味蕾锻炼得更加敏锐。一辆破得快要散架的大巴车停在门外，司机兼售票员正和朋友在桌旁喝茶。我借口上厕所，跑到门外，朝他使眼色，做出一副哀求状。司机见状，也走到门外，我一五一十地讲明自己的窘境。他已经注意到我与那位同路人关系有些紧张，从我的眼神里，他也能看出这是个亟待脱离苦海的可怜人。

4. 多瑙河畔

回到茶室后，我假惺惺地向伊万乔建议，说既然雨这么大，咱们不妨搭车去鲁斯丘克，我可以支付车费。我把钱递给他，问他能不能帮忙买车票，因为我的保加利亚语实在很糟糕？他同意了，兴奋地喋喋不休。走到车门前，伊万乔坚持要我先上车，我却借故推脱，就在我们相持不下的时候，司机有些不耐烦，大声叫嚷着。我瞅准机会，把他塞进车门，司机拉动操纵杆，门"咣"地一声关上，车轮转动起来。透过车窗，我看见伊万乔冲我一边打手势，一边大喊大叫，但司机佯装没听见。伊万乔悲戚地望着我，我挥着手跟他道别，雨雾很快将车吞没了。几分钟后，我走上一条便道，湿漉漉的泥地里长满了向日葵。以防万一，我绕了个大圈子，尽量避免跟主路靠得太近。伊万乔幽怨而责备的一瞥，让我总有些负罪感，本应该长舒一口气，如释重负，可心情却始终压抑，好不起来。相比之下，像快车一样从东方刮来的寒风，实在算不了什么。

本该顺顺当当的旅程，有时的确会生出事端，让人烦心，连觉也睡不踏实。也许是伊万乔的过于热情让我不习惯，甚至感到压抑，才逼得我产生逃离的念头，但事后并没有成功的喜悦，反倒多了些懊恼。大雨像断了线的水流，裹挟在从东北部西伯利亚吹来的风中，恶狠狠地砸在我身上，让人心情几乎沉到谷底。（东南—西北走向的巴尔干山脉并不高大，无法像乌拉尔山一样阻挡来自俄罗斯草原的凛冽寒风。）风雨交加，每迈一步都变得很艰难，泥泞的小路不知什么时候才能走到尽头。

至于被人怀疑为间谍，这种误解总是让人沮丧，并让我改变了对保加利亚人的看法。他们身上那些显而易见的优点，热情而诚实的性格，节俭而勤勉的生活方式，以及对文学的热爱（我说过多次，在所有的巴尔干国家中，保加利亚的文盲率最低），由于这件小事而大打折扣。就连他们热情的款待、动听的歌曲和在音乐上的天赋，似乎也受到了牵连。只有加乔和娜代日达例外，他们是我值得信赖的朋友，而且严格说来，娜代日达算是半个希腊人，与他们关系密切的保加利亚人也很善良友好。至于他们的同胞，大多老于世故，举止粗鲁，有时还会嗜血成性。虽然我对巴尔干怀着浪漫的看法，不吝溢美之词，但还是坦然说出"嗜血成性"这个词，要知道保加利亚人常常用这个理由来指责自己的邻国，而我不过是借用一下，来形容保加利亚历来在欧洲事务中所扮演的"恶棍"般的不光彩角色。我并不考虑这个国家在过去五百年中遭遇的摧残和野蛮统治，也不赞成这个民族在摆脱中世纪封建地位后以怨报怨来获得补偿。在文化和传统的传承上，保加利亚人做得并不好，正因为如此，他们才错过了文艺复兴和十八世纪欧洲蓬勃发展的契机，更没有类似攻占巴士底狱的大革命和解放劳动力的工业革命。也许很苛刻，但我还是要告诫保加利亚人，如果要做面包，和面时应该放上酵母，而为人，也应该坦坦荡荡。对于这些貌似不公的指责，你大可一笑了之，但细心体会，还是能感受到一位旁观者的良苦用心。

幸亏我终其一生，都喜欢追求简朴的生活方式，虽然烦躁和忧郁如影随形，心情却渐渐平复下来。我上了大路，像一个亡命天涯的逃犯，在漆黑的夜里匆匆前行。透着灯光的村舍近了，我清楚地记得路标上写的村名是"多尼·帕萨雷拉"，邻村叫"戈尼·帕萨雷拉"，但具体哪个是上村，哪个是下村，我不记得了。我穿过盖着猪圈的院子，湿漉漉、气喘吁吁地站在一户人家门口，希望能付钱借宿一晚。房主的态度很平淡，但好在没有收钱，径直领着我来到迄今为止见过的最原始简陋的房间。秋雨潇潇，房屋好像都弯着腰鞠着身子，慢慢地陷入水花四溅的泥地。凹陷的深度大概是原高度的三分之一，我进了门，走下几级台阶，来到一间洞穴般没有窗户的屋子，潮湿的地面，四面墙壁有突出的壁架。板条编织的外墙涂了白石灰，内墙裸露的墙面抹着混了稻草和柳条的灰泥。沉重的房梁上，低矮的天花板用竹条编成，结满了蛛网，挂着黑色而油腻的陈年烟灰。屋里没有烟囱，要是昂首挺胸，脑袋就钻进盘旋在顶棚的呛人的烟雾里，所以要不了一分钟，就不得不弯下腰，揉着充血的眼睛，咳嗽不止。这个缺陷给住在屋里的七位房客带来了很大困扰，每个人都被迫像熊一样弯着身子。（提示一下，对东欧乡村的住户来说，个人隐私是一种奢望。不管生老病死，都离不开家人的视线。黑夜里的扭打，孩子降生，葬礼上的祷词和挽歌，都清晰入耳。）由于是斋月，晚餐只有水煮菠菜、奶酪和水，大家也不说话，静悄悄地吃完饭，各自上床安歇。

躺在幽暗的房间里，屋外的风雨声与屋内此起彼伏的鼾声交相呼应，汇成一曲多声部的合唱，有时音调发生变化，有时夹杂着休止符。借着圣像旁边将要燃尽的木柴微弱的火光，我分辨出脱下的靴子、大衣和挂着的绑腿冒着水汽。目光再往前移动，能看见胡须和微微张开的嘴，以及倒扣在地上的鹿皮靴，张开的腿。这里的生活从奥穆尔塔格统治时代开始就没有发生过变化。我好像住在《撒克逊劫后英雄略》中的茅草屋里，听着弄臣万巴跟养猪人于万特打趣。现在还不到十点，我在潮湿的上衣里摸索到一两个蹦来蹦去的跳蚤。眼皮很沉重，但在这样的环境里，我实在难以入睡。（在游记中，我很少提到这种讨人厌的害虫，因为其他人的描述已经够多了。有了它们，别想睡个安稳觉。）麻烦还不止于此，想想吧，好几个星期洗不上一次澡，只能在水塘和小河沟里擦擦身子，还要加上糟糕的天气，路上的烦心事，闷浊的空气和幽闭环境带来的恐惧感。

再也住不上雪侬梭古堡或查特斯沃斯庄园这样的好地方了。恶劣天气持续下去的话，这屋里的人能不能顺利到达卢克索、穿越阿特拉斯山口或朝拜帕特农神庙都成了问题。烟雨迷蒙，目的地仿佛遥不可及。人们开始怀念起初夏时上市的豌豆、土豆、树莓和鲜奶油，还有这个季节常见的松鸡。幸好一年中有七个月能尝到牡蛎，要不然，出门在外的人也会把它挂在嘴边。

这些也是我感到沮丧的原因，但还有其他的因素。有的解释起来不费劲。自打我能记事起，很少觉得生活单调乏味，人的一生不是应该充满快乐吗？除非体力消耗和心理压力过大，环境和风景太单调，气氛尴尬，谈话时规矩太多，我总是兴致勃勃，像一艘永远不会沉没的战舰。我不善于隐忍，也不会见机行事，要知道大多数人都善于趋利避害，只挑自己熟悉的话题发表意见，这样既可以取悦他人，也可以凸显自己的学问，还落得个好名声。我最大的问题是喜欢据理力争，无论是毫不相干、自相矛盾甚至相互排斥的人和事，还是那些令人忌讳、不值一提和索然无味的话题，我都要直抒己见。我觉得，正是这种不加区分、毫无约束的精神头，让我掉进了冒着热气的汤锅。沸腾的汤汁溢到四周，就赶紧堆起麻袋来补救。（跟很多人一样，我年轻时也固执地相信自己的判断力，一旦失败，就会彷徨和苦恼很长一段时间。年轻人血气方刚，习惯于做大事，比如跟哲学家辩论、指挥军队、治理国家、写歌剧、创作连米开朗基罗都自愧不如的绘画和雕塑、攀登珠峰、花一晚上写出比肩莎士比亚的十四行诗，在找到治愈癌症的秘方后赢得全国越野障碍赛、留下能影响几代人的诗篇。）

踏上旅途之前，我就是这样的年轻人，千方百计让自己活得不平庸，却忽视了这样做可能带来的风险。越过英吉利海峡，我迈开大步飞奔，感觉面前是一条坦途。毫不夸张地说，每分每秒，我都在欣喜和快乐中度过。就像海豹看见美味的鲱鱼，壮丽的景色也让我惊愕得合不拢嘴。虽然调动了所有的感官，多姿多彩的异国情调还是难以完全领略，更让人奇怪的是，当我习惯了眼前的景象，感官仿佛失灵了。旅途中，我不止一次借宿在村子里，而眼前这间半沉到地下的屋子，虽然看上去既肮脏又悲惨，却释放出阿拉丁藏宝洞一样的魔力。为什么会这样呢？我已经走过数千英里，每天都渴望不同寻常的经历，就像吸毒的人上了瘾。幸亏有几十年的时间差，让我可以不动声色地讲述这段年轻时的见闻，某些细节反而更加清晰。淡而无味的饭菜，污浊的气息，光影中的面容和风景，与各种声响，复杂的线条和纹路交织在一起，让人在狂喜之余又怅然若失。

这些想法常常像噩梦一样不期而至，让我惊出一身冷汗。所幸只是隔三差五，等到旅途的最后几个月时，基本上不再来烦我了。不过今晚看来逃不掉。我躺在床上，翻来覆去睡不着。这个倒霉的地方！可骂了也没用，而且就算我会讲保加利亚语，还很健谈，又能跟屋里这几位睡得东倒西歪、鼾声如雷的乡下人聊些什么呢？种庄稼？打仗？喂猪？种菜？狼人？吸血鬼？过去几个月里，这些事儿我倒是听过不少。我呆呆地望着黑暗，脑海中冒出一段接一段的对话，像反射出五彩的肥皂泡，很快就破碎了：不知是牛津还是剑桥，反正有一所大学招了很多学生。他们希腊语、拉丁语、历史和文学都学得好，电影《罪恶街》里的台词也记得溜。还去海德堡学上一两个学期，那里到处是脏兮兮的窗户、加了盖子的马克杯、针叶树和刀疤脸的毒品贩子？最让人心动的是索邦大学，可以跟有冲劲、才华横溢的室友们聊文学聊到深夜，漂亮的女学生坐在树下的咖啡桌旁，或者在摄影棚里当模特？我把一连串疑问抛向低垂的天花板，可它却装作没听见，默不作声。

我把不同的场景杂糅到了一起。这些一闪而过、看上去有些荒谬的成功故事中的主人公，其实是十年后的我，跟男装品牌"苔藓兄弟"广告海报上的造型（我记得是位年轻的海军准将？）很相似。他是地道的欧洲人，但也知道欧洲之外的事，通常回到家里，泡完澡后，会懒洋洋地坐在壁炉边的沙发椅上，火光照亮了书架上镀了金字的书脊。他信手端起手边的平底雕花玻璃杯，杯里装满了威士忌和苏打水。现在是晚上十点半，村舍里一团漆黑，他再次出现在我模糊的视线中，抽着雪茄，吐出一缕青烟。无论年少还是年老，机敏、睿智、富有才华的人们围绕在他身旁，烛光摇曳，把酒言欢。他一边停下来打招呼，一边走下楼梯，来到立着枝形烛台的舞厅。无数急切的眼神，像箭弩一样投向冷漠美艳的女郎，渴望得到她的垂青。他脱帽致意，随后，两人静静地迈开舞步，轻盈的身形随着音乐飘荡。众人的目光像纺锤上抽出的丝线，聚焦到两位舞者身上，最后，他们以逆时针方向旋转着走向落地窗，慢慢淡出人们的视线，消失在林间。此时此刻，这位似曾相识的陌生人已经变成舞会的宠儿，与我完全脱离了干系，虽然我是他的创造者，却只能把脸贴在玻璃窗上，嫉妒地望着他潇洒的身影。他比我高出一头，黑色头发，留着小胡子，左边太阳穴上长了一颗痣。我恨得牙痒痒，发誓要消灭他。

至于那些无缘相见的女人，我也心向往之。身处如此简陋的环境，让我不由对巴尔干地区的原始和落后很不满意。也许要刻意形成反差，我的内心营造出另一个自我，他温文尔雅、风度翩翩，一路追随女人簌簌作响的衣裙。这是多么浪漫的画面呀！一个充满野性的姑娘站在路的尽头，她并不精通文学、绘画或其他任何艺术形式，但能与我心灵相通。在路的另一头，也有一个姑娘，她多才多艺，恭顺而沉静，说不定比我还大上几岁，清晰的面庞触手可及。两人都笑吟吟的，我该如何取舍？真是左右为难。

夜更深了，我还在胡思乱想。沮丧消沉的心情得到抚慰，与想象中爱人的邂逅和恋情发挥了奇效。我暗自高兴，但又充满忧虑，随着她们的笑颜渐渐隐没在黑暗中，我提醒自己，该睡了。寂寥的雨夜让我有机会心无旁骛，斟酌和考量人生大事，并在不久的将来如愿以偿。（跟想象中一样，六个月后，爱情奇迹般降临了。）

卸下心里的负担，我很快便睡着了。随着黎明到来，去国怀乡的人们直到生命尽头还留念牵挂的西欧故国，又淡化为地理上的位置。首都睁开惺忪的睡眼，桥梁与河堤被朝霞镀上金光。还有一些未知的地方在等待长夜的离去，它们远在天涯。我在想，这股从西塞亚吹来、与雨水一道鞭打着板条墙壁的狂风，会不会越过平原和山脉，像一匹脱缰的野马，将西欧国家所有的风标都吹得转动起来？

此前，人们对西方的好奇让我不得不经常面对抛来的问题，有的问题让我感到压抑，根本不愿意回答。你究竟是做什么的？我有些尴尬，希望在本书接下来的文字中，我的回答能让你满意。不过现在，曙光初现，愁绪也一扫而过。茅草屋的角落渐渐有了亮光，是黎明叩响了紧闭的大门？半梦半醒的人们扭动着腿脚，很快，大家就会踏上前往鲁斯丘克的路途。

第二天傍晚，我到了鲁斯丘克。这是一座可爱的小城，商铺林立，灯火璀璨，有许多咖啡馆、小型出租马车，甚至还有几辆出租车。明亮的街道旁边，路基下面是静静流淌的多瑙河。河畔建了栈桥、仓库、塔吊，停着下锚的驳船。三艘炮艇堪称保加利亚海军的中坚力量。

也许是没见过大世面，我觉得眼前这个小小的内河码头的规模并不亚于庞大的海港。其他旅行者曾经把鲁斯丘克描绘成丑陋而无趣的地方，不要说土耳其人占领前的古迹，就连十九世纪前的遗存都少之又少。但我并不这样认为。小城的某些区域残留着维多利亚时期的韵味，而且由于建在多瑙河上，中欧与巴尔干的文化相互交融，形成一种独特的、带有诱惑力的风格。城里有书店和报摊，出售各种外语报纸，大部分是德语和奥地利语，包括《新自由报》《法兰克福日报》《汉诺威新闻报》《柏林日报》和《匈牙利日报》，法语的《晨报》和我最熟悉的《泰晤士报》《大陆报》和《每日邮报》。我不禁纳闷，镇上真有这么多读者吗？我买了一堆的报纸，一边喝香醇的维也纳咖啡，一边浏览两周前南斯拉夫国王亚历山大一世和法国外交部长巴尔杜遇刺身亡的报道。看来，舆论也认为保加利亚在领土问题上提出的要求合情合理。加乔听到这个消息，肯定会很高兴。雨点积成的水坑就快淹到脚上的靴子，我赶紧把座位往里面挪了挪，点燃一根奥地利雪茄，饶有兴致地观察着来来往往的行人。我觉得自己很像小说家萨基笔下那些行走于巴尔干、中亚和俄罗斯的经验老到的旅行家。街灯昏黄，雨滴附在玻璃窗上，在重力作用下形成蜿蜒的细流，室外的景致恰好装在窗框里，像一幅唯美的点彩画。桌上摆满美味佳肴（照我看，如此平滑的大理石桌面，铺上纸，用铅笔或自来水笔来作画，真是再好不过），大门旁边叠着扎了缎带的巧克力盒子。一开始我还不明白，盒子上的图案为什么是赛璐璐娃娃或衣着锦缎、脸上抹着香粉的女侯爵夫人，后来才恍然大悟。

这家店从里到外都是欧洲风格，不提供土耳其咖啡，更没有人抽水烟筒，怕把其他客人熏跑。这东西，我曾在一家小咖啡馆的格子间里抽过，好几个小时都没缓过劲来，嘴里默念着古波斯诗人奥玛·海亚姆《鲁拜集》中的四行诗句。（母亲给我寄过一本口袋本，我把全文差不多都能背下来。）再看看眼前这家店，有西式蛋糕，有酥脆的、黄澄澄的、填充奶油的、撒了罂粟籽和香菜的牛角面包，有咸脆饼干，要是再增加些来自东方的甜点岂不是更好，比如用碾碎的麦子做的炸粉和果仁蜜饼。记得有好几次，午夜时分已过，我看见糕饼师傅们盘腿围坐在沾满面粉的木台子上，把面皮拉伸成一张张半透明的薄片，每一层都刷上蜂蜜或糖浆，添加切碎的桃仁和胡桃，然后叠起来，放进跟特洛伊战士手中盾牌一样大小的平底锅里，用长刀把边缘修剪规整，再拿长杆将其送入烤炉，等到出炉的时候，白白的面皮已经变成酥脆的棕褐色，再用铲子切成小块，油酥千层糕就大功告成了。这种色香味俱佳的糕点在巴尔干和黎凡特很受欢迎，尽管是土耳其风味，但如果要追根溯源，拜占庭人才是发明这道美食的鼻祖。在帕夏品尝第一口千层糕之前，拜占庭帝国的行政官员们早已熟悉了这种味道。千层糕的切法也有讲究，一般是切成菱形，更有甚者，希腊工匠做格子细工时，也借用了这种糕点的称谓。半上午的时候，如果一位巴尔干商人偷偷溜出办公室，多半不是去喝酒，而是去买千层糕解嘴馋了。

　　我百无聊赖地数着咖啡馆墙上的灯泡。灯泡像是胡乱安上去的，排列得并不均匀，有些地方稀稀拉拉，有些地方挤作一团。插座与电线从石膏板上垂下来，像一绺绺胡须，它们是胜利的标志，在整个巴尔干半岛，靠油灯和蜡烛照明的日子终于结束了！（告别动乱的年代，铺设裸露的管道。进出的大门上还留着伤痕。房间里的水管是沙皇斐迪南登基时装的，现在已锈迹斑斑。所有这些，都足以体现保加利亚在步入现代化国家道路上付出的努力。）在一些时髦的咖啡馆，吊灯挂在三根金属链上，雪白的灯泡亮得晃眼，而我头顶的吊灯光线有些暗淡，灯罩底部积了厚厚一层飞虫的尸体。过去几个月中，我就在这些旅途中的避风港稍作歇息，读读书，写写文章。我搜寻着这家咖啡馆创始人的照片，果不其然，又是一张放大了的、带有维多利亚时期风格的照片。画面上的男人穿着高领衣服，留着跟德国皇帝一样的翘胡子。墙上还挂着乔安娜女王和沙皇鲍里斯[1]的肖像，鲍里斯满面愁容，胡子剪得很整齐，一手按在剑柄上，看上去令人心生同情。（保加利亚人告诉我，他们的王室父系成员和英国一样，也来自于撒克逊 - 科堡 - 哥达家族，这让我很吃惊。备受国民拥戴的沙皇鲍里斯也来自这个家族。）

有两桌人，纸牌游戏玩得正酣，轮到出牌的人会把手里的牌狠狠砸到桌面。骨牌和骰子哗啦啦响，扑克一张盖住另一张。有人大声起哄，有人鼓掌叫好，连侍应生都被吸引过来。鲁斯丘克热力四射的咖啡馆，吸引了过往的店主、零售商、医生、律师和官吏。有一桌坐满了年轻的海军军官，腰间挂着短剑。还有一位杵着银柄主教手杖、身穿黄金胸饰教袍的高级教士，正在给镇长和办事员讲道。白色的胡须顺着鬓角长到耳朵根，几乎遮住了鼻孔、脸颊和眼睛，眉目间透着威严。伴随强有力的手势，我几乎可以看见肃穆的语句从他的口齿间涌出，形成牛皮纸祈祷书上一行行斯拉夫字母。在索非亚大教堂和里拉修道院，教士们的博学给我留下深刻印象，望着眼前这位身材高大的智者，我的心里充满崇敬之情。后来，等

---

[1]保加利亚沙皇鲍里斯三世娶意大利维克托·以马内利三世的女儿乔安娜为妻，鲍里斯于一九一八年登基，一九四三年去世，传闻他因不愿意支持轴心国发动的战争而被希特勒派人毒害。

4. 多瑙河畔

我到了希腊，我觉得东正教的神职人员应该按身高排序，从教士到主教再到大主教，高度依次递增。可一位朋友却认为在信仰层面上，身高并非需要考虑的因素，谁的影响力最大，谁就更受尊重，就像用望远镜看天上的星星一样，无论远近，最耀眼的那颗保准行。长长的头发，浓密的胡须，一看就代表力量和威严，就像《圣经》中的大力士参孙，足以担当上帝派往人间的代言人。他们的模样与修道院里谦恭的修士不同，后者认为剃得干净的面颊和短发才符合礼仪。据我所知，在阿尔及利亚北部的米尔迪塔教区，天主教教士们也留着胡子，在希腊东正教会看来，这样的胡子象征着神的尊严，就像把宙斯与忒涅多斯包裹起来的云朵。

咖啡馆报刊架上的报纸很多都是德语的，读报的人们正用带奥地利口音的德语交谈。亚美尼亚人讲亚美尼亚语，塞法迪犹太人讲西班牙语。不管是买家还是卖家，总能找到合适的语言沟通，从多瑙河上的贸易往来中获益。我突然有些神情恍惚。看来，包括我在内，任何人都无法从这种潜移默化的文化交融中脱离出来，暂时的隔阂与疏远，终将被和谐而密切的往来所取代。半天时间，活生生的例子我就遇上了好几次，不要再像贺拉斯的诗歌里的乡巴佬站在桥上发呆了，赶紧找间旅社住下！我暗暗下定决心。

"你看上去像掉进河里的老鼠！"

本来身上就湿透了，趁着雨势稍停，我没顾得上披件外衣，就急急忙忙跑到街头，谁知道刚好又赶上一场豪雨。耳畔传来关切的询问，讲的是德语。过了片刻，有人拿来一张毛巾，一边同情地喃喃自语，一边帮我把头发擦干，语气中带着几分责怪。

我决定找个地方过夜，条件相对好点，能泡个澡。选哪家呢？沙皇斐迪南？克里斯托·波提夫？保加利亚？巴尔干？有一家小旅馆，离河边不远，不过连名字都没有。一个漂亮的女人系着围裙，坐在小办公室的柳条椅上缝衣服，墙上贴着一张奥托大公的明信片。她用德语询问，你从哪儿来？雨下了一整天。我最大的愿望是泡个热水澡。她用温柔的眼神看着我。"瞧瞧，你都淋成什么样儿啦！"

这样的好运很少降临到我头上。虽然路上总幻想能跳进浴缸，但却很少能如愿以偿。看来奇迹发生了！出门找旅馆时，我把帆布包留在了咖啡馆，她告诉我，等我把东西找到，回到旅馆，才打开龙头给浴缸灌热水。我兴高采烈地跑了出去，在湿漉漉的街道上飞奔。笑容在我的脸上还没有停留两分钟，就被一个噩耗摧毁得干干净净。我的包不见了！刚才就放在衣帽架旁边，没有人注意到它是什么时候不翼而飞的。我四处询问，都说没看见。最后，店主陪我去警察局报案，负责的警员做了笔录，登记下联系地址。我垂头丧气地返回旅馆。

糟糕透了。护照和路费还在，衣服丢了也不打紧，速写本我已经连续记录了好几个月，没剩下几张空白页，最让我心疼的是过去十个月的日记。我为什么不把写完的日记本寄回英国呢？它们也不重。我为什么不把帆布包交给咖啡店里的人保管呢？我为什么不——这一连串的疑问让我又气又恼。从某种程度上讲，我活着的意义就在这些硬面抄里，定期写日记已经成为一种神秘的宗教仪式，有时每天写，有时隔几天更新一次。日记本就像用来膜拜的圣物，记载了日程安排、花草、交谈、只言片语和长篇大论、诗句、"想法"、地址、服装式样、建筑、工具、武器、马具、图案、简略的地图、计划安排、术语，以及对德国、匈牙利、罗马尼亚和保加利亚的第一印象，吉卜赛语和意地绪语，歌曲，法语 - 拉丁语诗歌翻译，五行打油诗，自造的填字游戏和猜字游戏——其中不少是为下雨天打发时间准备（但几乎都没有用上），独处或高兴的时候，就掏出纸笔潦草地写上几笔。我常常把日记本铺在床上，心满意足地掂一掂重量，摸一摸封皮。在慕尼黑时，我也弄丢过帆布包，包里的日记本上积累了一个月的见闻。上一次，我懊恼了好多天才缓过劲来。看看今天的损失，真叫人万念俱灰。

　　我站在旅馆门口，愁眉不展。系白色围裙的女人好像猜到发生了什么事，"没关系，你会把它找回来的。"她要我打起精神来，不必太自责。她拿出一瓶奥地利杜松子酒，看着我喝下几杯。一想到丢失的日记本，我就很绝望。要是能换个时候、换个心情泡澡就好了！洗澡水装在巨大的铜罐里，每个罐子都由中欧的工匠手工捶打而成，事先单独将水烧热。我一手捏着毛巾，一手拿着衣服，走进客房。床头有一盏台灯！我简直不敢相信自己的眼睛。一般来说，客房里只有天花板上挂着一只灯泡，而我眼前除了台灯，还有桃心木的衣柜和德国比德迈厄式大床。这样豪华的床绝对不会出现在我住过的简陋客栈里。床单有好几层，都很干净，最上面那层按中欧风俗扣在鲜红色的凫绒被上。墙上挂着石版画，画面中有黎明的阿尔卑斯山、马格里奥尔湖与博罗梅奥岛（这让我回忆起童年的时光），以及《疯狂的罗兰》里演奏鲁特琴的场景。羽绒被上放着一件老式的白色睡衣，我穿到身上，钻进被窝。脚底碰到装满热水的陶罐。真难以相信！经历了情感的宣泄，我静静地躺在床上，内心因忧郁而变得平和，就像一个在沼泽地里逃亡了很长时间的犯人，最终被警方抓获，送到监狱的医务室里，既虚弱无力，又如释重负。不过，要抓到偷走我的帆布包的窃贼，恐怕是天方夜谭。

　　我被压在胸口上的餐盘弄醒了。"起来，趁热喝了。"她走出了房间。盘子上有一碗汤、一壶酒、包在餐巾里的薄饼、黄油、胡椒、盐。几分钟后，女人端着炒鸡蛋和一个梨子，再一次走到我的床前。她坐下来，手放在腿上。"你洗澡的时候，我到警察局去了一趟，"她说，"告诉他们你是个有名的英国作家，虽然年纪不大，写得跟约翰·高尔斯华绥一样好。他们说会尽力而为。"

我的这位女善人（她名叫罗莎）是旅馆的女领班，或者说是唯一的服务员兼旅馆经理。生意萧条，连店主都懒得照管，上上下下都靠罗莎一个人。我是旅馆仅有的客人，所以有幸享受到豪华房间的待遇。店里到处年久失修。看那些光秃秃的走廊！连地毯都没有！这里得来一次大修！"哎，"她叹了口气，做着手里的针线活，"要是让我来负责！咱们走着瞧！"

罗莎是鲁斯丘克人。十七岁时，身为女佣的她，跟着烟草商人一家去了维也纳，后来他们返回保加利亚，罗莎却留了下来。她在很多奥地利人家里帮过工，还当过一位维也纳银行家妻子多年的侍女。她的丈夫也是奥地利人，酗酒成性，死前将她的积蓄挥霍一空。一年前，就在罗莎准备动身前往美国与她服侍的女主人见面的时候，却传来了对方去世的噩耗，她只好回到故乡。之前，女主人带她游遍了中欧，还去过米兰和巴黎。难怪她待人和气，有艺术品位，做起事来既高效又有条不紊。她四十岁左右，体型微胖，头发盘起来扎在脑后，安静时很严肃，一旦开口说话，就让人完全消除了戒心，脸上神采奕奕。

她是个讲故事的高手。没过几小时，我就熟悉了她的男女主人，以及夫妇俩的子女和好友的名字，掌握了他们位于斯塔利亚"内环路"和施蒂里亚乡下宅邸的位置，她向我描述性格各异的下人，以及发生在两栋宅子里的吵架斗嘴和风流韵事。她是个自信而善良的女人。我真想一直看着她穿针引线，讲述引人入胜的故事。有些实在有趣，我忍不住大笑起来，笑声在静悄悄的旅馆里久久回荡。她惟妙惟肖地模仿故事主人公们的表情和样子。她很爱他们，尤其是她美丽的女主人，但这并不妨碍她拿他们插科打诨，开一开善意的玩笑。大概过了一小时，她收拾好手中的活计，抚平床单，用熟练的手法把我裹进被窝。我求她再讲几个故事。"明天吧，"她说，"该睡觉了，不要忘记关灯。"她端着盘子朝门口走去，先是撩起老式的钩锁，然后在后面一只脚迈出门的瞬间，迅速用肩膀抵住徐徐掩上的房门，免得发出太大声响。我还在回味发生在汉斯、马克斯、弗里德里希、康拉德、特丽莎和莉泽洛特身上的传奇故事，期待下一步的进展。差不多快睡着时，白天的遭遇才再一次在脑海中一闪而过。她给了一堆《马克斯和莫里茨》漫画书，正好借着台灯看个痛快。

一觉醒来，床边站着一位身材魁梧的警察。我的包！居然追回来了！小偷在多布鲁甲大街逃窜时被警方抓获。他也说不清包是从哪儿来的。起床后，能去警察局签字和填写相关材料吗？"现在可不成，他还在生病，"罗莎在警察身后说，"你瞧，没骗你吧？"她像凯旋而归的将军一样得意扬扬。警察走出房门，又回来时，带着陪伴我好几个月的行囊。我仔细检查包里的东西，最后长舒了一口气。所有的日记本都在，胡乱地挤在帆布包的边上，帆布包中间的位置反倒很富余。小偷一定是急匆匆地想找个地方把包扔掉。我把日记本整理完毕，警察行了个礼，走了。就在我沉浸在失而复得的喜悦中时，罗莎翻着包里的其他东西，又脏又皱的衣服，一件接一件，仿佛是战利品，引来她故作惊讶的尖叫，她拎起污秽不堪的衬衫和满是破洞的袜子："呸！我倒要问问你！"最下面一层，我有好几个星期没在意，掏出来一堆胡桃壳、快要腐烂的苹果、茶叶梗、盐蛋、红辣椒、一两个洋葱、蒜瓣、铅笔头、橡皮擦、灰尘、面包屑、压碎的香烟和烟叶，甚至还有意外的收获——娜代日达送我的一包烟，烟盒瘪了，但还能抽。罗莎坚决地把清理出的杂物送进了垃圾桶。

一路上，帆布包里的东西各司其职，几乎没怎么消减。这次，我总算有机会列个粗略的清单：一套睡衣，两件灰色法兰绒衬衫，几件蓝色短袖衬衫，两件可以用来配领带的白色棉衬衫，两条灰色帆布裤子，其中一条留着在正式场合穿，几双袜子，一条深蓝色领带，一条可以当腰带的红色领带，一件高领的白色厚套头衫，以及一堆色彩各异的手帕，带有红白斑点的几张极像挖土工人常用来包裹食物的餐巾。最珍贵的是一件剪裁得体、材质轻便的灰色花呢夹克，是我在特兰西瓦尼亚时，一位好心的匈牙利女士从衣柜里翻出来硬塞给我的。她的孙子去了阿根廷，十年都没有回来（"他挣大钱了，看不上这件衣服了"）。夹克是请布达佩斯最好的裁缝做的，穿上身那一刻，我有种与众不同的感觉，顿时充满了干劲。再配上熨烫过的裤子，我顿时换了个模样。以前，我一直渴望能有一套蓝色的紧身礼服，好在城里人面前摆摆阔气。低头看看脚上，在奥尔绍瓦买的帆布鞋似乎跟上装风格有些格格不入，可我只剩下几双运动鞋，要不就是厚靴子。

天气糟糕，我换上另一套装束。饱经风霜的棕色皮夹克既结实又柔软，至于马裤，在我踏上旅途时已经穿过一年，松紧程度刚刚好，宽边皮带样子很时髦，黄铜皮带扣是我的心爱之物。加了铆钉的皮靴换了鞋底、打了补丁，看样子可以一直陪我走下去。除了长途行军的士兵，很少有人平时扎绑腿，虽然样子有点滑稽，却是应对糟糕天气的法宝，让人走起路来虎虎生威。门上挂着的军用大衣，既能阻挡风雨，又能抵御严寒。我一直想给大衣染个颜色，哪种颜色更适合我呢？最后，在房间角落里，一根匈牙利手杖靠在墙上。手杖上雕刻着橡树叶的花纹，十分显眼，比我弄丢的那根在斯隆广场买的椈树拐杖更顺手，杖柄包着银色带有"Stocknägel"字样的铝质饰板，你可别小瞧这块牌子，原材料产自德国和奥地利，而且大部分用来供应给"漫游者"汽车公司。现在，让我走路时杵着这根亮闪闪的魔杖或许有些尴尬，但从感情上讲，我还是舍不得丢掉它。要是我这些知心朋友的地位受到排挤，准会招致不好的结果。我还有一枚古老的银勋章，大小和一便士硬币差不多，是娜代日达在家里的箱子底下找到的，她用鞋带把勋章串起来，挂在我的脖子上。勋章有一面刻着在风暴中航行的船只，另一面是圣乔治或圣迪米特里将手中的长矛刺向巨龙。（两位圣人的相貌不太分得清，在拜占庭人绘制的圣像中，只能通过他们骑的马的颜色来辨认，一个是灰色，另一个是红棕色。）

其他的七零八碎都让罗莎摆在桌上：呢帽；在阿拉德买的红色手编腰带；在特兰西瓦尼亚买的牧笛，只能吹出几个不成调的音符；一根折断的包了麝皮的奥地利烟斗；在保加利亚买的烟斗，我隔三岔五拿出来抽一口，陶土烟嘴镶在竹竿上；一枚印有玛利亚·特蕾莎头像的德国银币；一把雕花的木制酒壶，正好用来装斯利沃酒；几把削笔刀和装在刀鞘里的保加利亚匕首；小罗盘；速写本；各种硬度的铅笔；两张东欧地图（其中一张已经快要碎成渣，此时此刻正摆在我面前，跟着我颠沛流离了一辈子，真是不容易！当年，我多半没有注意到这张地图是战争爆发前出版的，因为在图上，波斯尼亚和黑塞哥维那还在奥地利境内。而保加利亚的边境线也与后来不同）。除了日记本，我还带了两本袖珍词典和地图册，旅行结束后都扔掉了。回首往事，人这一生充满了"罪与罚"，有些事儿是命运使然。要带这么多东西上路，多亏上天赐予我这个来自巴伐利亚的帆布包，加垫内衬和宽边皮带，让我背着它健步如飞。腰板打得很直，而且一趟走下来，身体会锻炼得更加强健。我流着汗水，迎着毒辣的日头，瘦弱的身子练出了肌肉，体内充盈着用不完的能量，一切艰难险阻都不在话下，哪怕抽了太多烟，睡眠不足，都没能拖垮我的精神。

既然没受损失，我不妨赖在床上，等罗莎继续讲昨天的故事。就这么定了！她不是说外面还在下雨吗，我陪她说说话，也可以让她解解闷。趁着她在洗衣服，我抖擞精神，潦草地在日记本上写下这两天的奇闻。洗完了衣服，她手里拿着需要剪裁的衣服，坐在桌旁，一边挥动大剪刀，一边开始讲故事。这栋阴郁的房子里突然多了一位忠实的听众，她一定很高兴，作为回报，她对我关怀备至。我觉得，她就像行走在沙漠中的旅人，又饿又渴，突然发现面前出现一片绿洲。午饭后，她有事出门，我拿出《罪与罚》，从第一页读起来。屋外雨声连成一片，多瑙河上传来汽笛声。透过窗口向外望去，灰色的河水没有一点生气，但仍很壮观，一串串驳船与木筏向下游漂去。相比上次在洛姆（帕兰卡）时，河面似乎宽阔了许多，发源于罗马尼亚的日乌河与奥尔特河，给多瑙河注入了充足的水量。远远的河对岸，是罗马尼亚小镇朱尔朱和长着小树林的平原。从见到狭窄的乌尔姆河开始，我就与伟大的多瑙河结下了不解之缘。

我有些坐不住，起了床，信步走到河边仓库旁的码头，然后返回镇上。很多店铺招牌都用亚美尼亚语写成，我有些兴奋，因为我一直喜欢这种文字，更何况迈克尔·阿伦[2]就出生在这里，他

---

[2] 迈克尔·阿伦（1895—1956），英国作家，创作了《绿帽子》及其他爱情小说，二十世纪二十年代在伦敦声名鹊起。帕特里克·莱斯·弗莫尔从中学起就喜欢他的作品。

的亚美尼亚名字叫迪克伦·寇尤米基安。我问一家杂货店老板有没有听说过这位作家的名字。"有——有——有——让我想想，"老人嘴里嘟哝着，"寇尤米基安——是的！他以前住在这儿！很多很多年前了——"他听说过这位欧洲的大作家，是的，没错……

除了亚美尼亚人，塞法迪犹太人是生活在鲁斯丘克的另一个少数族裔。他们在奥斯曼帝国时期发家致富，土耳其人采购的物资、出售的商品，都经由犹太人之手传到各地。相比桀骜不驯的保加利亚人，犹太人更受统治者信任。以生活在普罗夫迪夫的犹太人为例，他们能讲西班牙语，跟土耳其人关系也融洽，其原因是自一四九二年斐迪南和伊莎贝拉下令将犹太人逐出西班牙后，接受他们的只剩下奥斯曼帝国和托斯卡纳。塞法迪犹太人后裔中最杰出的代表是作家埃利亚斯·卡内蒂，其代表作是《群众与权力》和《宣判及执行》，不过跟罗莎一样，他在六岁时去了维也纳，后来加入奥地利国籍。（两个月前，我跟他在埃维厄岛见过面，还住在一起畅叙往事，我们都聊到鲁斯丘克镇。不过很显然，我对小镇的印象比他深刻。）

一张电影海报吸引了路人的目光。画得很糟糕：一个穿着男式燕尾服的金发姑娘，头戴礼帽，手拿雪茄，摆出一副撩人的姿势。电影的大字标题是"蓝天使"，由玛琳·黛德丽和埃米尔·杰宁斯主演。今天上映，离开场时间还有不到一小时。我飞奔回旅馆，不由分说地拉上罗莎。"别浪费时间，"我的语气听上去不容置疑，连自己都感到意外。她红着脸，接受了邀请，用最快的速度煎好鸡蛋，换好衣服。我穿上熨得笔挺的外套，带她出了门。这部片子已经出了好几年了，里面的歌曲和剧情，我都耳熟能详。但女演员黛德丽是我喜欢的明星，演技与葛丽泰·嘉宝不相上下，所以重温一遍也不错。罗莎是从法兰克福前往迈因的旅途中看的，那时这部电影刚刚首映，她也想再看一次。我们在开场前赶到了电影院。

在回家的路上，也许是受了剧情的感染，我们俩的心情都时而压抑，时而舒畅。路过我丢包的那家咖啡馆，我说："走，去喝一杯！"她说："不，不，不，别叫上我！绝对不行。这里可不是维也纳。鲁斯丘克的上等人才上咖啡馆里。"我一再坚持。认识她以来，这是我第一次见到罗莎表现出沉静自若的样子。她坐得很端正，双手放在大衣口袋里，比其他人更显衣着整齐、举止端庄。我们喝了三瓶白兰地，到咖啡店关门时才离开，一边往旅馆走，一边唱着电影里的插曲。我有个绝活，能把歌词倒过来唱，《再次坠入爱河》这首歌是我练得最熟悉的曲目，不过我从来没试过把德语倒着念。我在脑子里默默练习了几遍，然后对她说："这样唱，效果更好，瞧！"

倒颠魂神我

去离经已人爱的

我的独孤下剩只界世这

罗莎有些迷惑。我们站在一盏路灯下。你说的是英语、法语还是俄语？都不太像，这几种语言她都听过。是瑞典语？芬兰语？拉脱维亚语？我告诉她。"再唱一遍，唱慢点，"她说。我继续重复刚才唱出的歌词，她仔细听着。当我唱到"么什没"这个词时，特意把速度放得很慢，她听明白了，开怀大笑起来，爱怜地看了我一眼，用手指敲着太阳穴，用夸张而带奥地利口音的德语说道："我还在担心你是不是疯了。好吧，你再用正常的速度唱一次——"

我坐下来，抽着烟，喝着土耳其咖啡，开始填写帆布包的收条和列出包内物品的清单。这里是警察局长的办公室，我也不知道为什么能享受到如此的贵宾待遇。他有些尴尬，这样的事儿居然发生在保加利亚，发生在他的辖区，他再三向我道歉。世界这么大，难免会遇上坏人……这完全是个误会……他的手挥舞在空中。罗莎告诉他们我是个有名的"作家"，看来她的话起了作用，对方虽然有些狐疑，但也毕恭毕敬。就在警察局长向我解释的时候，屋外闹哄哄走过一群人，快把门给关上！我扭过头去，立刻认出一个再熟悉不过的面孔。绝不会错的。那双野兔般的眼睛！红色的头发！来鲁斯丘克的路上，我想方设法抛下他，为此内心一直惶恐不安。我朝他挥挥手，真诚地向他打招呼："别来无恙吧，伊万乔？"

"你认识他？"局长有些疑惑。我告诉他，我们是老朋友，站起身来准备跟伊万乔握手致意。希望这次重逢能消除我们之间的误解。突然，我看见他手上的手铐。这是怎么回事？

我的脑子在飞转。他一定是撞见我走进咖啡馆，要不就是隔着玻璃看到我坐在里面，还有我那个帆布包的位置。等我出了门，他偷偷溜进去，神不知鬼不觉地把包拿走。怪不得他今天看上去沉默寡言！

他的样子很糟糕。面如菜色，嘴唇有深深的伤口，一只眼睛被打得乌青。我知道警察喜欢把抓来的人狠揍一顿，不止是在保加利亚，全世界的警察几乎都这么干。他愁眉苦脸的，一言不发，也不知下一秒钟是否会变成凶狠的杀手。记得刚认识他时，我觉得这个人脑子不太正常。现在，帆布包已物归原主，我的心情一片大好，但他却惹上了麻烦，像掉进汤锅里的可怜人，水已经淹到了脖子。我忽然觉得这是一场闹剧，尤其是身为执法者，居然对犯人施加暴力。只花了一瞬间，我就站到了他那边。

我佯装自己的保加利亚语讲得不好，磕磕巴巴地向警察局长讲明情况。我借用了他的原话。这是个错误，大错误！我惊讶地指着伊万乔手上的手铐，怒气冲冲地望着他们。局长和押送伊万乔的两名警员也满头雾水。我坚称他是走错了旅馆，忘记了旅馆的名字，一边说，一边朝伊万乔皱皱眉，希望他能明白我的暗示。真令人惭愧，我的保加利亚语很糟糕，不知道你们有没有明白我的意思。我夸张地拍了拍伊万乔的肩膀，表明我们关系非同一般。稍等片刻，我去叫人帮忙，很快就回来。

罗莎刚熨烫完衣服。我的衣服裤子叠得方方正正。她听我讲完旅途中的奇遇，穿上外套。她觉得我有些蠢，不应该插手。毕竟是他偷了你的东西。但我又如此坚决……她认识警察局长，会直接跟他谈这件事，然后再叫上我。我在距警察局几条街的咖啡馆里焦急等待。还不到一小时，她回来了。"好吧，"她面带微笑地说，"一切都顺利。我告诉他你只会一点德语，保加利亚语完全不在行。那个人是你的朋友，你叫他去咖啡馆取包，结果他忘了你住在哪家旅馆，接着就被警察逮了。我觉得自己是个傻子——头一天晚上，我才风风火火地跑到他们那里报案。你的那位朋友听出了我的言外之意，很配合我说的话。我假装自己当时是急糊涂了，不知道他们信不信，反正看上去很为难。我再次提到你很有名，他们也不愿蹚这趟浑水。"

"你觉得他们会放他走吗？"

"噢，他已经被释放了。我说要带他回你住的旅馆，"见我有些惊慌，她笑着说，"别担心，我把他给甩掉了。我说你已经出了城。他回帕扎尔吉克去了。"她停顿了片刻："你说对了，他简直就是个疯子。我告诉他，你跟我讲了路上发生的事情，他惊讶得说不出话来。既然他相信了，我也见好就收。他走的时候开心得不得了。"我们相视而笑。她真是帮了我一个大忙。

我准备在天黑后搭乘横渡多瑙河的夜航船。天气已经好转。打点好行装后，我下楼去付房费。在罗莎眼里，我就像只柔弱的小羊羔，而她的好心肠就是和煦的暖风。她只象征性地收了一点点钱。我们一道出门，登上一辆夏洛克·福尔摩斯故事里常常出现的四轮马车，朝建在河面上方悬崖上的酒馆驶去。酒馆周围长着褪了树皮的白杨和西班牙栗树，门前有一小块水泥地舞池，泥浆里积满了落叶。由于是淡季，酒馆已经关门歇业，不过马车夫想方设法跑到附近的村子把店主叫了回来。我们一边用餐，一边俯瞰多瑙河与瓦拉几亚平原的美景。大风吹散了乌云，阳光与云彩相互追逐，在河面和林间留下移动的光影。树叶也被卷起，飞旋着爬上窗台，穿过空荡荡的酒馆。分别的时刻快到了，我们突然不知道该聊些什么，虽然相识不久，却像是多年的老友。店主端上斯利沃酒，罗莎做着鬼脸，急匆匆灌下几杯，好像是迫不得已饮下难喝的药汤。很快，酒精就起了作用，尤其是喝得最多的我，成了这桌告别宴的主角。我们跑进栗树林，在草地上捡了很多黄澄澄的栗子，然后坐在树桩上，望着滔滔的多瑙河水发呆。奥地利黑森林汇集的溪水，不知要经过多少天，才能流经帕绍、林兹、克雷姆斯、维也纳和布拉迪斯拉发，最后流到这里？

　　天色已晚，我们呼喊着车夫的名字。他从村子里跌跌撞撞地跑出来，跳上驾驶座，甩了一下鞭子，车轮转动起来。我和罗莎唱起奥地利歌曲，车夫也乘兴从兜里掏出酒瓶，递给后座的我们。"还是你自己留着吧，"罗莎说，"再喝的话，我也成酒鬼了。"唱完《维也纳》，又唱起《再见了，我的小警官》《在小咖啡馆》《离别时，轻轻说再见》《凯撒狩猎曲》《我是皇家步兵团的一员》和《我们在曼托瓦抓了霍弗》。"你把'我神魂颠倒'那句再倒过来唱一次，"她说。在"咔嗒咔嗒"的车轮声中，我们回到了鲁斯丘克。河边码头上，渡船就快要起航。马车加快速度，在河堤上狂奔。我把车钱递给车夫，然后跟罗莎道别。眼看马车就要撞到船头，车夫拉住了缰绳。天已经完全黑了。

我们来得正是时候。我刚爬上甲板，马达就轰鸣起来。有些乘客还在嚷嚷，埋怨我耽搁了开船的时间。车夫从岸边把帆布包扔给我。"别再弄丢了！"罗莎一边笑，一边大喊。她站在码头上，一只手插在蓝色外套的口袋里，另一只手不停挥动。我也挥着手回应。慢慢地，船行到河中央，我已经望不见她的身影。等船在上游罗马尼亚一侧的岸边下锚，天空隐隐露出鱼肚白。

5．瓦拉几亚平原

告别保加利亚，踏上罗马尼亚的土地，首先注意到的是"先生"二字的念法有很大的变化，这让我有些不习惯。其次，喝斯利沃酒时，与保加利亚的矮脚杯相比，罗马尼亚人更习惯用三角圆锥形的杯子。报纸和广告上没有了斯拉夫字母，看起来更像是加了变音符号的拉丁文。变音符号的形状像倒扣的新月，目的是让元音鼻音化或者不发音，这样一来，很多单词的拼写方式也发生了变化，比如"s"变成"sh"，"t"变成"tz"。除了习俗和语言之外，罗马尼亚的社会气氛也极具特色。墙上挂着国王卡罗尔[1]的画像，面容略显浮肿，倒也充满睿智，他头戴霍亨索伦式头盔（头盔上刻着一只雄鹰，顶上的缨子用白色马尾做成），穿着锃亮的护胸甲，佩戴"勇士米哈伊"勋表。他的儿子米哈伊一世的画像挂在旁边，身穿运动衫，金色的头发、柔和的眼神，充满青春的朝气和俊美。

王后玛丽的全身像很少见到，据当地人讲，这或许是因为国王与王后向来关系冷淡。她的双眼很有光泽，扎着白色头巾，露出脸和下巴。王室成员画像暂且不提，边境关卡上空飘扬着三色旗，就连我口袋里的硬币，也从狮子图案的保加利亚列弗，换成了雄鹰图案的罗马尼亚列伊。不过在我看来，要说最直接、最显著的变化，

---

[1] 国王卡罗尔二世（1893—1953），一九三〇年至一九四〇年为罗马尼亚的统治者，在位时丑闻不断。由于婚姻问题，他曾放弃继承权，由自己的儿子米哈伊一世即位。但五年后，他联合罗马尼亚国内的政治家发动政变，逼迫米哈伊一世退位，自己登基。一九四〇年，铁卫团将军扬·安东内斯库逼迫卡罗尔二世退位，米哈伊一世再度登上王位。

莫过于人们说话的声音变得更尖厉，更富有音色，或者说更口齿伶俐。这与嗓音低沉、说起话来慢吞吞的保加利亚人形成了鲜明对比。我已正式告别斯拉夫国家，进入拉丁语国家。多瑙河像一条璀璨的项链，横亘在茫茫的夜色中。鲁斯丘克就在对岸，狭长的河湾里渔火点点。罗莎回去了吧？她吃过晚餐了吗？她在读书、擦拭鞋子，还是在缝衣服？

沿对岸鲁斯丘克一侧，乘船逆流而上，航行几十英里，就是一三九六年尼科堡会战爆发的地方。在成为神圣罗马帝国皇帝之前，匈牙利国王、卢森堡大公西吉斯蒙德一直致力于征服整个巴尔干。一三九六年，他亲率匈牙利军队中的精锐，并联合勃艮第公爵的儿子"无畏的约翰"带来的法国骑兵，发动了针对奥斯曼土耳其帝国的第二次保加利亚战役。此役，由苏丹王"雷神之锤"巴雅泽特指挥的土耳其军队大获全胜，西吉斯蒙德本人也被生擒，关押在土耳其，后来缴纳了大笔赎金才得以返回匈牙利。（六年后，巴雅泽特在安卡拉被帖木儿击败，关进铁笼子里，后来忧愤而死。十三年后，在尼科堡会战中幸存下来的法国骑兵还参加了英法百年战争中著名的阿金库尔战役。）要知道，历史上很少有西方世界的人闯入这块诡异而阴郁的"无人地带"，于是在东部的拜占庭帝国和多瑙河中游的神圣罗马帝国之间，形成了大大小小的东正教公国与斯拉夫沙皇国家。不过，再往南走几百英里，三百年前的基督教十字军对这一带的地形可谓了如指掌。第一次十字军东征就是沿着北部的爱琴海，穿过马其顿，进入小亚细亚的。后来，西方世界的人们也顺着这条路径，开始了迁徙之旅，黎凡特盆地建起了修道院、比武场、钟楼和城垛，来自西西里的诺曼族骑士变成当地的统治者，他们身着锦缎，戴着头巾，手腕上刺着鹰，对波斯细密画的喜爱胜过了法国挂毯。

瓦拉几亚，罗马尼亚语称"蒙特尼亚"，意思是"山地之国"，但却处处是平原。只有在最北边，才有蜿蜒起伏的小山丘，慢慢延伸至山势陡峭、高耸入云的特兰西瓦尼亚阿尔卑斯山脉。翻过西南部的一段喀尔巴阡山，就进入特兰西瓦尼亚，也就是我今年早些时候去过的地方。多瑙河南岸的湿地与保加利亚一侧不同，后者地势由高到低，逐渐平缓，在河岸形成几乎垂直的悬崖。登上河岸，就踏上平原，一望无垠的原野让人不太分得清距离的远近，湿地沼泽引来数量众多的水鸟，在视野中模模糊糊，跟地图上标注的颜色十分相似。

大路没有分叉，像一支射出的箭，笔直地伸向遥远的地平线。经常有牲口群从路上走过。农夫和牧人的脚上穿着类似的生牛皮做的鞋子，罗马尼亚语叫"opinci"，也就是保加利亚语中的"tzervuli"。其他人跟我在特兰西瓦尼亚见到的一样，身穿及膝的白色束腰外衣。他们还穿着绵羊皮做的"cojocs"夹克，粗糙的一面向内，光滑的一面朝外，表面缝出花纹与图案。跟保加利亚人轻骑兵式的软呢帽不同，罗马尼亚人头戴黑棕色圆柱形羊皮帽。每隔几英里，就能遇上一座村庄，房舍外墙刷了白石灰，棚子用茅草搭成，拉车的马匹和水牛悠闲地嚼着干草。罗马尼亚的方位词中，"左"是"stinga"，"右"是"dreapta"，而这两个词，我是从路上赶车的车夫口中学会的。"Hooisss，"车夫大声吆喝，声调拖得很长，在车头卖力的巨兽朝左边迈开步子。"tchala！"车轮开始向右边转动。吉卜赛人的车队比在多瑙河对岸时更常见，路边有很多他们的露营地。有好几次，我跟随游牧民的步伐，但走不了一两英里，就不得不与他们分道扬镳。我对这些人一无所知，所以每当遇上同路的巴尔干旅行者，坐下来听他们谈天说地的时候，就感觉自己知识太浅薄。几年后，我倒是在摩尔达维亚结识了几个罗马尼亚吉卜赛人，但他们早已不再四处流浪，他们的家族在当地的村子已经生活了好几代，自十九世纪中叶封建农奴制被废除后就定居于此。游牧民族过得自由洒脱，沿途靠卖艺乞讨维持生计，但我始终抹不开脸面。

再往东走，到了巴拉冈，平原变成了真正的干草原。这里是多瑙河下游的北段，流经贫瘠而荒芜的多布鲁甲。除了蓟属植物，几乎没有其他草木生长，枯萎脱落的蓟花冠毛被风吹散，在地上打转，体积越滚越大，形成不断前进的诡异的毛球。我只在夏天乘车穿越过多布鲁甲。狂风之下，无数个毛球你追我赶，包裹起沿途的灰尘、树枝和马车上掉落的垃圾，比如腐朽的碎木片。最后，一股强劲的龙卷风终于形成，风柱里裹挟着各种残渣瓦砾，以令人目瞪口呆的速度飞速旋转。这个恶魔足足有几百英尺高，呼啸着，转着身子，让我一下子回忆起童年时用机器把麦芽糖变成大大的棉花糖的情景。徐徐张开的大口吞没了所到之处的杂物碎屑，将它们送上半空，然后顺着风柱边缘，旋转着散落一地。此时此刻，又有三股龙卷风陆续形成，都斜着身子，咆哮着朝一个方向行进，在荒野上肆虐，如若无人之境。平原上仿佛出现一幅神秘的幻象，四根风柱迎着西沉的落日，卷起的尘埃折射出橙色、琥珀色、血红色和紫罗兰色，在远方慢慢消散。据说，这些旋转的魔鬼不但会卷走马车、水牛和绵羊，也会瞄上孤独的牧羊人，等到狂风停歇，人们才会找到受害者的尸体，千疮百孔，七零八散，像庄稼地里的稻草人。当然，这只是传说而已。

幸亏在我穿越的平原上，不用担心遇上龙卷风，但荒无人烟的旷野还是让人心感孤寂。眼前的景象单调乏味，仿佛来到被世界遗弃的角落。行走在路上，心头会涌起强烈的忧伤与无助。不同于穿行在河流与山脉之间，旅行者可以闭着眼睛在这里走下去，因为道路足够平坦，景色也没有新奇之处。一望无垠的旷野上，没有一块凸出的岩石，也见不到像特兰西瓦尼亚一样苍翠的山坡。还是夏天来这里比较好，至少能看到无边无际的麦田和玉米地，不过即便如此，那股浓浓的忧伤依旧挥之不去。村庄看上去很不真实，一个个如海市蜃楼中转瞬而逝的幻象。村民们说话的声音，脸上的表情，也带着一种不太自然的温顺，好像被历史长河磨去了棱角。这里曾是东正教公国的领地，统治者大多专横而残暴，农民在饱受欺凌的同时，还要遭遇地主的残酷压榨。他们发动过几次起义，但都没有成功，后来索性放弃了抗争的念头。甚至当希腊、保加利亚、塞尔维亚和黑山人民与波斯尼亚、黑塞哥维那和阿尔巴尼亚的基督教信徒相继举起造反的大旗时，他们也只是在一旁冷眼观望。尽管巴尔干的基督徒们都遭受奥斯曼土耳其人的奴役，同命相连，却幸运地没有像多瑙河以北的人们，沦为被层层剥削的农奴。要知道，农奴制直到十九世纪才由贵族地主投票废除。这里还有许多罗宾汉式的侠盗，尤其是在山区，不过人们听得最多的还是以残暴著称的克罗地亚潘都尔士兵和流窜作案的黑盗客，这些人既是土匪，也可以充当战时雇佣军，与戴着头巾的希腊山贼和非正规军交战。奥斯曼帝国并不直接统治这块多瑙河以北的区域，但数百年间，瓦拉几亚和摩尔达维亚公国（直到十九世纪中叶，两地才合并成为罗马尼亚）都是土耳其的封臣。坐在"勇士米哈伊"和史蒂芬一世曾经的宝座上，王公们最关心的是如何搜刮民脂民膏，每年向奥斯曼帝国的苏丹王进贡，同时中饱私囊。这样看来，为满足帝国的贪欲而终日劳作的瓦拉几亚农奴和被帝国视为危险分子而严加管教的巴尔干农民，两者究竟谁过得更悲惨？

十九世纪中叶，瓦拉几亚和摩尔达维亚这两个公国在亚历山大·约翰·库扎的领导下联合成为罗马尼亚，继位者为霍亨索伦-西格玛林根的查理，也就是后来的国王卡罗尔一世。此后，直到第一次世界大战结束，《特里亚农条约》签订，罗马尼亚才又增加了新的省份。这些省份与老的王国曾经分开几个世纪，但在人口组成上同属一个民族，其中包括被保加利亚人控制的多布鲁甲南部三角洲，被俄国人占据一百多年的比萨拉比亚，被奥地利人据为己有的布科维纳北部，以及曾是匈牙利西南部领土的特兰西瓦尼亚与巴特纳。如今，罗马尼亚的国土面积大大增加，国力也迅速增强。当然，以匈牙利和保加利亚为首的邻国，也投来更加仇视和嫉恨的目光。

在过去几百年中，这块土地是否经历了太多的苦难？抑或对罗马尼亚人来说，苦难是贯穿历史的主题？反正在我遇见的罗马尼亚农民身上，感触最深的是他们的忧郁和惆怅。无数次农业改革，对地主田产的分配与再分配，都没能让农民得到半点好处，他们终日为了果腹而东奔西走。更糟糕的是，纵观罗马尼亚的编年史，天灾人祸不断：虫灾、饥荒和瘟疫造成大量人口死亡，加之连年战乱，民不聊生。如果将目光投向更早的时候，当第一批僧侣写下这个国家的年代纪之前，当最后的罗马军团撤回首都，达契亚作为罗马化的地区继续存在，并为以后罗马尼亚的形成奠定了基础。这块空旷的原野见证了来来往往的野蛮人，他们中有哥特人、匈奴人、阿瓦尔人、马扎尔人、保加利亚人、库曼人和佩切涅格人，很多都来自亚洲。他们的铁骑穿越黑海北部的塞西亚，然后挥师南下，渡过多瑙河，给垂死的罗马帝国致命一击，随后兵临拜占庭帝国城下。有些在巴尔干半岛落地生根，有些继续向西挺进，掳掠斯拉夫人的牲畜，挑战西方基督教世界，威胁巴黎，占领西班牙，或者像马扎尔人一样，在潘诺尼亚平原找到自己的归宿。

在灾难与屈辱、别离与沧桑的作用下，这片旷野变得愈加平淡。夏天，烈日把土地烤得龟裂，狂风卷起的沙尘遮天蔽日；冬天，皑皑的白雪覆盖整个平原。天高云淡，夕阳缓缓落到地平线下。如此严酷的环境很难孕育出乐观、热情与活力。罗马尼亚语中有很多描绘悲伤的词汇，像"dor"这样的单音节词，代表一种意义模糊的、心情焦虑的不愉快和渴望（尽管这个词也可以用来表示对爱情的向往），于是就有了类似"miedor"（"我有个愿望"或"我希望"）的表达方式，虽然没有讲出对象，意思却不言自明。罗马尼亚农民常常把这句话挂在嘴上。还有一个词是"zbucium"，念的时候发音像"zboochoum"，形成两个重读音节的扬扬格，将摩尔达维亚-瓦拉几亚人的绝望和沮丧表现得淋漓尽致。（尽管听上去发音相似，"zbucium"和"bucium"在构词法上并没有直接联系，"bucium"的意思是"一种金属长号角"，大约四五码长，样子跟佛教或喇嘛教寺院里吹奏的长号差不多。在罗马尼亚，牧羊人和放牛的人会吹响这种号角，呼唤在喀尔巴阡山上吃草的牛羊回圈，悠长的号声如泣如诉，在奥尔特河比里亚茨山谷久久回荡。）

经验往往是不牢靠的。有不少文字华丽的游记，人们读到忧郁的高原、悲伤的平原，就能神游那块广阔的土地，感受乡民的质朴，聆听动听的音乐，或是沐浴在夕阳的霞光中搜寻山坡上牧羊人的影子。不过我觉得，哪怕书页都读得卷了边，也比不上身临其境，来一次真正的旅行。我很喜欢罗马尼亚的音乐和歌曲，尤其是一种叫"多伊纳"的民歌。吉卜赛人的歌曲节奏明快，从懒洋洋的慢板到暴风骤雨般的急板，反差十分强烈；巴尔干地区的歌曲旋律带有东方色彩；马尼山区的歌曲音调高亢，听上去像一曲挽歌。"多伊纳"跟它们都不同，是一首深沉而感伤的抒情史诗，描绘出罗马尼亚的村庄、田野和平原。自由的朗诵与悠长宽广的歌唱结合在一起，缓慢的、带长休止符的曲调包含丰富的装饰音。歌声会从火车车厢里飘出。收割完毕的农民站在干草垛后，也忍不住引吭高歌。要是像我现在一样，在夜幕降临时步行来到村口，更能一饱耳福。虽然听不懂歌词，但从哀伤的韵律中，不难体会到这个民族的辛酸与苦楚，以及面对命运不公时的无可奈何。

听完"多伊纳"，我在村里一家犹太人开的杂货铺找到了住处。说是杂货铺，其实也是小旅舍。店主是个手脚麻利、红头发的男人，跟我在普罗夫迪夫和鲁斯丘克见过的塞法迪犹太人长相不太一样。他是亚实基拿人，村里人都叫他多姆鲁·大卫。跟家里人说话时，他讲意地绪语，而跟我聊天时，他用的是带有古怪鼻音的犹太德语。唉！跟巴纳特省德高望重的犹太"拉比"比起来，多姆鲁对犹太经典的了解实在有限。我本想问问他《摩西五经》与《塔木德经》之间有什么差异，还有犹太传说中的"石巨人"和哈西德派。他告诉我，当地只零散住着一些犹太人，要是到了摩尔达维亚最北部的村镇，比如博托沙尼和多罗霍伊，几乎所有的居民都是犹太人。多姆鲁的家乡就在多罗霍伊。（一年后，我行至上述两地，证明他所言不虚。）

不知是犹太人太会做生意，还是大多数罗马尼亚人都不谙此道，或许兼而有之，反正在我到过的村子里，大多数杂货店都是犹太人开的。镇上的情况也是如此。只有在多瑙河三角洲地区，来自康斯坦察、加拉茨和布勒伊拉的希腊人才把生意做得风风火火，尤其是多瑙河上的货运，给他们带来了滚滚财源。大型公司的代理人和业主都是希腊人。也许是因为受到嫉妒，希腊人在当地并不太受欢迎。不过跟犹太人比起来，希腊人的待遇算好得多的了。面对国内上百万的犹太人，罗马尼亚人的反犹主义倾向十分明显，对犹太人的偏见甚至超过匈牙利人。要是出了什么案子，最先受到怀疑的就是村里的客栈老板、杂货店主和商人。生活中稍有不顺，就会对犹太人疑神疑鬼。据说犹太人进行宗教仪式时，会把人抓来杀掉献祭，听上去是无稽之谈，但罗马尼亚农民都深信不疑。继续深入研究，我们会发现，匈牙利人在这个问题上比罗马尼亚人更愚昧无知。经常有人建议我读一读让·萨洛和杰罗姆·萨洛写的《最后的哈布斯堡》和《当以色列不再为王》等书，正确认识犹太人在匈牙利库恩·贝拉革命中起到的作用。我经常听见人们谈论《锡安长老会纪要》中犹太人控制世界的计划，而事实上，这只是一个骗局。（据一位对家族谱系颇有研究的匈牙利乡绅介绍，这个阴谋正在实施，犹太人通过联姻的方式，只花了几代人的时间，就渗透到西欧的贵族阶层，首当其冲的是法国，其次是英国。为了证明这个说法并非空穴来风，他向我展示了一套素有耳闻却难得一见的《犹太 - 哥达》。这套厚厚的手册由加尔迪尔 - 博西耶的亲信编纂，讲述了欧洲贵族世家的犹太历史。在格式体例和内容编排上，这套书与其他三卷在哥达出版的家族史书相同，对于阅读能力有限的乡绅们来说，读读书中列出的家族谱系，也算是种消遣。他逐一打开红皮的《围场日历》、蓝皮的《格拉夫里奇》和绿色的《自由美妙袖珍书》。黄皮的第四卷是自印本，封面不像其余几本印着王冠，而是一颗金色的"大卫之星"。书中揭露了犹太人是如何巧妙伪装，将自己的势力范围扩散到世界各地。乡绅用他枯瘦的手指为我介绍，脸上带着忧郁而得意的神光，嘴里念着一个又一个名字，首先是"温斯顿·丘吉尔"，接着是"罗瑟米尔爵士"[2]。提到这位爵士，他显得有些忧伤，因为这位贵族曾被匈牙利人寄予厚望。所以说呀，知人知面不知心！他告诉我。当我问这本书里的内容是否准确、属实，他露出疑惑和痛惜的表情。）[3]

这种敌意，在罗马尼亚北部尤其根深蒂固，经过一百三十年的繁衍生息，当地犹太社区已经从数千户家庭增涨至将近一百万人口。当初，为躲避波兰人和俄国人的迫害，他们迁徙到摩尔达维亚公国，定居在包括首都雅西在内的大城镇。如今在这些城镇，犹太人不但在数量上超过罗马尼亚人，也垄断了商业贸易。这样一来，当地人不免觉得犹太人贪得无厌，渐渐心生怨恨和敌意。塞法迪犹太人与奥斯曼土耳其人之间和谐深厚的情谊，并没有在罗马尼亚发扬光大，这着实令人遗憾。另一方面，身为罗马尼亚的犹太人，就意味着不能享有完整的公民权，没有进步的途径，更得不到荣誉。他们只能从事社会歧视和偏见不太明显的行业。犹太人聚居的偏远行省缺乏中产阶级，而罗马尼亚的农业社会只剩下泾渭分明的中世纪封建地主——大大小小的特权阶层波维尔，他们拥有大片土地，却不事稼穑——和数量庞大的被剥削得麻木不仁的农民。摩尔达维亚的城镇中也没有形成中产阶级，随着国土面积逐渐增加，在以经纪人和零售商为主的犹太人中孕育出新兴的资产阶级。

虽然很不情愿，但人们还是不得不承认犹太人做生意时的诚实守信。我也注意到，不管是否动机不纯，每个人都至少能说出一个犹太朋友，理由是他"跟别的犹太人不同"，或者还能列出他身

---

[2]哈罗德·哈姆斯沃思，罗瑟米尔子爵（1868—1940），《每日镜报》创办人，支持匈牙利人修订一九二〇年《特里亚农条约》的呼声，重新规划匈牙利边界。布达佩斯建有他的雕像以作纪念。
[3]虽然帕特里克·莱斯·弗莫尔对《犹太-哥达》持否定意见，但该书仍厘清了欧洲贵族家庭的犹太历史，并为后来的纳粹所利用。

上其他的优良品质。后来，我去摩尔达维亚和布科维纳旅行，也结识了当地的犹太人，并成为好朋友。在当地，他们属于少数族裔，完整保留了自己的生活方式：黑色土耳其长袍，宽边黑天鹅绒帽，无沿便帽，黑色、红色和金色的胡须，螺旋状的络腮胡（就像我在巴纳特省遇上的父子俩）。他们讲的意地绪语里掺杂了波兰语、俄语和希伯来语词汇，是犹太拉比和神学院学生必须掌握的语言。你还能听到独特的鼻音，见到人们弓着背，摊开双手，掌心向上，进行繁复的洗濯仪式。在布科维纳的首府切尔诺维茨（在第一次世界大战结束前，这里是哈布斯堡王朝的领地），涌现出为数众多的犹太精英，有些后来移居美国，在舞台表演、影视、音乐和艺术等领域大放异彩。他们以独有的幽默风格，将犹太文化中的精华展现给世界。

自从在巴纳特省认识了一位犹太拉比后，我开始废寝忘食地钻研犹太历史，在索非亚查阅各种文字的百科全书和参考书。虽然时间仓促，我还是前往位于布拉迪斯拉发的阿什肯纳吉犹太教会堂，在犹太朋友的带领下领略繁复的礼拜仪式。在普罗夫迪夫，在亚美尼亚教堂聆听圣日弥撒后，我在塞法迪犹太教会堂门口犹豫了半天，还是不敢贸然进入。（直到二十年后，我突然对东正教圣乐和格里高利圣咏产生强烈兴趣。要知道，远至使徒传道的时代，在安提俄克和耶路撒冷巍峨的神庙，圣餐仪式上就已经少不了圣咏，并组成《圣经·旧约》中的《诗篇》。于是，我来到位于伦敦炮兵排大厦的葡 - 荷犹太教会堂，第一次听到美妙的塞法迪圣歌。）就这样，我一点一点积累犹太历史的知识，比如为什么生活在北方的犹太人能讲德国方言，名字也不是古希伯来语，而是与德意志民族相仿，如施瓦茨、威斯、阿本德斯特、温特劳布、布鲁门布拉特、哥德堡，要不然就带有斯拉夫语后缀，比如莫伊斯基或拉宾诺维奇。其他人上床就寝后，多姆鲁·大卫便和我兴致勃勃地聊天，他对马加比家族、巴比伦人的流亡、圣殿的陷落、犹太人的离散和哈扎尔人的战争等话题，了解得还不如英国杂货店老板多，后者至少还知道英国历史上的丹麦税金和盎格鲁-撒克逊人的议会。不过，我对犹太历史的热衷，让他很高兴。

彻夜长谈并非没有收获，我们的交流还是有一些成果。我们把犹太教和基督教进行了对比。"我来告诉你犹太教为什么胜过基督教吧。当上基督徒的话，就过不了寻常的生活了。除非你是圣人，否则你根本达不到基督教教义上的要求，你的行为永远都是错误的，总是有罪过，总是很悲惨，不管你多么努力，总是很丢脸。但犹太教是给普通人准备的。除了不能违反一些简单的规矩，你想干吗就干吗。我们可以心情轻松地信教，日子还过得有滋有味。当个好犹太教徒很容易，但要成为一名好基督徒，就难上加难了。其实，基督徒也不比犹太教徒道德高尚，对吧？都差不多？成功的几率有多大？结果又如何？我们过得开心，你们怨天尤人，就这么回事！当然，我们也有不少麻烦，但绝对与宗教无关。感谢上帝！你们没有像那些外邦人那样，在我们背后插上一刀。"

说到这里，我不妨停顿片刻，再多啰唆几句。我躺上铁床，天花板贴的日历封面爬满了苍蝇，画面中有雅各布·伯克维奇、谷商加拉茨和杀死亚述将领荷罗孚尼的犹太妇女朱迪斯，正适合我浮想联翩。

在前几十页，从书中列举的详细数据里，细心的读者会发现我对罗马尼亚很熟悉，不像是初来乍到的旅行者。的确，相比罗马尼亚，我对匈牙利和多瑙河下游国家的印象不深。究其原因，在我的欧洲之行画上句号、到战争爆发前的五年间，我好几次故地重游，唯一的遗憾是保加利亚，就在我最后一年准备动身时，绵延的战火燃遍欧洲，此后再也没能如愿。我去过希腊（详情会在后文提到）和罗马尼亚，还住了些日子。尤其是罗马尼亚，两次造访，每次逗留时间都超过一年。（要不是战事吃紧，我还会多待一段时间。晴朗的夏天，正好是度假的日子，我却不得不中断行程返回英国。征兵处一派繁忙，脚步声、叫喊声不绝于耳，让人觉得漫长的严冬已悄然降临。）我在摩尔达维亚北部的山谷露宿，穿越罗马尼亚，到达三角洲、布科维纳，然后回到特兰西瓦尼亚、多布鲁甲、比萨拉比亚，最后抵达布达佩斯。这些地方我去过多次，所以记忆往往有重叠，而随后提笔写下这段行程时，也常常会灵光闪现，不一定是我对当地最初的印象。如果非要信誓旦旦，那才是自欺欺人。同样的旅程，不同的见闻，两者肯定会相互影响，于是在接下来的内容里，虽然从日期上看，写的是随后发生的事情，但我说不定也会联想到之前的经历，谁知道呢？这样的诱惑难以抗拒。我承认，这样做风险很大，但如果我觉得合情合理，比如能让段落结束得更自然，为已有的内容增色，我就会大胆地补充一些文字。当然，我会特别向读者注明。毕竟这对大家来说，都是件麻烦事，所以要是之后我又回忆起什么趣事，想跟众人分享，得找找别的法子。

讲了这么多，中心意思是我在撰写这本妙趣横生的个人旅行"考古"时，遇上两个棘手的问题。头一个是记忆变得模糊不清，明明知道去了哪些地方，却想不起发生了什么，翻开地图，相应的地点也没有铅笔做的记号。这种情况出现过好几次，以后肯定还要碰到。起初，这种记忆中的空白让我很懊恼。我望着日记本和地图发呆，时间一分一秒流逝，沉睡的记忆却再也不能唤醒，只是加深了我的痛苦。现在好多了。遇到空白处，我会把它划出来，并用自己的方式将其补充完整，比如解释前因后果、增加事件背景。这样一来，我就不需要描绘具体的山水、村庄、城镇甚至居民了。我曾经漫步在宏伟的建筑中，却忽略甚至遗忘了它们的样子，这是我自己的问题，要是现在有机会重返现场，我会静下心来仔细端详。至于那些我攀登过的山脉，既有悠久的历史、自然的奇观，还见证过重大的历史事件。正因为如此，虽然时过境迁，我仍觉得有必要将这段不加修饰的欧洲风情录公诸世界。我私底下认为，拙作既不是文化丛书、导游手册，也不是政治或军事报告。至于书中关于民族或宗教的有趣的看法，只是为了提醒大家，要做到一视同仁并不是件容易的事儿。

第二个问题是受到的干扰，在串联起尘封二十多年的记忆碎片时，有些细节会突然浮现出来，就像普鲁斯特在童年吃过的小玛德琳蛋糕，味道深深地刻在脑海里。要把这些与主题无关的细节、环环相扣的联想以及纠缠在耳边挥之不去的声音清除干净，着实耗费了我一番心力。为了保持内容的连贯，我不得不抛弃一些唾手可得的素材，再次潜入记忆的深海。对于不太善于编辑材料的我来说，这份差事苦不堪言。在我左手边，摆着一叠空白稿纸，上面仿佛已经用隐形墨水写满了内容，时而显现出来，时而踪迹全无。能否破解这个谜题，一切都取决于我。堆在右手边的写好的稿子慢慢多了起来，我奋笔疾书，生怕错过泉涌般的文思，我可以不知疲倦地写下去，垒起来的稿纸可以堆到天花板。可惜，它们中大部分都没能与读者见面。

还有第三个问题，该如何表达自己对旅途中所去国家的印象，我有些惶恐，生怕别人觉得我对某些国家带有偏见。在这个问题上，每个旅行者都有自己的判断标准，但我一般会根据所见所闻得出总体印象。再次重申，这只是作者本人的感受，在有些方面，我本来就知识贫乏，难免带有偏见或一知半解。但我认为，只有不止一次前往某个国家探寻，才能尽可能获得全面的认识，这就是我将几个时间点结合起来的原因。别担心，紧跟我的脚步，你是不会迷路的。就在我回忆起罗马尼亚的时候，布加勒斯特的灯火渐渐清晰。现在，就让我们出发吧！

6. 布加勒斯特

下午，临近傍晚的时候，布加勒斯特的轮廓浮现在地平线上。暮色渐浓，城市的天际线慢慢消失在视野里。郊区黑漆漆的，隐去了城里高楼和烟囱的大半截身躯，其余部分则躲藏在迷离的烟雨中。乡村和城市的界限变得很不明显，连我这样的徒步旅行者，如果稍微走走神，就会错过身边景物的变化。房舍多了起来，泥泞的公路也变成柏油路。铺了沥青的路面在雨后布满大大小小的水坑，看上去像迷宫一般，时而倒映出火光和灯光，时而伸手不见五指。我只好摸索着朝前走。穿过一大片洋槐林，远处的楼房亮起一排灯光，更远处是厂房的玻璃，传来发电机隆隆的轰鸣声。椽条和石膏板从砖墙上脱落下来，树枝顺着墙上的裂缝和窗口钻进房子。路旁有个村庄，不知是谁"叮叮当当"地敲着煤油桶，桶里点燃的灯芯释放出微弱的光亮，房舍还没有完工，生锈的钢筋裸露在外面，墙面裂开口子，被雨水染成赤褐色。草房和窝棚，闪耀的炉火，表明这里是吉卜赛人的聚居地。

这里是水的世界，一切都飘忽不定、残缺不全，仿佛混沌初开时的样子。街道旁的店铺努力射出耀眼的光线，没照出多远就被暗夜拦截，等照到墓地、垃圾桶或树林，已经微弱得难以分辨。

一只豹纹的猫找到被遗弃的罐头，它把头深埋进去，舔着罐底的残渣，好像头上戴着一顶歪斜的帽子。砖厂透射出窑炉的火光，叶片挂着雨滴的树下拴着六匹马。我在一处汽车坟场艰难地寻找出口，面前有一百辆报废的汽车、一千个旧轮胎和一百万个自行车轮子。突然，亮着灯光的住宅不见了，我置身于一个圆形的大广场。道路被广场一分为二，店铺和客栈绕着圆弧，隔着雨雾，亮起莹莹的光。积水的广场仿佛是个环礁湖，卡车、汽车和马车往来穿梭，不时陷入地上的水坑，像三桅帆船在波涛汹涌的海面上奋勇向前。

街灯的光晕烘托着错落有致的高楼。广场中央出现一个忽隐忽现的亮点，等我走到跟前，才发现是堆篝火。火苗在丝丝细雨中燃得正旺，不少人盘腿围坐在篝火旁，他们身披三角形羊皮斗篷，头戴皮帽。有些牲畜贩子正安静地吃着晚饭，火光将他们变了形的身影映在柏油路面、泥坑和正在睡觉的水牛身上。我的步伐沉重。这时，一辆时髦的帕卡德车从身边经过，司机疯狂地按着喇叭，嘴里骂骂咧咧，车子拐了个弯，前车灯照亮了路旁的烂泥，仿佛用魔法召唤出了地狱里的魔王。广场上，熊熊的篝火照亮一张张平静的面庞，人们好像坐在帕米尔高原或戈壁荒滩的夜空下。这座位于罗马尼亚南部的首都，看来既有底特律的摩登繁华，也有撒马尔罕的异域情调。

我像一只追逐光明的飞蛾，朝灯火璀璨的大都市飞去。但我一定迷失了方向，因为尽管街灯都亮了，路上仍有黑乎乎的水坑，叫人防不胜防。电车"叮叮当当"地开过十字路口，但等我走近，却始终没有车的影子。我不得不把脑袋钻进杂货店和酒馆门脸上开出的小孔，询问去市中心的路该怎么走。"市中心么？让我想想。"但我总是迷路，身旁的景象越来越荒凉。最后，我走过一座大桥，这条河保准是登博维察河。迎面而来的是一条又长又繁华的街道，但还是很破旧。（是莫斯拉大街？）街边开着几家商铺，招牌上有希伯来语、亚美尼亚语和罗马尼亚语。电车在街头驶过，行人摩肩接踵。天色已晚，长途跋涉了一天，我早就饥肠辘辘，于是找了家店名叫作"快乐小猫"的餐馆。餐馆门前烟雾缭绕，看上去生意挺不错。面容慈祥的厨子用一双巨大的手掌熟练地卷着丸子，然后放进炉子上的平底铁锅里油炸，每当丸子下锅，就升腾起一股白烟。

几杯果酒下肚，我吃下一大盘烤牛肉丸子，佐餐的是葡萄酒。味道棒极了！我觉得嘴巴就要停不下来，香醇的葡萄酒也让人欲罢不能。后来，我听说在布加勒斯特还有一家店，炸丸子做得很地道，厨子是个女吉卜赛人，传言她是把丸子放在自己大腿上搓出来的。餐馆里还有两个体型庞大的男人在喝茶，不过这也许是我的错觉，因为他们都穿着加了厚厚衬垫的土耳其长袍，袍子是用黑色与深蓝色相间的天鹅绒做的，腰间扎着皮带，带有褶皱的下摆膨胀开来，一直垂到地面，开口处现出齐膝的大靴子。从脖颈到袍子下摆，都扣着金属钮扣，紧得跟修士的黑色长袍一样。一人头戴高高的皮帽，另一个戴着黑色便帽。马鞭靠在墙上，我突然想起来，门口的泥地里停着两辆加了顶篷的马车，还有几匹翘首企盼的马。不过，吸引我的不止是他们独特的装束。他们长着蓝色的小眼睛，宽阔的脸庞上有细微的皱纹。他们说话的语调怪怪的，调门很高，乍一听像是保加利亚语，但从元音的变化和音节的流畅程度判断，他们讲的是俄语。他们起身离开后，我特意看了厨子一眼。他微笑着说："是俄国人。"在嘶嘶声中，他的身子被油烟吞没了。

稍事休整后，我已经不急着去市中心了。脚步变得悠闲，路旁的房舍依旧残破不堪。大概走了四分之一英里，有几条街道灯火辉煌。亮堂堂的门口徘徊着一些人影，行人和士兵们的步子开始变得犹豫不决。透过歪歪斜斜的木栅栏，能望见明亮的庭院，树下窗台也有人影晃动。这里是一处红灯区，虽然妓院的条件和设施看上去很简陋，但空气中依然弥漫着声色犬马的气息。泥泞的街道、摇晃的栅栏与透着灯光的房间形成奇特的对比。房间的天花板上挂着灯泡，照在艳丽的服饰、各种颜色的硬糖果和花白的发髻上。在一处庭院里，树枝上挂着一圈彩灯，人们大多心不在焉地从门口经过，对揽客的甜言蜜语充耳不闻，看来他们已经习惯了这样的阵势，倒是一个蹲坐在火盆旁叫卖胡桃的盲人，生意特别红火。看着这个可怜的人，我也考虑要不要停下脚步，照顾他的生意，但想到自己不过是个云游到此的陌生人，还是不要太招摇，在夜色的掩护下，当个旁观者就好，就像《尼伯龙根之歌》里的齐格弗里德或飞行英雄伯修斯，穿上麻织的衣服，就能隐形。再说夜已经很深了，我还是不要拖延，早点赶到市中心为好。

还没走多远，就遇上一家小旅馆，名字听上去虽然唬人，但从外观上判断，正适合我这样的旅行者。木头招牌写着"萨沃伊-丽兹"，牌子挂在旅馆门口的灯架下。一个长着鹰钩鼻子的妇女带我看了客房，与附近街区潦倒破败的环境相比，客房显得很温馨。有冷热水供应：真是舒适而现代！她还能讲一口带俄罗斯口音的法语。我问她的家乡在哪儿。基什尼奥夫，她告诉我，比萨拉比亚的首府，以前是摩尔达维亚的一部分，一个多世纪前割让给俄国。"真的吗！"我想起自己在索非亚时看过的一本参考书，"就是普希金被流放的地方？""没错，"她看上去有些惊讶。我飞快地洗脸、梳头，迫不及待地想置身于市中心的灯火海洋。"他是个很棒的诗人！"我用法语说道，可惜我没有读过他的诗。"我听别人说的，"她用法语回答我，"我也很少读诗……"我问她怎样才能以最快的速度去市中心。她有些悲伤，仿佛遇到了伤心事："您这么着急出门吗？"她要我留下陪她说说话。"保准让您开心！"您不想找人陪陪吗？"不用，不用，有人等着我呢，"我编了个谎话。她有些不知所措，差点笑出声来，随后放我出了门。走过几条街，我招了辆出租车，司机正是我在"快乐小猫"餐馆见过的俄国人。

最后，我满心欢喜地走在胜利大街的人行道上。惊叹，兴奋，迷惑，惶恐。衣着入时的居民，豪华高档的汽车。出租车的黑色车身光滑得像一面镜子，上面漆着黄色和黑色的菱形图案。店门口的招牌都写着时髦的字体，有一家还精心设计了橱窗，把一柄酒壶摆在乳白色的天鹅绒搭建的金字塔上，背后挂上带褶皱的柠檬黄色丝绸，并用柔和的光线渲染。铁艺装饰的门面，彩虹般的霓虹，摆满书刊的报亭，通向酒店旋转水晶门的地毯，人头攒动的咖啡店，水泄不通的路口。我看见身着晚宴礼服的外交官们正从打开的车门里欠身而出。车子的挡泥板上竖着小旗杆，绘有狮子和独角兽图案的旗子在风中猎猎作响。车灯、店面、咖啡厅的玻璃和霓虹灯将各自的光线投射在柏油路面和人行道上，顿时流光溢彩，宛如璀璨的星河，守护在奥林匹亚山周围。相比之下，索非亚显得局促多了，不但要屈服于群山的威严，连建筑都很低矮。站在主路的尽头回眸张望，任何一个初来此地的人都会觉得索非亚最多像个集镇，而不是一国的首都。上次我来布加勒斯特是四月，而现在，已到十月的最后一个星期。七个月的时间差，再加上一千英里的路程，足以让我的心境发生明显变化。穿过密林，越过群山，风餐露宿，借住农家，我的生命奏响全新的韵律。尽管有时难免意志消沉，比如前往鲁斯丘克时的遭遇，但我还是庆幸能克服旅途中的坎坷和曲折。如今，再次身处这个大都市，感受人间繁华，我有些彷徨和无助，迷惑、陌生和孤独感涌上心头，我就像第一次进城的乡下人，被光怪陆离的景象弄得不知所措。

漫步街头，我仔细端详路旁的高楼，发现它们并不像我第一次来时那样富有现代感。新的楼房与原有的各种风格交相辉映，比如二十世纪头几年的建筑主要使用灰泥和石膏板，这让布加勒斯特成为巴黎在东欧的翻版，其余还有维多利亚中期风格、第二帝国风格、摩尔达维亚-瓦拉几亚风格和新拜占庭风格。走入背街，到处都是竖着立柱的老宅，在展示主人奢华品位的同时，也释放出建筑本身在历经沧桑后旺盛的生命力。在偏僻的小巷里，有很多人密切地观察过往的路人，不时走上前，压低声音拉客。在广场边或行道树下，"嘚嘚"的马蹄声在柏油路和石子路上敲响，间杂着清脆的马鞭声、洪亮的吆喝声。出租马车上点亮高高的马灯，端坐着身穿长袍、头戴皮帽的赶车人。

我又回到胜利大街。蓝色制服、黑色皮帽的哨兵值守在皇宫门口。继续往前走，也可能是右边的一条岔路，我惊讶地凝视着一座巨大的灰色宫殿，墙上安着很多壁灯，装饰华美的正门两侧高高的台基上，分别端坐着一只狮子的雕像，眼窝里透射出慑人的光。我猜这是某个政府部门所在地，后来才知道，这栋建筑是坎塔库济诺宫，由贵族格里戈雷·坎塔库济诺修建，他曾担任保守派首相多年，尽管政绩不错，却因其恶行而遭人诟病。不过，能为后人留下如此恢宏的建筑，我觉得他很了不起。

咖啡馆一家挨着一家。我曾经独自一人去过好几家，走进大门，四处打量一番，然后扬长而去，就好像拿一根体温计轮流给病人测体温。最后，我会选定一家最合适的，环境幽雅不说，顾客也很风趣，见我手上拿着当天的报纸，就忍不住把脑袋凑过来。咖啡馆的夜晚最令人难忘。首先吸引我的是风姿绰约的女人们。她们满眼秋波！衣着也很讲究。我想，出了巴黎往东走，只有到了布加勒斯特才能见到如此多的时尚服饰和高跟鞋，无论是质地还是剪裁，都一丝不苟。她们脸上涂着厚厚的脂粉，浓郁的香水味弥漫了整个空间……是她们的妆化得太过，还是我这个土包子缺乏发现美的眼睛？我的靴子上沾着泥土，不自然地踩在咖啡桌下的地毯上，下意识地变换着位置。男人们也从门口鱼贯而入，更增加了我的自卑感。他们穿着翻领的西装，戒指和领夹闪闪发光，梳得整齐的头发藏在蓝黑色的礼帽里，还有像哑剧男丑角一样白皙的面容。他们流露出贪婪的表情，像一个赌场的庄家打量着面前的人和物，可能的话，他们会逐一列出价格。年长者的面孔好像戴着七宗罪的面具，让人见识人世间的种种罪恶。是这些浮华都市苍白的面容、深褐色[1]的眼睛、矫揉造作的姿态让我坐立不安吗？也许我已经习惯在漫长旅途中见到的那些饱经风霜的脸庞。乡民们的脸颊粗糙得像一张米纸，却富有光泽和活力。我的眼前仿佛出现了巴比伦王国的影子，每个人都在窃窃私语，对他人冷嘲热讽。不是在嘲笑我吧？（白色制服的侍者把酒杯轻轻放在我面前的桌上，这也是幻觉吗？）大家像是在进行一场品头论足的马拉松比赛，有人把胳膊靠在椅背上，扬起眉毛，撇着嘴唇，挥动着摊开向上的手掌，嘴里发出"嗬！嗬！嗬！"的声音，很刺耳。我讨厌这些人。天晓得他们为什么要发出这样的怪声！眼前像是可怕的幻觉。我是喝醉了、难以控制自己的情绪吗？我觉得自己孤零零地坐在喧嚣的人群里，这种被抛弃的感觉让我有些行为过激。要是能预见未来我对罗马尼亚这个国家情有独钟，我一定会觉得自己当天在咖啡馆里的胡思乱想是多么不可思议。

　　我正心情忧郁，目光不经意间瞥到邻桌的男人，他个子不高，

---

[1]深褐色：一种褐色的颜料，以被用于画家的油墨而著名。

头发浓密，戴着一副牛角框眼镜，专心地吃着三明治：是他刚才借过我的报纸看吗？记得他一目十行，先是用英语念念有词，然后换成语速极快的法语——边念边打着手势。他是《早报》的记者，去过很多地方，像土耳其、埃及、波斯、印度和锡兰（今斯里兰卡），旅途中还收获了一份厚礼——一根胎死腹中的幼象的象牙。从那以后，他一直把这根象牙挂在脖子上。瞧见了吗！他解开紫黄色丝绸衬衣上的纽扣，露出象牙的真容，它大约四英寸长，串在一条金链子上，躲在乱蓬蓬的胡须里。我来此地有何贵干？噢！环球旅行！真不赖！我喜欢歌剧吗？是的。（我这辈子就听过四次歌剧。）很好，很好。明晚有《波西米亚人》上演，演出结束后还有庆功聚会。我们在剧院碰面，好吗？他急着赶回报社去。跟我道别后，他戴上绿色提洛尔帽子，一溜烟出了门。

　　走出咖啡馆，已是深夜。我把小旅馆所在的街道名称忘得一干二净，但人只要运气来了，挡也挡不住，同一个晚上，我第三次遇上此前见过的车夫。他把我送到最初上车的地点，不过由于旅馆招牌上方的灯已经熄了，我来来回回三次，才总算找到"萨沃伊-丽兹"。鹰钩鼻的女人把门掀开一条缝："啊，是你呀，先生！"然后放我进了门。旅馆已经打烊，现在是半夜两点钟。上床睡觉前，不妨来杯红酒或茶吧，大家正在吃晚饭呢。其实从一开始，我就有些怀疑，如今总算弄明白了，原来自己在不经意间扮演了一次嫖客的角色，尤其是那几句意味深长的法语，让我误打误撞住进了一家妓院。虽然比我在路上见过的条件好些，但也算不上豪华。塔妮娅太太这才明白我的来意，也乐了，向我连连抱歉。我倒是不介意，常常会有不明就里的旅行者在妓院投宿。房间里传来欢声笑语。四个身穿睡袍的姑娘坐在小厨房的餐桌旁，墙角挂着圣像，餐盘里盛着土豆炖鸡，我跟她们一一握手致意。她们是罗马尼亚人，都长得很漂亮，记得我在特兰西瓦尼亚和巴纳特省旅行时，每一天都在羡慕当地男人的好福分，今晚，再一次加深了我的印象。有人给我搬来一把椅子，又端来一杯葡萄酒，她们用刀叉把盘子里的鸡胸肉切成小块，递给对坐的同伴。门口响起关门声，又有一个姑娘走下楼梯，摆摆手，坐在椅子上，一仰头，把乌黑的秀发抛到脑后。结束了一天繁忙的工作，小屋里充满了轻松欢快的气息。

塔妮娅给姑娘们讲起我的囧事，还绘声绘色地模仿我们头一天的对话，引来一片银铃般的笑声。有个姑娘笑弯了腰，差一点就把脑袋埋进盘子里。跟咖啡馆里憋闷诡异的环境相比，眼前的场景让人舒服多了。她们多么天真无邪！塔妮娅聊到她们的家乡：一个来自于布科维纳，一个的家乡是摩尔达维亚，一个是特兰西瓦尼亚人，还有一个金发碧眼的姑娘从锡比乌来。锡比乌是中世纪时撒克逊人建在喀尔巴阡山口的城镇之一，也是特兰西瓦尼亚地区日耳曼人最集中的地区，据说他们是《格林童话》里哈梅林村孩子的后代。（眼见孩子们被花衣魔笛手的笛声困在山里，村民只好履行诺言，付给笛手应得的酬劳，随后，孩子们奇迹般出现在锡比乌的山坡上。）最后回旅馆的姑娘叫萨芙塔，年纪最小，却个性十足，是四个姐姐打趣和照顾的对象，而她自己也乐在其中。塔妮娅告诉我，萨芙塔讲罗马尼亚语时经常出错，让大家忍俊不禁。她从多布鲁甲来，是加高兹人，他们的祖先库曼人在欧洲"黑暗时代"进犯多瑙河下游，并与中世纪侵扰东欧的鞑靼人融合，据《拜占庭编年史》记载，凶悍的库曼人会敲开俘虏的头颅，吸光他们的血。加高兹人讲土耳其语，但信奉基督教。我像一位在奥克兰岛上遇见秋沙鸭的鸟类学家，满怀敬畏地注视着美艳动人的萨芙塔。再加上从比萨拉比亚来的塔妮娅，这个小小的房间，几乎汇集了战后罗马尼亚所有的民族。塔妮娅告诉我，这几个姑娘心地善良、为人本分（我的目光从她们身上扫过，将信将疑），一个月前，她卧病在床，全靠她们悉心照料。要是她能找到离市中心更近的房子，就会搬离这个糟糕的地方！这里的名声很不好，被人称为"皮亚特拉十字架"，这个石头十字架曾在布加勒斯特城外，后来被新修的建筑所取代。一说到这个话题，她开始口若悬河，在姑娘们的强烈反对下，才很不情愿地闭上嘴唇。她吩咐摩尔达维亚来的维奥丽卡把我的酒杯斟满。我觉得自己仿佛躲在幕后，观察着房间里每个人的疯狂举动，像克洛狄乌斯身处纪念罗马女神的盛宴，与女祭司们密谋勾结，又或许是神话中的狩猎者亚克托安，无意中窥见了狄安娜女神沐浴的场景。我一直想知道像这种地方，幕后的生活会是什么样子，都充满欢声笑语？我不愿破坏眼前轻松自在的气氛，更不愿臆想她们招呼客人时放浪撩拨的口吻。既然享受到朋友般的对待，我也就坦然当一个笑柄。姑娘们喜欢模仿客人浮夸而自大的举止，学他们的谈吐，只有为数不多的有绅士风度。官员的形象不错，但律师的得分无疑最高。姑娘们像是在进行一场比赛，争得面红耳赤。而我则静静地倾听。

年轻时，塔妮娅练过卡巴莱歌舞，也当过应召女郎。"别看我现在这张老脸，"她用消瘦的食指摸着鼻梁，"以前可是万人迷，能让他们开怀大笑。"战争爆发前，她离开基什尼奥夫，走遍了整个乌克兰和俄罗斯南部：塔甘罗格、阿克曼、基辅、伊尔德连诺斯拉夫和克里米亚的雅尔塔，还在俄国十月革命前的两年里去过圣彼得堡、莫斯科和闻名遐迩的度假胜地亚尔。日子过得很风光。等到面容不再姣好，她来到敖德萨的一家妓院，做起了二当家。那地方金碧辉煌，就像一座宫殿。客人当然不缺，有做乌克兰谷物生意的，有阔绰的希腊商人，从世界各地前来，名头都很响亮，堪称上流社会：枪骑兵、轻骑兵、卫士——不过圣彼得堡更让人咋舌——伯爵、男爵、王子，甚至省长。吉卜赛音乐……伏特加酒……鱼子酱……香槟。她放下手中的毛线针，把双手举向空中，仿佛要抓住那流逝的沙皇时代的辉煌。女孩子！那里有全俄罗斯的美女，真正的美女，尤其是从高加索和格鲁吉亚来的。第比利斯，对，就是那儿。这时，我回想起在《卡拉马佐夫兄弟》中见过一个叫"vengerka"的词，俄语意思是"匈牙利女人"，但在口语中也表示拉客妓女。在俄罗斯，也有匈牙利女人从事这个行业吗？多着呢，塔妮娅说，到处都有，不过北方好像多些，尤其是在卡巴莱歌舞团里，你说的那个词现在还广泛使用。"Curva"，她突然压低了嗓门，这个是罗马尼亚人的叫法。（多年之后，一位罗马尼亚朋友从意大利自驾归来，提到他行驶在山路时，看到岩壁上刻着"serie di curve"的字样，意思是"一排妓女"，这让他的司机开心得笑弯了腰。）

谈到敖德萨的繁华，塔妮娅告诉我，那座城市建有三座歌剧院。我说明天有人邀请我看歌剧。歌剧？她看了看我脚上裹着泥巴的绑腿、旧马裤和冒出鞋钉的皮靴。我应该穿什么呢？我提到自己的帆布包里有几件像样的衣服，虽然不够完美，还算凑合。我让姑娘们帮忙把它们熨一熨。她则准备上早市买东西去。还有个跟俄罗斯相关的问题：那些穿得很奇怪、在城里赶马车的人是谁？她大笑起来，把我的问题用罗马尼亚语向众人复述了一遍。屋里笑得炸开了锅。"Muscali! Skapetz!"维奥丽卡嘴里蹦出两个词，用食指和中指做出剪刀的样子，在空中剪了两次。塔妮娅这才开始向我解释。他们属于分布在比萨拉比亚和俄国南部的一个东正教派别，在罗马尼亚则以位于多瑙河三角洲的加拉茨为中心。成年男性在结婚生子后，会接受阉割，所以脸上没有胡子，说话时声调高，体态臃肿，行为举止都跟阉人一样。据说他们的妻子也要参加神秘的仪式，脸上渐渐长出胡须。（其他的不敢确定，不过当地男性在婚后阉割之事，倒是属实。我后来在加拉茨街头遇见很多这样的男人。他们在外地一般充当车夫，在加拉茨则是勤勤恳恳的养蜂人。他们笃信被凯瑟琳大帝杀害的沙皇保罗会作为救世主弥赛亚重返人间。）

"他们脾气很大，"塔妮娅说，"总在路上横冲直撞。我已经见惯了。"她的脸上露出微笑："当然，他们很少上咱们这儿来……"

葛丽泰·嘉宝、玛琳·黛德丽、莱斯利·霍华德、罗纳德·考尔曼、加里·库珀、弗雷德·阿斯泰尔和阿黛尔·阿斯泰尔，以及中欧的明星——莉莲·哈维、维利·弗里奇、安妮·奥德拉、布里吉特·赫尔姆、康纳德·维德——我睡的床对面墙上贴满了照片。第二天清晨，我在秋日的阳光中仔细端详照片上的面孔，里面有两位巴黎人崇拜的罗马尼亚女演员，一个是艾薇儿·珀派斯科，另一个叫爱丽丝·科恰（《克莱芙王妃》里的拉·罗什富科夫人），还有从报纸上剪下来的政治家图片，比如英俊的格里戈尔·加芬库，他将在下一年担任外交部长。我住的是未曾谋面的第六个姑娘的房间，她叫尼库里娜，回家乡普罗耶什蒂参加侄女的施洗礼仪式去了。普罗耶什蒂盛产石油，通天火炬终日燃着火焰。窗台下，布科维纳姑娘正把手中的玉米粒撒向唤来的鸡群。附近破旧的房子也沐浴在柠檬黄色的晨光中。街对面的大公告牌上贴着"多罗班蒂"香烟和斯蒂尔比亲王酒庄葡萄酒的广告。两个家庭主妇双手叉腰站在门口，气势汹汹地相互咒骂，伴随刺耳的声音，身体左摇右晃。跟西方人憎恶"魔鬼"不同，罗马尼亚骂人时喜欢用"龙"或与龙相关的词汇。主妇们吵得很凶，让我有机会近距离感受罗马尼亚郊区、贫民窟或整个国家骂人的方法。想到与我在同一屋檐下的其他房客们温柔妩媚的音调，我不免有些庆幸。

萨芙塔拿走了我需要熨烫的衣服，我听见她们在谈论给熨斗加木炭，上衣和裤子上的折痕该如何弄平。她们叫我"佩特里卡"，听上去像达契亚人的名字。有人在问，谁来拿熨斗？维奥丽卡勇敢地接过这个艰巨的任务。就像厨子多了，反倒做不出好菜，塔妮娅也告诉我一句罗马尼亚的俗语："助产士多了，反而剪不断婴儿的脐带。"

清晨的忙碌，让我的布加勒斯特之旅从一开始就充满勃勃生机。身处全然陌生的环境，悠悠然点上一根香烟，让烟雾在房间缭绕，满心期待着在接下来的一天里会发生怎样的奇遇。时候已经不早了，就快到正午时分，正好能打着呵欠，和其他几位姑娘愉快地攀谈几句，因为再过几个小时，她们又将为了生计而奔波。维奥丽卡和撒克逊姑娘正在梯台上玩牌，身边的珠帘挡住了耀眼的阳光，在她们身上留下五彩斑斓的影子。布科维纳姑娘在缝衣服，摩尔达维亚姑娘坐在楼梯上，大声给萨芙塔朗读画报上的文字，因为她除了不会罗马尼亚语，读写能力还都很欠缺。萨芙塔专注地听着，把拳头托在她带有鞑靼人特征的高高的颧骨上。很快，她们放下手中的消遣，拿起熨烫整齐的衣服。"噢，"塔妮娅逛完市场，提着篮子回来了，"让我看看你的打扮！"她熟练地把我的领带拉直，"你会表现得很出色的，没人会注意到你的鞋子。"她叫我尽量赶回来吃晚饭，姑娘们听说我喜欢吃意大利面，准备专门给我做一份。听着塔妮娅的叮嘱，我好像成了就要奔赴沙场的战士，我和她们一一告别，发誓为这栋庇护我的住所争得荣光，然后出了门，走进阳光普照的贫民窟。

碧空如洗，整座城市立刻换了新颜。与保加利亚相比，这里秋意更浓，金黄的树叶挂在枝头。一队枪骑兵坐在黑色的骏马上，身穿白色制服，头盔顶上垂着一绺白色马毛，戴着护胸甲，手握长矛，正缓缓行进在胜利大街上。

我去邮局取了信，有一个帆布信封，里面装着家人寄来的钱。我拿着信，来到一家酒吧。邮路开始畅通，我的旅行也变得顺利。在朱尔朱时，我给夏天在特兰西瓦尼亚认识的朋友们写了几封信，收信人包括保罗·泰莱基的表兄弟的亲戚。听上去怪复杂的？怎么说呢，这位亲戚是个富有的匈牙利乡绅，战前还是一名外交官。战争结束后，他突然萌生了前往遥远的罗马尼亚 - 特兰西瓦尼亚寻根问祖的念头。身为祖籍特兰西瓦尼亚的匈牙利富豪，他不但认同战后划定的新边界，还积极参与政治事务，这一点与保守的、不思进取的特兰西瓦尼亚地主们形成鲜明对比。虽然遭遇邻国强烈反对，他还是在匈牙利宫廷谋得一份要职，在特兰西瓦尼亚的地位也不容小觑。他在匈牙利和特兰西瓦尼亚都有豪宅，常常宾客盈门，受邀的不是外交官，就是名人。此前，他的两位好友曾向我发出邀请，如果来布加勒斯特，一定去他们家做客。其中一位叫约西亚·冯·兰曹，让我到了之后给他打电话。拨通号码后，住宿问题迎刃而解。太棒了！不过第二天一早，我就和主人辞行，因为想利用接下来的二十四小时，在城里自由自在地闲逛。热情的主人再三挽留，而我拒绝了他的好意。我是不是表现得不太友好？

我在城里逛了一下午，累了就跑到头天晚上去的那家咖啡店歇歇脚，等着那位爱好歌剧的记者来。跟上次见到的人一样，还是那一批男男女女。不过，经过一番精心打扮，我也变得温文尔雅，像一个绅士。他们看上去充满拉丁风情，举手投足间营造出别具一格的画面。塔妮娅的鼓励萦绕在耳畔，但我还是对自己的装束很没有信心。我的记者朋友像风一样冲了进来，他穿着蓝色礼服，打了黄色锦缎领带，一上来就给我打气："年轻就是资本，你知道吧！再说，我们这叫波西米亚风格，挺适合的。"我跟着他进了包厢，来了不少记者，带着他们的妻子或女朋友，而其他的观众都身着正装。为什么我有种异样的感觉？喧哗声，人浪，华丽的服饰，见面后的寒暄，刺眼的灯光——是我的眼睛不适应大场面，就要被金碧辉煌的歌剧院弄瞎了吗？乐队开始调音，低音提琴发出闷响，弓弦拉出零散音符，锣声砰砰，笛声吱吱，哨子和铙钹尖声啸叫，伴随一声定音鼓，台下的嘈杂渐渐平息，观众们凝神屏气，鸦雀无声。自从离开英国，我就没上剧院看过演出。演员的表演很出色，我的记者朋友看得入了神，剧情让他紧张得透不过气，频频掏出酒壶喝上一口，好让紧绷的神经得到舒解。

　　演出结束后，聚会开始。先是演员们登场亮相，掌声雷动。首席女高音手里捧满花束，接受众人的祝贺，逐一致吻手礼。气氛很快变得轻松。我和记者朋友一道加入享用晚餐的行列，我把餐盘随意搁在腿上，起初以为舀到的是土豆泥，细细品尝，才发现是鱼子酱。大家三五成群凑在一起，我们这桌有几个姑娘、一位年轻军官和一位来访的法国记者。法国记者问我住在哪儿，我说叫"萨沃伊 - 丽兹"。他赞许地点点头，看来，取个好地名确实很重要。我的朋友赶着回去写报道，匆匆离开了。剩下的人起初围坐在角落里，后来去了某个人的公寓。好像是一个画家的住所，家里塞满了东西，天花板上的灯装在虾笼里。我们喝了很多白兰地，在房间里唱歌跳舞。眼神开始迷离，虾笼里的灯光看上去像是沉到海水里的太阳。精神头十足的红发女孩，年轻军官（听说是某人的副官，性格直爽，看岁数比我大不了多少），精力充沛的法国人，再加上我，四人轮流展示歌技和舞技。我唱了两首保加利亚民歌，意外地受到众人好评。姑娘跳起一支狂野的独舞，引来隔壁住户的抱怨，"砰砰"地捶打房门。后来，我们不得不压低嗓门，在留声机旋转的唱盘上塞上两双袜子，伴着轻柔的乐声聊起艺术、文学和历史。

下一个记忆片段——清晨的阳光照在喝了一半的酒杯上，四周一片狼藉。我心里空荡荡的，焦躁不安。又开始了新的一天……我看见沙发椅的一角伸出两只脚，那是鏖战了一夜的武士在呼呼大睡，身上盖着地毯。交叉的黑色皮靴，玫瑰花形靴饰，紧绷的深蓝色马裤上绣着金线花边，红色背带，白色衬衫，最后是年轻军官乱蓬蓬的脑袋。法国记者瘫倒在另一把椅子上。红发姑娘看样子住在这儿，手里端着咖啡。昨晚，这屋里的人一定都出尽了风头。那位叫皮埃尔的年轻军官洗了脸，刮了胡子，英俊的容面让我心生嫉妒。他慢条斯理地穿上有俄国羊羔皮衣领和袖口的蓝色制服，理平胸口的绶带，拉直搭在左肩的灯芯绒衣上的皮衣衣袖。

他用坐垫擦着脚上的靴子，望着镜子里那个外表柔弱、衣着华丽的男子，身子有些发抖。"你觉得，"他的英语讲得很慢，语气很悲伤，"我看起来像个军官和绅士吗？"我表示赞同。"但愿吧，"他喃喃自语。他告诉我，他有一半苏格兰血统，母亲是个寡妇，更令我惊讶的是，他上衣的口袋里还装了一本普及版的《匹克威克外传》。

走在胜利大街上，他频频向对方回敬军礼。"这是件麻烦事儿，"他抱怨道。我能感受到他的痛苦。幸好目的地已经映入眼帘，他走进皇宫的一处侧门，只要再和身穿熊皮衣的哨兵行个礼，就大功告成了。透过铁栏杆，我看到他回过头来，冲我悲伤地笑了笑，阅兵场上传来铿锵的皮靴声……

　　回到萨沃伊-丽兹，塔妮娅早已做好准备：来自敖德萨或基什尼奥夫的传统秘方，两个打好的生鸡蛋，足以把我从宿醉中拯救出来。她要我一口气喝光，姑娘们站在一旁呐喊助威。我来的时候很唐突，中途又喝得醉醺醺，简直就是个破罐子，让她们操碎了心。她们一再提醒我，布加勒斯特是个危险的地方，没事就最好待在家里，免得引祸上身。其实，我也不愿离开她们，簇拥在如花似玉的美女丛中，享受上午的阳光，谁都会觉得是一件幸事。但我还是跳上马车，朝站在门口的姑娘们不停挥手，与她们依依惜别。

　　是约西亚·冯·兰曹派了马车来接我，他住在德国公使馆附近一间安静、舒适的公寓里，是公使馆的秘书，但样子看上去跟外国人心目中的德国容克不同。他的家族与荷尔斯泰因公国的历史一样悠久，在德国北部和丹麦负有盛名，培养出一大批政治家、将军、大臣和外交官。其中有一位跟他同名，担任过"三十年战争"中的法军统帅。记得夏天在特兰西瓦尼亚时，就有朋友讲过这个家族的丰功伟绩，当时给我留下了非常深刻的印象，开玩笑说要改成这个名字，也好留名青史。约西亚身材高大，长相英俊，彬彬有礼，在任何场合都招人喜欢。他能讲流利的英语和法语，行事风格与我这几天遇到的人有天壤之别。陌生人想要认出他，只有靠他下巴上那道裂开的伤疤，一看就是击剑时留下的。我问过特兰西瓦尼亚的朋友，据说是在海德堡，跟撒克逊-普鲁士学生联合会的人一道，在莱茵河边的布灵顿俱乐部受的伤。约西亚笑着和我聊起来，而我却有些尴尬，生怕是我的冒失，揭开他这段年轻时不堪回首的往事。夜里，我躺在客房的床上，柔和的灯光照亮了书架上金光灿灿的书脊，哈罗德·尼克尔森的《有些人》和《和平调解》摆在床边小桌上的矿泉水旁。约西亚父亲的画像挂在墙上，他穿成梅克伦堡－什未林大公管家的样子，慈祥地望着我。

尝尽旅途的辛酸后，能在一个单身汉外交官的公寓里调养身心，还有什么比这更惬意？主人的体贴让我受宠若惊。（"请随便，"他指着大烟灰缸和酒桌，"反正烟和酒都不需要花钱。拜托你把这些雪茄抽了。我真不知道拿它们怎么办，想要什么东西，你就吩咐玛利亚——要洗的衣服，想吃的午餐——她正愁着没活儿干……"）整天都有空闲，刚好用来阅读和写作，沙发椅上摆着百科全书，站在窗前，可以俯瞰金黄的树叶和恬静的街道。我专心致志地研究，想对这个国家多一些了解。我读了不少书，赛顿·沃特森写的罗马尼亚历史，尼古拉·约尔卡、亚历山德罗·克塞诺波尔，以及其他人风格迥异的作品，比如玛尔特·比贝斯特公主的《伊斯沃尔》《凯瑟琳－巴黎》《绿色鹦鹉》和帕纳伊特·伊斯特拉蒂的《安格尔叔叔》《巴拉冈的茶》《凯拉·凯拉里拉》。（要是两位作者得知他们的作品被我摆在一起，准会从棺材里跳出来！比贝斯特公主用优美的法语，描绘出带有法国风格的罗马尼亚上流社会，而在自学成才的伊斯特拉蒂笔下，无论是语言还是书中的人物，都反映出人间的苦楚和悲惨。至于这两种风格之间的空白地带，我还没来得及认真探寻。）罗马尼亚语也许是拉丁语系中最容易掌握的一门语言，如果把变格词尾去掉的话，很多学习者就不会知难而退了。用罗马尼亚语创作的作品不少，借助词典和语法书，我尝试阅读爱明内斯库、亚历山德里和欧塔菲安·高戈的诗歌，累了就换换脑筋，读一读卡门·席尔瓦的法语诗和海伦娜·瓦卡内斯科的《登博维察狂想曲》。罗马尼亚的一切都让我着了魔。

我勤奋苦读时，约西亚是最称职的伴侣。下班后，他会坐在壁炉前和我讨论学习的进展，有时还叫上他的罗马尼亚、英国和法国朋友。要是深夜他参加完晚餐会，就会邀我听听音乐，喝上一杯威士忌。我们无话不谈。

在他善解人意的笑容背后，隐藏着一丝难以被人觉察的悲伤，转瞬即逝，很快就恢复了神态。我想问问他对德国的印象以及未来事态的发展，但我担心这样做会令他不快。事实上，向一位外交官提出这样的问题，本来就不太妥当，尽管他们有独到的看法和见解，但哪怕在私底下，也会不遗余力地维护官方意见的尊严。这就像是一道填空题，只有选项之外的才是正确答案。他对布加勒斯特的名人感兴趣，但心地过于善良，也会带来坏处。跟其他人一样，他对英国政府官员抱有好感，要知道那时并不像现在有数量众多的使领馆。（到布加勒斯特的头天晚上，我就遇见坐在劳斯莱斯车里、享受贵宾待遇的外交人员。）我问他对德国的官员印象如何，他迟疑了一下，意味深长地点点头："很聪明，真的。"然后，他换了一种口吻，聊起自己的前任冯-德-舒伦堡伯爵[2]。接受提名派驻布达佩斯之前，舒伦堡一直是德国政府的部长，后来，他被调任莫斯科，担任德国驻苏联大使。对这位上司，他充满崇敬之情，他们是很要好的朋友，经常过了半夜还在畅谈。约西亚仰慕他的博学、勤奋和谦逊，以及他对欧洲历史、政治和外交的真知灼见。说到这些，他显得有些悲伤，我隐约觉得他对现在这份差事不太满意。我还想问约西亚，作为经验丰富的职业外交官，过去一年里德国政坛的震动对他产生何种影响。（舒伦堡这个名字，我是一年后在希腊科孚岛参观建于十七世纪的雇佣军纪念碑时看到的，而冯-德-舒

---

[2]弗雷德里希-维尔纳-冯-德-舒伦堡伯爵（1875—1944）希望运用自己的外交才能，维持德国与苏联之间的和平。后因"七月阴谋"的牵连，被希特勒下令处决。

伦堡伯爵的大名，第二次世界大战期间频繁出现在人们视野里。）

一天晚上，我们聊了好几个小时。突然，约西亚沉默了一阵，瞪大眼睛看着我，语气严肃地问我："也许这是个愚蠢的问题。你觉得'无论对错，她都是我的祖国'这句英语俗语讲得有道理吗？"我从未注意过这句话，觉得讲得不无道理。（现在，我认为要视情况而定，比如在极端情况下，或国家处于危急存亡的关头。）他点了好几次头，转向另外的话题。后来，我恍然大悟，在当时，很多德国人都和约西亚一样，内心充满矛盾和冲突。一方面，他们是高贵、善良的文明人，以德高望重的舒伦堡为代表，渴望延续西欧传统的生活与思维模式，在处事原则上倾向于维也纳会议的方式，而另一方面，他们又不得不屈服于第三帝国的集权统治。我不知道他们该如何解决这个难题。第二年，我再次和约西亚相遇，他已经换了新的岗位。这次在布加勒斯特逗留期间，有好几个晚上，他都叫上一个姑娘。她叫玛塞尔·卡塔吉，是一位富有的贵族的女儿，对约西亚一往情深。后来，在战后东欧发生剧变的前夕，她选择以自杀的方式离开人世。

第二次世界大战结束后的几天，我率领一支盟军特种空降侦察部队，穿过瓦砾遍地的汉堡（眼前的惨状让大家沉默不语，也冲淡了胜利的喜悦），来到荷尔斯泰因北部的弗伦斯堡。地图上，在伊策霍镇旁边，有一个叫"兰曹城堡"的地方。第二天，我一早就出发，将近傍晚时到达目的地，想打听多年未见的约西亚的下落。这是一座庞大的、城墙坚固的中世纪建筑，看上去不像住宅，倒像是个堡垒，威风凛凛地伫立在树林里。兰曹伯爵是城堡的主人，他两鬓斑白，正同家人、佣人和从汉堡逃来的难民吃晚餐。他是约西亚父亲的远房亲戚。他站起身，走到院子里。"你问约西亚？"他悲伤地告诉我，"是的，他应该在东欧的某个地方。我们很多年没有他的音信了。"他指了指东方："我相信，一定是俄国人把他抓起来了……"

事实证明，本书中提到的人，几乎都被战火的阴云所笼罩。十五年后，火药桶终于被点燃，彻底改变了每个人的命运。

告别了约西亚奢侈安逸、充满学究气的世外桃源，我一头扎进世俗的享乐中。虚度光阴，及时行乐，大出风头，能这样过日子该是多么美妙。我现在就热衷于这样的生活，原因有三：其一，即使陌生人登门，罗马尼亚人也会真诚而热情地款待；其二，见我囊中羞涩，善良的当地人往往不吝出手相助，甚至不图回报；其三，追求快乐，是尘世中人们的天性。在罗马尼亚，过波西米亚式的生活，挑战传统，真实而不浮夸，是大多数人的向往，我只不过是加入了这群身体力行者，并希望以自己的方式，追寻心目中的格调与优雅。我很快便发现，这里没人在乎我衣衫不整。我曾渴望买一双新鞋子，哪怕在梦里都念念不忘，现在，这股热乎劲也淡下来了。（别人告诉我，花一英镑的价格就能买到称心如意的鞋子，"不过，"他说，"最好是走起路来嘎吱作响的。""嘎吱作响？""没错，有些圈子的人就好这口。说明鞋主人是个聪明的有钱人。鞋匠会问你：'要响的，还是不响的？'响的价格更高……"）

假如趁青春年少，虚度片刻光阴，是人生中一大乐事，那我最近过的日子，可称得上人间的极乐。我像个狂躁的野蛮人，瞪大双眼，痴迷于世间的奢华与堕落，我要效仿罗马皇帝戴克里先或帕提亚帝国的君主安提俄克，建造宏伟的宫殿和带喷泉的庭院。只花了几小时工夫，我就放弃了恪守的伦理道德。罗马尼亚，这个文明的、光怪陆离的国度，有一种特殊的气质。这里还保留着贵族波维尔阶层，这个阶层的人们几乎都会两种语言，他们的母语不是罗马尼亚语，而是法语，甚至连我这个外乡人，也能听出他们口中的法语纯正而富有美感，这门语言世代相传，到现在已经是第七代。在战前的俄国、波兰和罗马尼亚，讲法语的人很多，但我听过白俄和波兰人的法语，无论在熟练度还是流行程度上，都无法与这些罗马尼亚人相比。

这究竟是怎么回事——让我们简要回顾罗马尼亚的历史，找找答案。最初，罗马尼亚从欧洲黑暗时代的蒙昧中挣脱出来，建立瓦拉几亚和摩尔达维亚两个省份，由大公担当统治者，地位相当于保加利亚的沙皇和塞尔维亚的省长。大公组建自己的拜占庭王朝，通过贵族来管理领地，在武士的支持下控制臣民。尽管大公由官方选举产生，但候选人都来自于同一个家族。比如在瓦拉几亚，虽然发生过密谋暗杀和宫廷政变，宝座还是被巴萨拉博家族稳坐了三百年。很多大公都有奇怪的绰号，像"老人"米尔卡、"坏人"亚历山大、"残暴者"彼得、"刺穿者"弗拉德和"恶狼"巴泽尔，他们曾率兵抵御土耳其的入侵，英勇抗击穆拉德人和苏丹王巴雅泽特。

还有两位大公值得一提。一个是摩尔达维亚"伟人"史蒂芬，他指挥过五十次战役，甚至击败了拜占庭王朝的征服者穆罕默德，另一个是瓦拉几亚"勇士"迈克尔，在他执政时期，不仅成功地将两个省份合并，还联合了公国边境线外的罗马尼亚人。随着保加利亚、塞尔维亚和拜占庭相继被土耳其人征服，罗马尼亚也被迫向奥斯曼帝国俯首称臣，不过罗马尼亚并不属于帝国疆域的一部分，而是东正教大公统治的诸侯国，每年向宗主国的苏丹王进贡。贵族勃兰科温和坎特米尔曾先后登上王位，但觊觎这块土地的人不少，大笔金银被用来贿赂帝国的君主，没过多久，新的统治者纷至沓来，有来自君士坦丁堡的法纳尔人，担任过东正教教长的希腊 - 阿尔巴尼亚人后裔，还有约翰六世·坎塔库泽努斯家族。经过与当地人通婚和民族融合，外来人口被同化为罗马尼亚人。随着选举流于形式，民怨四起，王朝也越来越短命。后来，相继有十余个家族轮流统治罗马尼亚，其中包括法纳尔人，他们让希腊文化和希腊语成为十八世纪罗马尼亚社会的主流，尤其是在布加勒斯特和雅西两座城市的咖啡馆里。当地的贵族也渐渐希腊化，等到第一次希腊独立战争在摩尔达维亚打响，亚历山大·伊斯兰提斯大公和他的法纳尔人部下，举起了反抗土耳其人的大旗。

十九世纪初，在大国势力的干涉下，两个情同手足的公国推翻了法纳尔人统治，再一次以选举的方式让本地人登上宝座，包括吉卡、比贝斯特、斯特尔比和斯德扎家族，公国逐渐稳定下来，人民安居乐业。希腊语淡出社会生活，贵族波维尔和法纳尔人后裔们开始用法语进行日常交流。他们将来自东方的恶魔拒之门外，竭力推崇法语和法国的自由主义。法国文化在罗马尼亚各社会阶层推广开来，两国都致力于摒弃独裁统治，完善法律条文，废除农奴制度，扩大投票人群，为建立西方式的宪法和民主制度铺平道路。此后，库扎大公将瓦拉几亚和摩尔达维亚合并，从此与奥斯曼帝国再无关联，统一的现代罗马尼亚应运而生。不过，与民主思想相悖，库扎的继任者来自霍亨索伦家族，即国王卡罗尔一世。自罗马帝国以来，还没有哪个地方能像罗马尼亚这样将文化主导权进行得如此彻底，让整个统治阶级的精英们都痴迷于法语。罗马尼亚西方化的后果之一是推行土地改革，封建领主的田产被重新分配，贵族波维尔丧失了对土地的支配权。其次，阶级差别更加明显，以语言为例，除了在议会发表演讲或在家里召唤佣人，普通人很少使用法语，而贵族阶层仍将这种语言作为通行语。

我很好奇罗马尼亚的大公和贵族波维尔们过着怎样的生活，他们的形象被描绘在修道院的壁画上，而这些历史悠久的修道院正是由他们所创建。头戴王冠、长着胡子的大公在展示自己临摹的细密画，大公的夫人用手托住画框一角，在他们身后，依次跪着身着锦缎的儿女，按长幼顺序排成金字塔形。人物肖像画也引人入胜，常常悬挂在后代子孙的家里，通常由十九世纪云游各地的无名画师绘制而成，画面中的人都是达官显贵，拥有显赫的头衔，大部分人的先祖是拜占庭人，也有一些是斯拉夫人：克拉约瓦的总督、执政官、行政官员、御剑侍卫和内臣，都穿着艳丽的袍子，裹着圆形的头巾或戴着钻石扣羽饰的皮帽，脖子上挂着项链，短剑柄上嵌满珠宝。他们留着像先知一样的胡子，身后的背景若隐若现，看上去仿佛是波斯传说中的统治者。唯一与封建欧洲相关的，是加冕铭牌上代表瓦拉几亚的黑乌鸦和代表摩尔达维亚的野牛。他们的名字听上去就有历史沧桑感：谢尔班·坎塔库济诺、康斯坦丁·巴萨拉博、福耳图那·瓦卡内斯科、亚历山大·玛芙罗科达托、斯卡拉特·卡里玛奇、迪米特里·坎特米尔、杜卡、拉科维琴察、斯特德查、苏佐、哈拉德加、玛芙罗耶尼、比贝斯科、斯特尔比、罗塞蒂、罗斯诺瓦诺、莫瑞兹、巴尔希、德拉库拉斯科。读者看到这些罗列出的名字，也许会觉得我羡慕别人的出生高贵。也许是吧，不过接下来还有更糟糕的事儿。

提到法纳尔人，历史学家们恨不得破口大骂。他们被钉在羞耻柱上，就如同人们提到"拜占庭"，最先想到的是狡诈、刁滑、鲁莽、贪婪和暴政。但有迹象显示，对法纳尔人的评价正变得越来越客观。有很多历史观点值得商榷，比如他们的贪念和堕落源于对东正教的信仰；他们骗取苏丹王的信任，制定错误的对外政策，最终使奥斯曼帝国众叛亲离，究其原因，是强烈的个人野心。而事实上，如果不是他们的灵活方式和妥协态度，两个公国早就沦为帝国压榨奴役的对象，所有的统治机构也会被撤销，跟东南欧其他国家一道置于帝国直接管辖之下。不管法纳尔人有怎样的缺点，在他们执政的十八世纪，东南欧至少保留下了文明的种子。法纳尔人身上闪耀着拜占庭王朝的余晖，漫步在布加勒斯特和雅西的宫殿里，人们仿佛还能听见帝国灭亡前的死亡之声，久久不散。

他们富可敌国，而且能讲多种语言，眼界开阔，正是这些优势，帮助他们在一块蛮荒之地立足。起初，他们将帝国的政令告知当地人，推广文学和艺术；在瓦拉几亚大公谢尔班·坎塔库济诺统治时期，出现了第一个罗马尼亚语《圣经》译本；亚历山大·玛芙罗科达托是诗人拜伦和雪莱的好友，也是希腊人起义的领导者，其功绩在东欧国家无人能出其右。他们在威尼斯、帕多瓦、维也纳、巴黎和圣彼得堡求学，并将西方的文明和先进理念带到罗马尼亚。法国的自由思想和法语在知识精英中的传播，也许超越了时代的要求，给社会发展带来一些副作用，但西方世界的欣欣向荣，让尚未脱离中世纪隔绝状态的罗马尼亚第一次体会到摆脱愚昧无知的重要性。

在这些影响的共同作用下，罗马尼亚社会既能看到拜占庭王朝末期的影子，又能感受普鲁斯特式法国风格的影响。以布加勒斯特的建筑为例，继东方风格之后，大部分建筑都融合了法兰西第二帝国和十九世纪末的元素，并体现出二十世纪初的社会繁荣。现代派建筑并未成为主流。社会风气虽然大体上延续了过去的传统，不过也在悄然发生变化，只用了一两代人的时间，严肃的英国保姆和女管家就给罗马尼亚带来了新的风尚。唯一例外的是贵族阶层，在过去的一百年中，波维尔的子弟在法国公立中学和索邦大学接受教育，将巴黎看作另一个首都，法语对他们的影响仍然根深蒂固。土地改革前，罗马尼亚的封建领主们在巴黎过着优越的生活，还常常与法国的上流社会联姻，对象是类似孟德斯鸠和卡斯特兰这样的名门望族，他们热衷于寻欢作乐，既看轻松的漫画，也欣赏费多的戏剧，家里养了大群的猎鹿犬，还钟爱威士忌、卷边帽子、单片眼镜和用金烟盒装的费伯奇香烟——这是画家康斯坦丁·盖伊斯和劳特雷克钟爱的牌子，烟盒上绘着王冠。他们的妻子和女儿娇弱无力，仿佛是海卢、博蒂尼、雅克-埃米尔·布兰奇画笔下的模特，出没于隆尚宫、大维富餐厅、马克西姆酒店、死老鼠夜总会和俄国大公们喜欢去的夜总会，并召来肚皮舞娘"美丽的"奥特罗、交际花伊米莲娜·达朗松、芭蕾舞明星克丽欧·孟若德和一代名妓莲妮珀姬。

　　同样的声色犬马也在布加勒斯特上演，从卡普萨酒店的长毛绒、黄铜饰和枝形吊灯就能窥见一斑。我不厌其烦地听别人讲述那个时代的故事。要是能时光倒流，我愿意成为布加勒斯特芸芸众生中的一员，亲身体验质朴、粗犷而富有干劲的生活方式。我还想见见决斗的场面，据说在罗马尼亚很常见，而在欧洲，除了英国之外，也比较流行。我承认在现代社会，这样的想法有些病态，但每次读到大仲马小说中的决斗情节，我就忍不住血脉偾张。决斗者常常会死于非命，武器一般用手枪，要不就是长剑，奥地利人和匈牙利人习惯用马刀，但只允许砍，不允许直刺，听上去危险性不大，实际处处暗藏杀机。

　　他们之所以这样做，一方面是不愿和其他寻欢作乐的欧洲贵族为伍，另一方面是秉承"拒绝平庸"的生活态度。他们崇尚博学，喜爱文学、绘画、音乐、雕塑和各种艺术思潮，乐于把自家的大宅变成大学生们聚会的场所。（和法国类似，一些罗马尼亚的女性也以自己的聪慧、美貌和热情而成为社会的中坚力量，这让欧洲其他国家的女性望尘莫及。）很多人立志写作，并在培养文学艺术爱好的基础上脱颖而出，创作了令人耳目一新的作品。沙文主义者也许会叹息，说这些作品不是用罗马尼亚语写成。但至少他们开拓了全新的领域，摆脱了狭隘民族主义和爱国主义的束缚，让新兴国家不断涌现出诗歌和小说创作的天才。每个年轻人都能在巴黎展示自己的才华。罗马尼亚人正是在这里认识普鲁斯特，并为之倾倒，而我的发现也不少，存在主义者马塞尔·马尔丹认为人要追求超越才能达到存在的家乡；大众情人"安娜"，其实是诺阿耶伯爵夫人；保罗·莫朗和保罗·瓦雷里都是文学家，两位"保罗"中，前一位迎娶了罗马尼亚公主海伦娜·苏佐；"让"的全名是让·科克托，"莱昂-保尔"则是莱昂-保尔·法尔格。利用撒纸追踪游戏，很快就能熟悉这些法国人耳熟能详的人物。

我花费大量时间介绍罗马尼亚历史，是因为与多瑙河上游国家的首都相比，布加勒斯特显得与众不同。在匈牙利，晚餐后的秉烛夜谈一般会聊到射击、骑马、对伦敦做靴子和做马鞍的师傅作比较，或者畅谈领土吞并、贵贱通婚、长子继承和埃斯特哈齐家族有多少头耕牛。布加勒斯特人聊天时也偶尔涉及这些话题，只是细节上有些差异。不过我敢肯定，在匈牙利首都布达佩斯，人们大多不会聊到圣-桑的音乐，龚古尔兄弟、维利耶·德·利尔-亚当和巴尔贝·多雷维利的共同点，诗人洛特雷阿蒙与超现实主义，或者米尼耶神父向客人谈起他与作家于斯曼的对话，以及作家在小说《在途中》删节了哪些文字。

6. 布加勒斯特

　　跟初到布加勒斯特时相比，这座城市变得更亲切了。在一周多时间里，我记不清见了多少人，感觉这辈子都没这样忙过，就像是住了多年的老住户。每天都有消遣、聚会和宴席，也不知是不是特意为我准备的，反正我此行的目的是"消磨时光"或舒缓压力，何乐而不为。我两次受邀参观莫戈索亚宫，这是布加勒斯特城外一座古老的勃兰科温风格的罗马尼亚 - 拜占庭式宫殿，由玛莎・碧贝斯克公主下令修复，以重现公国昔日的辉煌。宫殿矗立在湖边，芦苇丛在风中沙沙作响，水鸟时而涉水觅食，时而腾空而起飞过树梢。迄今为止，这是我见过的最美丽的地方。由于我数次回到罗马尼亚，聚会的时间和地点有些出入，但不管怎么样，我结识了很多朋友，有的还成为一生的挚友。在他们的帮助下，我有幸一睹罗马尼亚的名人：外交部长蒂杜莱斯库，他身材高大，说话时肢体语言很丰富，像个喜剧天才；格里戈雷・加芬库，他是个美男子，极具个人魅力，将在第二年接替杜莱斯库的职务，娶了性格开朗的法国妻子（我终于明白塔妮娅给我安排借住的房间里为什么会贴着他的图片了）；安东尼・碧贝斯克，一位冷漠的、带有日耳曼人风格的男人，像狮子般雄壮，脸上挂着冷笑，看上去有些阴险，他的妻子是伊丽莎白・阿斯奎斯，女儿普里西拉十四岁，聊起世界大事来头头是道，后来成了我的好友，战争期间从罗马尼亚流亡到贝鲁特；玛露卡・坎塔库济诺，罗马尼亚作曲家埃奈斯库的妻子；露丝・珂佛罗皮斯・拿诺，一位漂亮的、命运多舛的、赤褐色头发的墨西哥女人；保罗・扎内斯科，一位才华横溢、观点独到的年轻外交官（可惜拿诺和扎内斯科都在几年后自杀身亡），他的妻子是海伦娜・尤里耶维奇，后来移居英国；伊丽莎白和乔治・坎塔库济诺，罗马尼亚最优秀的建筑师，徒步穿越过波斯，他们绘声绘色的描述，让我考虑抵达君士坦丁堡后，是否要重新规划行程；迪米特里·斯图尔扎，鼻子、下巴和皱眉的样子像马拉泰斯塔家族的人，说起话来絮絮叨叨，爱好艺术，为人善良。还有 M. 波克列夫斯基 - 科泽尔，第一次世界大战期间是俄国驻布加勒斯特公使，俄国革命爆发后，他被迫流亡在外；戴单眼镜的格里高利，其兄长扬·杜卡曾担任罗马尼亚首相，一年前被法西斯政党铁卫团暗杀。

我本想再列举一些美人的芳名，名单很长。就着灯光，我念出她们的名字，鲜活的面容再次浮现在眼前：大部分都花容月貌，即使长相平平，也多半有独特的魅力……在那个年代，外交官夫妇向来招人喜欢。前几年，人们津津乐道的是勒克莱尔和他的妻子，勒克莱尔的兄弟后来成了法国将军；现在则是西班牙的佩里科和莉莉·普拉特一家。还需要继续吗……

还是就此打住吧。我倒不是怕列出名单后，看上去像一份娱乐杂志，恰恰相反，我很想跟读者分享更多的历史细节，但最好不要坏了规矩——"已去世或不在（罗马尼亚）境内"[3]。以上提到的人中，有九位已不在人世，六位流亡在外。至于留在罗马尼亚的人，有一两个被关进监狱，生死不明；其他的幸存者都处境艰难，穷困潦倒，不是成为战后新秩序的牺牲品，就是遭遇政府的迫害。当然，要把这个问题说清楚，本书的篇幅远远不够。不过，我祈愿这些朋友们尚在人世，过着自由、体面而有尊严的生活。

年轻人中，有两位才俊值得一提：尼基·克里索夫罗尼和康斯坦丁·苏佐。两人都幸运地逃出罗马尼亚，其中一人就在雅典（几天前我们才见过面）。过去二十多年里，我们数次重逢，每次都不胜唏嘘。岁月催人老是一方面，能劫后余生，分享那段悲惨辛酸的

---

[3]作者写下这段文字时，罗马尼亚正由共产党执政，透露他们的名字也许会置他们于险境。

往事，尤其让人感慨万千。所幸的是，灾祸并没有摧垮他们的身体和意志，反而让他们更加乐观。尼基现在成了半个英国人，靠在学校里授课为业，不久前，他约上康斯坦丁，从牛津出发，来希腊看我。听说康斯坦丁没有像别的英国人家那样延续爱德华时代请男仆的遗风，而是雇了一位罗马尼亚女佣。尼基仍旧身材高大，皮肤黝黑，说起话斯斯文文；康斯坦丁则满头金发，蓝眼睛，保持了外向的性格。他们精神头十足，有使不完的力气，对美好生活充满向往。他们乘飞机来到希腊，看来罗马尼亚的土地改革并没有让他们一贫如洗。尼基曾拥有和经营一家家庭银行。康斯坦丁家有一幢名叫"苏佐宫"的大宅，记得我第一次到布加勒斯特时，正好赶上约西亚的家人要来，公寓里住不下，就受邀到"苏佐宫"住了几日。（我的圆形卧房里都是皇家规格的陈设，以前，我住过钟形帐篷、法属喀麦隆的茅屋、烘干室和巴黎的路易斯安那酒店，这一次可算又开了眼。）我还记得那时的尼基·克里索夫罗尼，在一场深夜的聚会上，大家在做字谜游戏。我所在的一方只剩下我一个选手。"我有，"他说，"欲望！"要把这个词的含义演出来，着实花了我一番心思。尼基还是跳萨尔巴舞的高手，有一次他把舞步的速度加快一倍，引来围观的吉卜赛人疯狂的喝彩。看来银行家们还真有两把刷子。

在布加勒斯特时，我常常有些内疚感。那里的人们对我关怀备至，我却无以回报。也许晚上住的地方条件有差异，那夜总会呢，我常在那里结束美妙的一天？或者是卡普萨提供的美餐，鱼子酱满天飞，还有多瑙河特产的小体鲟？（罗马尼亚的饮食很合我的胃口，细细品尝，能分辨出俄罗斯、波兰、土耳其、奥地利、匈牙利和法国美食对这里的影响。）物价也低，差不多是西欧的四分之一。有时我差一点就无法抑制购物的冲动，挥舞着两千列伊面额的钞票四处转悠。币制改革后，这些钞票早已淡出了人们的生活。

锡纳亚（Sinaia）。这个三音节词让我一时有些困惑。站在别墅有暖气的房间里，望着窗外邻家的车道、屋檐和树顶，我像秋天的苍蝇一样迟钝、慵懒，记忆力衰退让我心情沮丧。林间点缀着高尔夫球场的沙丘，碧绿的高山草坪被包围在山毛榉和常青树树林里。这是一片向阳的山坡。景色提不起我的兴致，室内更让人得不到安慰。时髦的客厅，堆放着《时尚》杂志和《时尚芭莎》杂志，玄关处有《圣 - 米歇尔的故事》《阿什顿》和《十足的祸端》法译本，墙上挂着维吉 - 勒布伦的《玛丽·安托瓦内特》和弗拉格纳尔的《秋千春光》，灯光照耀的桌旁传来谈话的声音。"两个黑桃。""过。""要来杯酒吗？""噢，你真是太聪明了！""一点点就好。""不叫。""苏格兰威士忌？""这儿呢，我的老兄？""很低——非常非常低！""我喜欢的运动！""要多点苏打水……还有！""周二去玩儿，你来吗？""噢，太感谢了，你真是个天使……！三个俱乐部……"几小时后，女式洋装换成了黑色晚礼服和珍珠项链，吃完晚餐，又打了一会儿桥牌，夜生活才刚刚开始。牌友们有罗马尼亚人、法国人和英国人。这样的日子悠闲而安逸……

遥望山口，一二四一年，成吉思汗的铁骑也许就是翻越了这座天然屏障，继而横扫欧洲大陆。我觉得自己就是他们中的一员。远远能看见佩莱斯城堡，步行十五分钟就能抵达，有密密麻麻的城垛和木制斜顶的角楼，像建在喀尔巴阡山的英格兰巴尔莫勒尔城堡。第二天，我向主人借了从布加勒斯特一路开来的帕卡德车，身穿浅灰色制服、打着绑腿的司机带着我朝布拉索夫驶去。我们在蜿蜒的山路上前行，层林尽染，像燃起了一团山火。布拉索夫是一座中世纪风格的撒克逊小城，修建在深深的峡谷里，是特兰西瓦尼亚和利加两地的分界线。令人惊奇的是，小城四周建有粗壮石柱撑起的日耳曼式拱门，城内洋葱头形状的圆屋顶和盖着木瓦的塔楼也不鲜见，商铺招牌上写着德语，石板路上的行人也说着德语。我仿佛又回到了特兰西瓦尼亚，回想起夏天在那个多山的省份度过的闲暇时光。

据说，这些日耳曼人是被花衣魔笛手释放的哈梅林村孩子的后代，但他们其实是莱茵兰人和佛兰芒人。十二世纪初，他们被匈牙利国王派到这里，把守喀尔巴阡山脉的七座要塞，抵御野蛮人的入侵。在德语中，特兰西瓦尼亚的表达是"Siebenburger"，意思是"七公民"。（十二世纪中叶，条顿骑士也驻扎于此，但几年后就去了北部和东部，为普鲁士帝国开疆拓地。）当加尔文和路德的学说向东传播并被匈牙利人接受时，这些城镇成为新教教派的据点，宗教改革的影响一直延续到今天。更早的时候，在遥远北方的喀尔巴阡山西麓，匈牙利国王将察格勒族迁到这里，守卫特兰西瓦尼亚东北部的关隘。他们也属于马扎尔人，但与同民族的匈牙利人分开了很长时间，一直同人数上占绝对优势的罗马尼亚人住在一起。察格勒族保留了很多原始的部落习俗和土语，而国内的匈牙利人早已丢掉了这些传统。过去，人们认为察格勒族是阿提拉的匈奴大军的后代。跟撒克逊人一样，这些生活在边疆的人们可以享受很多特权和优待。察格勒人由察格勒伯爵统治，同理，日耳曼人也由撒克逊伯爵统治。不过在民众心目中，最受尊敬的还是那个免除他们赋税的人。随着匈牙利人往西部迁移，从十三世纪到二十世纪，特兰西瓦尼亚形成了三级管理体系，首先是伯爵，随后是特兰西瓦尼亚的匈牙利大公，然后是匈牙利国王。奥匈帝国时期，哈布斯堡王朝也是这里的统治者。（由于人口分布零散混杂，罗马尼亚的边境地区历来是法外之地。）随着时间推移，罗马尼亚人在数量上超过其他民族的总和，但既不能参与特兰西瓦尼亚的事务，也无法担任官职。相比生活在山脉东面的同胞，这里的匈牙利人和罗马尼亚人在农奴制的枷锁下艰难求生。

这里的城镇有三个名字，包括罗马尼亚语、匈牙利语和德语。前两种语言发音相似，比如我现在参观的小城叫"布拉索夫"和"布拉索"，而撒克逊人沿用了引以为傲的条顿人的称呼"克琅施塔德"。城里的街道、建筑、语言，甚至居民的样子，都是日耳曼风格。很难想象眼前这些面色红润，满头金发，穿着紧身上衣、马甲，戴着毡帽的居民，与他们遥远的同胞分开了将近七个世纪。我徜徉在街巷里，踱进酒吧和酒馆里，一切都难以置信。宏伟的教堂一尘不染，地上铺着美丽的土耳其地毯，揭示了布拉索夫在地理位置上的重要性，来自东方的货物越过山口，源源不断地运到欧洲北部和西部。逛完市场，酒吧和背街小巷是最吸引我的地方。我在城郊的酒馆里遇上两位赶牛人，听他们讲奇怪的方言，真希望我也能徒步来到这里，扔下行囊，然后不慌不忙地跟当地人攀谈，逗留几天，独自一人探寻这座小城的奥秘！每次我拐过一个弯，或走出一家餐馆，思考接下来该去哪里的时候，就会看见施瓦策尔·阿德勒酒店的影子，门口停着那辆豪华轿车，灰色制服的司机打着呵欠。天快要黑了。我走到轿车旁边，司机从座位上起身，给我行礼，然后打开车门。转动的车轮压在卵石路上，发出微弱的声音。出城时，司机轻轻地按着喇叭，让车子挤过路上优哉游哉的牛群。赶牛的就是一小时前跟我喝酒聊天的人，看到我们的车靠近，他惊讶地睁大了一双蓝眼睛。我抱歉地向他挥挥手，路旁出现哈伦-拉希德纪念碑的影子。

我们又一次行驶在秋日的树林里，路面光滑平整，暮色越过山岗，映在车窗上。我点燃一根约西亚临别时送我的雪茄。车灯照亮了树梢，引擎声像永不停歇的叹息。很快，手上的雪茄只剩下烟头还在燃烧，像一个释放光和热的指环，烟雾中透出哈瓦那的松针和檀香的味道。我仿佛是上任途中的省长，又或者是年轻的亿万富翁。也许这种懒洋洋的方式，才能更好地体会撒克逊人和察格勒人早期的生活状态……回到别墅，一切照旧。萦绕在客厅的低语和冰块敲击玻璃杯的声音像一支催眠曲："我们输得一败涂地，老兄。""输得完全没有光彩。""没有默契。"

周一是空闲的日子。车队载着客人来到低地，穿过坎皮纳和普洛耶什蒂之间的油田。一连好几英里，路旁油井铁架密布，燃烧的伴生气像灯塔一样耀眼。转眼间，我们又身处堕落而美好的布加勒斯特。

几天后，我们驱车来到斯纳戈夫湖旁的乡村俱乐部里举行豪华的午餐会。这里距布加勒斯特只有几英里，于是我决定步行回城。走过一片落叶金黄的树林，我踏上笔直的公路，途中经过伯尼亚萨机场，然后沿着宽阔的基谢廖夫大道前行。与数周前我来布加勒斯特的那条路相比，真可谓天壤之别！就快进城时，道路两旁除了高大的行道树，还修建了很多风格不一的宅邸，带有二十世纪初奢华风格的神龛竖在门口的立柱后，大门足以容纳一人驾驭的四轮马车通过。

再过几天，我就要走了。现在已是十一月的第二个星期，多亏我向北绕的这个大圈子，君士坦丁堡还遥不可及，甚至还多了一段路程。在普罗夫迪夫时，到达君士坦丁堡的日子好像指日可待。我这个人，做事没有计划性，时间观念也不强，但我暗自下定决心，要在新年到来前赶到目的地——也就是说，还剩下一个半月时间——这看上去行得通，但拖拖拉拉的话，保准不成。我已经多走了好几百英里，这次罗马尼亚之行也是一时心血来潮，跟我上次从布拉迪斯拉发去布拉格一样。

步行的话，我要先穿过巴拉冈高原，然后走到多瑙河对岸的多布鲁甲，这是一块贫瘠的、人迹罕至的高原（不过也有一种特殊的美感）。雨季到来时，靠步行根本无法穿越这块不毛之地，也很难像匈牙利平原一样找到代步的马匹。所以，为何不乘火车越过罗马尼亚边境，直接前往位于黑海之滨的保加利亚小城瓦尔纳呢？三等车厢的票价不高，我还能省下步行上百英里所消耗的时间。搭乘距离也不远，我觉得这个方案完全可行——再说也没有别的法子，我又不是参加比赛，需要打破记录或赢得奖金。一路走来，搭便车的机会很少，连我都渐渐佩服自己能长途跋涉，完成漫长而孤独的旅程。从布加勒斯特到瓦尔纳，火车要开一百五十英里，只是我整个行程中很小的一部分。目的地就在眼前，我的心情也变得急迫起来，暗暗希望每天能多走一段路程，地图上标注出的分隔记号也变得越来越宽。反正我已经打定主意，在剩下的两天中，我准备最大限度地放纵自己。

我很幸运。当天晚上，佩里科和莉莉·普拉特夫妇在公使官邸举行了一次私人聚会，欢迎到访的钢琴家阿图尔·鲁宾斯坦。钢琴家是夫妇俩的好友，每次来布加勒斯特举行演奏会，都住在他们家。用完晚餐后，他弹了几首肖邦的作品，然后跳起欢快的舞蹈，开怀畅饮。他是我见过的最开朗的人，舞步很快，讲话的速度也很快，还俏皮地挤眉弄眼，红色的头发和白净的面容更增加了故事效果。他的幽默和热情感染了在场的每一个人。记得那天晚上，我还跟朱莉·吉卡和努谢特·加芬库聊到我对文学的看法。

6. 布加勒斯特

在布加勒斯特的最后一天，我玩得更晚。首都的一切仿佛商量好了，要尽最大努力满足我的心愿，让我过得既开心又舒坦，以补偿来鲁斯丘克的路上被大雨淋成落汤鸡、屈身于茅草棚的狼狈样。我有些犹豫，不知该不该把泡浴缸这样的小事也列入旅途中的见闻。圆形卧房里，康斯坦丁·苏佐借给我的宝物躺在床上。闪闪发光的饰纽别上笔挺的衣袖，手脚麻利、黑色眉毛的男仆取代了基督教堂来的女佣，正为穿上薄马甲的我扣好背后的皮带。康斯坦丁在隔壁喊男仆的名字，他跑出门，我把礼服穿上身。（一辈子里，这是我第三次穿上这样的服装。）男仆又回来了，两手各拿一支用来插纽孔的康乃馨，康斯坦丁还在客厅里忙着打开葡萄酒瓶和一个包着锡箔纸的暗绿色瓶子，看样子有些困难。一群志趣相投的纨绔子弟聚在客厅的壁炉前。

比起有石狮雕像的坎塔库济诺宫，斯特尔比宫的年代更早，不过面积要小些。这座宫殿大概建于十九世纪初，带有法国摄政时期风格。狭长房间的天花板由独立的白色木头立柱支撑，柱头为爱奥尼亚式，装饰着泪珠状的花纹。地上镶着木地板，举行舞会时，衣冠楚楚的人们在这里翩翩起舞。也许是上了年头，地板有些弯曲，地面也微微起伏，好像被一双大手拧过。这个微小的瑕疵表明这里说不定曾发生过地震，但时间太遥远，人们早已忘记。想到这里，沉睡的房间一下子苏醒过来，时光长河时而静止时而流动，诉说这里曾经焕发出的勃勃生机。康斯坦丁把手搭在我的肩上——相信每个人都会对好友的亲昵举动记忆深刻！我收到大家馈赠的礼物，整个夜晚都在惊喜中度过，好像全罗马尼亚的好朋友都来到了布加勒斯特。

跟往常一样，我心满意足地醒来。房间里飘着咖啡的味道，燃在炉火里的潮湿树叶释放出清香，电车在街上行驶，马蹄声、喇叭声、吉卜赛人的吆喝声渐次传来。最后，伴随窗钩的碰撞，窗帘被嗖地拉起，康斯坦丁的男仆轻声向我道早安！赛顿-华生写的罗马尼亚历史书摆在床边，赫胥黎的小说《克罗姆·耶娄》我已读完了三遍，还有一大堆地图……当然很用功啦！昨天，我让这位叫"扬"的男仆帮我把要带走的东西摆好，包括皮夹克、马裤、绑腿、靴子、帆布包、手杖和便条，看上去像一位朝圣者的行头。我听见康斯坦丁在打电话，吩咐机修工检查飞机，计划出门猎野猪，安排宴会时间，随后，传来他爽朗的笑声。假期结束了……午餐时，雨点打得窗玻璃噼啪作响。头天晚上，康斯坦丁问我，要是雨一直不停，是否还要动身去保加利亚：不妨再住几天，好吗？

7．瓦尔纳

过了三周帝王般的奢侈生活后，三等车厢里的木头椅子，昏暗的灯光，以及被瓢泼大雨蹂躏的平原，将我一下子拉回了现实。沿途每个车站，火车都要停靠，有时干脆趴在空荡荡的月台边一动不动。乘客里有一些是农夫，眼神里充满困惑，看上去不像是搭车，倒像是在逃难。女人们头戴彩色方巾，腿上放着包裹，男人们则显得不知所措，将粗糙的双手垂在膝盖之间。他们不知道该怎么打发火车上的时间，我也有同感。我把帆布包放在身旁的座位上，用手摩挲着很久没有使用过的手杖。我突然怀念起布加勒斯特。虽然匈牙利人和保加利亚人对其说过很多坏话，而且差一点就得逞了，但我还是勇敢地来到罗马尼亚，你猜怎么着：罗马尼亚人根本不是他们口中的样子！善良的人们，舒适的房间，整洁的街道，改变了我对这个国家的错误印象。我有些伤感，不知什么时候才能和这些新结识的朋友重逢。车窗外的世界一片荒凉，杳无人迹。

不知过了多久，我们被列车员从睡梦中摇醒，迷迷糊糊地下了车。一看站牌，我吓了一跳。多瑙河北岸的朱尔朱！我以为火车会从切尔纳沃德大桥越过多瑙河，然后顺着下游，沿着康斯坦察、曼加利亚和巴巴达格开到黑海边上。现在，我又回到原计划的路线了！

我是渡船上唯一的乘客。船朝着鲁斯丘克的灯光开去，越来越近，我已经能看清熟悉的码头，心情有些振奋。我跑到旅馆，准备在那里住上一晚，顺便跟罗莎分享此行的见闻，第二天还可以去那家悬崖上的餐馆吃一顿。一位陌生的、睡意蒙眬的女人从楼梯上走下来。不在，戈斯珀德加·罗莎去索非亚了，要在那里待一周。我留了个字条，闷闷不乐地走到车站，在长凳上睡了一晚，然后像一个梦游者，脚步不稳地爬进车厢，回到这座缓慢移动的、冷冰冰的监狱。我心情很糟糕。是不是夜夜笙歌，每次都灌下各种各样的酒，酒精的作用延迟到现在才显现出来？要不然，鲁宾斯坦的欢迎会、斯特尔比宫的舞会，为什么像是过了一个世纪。感谢上帝，我很少有宿醉，就算酒喝多点，头也不会痛，像一位幸运的士兵，总是能避开灾祸。其实，就只有演出《波西米亚人》的那个晚上喝得很凶，随后都比较节制。也许是我到了另一个国家，越过边境时忘了将"宿醉"申报，被当成夹带走私的东西查了出来。

　　黎明时分，车窗外出现海水蓝色的锯齿山脊，沟壑里长着瘦弱的白杨。火车钻进薄薄的雾霭，天空像湖水一样清澈，太阳终于露出笑脸。树叶上挂着晶莹的露珠，而且跟罗马尼亚一样，叶子都变成了秋天的颜色。我吃了在朱尔朱买的烤肉丸子，望着越来越低矮平坦的巴尔干山脉，心情也变得平和起来。这是我第三次穿越这道山脉了，感觉自己成了它的主人。至于多瑙河，我已经乘船横渡过不下十次（当然，步行走过布达佩斯城里的桥梁不算在内）：在上游乌尔姆，不止一次；在布拉迪斯拉发，往返；从捷克斯洛伐克去匈牙利时，在埃斯泰尔戈姆渡河；乘汽轮从奥尔绍瓦到维丁，以及在鲁斯丘克－朱尔朱往返。河中的三角洲芦苇丛生，吸引了各种鸟儿驻足，源自多瑙艾辛根的风光美不胜收。我甚至觉得，这条伟大的河流堪称欧洲大陆的主人与母亲河。我对东欧的地理有了模糊的认识，如同一位盲人摸索着学会复杂的布莱叶盲文，我也在自己手掌里勾勒出山川与河流的轮廓。

火车铿锵地驶过一座座山口，几小时后，我走在瓦尔纳街头，一眼就望见波光粼粼的碧水，岸边溅起白色的浪花：黑海到了！

傍晚时，街灯亮了。我在城里闲逛，考虑去哪儿才能找到加乔。突然，街对面有人叫着我的名字，一个熟悉的身影跑了过来。我们像阿伽门农之子俄瑞斯忒斯和皮拉德斯，紧紧抓住对方的手臂。他还是老样子，除了头上歪戴着一顶帽子。这种圆桶形帽子镶着黑白相间的窄边，在德国的大学里很常见。他用手摘下帽子，故意装出一副愁眉苦脸的样子，露出剃得光光的头顶。看来他的冷幽默越来越高明，连他自己也忍不住笑起来。到瓦尔纳后，我还正在纳闷，为什么街上到处能看见剃成光头、戴着帽子的年轻人，现在才明白，他们和加乔一样，都是大学生。我们边走边聊，找了家咖啡馆叙旧。他说我出发后不久，他也动身返回了瓦尔纳的学校。我做了些什么？我向他讲述了帆布包被盗的经过，以及罗莎帮我解围的壮举。"他们肯定狠揍了他一顿，"加乔说，"干得好。"我岔开话题，讲起布加勒斯特的见闻。住在萨沃伊－丽兹的经历很引人入胜，加乔咧开嘴大笑。我记得他不太喜欢罗马尼亚人，所以刻意讲得轻描淡写：他们根本不是保加利亚人口中的食人魔。当然，在罗马尼亚人面前，我也避而不谈保加利亚人，就像伊索寓言里左右逢源的老鼠。这样做，其实收效甚微，我的罗马尼亚朋友轻蔑地称保加利亚人为"蛮夷"，而加乔仍念念不忘对方是"劫匪"！眼见争论不出结果，我问起在特尔诺沃的熟人们的近况。他们中有两人在瓦尔纳，不包括那位喜欢抓间谍的瓦西尔，加乔微笑着说。我们一起吃了晚餐，我借住在他位于城郊寓所的行军床上。他邀我圣诞节一起回特尔诺沃。"土耳其等着我呢！"我指着海岸对他说。

多亏我护照上注明的"学生"身份，日子过得很舒心。我经常跟加乔和他的朋友一道去学生餐馆，围成一桌吃饭。基督降临节就要到了，不管是学生还是餐馆老板，都将节前的斋戒看成一件大事。菜品变成了菠菜、莴苣、白菜、花菜和我喜欢的扁豆汤，还有黑面包和葡萄酒。加乔有空的时候，就带我在城里逛街，参观居住着鞑靼人和山民切尔克斯人的街区。十九世纪中叶，切尔克斯人跟随土耳其大军来到这里，从此定居下来。除了临海的绝佳位置，小城没什么景观。悬崖耸立在城南和城北的树林边缘，可以俯瞰惊涛拍岸。

在城北高大的树林里，建有一座别墅，再走远些，就能看到一座皇家要塞，既有大宅，也有朴素的宫殿，是保加利亚皇室成员避暑的地方。往北走大约二十英里，贴着海岸，边界的另一侧是罗马尼亚玛丽亚王后[1]常来消夏的巴尔奇克宫。两家人都是科堡-哥达家族的成员，不知他们会不会摒弃前嫌，驾着船到对方那里走亲戚，喝喝茶，聊聊天。

加乔和他的朋友喜欢追在瓦尔纳读书的女学生。她们戴的帽子跟男孩子一样，有些发型看上去惨不忍睹，有些时髦而个性十足。我觉得这里的男女学生之间纯粹是柏拉图式的爱情，原因有二。其一是女孩子都寄宿在亲戚家，一举一动都逃不开七大姑八大姨的眼睛；其二是在巴尔干地区，保持贞节是亘古不变的传统。在乡村地区，父母常常会因此与女儿断绝关系或酿成惨案，即使城里的知识分子，也会歧视失贞的女性。在我看来，这与其是道德或伦理问题，

---

[1] 玛丽亚王后（1875—1938），罗马尼亚国王斐迪南一世之妻，也是后来的卡罗尔二世之母。第一次世界大战后，她热衷于为罗马尼亚争取更多的利益。罗马尼亚、保加利亚，甚至英国女王维多利亚均属撒克逊-科堡-哥达家族成员。

倒不如说是部落的传统。穆斯林占领这里长达数百年，禁止妇女抛头露面成为一种代代相传的习俗。这种对生理的禁锢，甚至用粗暴而直接的方式检查新娘身体是否受到亵渎，经常导致悲剧的发生。加乔告诉我，要是发现新娘不是处女，夫妇俩都会觉得惶恐不安，双方家长更是颜面扫地，甚至家族之间会大动干戈。爱情骗子们往往本性羞怯、缺乏自信，他们勾引女人红杏出墙，一旦东窗事发，女人终身抬不起头，但骗子却能逃脱制裁。哪怕是正常的谈情说爱，也得偷偷摸摸地进行，免得被人看见，招来祸端。如果是一段婚外情，就更要仔细谋划，动用一切资源，其难度不亚于攻城略地。不过，即使爱人们克服千难万险，给看门狗下了药，贿赂守卫，支开保姆，部落的誓言还是像一把利剑将他们隔开：这个诅咒，直到中世纪时才在神学家的抨击下得以解除。

为了逗加乔开心，我跟他聊起去阿拉德时，在私人医院招牌上见到的罗马尼亚名字。"*Boale Lumesti*"（第一个词只有两个音节，第二个词发音和"*Loomeshti*"相同，字面意思是"世界的疾病"，罗马尼亚语中，"*lume*"指的是"世界"）——念起来很抒情，意思却让人不寒而栗。"*Boale Lumesti…Boale Lumesti*！"我们一遍遍念着这两个词，好像它们具有驱魔的法力。又用保加利亚语念叨着，"*Weltliche Krankheiten*，世界的疾病……"

我们聊着轻松的话题。加乔说，在与"性"相关的英语词汇中，保加利亚的鲍格米勒派教徒贡献了一个叫"同性恋"的词语。他说得没错，整个西欧都能感受到这个词对社会的冲击。在黎凡特盆地，男性的"被动性"（passivity）常会遭受责难，出发点不是道德层面，而是因为这样做就废除了男性的特权，在这个世界上，男性理应强悍有力。但在英国，这种残酷的敌意并不常见。要是有人因为这种非正统的性行为而被关进监狱，除非他的罪名和异性恋罪犯一样，在我们普通人看来，当局的做法跟巴尔干国家一样野蛮而残暴。在整个巴尔干半岛，同性恋行为的联想意义与西方的象征主义完全不同。除了古怪的发音，这个词让当地人想到一个高大魁梧的形象，带着棍棒，说话声音缓慢而低沉，捻着胡须，用热烈的、狡黠的眼神观察着其他男人。

年轻人之间柏拉图式的爱情，终于在接下来的两天找到了宣泄的出口。日落时分，暮色渐浓，所有的南欧居民都习惯走上街头散步。除非是全家人一起出行，男性和女性被严格地分开，就像上教堂时分列在中心走廊两侧。他们甚至连走路的方向都刚好相反，这样一来，相爱的人们只能趁擦肩而过的瞬间，怦然心动几秒钟。两列队伍中的人交换着鬼鬼祟祟的媚眼、满含爱意的凝望、忽闪的眼神和饥渴的目光，要是运气好，没人看见，就迅速把情书塞到对方手中。这些叠好的小纸条是爱人间的盟约。加乔对一位笔友情有独钟，他安排我这个密友担当望风的重任，让我有机会一睹恋爱中的男女有多么胆大妄为。叹息，泪水，茶饭不思，为爱殉情，夜不能寐，乃至泪水浸湿了枕头，是情书上常见的内容。有些还写诗，燕子、云雀、孤独的海鸥和胸口被荆棘刺穿的夜莺，都被请来倾诉衷肠。加乔正经营着三段恋情，其中两段注定没有结果，但第三段的女主角伊万卡看来是认真的。她是从苏曼来的，人很漂亮，在晚间散步时，加乔特意指给我看过。他带我去她叔叔家开的、以她婶婶的名字命名的咖啡馆里喝咖啡和斯利沃酒，这可是传递情书的好机会。

虽然爱得很热烈，他们的恋情却很少能结出硕果，更不要说谈婚论嫁了。婚姻大事跟嫁妆和父母的安排相关，男女双方并没有发言权，新婚夫妇很少有感情基础。南欧国家的情况大体相同。看上去也没什么不妥。心有不甘的人们于是创作了很多爱情主题的歌曲，数量比描绘战争的还要多，并形成了独特的艺术门类。歌词中翻来覆去地感叹爱情的徒劳，仿佛一个精致的齿轮在永无止境地空转。加乔也承认这点。不过，我还是羡慕他有勇气投入一段感情，秘密交换情书、执着地偏爱、借口和冲突。也许在爱情上，享受过程比追求结果更重要。

古老的习俗正在发生变化，连我自己都没能预料到。两年后，尽管双方父母坚决反对，加乔果真迎娶了伊万卡，从此幸福地生活在一起。直到第二次世界大战爆发前一年，我才与他失去联络。

在瓦尔纳留下的回忆很多。其中有一位在冬季第一股寒流到来时去世的老人。在城边小巷的尽头，一个长长的东西从窗口推了出来，是一口棺材，稳稳当当托在扛夫肩头。我靠墙站着，身着法衣的牧师和送葬的人群——他们中有几位哭得悲天悯地的老太太——把狭窄的巷子挤得水泄不通。棺材从我面前经过，相距不到一英尺，盖子敞开，里面躺了一位穿黑色礼服的老头，脚上穿着皮鞋——后来我才知道，鞋子是专门为葬礼仪式买的，说不定是老人家这辈子穿过的最好的鞋。他身旁摆着几朵花，一根缎带缠在骨瘦如柴的手上。他的脸颊和眼窝凹陷，掉光牙齿的嘴微微张开，脑袋看上去比活人的小，样子也发生了很大变化，似乎被死神抽走了一些东西。伴着扛夫的脚步，他的脑袋在枕头上有节奏地晃动。大风把蜡烛吹灭了，送葬人群拐了个弯，诵经声和哭声渐渐低沉，两个小男孩抬着沉重的棺材盖，落在队伍后面，一边走一边讨论怎样抬才更省力。

十分钟后，大街上又出现一支庞大的队伍。路旁的行人停下脚步，摘下帽子，手里划着十字。为首的助祭者举着有发散状金银辐条的十字架，并慢慢地转动手中的法杖，让十字架上的辐条发出刺耳的声响，听上去像摇动锡纸的沙沙声。队伍中央，一口带有花纹的小棺材几乎被倾斜抬成垂直状，棺材里有个死去的漂亮小姑娘，大约四岁，身穿白色礼服，梳得整整齐齐的黑发旁边围着一圈白色的花朵，还用白色锦缎打着蝴蝶结。她的脸色苍白，看上去像橱窗里蜡制的玩偶。这次，诵经的人们念的是亚美尼亚语，送葬队伍走进一座亚美尼亚教堂。（东正教和亚美尼亚教教士戴的帽子都是圆柱形的，只是在顶部有差别，东正教帽子是平顶，而亚美尼亚教士的帽顶是带凹槽的圆锥。）

加乔听了我的讲述，惊讶得目瞪口呆。我还告诉他，这是我第一次见到尸体。就快满十九岁了，居然没有见过尸体？这怎么可能？我说在英国，棺材都是盖起来的。这种做法真奇怪，英国人的生活原来如此不真实。这下轮到我吃惊了。

英国领事科利亚斯夫妇住在一栋能俯瞰黑海的宅子里。我应邀去他们的住处吃过几顿饭，还借过几本书。几天后，我在索非亚时的室友朱迪斯·托林顿来瓦尔纳小住两天，我们跑到海边的悬崖上散步，在落叶纷飞中玩猜谜游戏。一天晚上，我们聊到深夜，突然动了玩牌的念头，我叫上加乔，并带上最后一瓶威士忌、苏打水和几听好心的领事夫妇赠送的罐头。

接下来，发生了一件奇怪的事儿。一点儿也不假。直到现在我都不清楚究竟发生了什么，也不愿去刨根问底。但就是很难将之从脑海中清除。我走回借住的加乔的住处，差不多是子夜时分。钥匙不在平时放的地方。显然，加乔忘了。房间里亮着灯，我喊了几次他的名字，还朝窗户扔了几块小石头，但没人应答：他一定是开着灯上床睡觉了。于是我顺着排水管向上爬——他的房间在二楼——然后推开窗户，跳进屋里。我尽可能踮着脚尖，生怕弄出声响。加乔没有躺在床上，而是坐在床边，穿着整齐，冲着我怒目而视，眼睛里好像喷着火花。我喜滋滋地问他把房门钥匙放哪儿去了。他突然冲我大吼："滚开！我恨你！"这句话听上去很有戏剧效果，我以为他在开玩笑，于是大笑着朝他走去。他站起身，用更大的声音吼出一句德语："Ich hasse Dich（我恨你）！"随即又大吼道，"有什么好笑的？"我鼓着掌，"演得棒极了，加乔！"听到这里，加乔拿起我放在床上的保加利亚双刃匕首，把刀刃从刀鞘中抽出，站在灯下，抬起握刀的手臂，将刀尖对着我。他的眉毛痛苦地拧成一团，高高扬起，眼睛瞪得老大，牙关紧闭。我终于意识到他不是在开玩笑，伸出双手抓住他的右手手腕。我们僵持了一阵。他没有将匕首扎向我，而是用身子撞过来。这下子，我们都失去了平衡，倒在地板上，匕首"哐当"一声飞出去老远。我挣扎着爬起来，捡起地上的匕首，扔出窗外，掉进楼下的花园里。突如其来的搏斗撞翻了屋里的铜火盆，灼热的木炭散落一地。我们也不说话，默默地把火盆扶正，然后用最敏捷的手法捡起地上冒着红光的木炭，扔进火盆里。与此同时，楼梯上传来脚步声。基里尔和韦尼亚明，两位住在楼下、从特尔诺沃来的朋友，冲进房间来问为什么弄出这么大动静。"火盆倒了，"我们注视着满地的狼藉，"还不快来帮帮忙。"等地上清理干净，他们回到楼下，我和加乔坐在各自的床上，一言不发。他用双手托住额头，沉默了好一阵，随后，我们迷惑地望着对方。等紧张的空气缓和下来，我问他究竟为什么发这么大的火。加乔回答道，"我也不知道，我真的不知道，"然后顿了顿，"请原谅我。"我们郑重其事地握着手。"我发誓不会再伤害你。请不要再追问原因了。"刚才发生的一切真让人难以理解。我们各自上床，互相道晚安，然后吹灭了灯。

　　究竟是怎么一回事？有一点我很肯定，即使我没有冲过去抓住加乔握刀的手臂，他也不会将刀插进我的喉咙。他没有动手，而且很快就撒了手。他跟我力气差不多，要是可能的话，他可以和我厮打起来。一定是我太迟钝，没有察言观色，要不然就是那瓶威士忌，或者是我刺耳的笑声惹得他莫名地发火。但什么是导火索呢？我们之间从来没有矛盾和猜忌，上次我离开特尔诺沃时，他还是好好的；也不存在任何情感上的不和，我可不是他的情敌，或在其他方面产生过分歧。是否是因为我说了太多罗马尼亚人的好话，惹得他不快？我自认为在这个话题上处理得很小心。又或者是我吹嘘在布加勒斯特结识的新朋友，让他忍无可忍？对此我已经非常谨慎，绝对不会出岔子。是不是过去几天里，我在领事夫妇家同英国朋友们打得火热，因此冷落了加乔和他的同伴？不，这不可能。要不就是我在他这儿住得太久了，给对方带来了太多不便。（想到这里，我突然担心在过去一年中，是否给所有帮助过我的人都添了麻烦。难道我是个穿越中欧的害虫？我的心里很沮丧，但或许找到了问题的正确答案，这让我如释重负。）也许我刚好打扰了他的工作。但头两天晚上，我都没见他手头有什么忙的。我觉得，加乔刚刚一定是在梦游，情况比我平时还严重，事实上，中学校长们早就注意过这种异常现象，他们将其称为室友之间"彼此施加坏影响"。终于得出了结论，我望着阴暗的天花板，懊悔自己讲了错话，也许是取笑别人过了头，又或许是无心之言不小心说出口，遭致听者的误解，结果弄得别人耿耿于怀，心里的积怨难以消解，终于在最后时刻，像一枚延迟的炸弹轰然炸响。以前，加乔也曾对别人大发雷霆，只不过这一次，我成了他的出气筒……是因为我太自以为是吗？突然，加乔问我有没有睡着，再次向我道歉。我说，是自己的错误导致了事件的发生。"不，不，不！""是的，是的！"话语中带着苦涩，但总比什么都不说强。随后，我们假装睡着了。

第二天早上，气氛好像有些改善，但远没有恢复到最初的和谐状态。我们都局促不安，刻意避开对方的眼神。蹲坐在火盆旁，我们把两口长柄的土耳其咖啡锅放到木炭上，我开口说道："加乔，昨晚的事儿，我也很费解，放心，我会另外找个住处。麻烦你这么些天，很抱歉。"（我作好了被大骂的准备。）他突然伸出手，抓住我的胳膊，差点又把火盆撞翻，大叫起来，"噢，不！别走，请留下来！这都是我的错！"巴尔干人热情好客，他不能因自己的行为让整个民族蒙羞。我邀请他去一家咖啡馆共进午餐，咖啡馆修在悬崖上，白天是爱好阅读和写作的人们聚集的好去处。接下来，我们沉默不语，只有他在走出房门时说了一句："求你了，别把这事儿告诉其他人。"（我会吗！）后来我也下了楼，瞅了一眼昨晚爬过的排水管。匕首还插在木栅上，看来我的力气真不小，刀尖扎进去有一英寸。我把匕首拔下来，放回刀鞘。

咖啡馆坐落的位置跟我和罗莎去鲁斯丘克城外吃的那家有异曲同工之妙，唯一的差别是：一个俯瞰多瑙河，一个面临黑海。时间还早，几乎没有客人。老板说今天有香肠供应，等到了饭点，还能端上炸土豆。我在店里心情复杂地坐了一上午，想把昨晚的事儿弄个明白，却徒劳无功。我望着岸边的浪花，直到加乔骑着借来的自行车出现在咖啡店门口。一杯斯利沃酒下肚，我们又干了一杯。开场白都差不多，语气中带着悔恨。我说："很抱歉，不管我做了什么，都是无心之错。"加乔则说："很抱歉，这事儿跟你无关，是我疯了，别再谈这个话题了。"大家尴尬地停顿了片刻，心中的疑问仍然挥之不去。我索性灌下一杯又一杯葡萄酒，酒壮人胆，话题渐渐多了。加乔提问，我负责回答。自从来到瓦尔纳，今天是我最博学的时刻，几乎把我熟悉的话题都一网打尽。加乔安静地聆听，偶尔庄重地点点头。我担心自己又在犯同样的错误，就像漫画书里的主人公，多年后回到老屋，再次让盘踞在里面的怪物出丑。我得知道问题的核心才行！我滔滔不绝，但用词比以往更小心谨慎。除了专注的表情，我看不出加乔有突然失态的迹象，我们果然冰释了前嫌！后来，我记得我们搭着肩膀，走在海边的悬崖上，仿佛什么都没有发生过。我想起康斯坦丁在舞厅里跳过的舞蹈。谢天谢地，我总算了结了一桩心事。

　　一切如常。两天后，我再次问起事情的缘由。他满怀歉意地说是一时发狂，失去了理智。但我不这么认为。我一定说了些让人误解的话，只是他后来觉得无伤大雅，不好意思公开。

　　在这件小事上，我花了太多篇幅。按理说，游记里应该多些风物的描写，将无关紧要的内容尽量剔除，但我左思右想，还是舍不得下手。后来我转念一想，也许这样做并不是件明智的事。我沮丧地发现，自己无意中伤害过许多人，而加乔并非其中最后一个。我迫切而真诚地想找到原因。

　　……在圣詹姆斯公园逛了很久。站在摄政大桥上望去，海军部像俄罗斯童话书里的宫殿，带着珍珠和象牙的颜色，尖塔和圆顶漂浮在薄雾之上，秋意荡漾在悬铃树喷了金粉的绿叶上，像啸鹤的羽毛。我静静看着浑身乌黑的鹈鹕，一个流浪的老人突然闯入我的视线，他的鼻子像维苏威火山，戴着洋红色的布帽子，问我它们是不是……

……在喜马拉雅山脉，尼泊尔的年平均降雨量最多，为百分之八十二，所以我庆幸自己回到了西姆拉。国王和朝臣的服装色彩鲜艳。我很感兴趣，这里有列托－阿尔卑斯地区的特色，沉淀着易碎的上层片岩，以及由侏罗纪时代片麻岩和角闪石构成的断层。我希望你们也能亲眼看看……

这是父母写给我的信，几经辗转，数度延迟，才在那天早上送到我手里。母亲习惯一挥而就，字写得很快，篇幅长，内容有趣，有好几次让我忍不住笑出声来，弄得咖啡馆老板莫名其妙。信的结尾写道："世上任何东西，哪怕是克伦威尔路，有朝一日也会不复存在，所以……"和往常一样，她随信寄来厚厚一叠周刊，以及剪报、拼贴画和《泰晤士报》上的填字游戏。回信里，我向他们详细介绍了旅途中的见闻，可惜很多原始资料跟笔记本一起弄丢了，等到撰写本书的时候，只有再从信件中寻找蛛丝马迹。父亲写给我的信不多，通常短小精悍，无论书写还是内容，都一丝不苟。父母在十二年前就分居了，在这之前，父亲每三年才回英格兰待六个月。我们是典型的盎格鲁－印度家庭，除了我没去过印度，母亲和姐姐都出生在那里，而父亲几乎一辈子都待在印度。这让一家人分居两地，最后几乎成了陌生人。

我的童年在伦敦度过，陪伴我的是母亲和比我大四岁的姐姐瓦内萨，只要父亲不接她去印度，我就多了个玩伴。五岁时，我第一次去樱草山，夜深人静时还能听见动物园里狮子的咆哮。樱草山修了很多工作室，住着雕塑家和画家。母亲邀请阿瑟·拉克汉姆在我就读的幼儿园教室门上作画，我记得画面是小飞侠彼得·潘飞进肯辛顿花园的鸟窝。我们在皮卡迪利大街二百一十三号的公寓里住过很长时间，我躺在床上就能看见马戏团对面的酒馆里调酒师正将鸡尾酒倒进放了一枚樱桃的玻璃杯，招牌上写着大字——戈登金酒·好酒之源！到了夏天，母亲会带我去北安普敦郡多德福德的乡间别墅，那里很偏僻，溪水潺潺，灌木林里常有狐狸出没。母亲在宁静的环境中安心创作，可惜，她用笔名艾琳·塔菲写的剧本并不成功。我倒是觉得她的书写得不错，经常在家朗读，内容几乎都跟印度相关，有冒险，有爱情，还能学到不少知识。

母亲是爱尔兰人和英格兰人的后裔，祖上三代都住在英格兰。我的祖父是东印度公司海军的一位见习少尉，他跟着哗变的水手们冲上印度的海岸，炮弹在身边处处开花，尸横遍野。还好他得以幸存，后来娶妻生子，在比哈尔邦和奥里萨邦开了采石场。祖父母在希基和萨克拉伊什都有房产，仆人像支小型军队，马匹多得数不清。回想起来，那里真像是天堂乐土。跟其他侨居印度的英国人不同，母亲不但会讲流利的印地语和乌尔都语，还能用这两种语言写作。她对印度的了解绝非肤浅。（后来，我们全家人去英格兰中部的田野郊游时，母亲和姐姐有时会用一种陌生的语言交流，每当这时，我会用学到的拉丁语朝她们大喊大叫，但随即招来她们更猛烈的报复。）除了广泛阅读，母亲在加尔各答和西姆拉的生活还包括马术和业余戏剧表演。后来，母亲一直对戏院怀着一种痴迷，戏剧创作也成为她的终身爱好。（可惜，我并没有继承她这方面的才能，最多也就到后台凑凑热闹。当然，戏剧自然有用武之地。记得战争期间，我在开罗惹了一些麻烦。就在一位老将军准备开口训人时，他的眉头突然翘了一下，"一九一三年在西姆拉，我看的那场《山之女仆》，扮演主角的是你的母亲吗？真的吗？我亲爱的孩子，我永远都不会忘记那场演出！她演得太棒了！我想，她一定记不得我这个老古董了，请你向她转达我的问候。"他的目光变得迷离，有些语无伦次。我长舒了一口气，但内心却感受到强烈震动。）这些与吉卜林时代类似的阅读、语言学习、运动和表演，在喜马拉雅雪松的映衬下，也成为祖母生活的一部分。她是个肖像画家，风格近似伯恩－琼斯流派。她给我母亲画过一幅肖像：一个身着白衣的漂亮姑娘，温顺地弯腰行礼。母亲的性格可没这么温柔，我猜祖母这样画是为了模仿前拉斐尔派画家的方式，展示母亲那一头带着火焰光彩的长发。

这种在伦敦和北安普敦郡来回奔波的日子，贯穿我悲惨的学生时代。大概一年后，母亲又喜欢上了飞行，全家人坐上长途车，来到布罗米奇城堡机场，经过焦急地等待，我和姐姐终于看到母亲在"蛾式"双翼飞机上的身影，再到后来，她独自开着飞机上了天。幸亏这段时间不长，没出任何飞行事故。比起在伦敦和英格兰乡间的生活，更让我们兴奋的是去法国或去伯尔尼高地滑雪。（母亲结婚时才十八岁，完全能与我和姐姐分享游山玩水的快乐。）我们一起逛巴黎和伦敦的博物馆、美术馆，母亲对里面的藏品如数家珍。我们排演戏剧，母亲很擅长朗读，不管是莎士比亚的戏剧还是其他英国作家的诗歌，她都喜欢念个没完。我比姐姐小四岁，对朗诵的内容不甚了了，只觉得听上去很神秘，朗朗上口，很多词句我到现在还记忆犹新。在悦耳动听的钢琴声中，我们换好服装，轮流上台表演。这种喜闻乐见的艺术熏陶，让我在多年后受益匪浅，不是靠金钱能买到的技艺，而是对儿童表演天分的挖掘。眼前仿佛出现一个奇妙的新世界，让我们的想象力纵横驰骋。

令人意外的是，在泛着微光、自由流动的水面之下，潜藏着坚不可摧的山脉，这是一种代代相传的家族信念。有时，当船只太过于自信地驶入这片水域，水下的山峰会把龙骨撞得四分五裂。这些险地会经常变换位置，让结果变得难以预料，让航行变得困难重重。乌云也会突然间聚集在上空，增加了行船人的忧郁和沮丧——在充满欢声笑语、风和日丽的童年结束后，人生总会有遇上雷鸣电闪的时候，更不用说母亲对我的怜爱和宽容，要是别人家的孩子像我一样碌碌无为，父母早就绝望了。母亲也是执着而任性的人，一生经历种种波折，有时，连我都暗暗同情她的遭遇，但只能埋在心里。她体验了多样的人生，坚决不向单调妥协。正是她乐观向上的生活态度和对新奇事物的不懈追求，让我在保加利亚咖啡馆老板异样的眼神中，开怀地笑了一次又一次。

一位写信者能让画面鲜活而生动，捕捉到伦敦寻常一天的神韵，而另一位将喜马拉雅山王国的珠玉和华服都倒进了下水沟，这样的比较实在不太恰当。提到速度和温度未尝不可，但如果出于不同的原因，也可以写得有趣。我给父亲的信就是死气沉沉的。他很少从印度回来，往往几年中才有一次假期，弄得我们之间形同路人。五岁时，我才第一次见到父亲，在随后的岁月里，把所有的时间加在一起，我们共处的时间也只有屈指可数的六个月。我们俩待在一起总感觉不自在，所以分隔两地，反倒成了一种心照不宣的解脱。我希望长大后，像陌生人一样与他在街头碰面，比如就在今天，要是我看到他住在意大利山区的一家酒店里，我会毫不犹豫地走上前去，跟他谈天说地，以缓解随时折磨我的、缺乏父爱的痛苦。

他长着瘦高个，有一副与众不同的学究面孔，戴着厚厚的眼镜，而且跟全副武装的士兵一样，从他的衣着和装备，明眼人一下就能看出他的兴趣爱好，鉴于我与他见面的机会不多，留下的印象更难以抹去。四月份，我们去了马格里奥尔湖边的巴苇诺，准备攀登克罗齐山。那时我大概八九岁。他穿着厚靴子，靴面特意抹了防水油，脚上套了双绿色的长袜子，身穿椒盐色的尼克博克荷兰人式或传统诺福克式夹克，系着腰带，衣兜上打了褶皱，精致的皮扣子，挂着怀表的皮带一端拴在纽孔上。他的包里装着镜片、罗盘、地图、三明治、巧克力棒、苹果和橙子、笔记本、速写簿、铅笔、杀虫瓶、当地的植物和鸟类指南，以及上过漆的植物采集箱、双筒望远镜、可折叠的捕蝶网。铁头登山杖靠在一旁。登山的话，带这些装备无可厚非，但接下来的两件则让我心惊肉跳。一是地质锤，由于父亲是为印度政府效力，锤头上隐隐约约还能看见注明是政府财物的宽头箭图案。父亲常常开玩笑，说能用这种锤子敲石头的只有他、他的同事以及达特姆尔高原上的囚犯。我知道这是个玩笑，但其他人就弄不到锤子吗？当他把锤子别在夹克外面的皮带上，我总是祈祷带箭头的那一侧不要露在外面。我的内心充满煎熬。我假装给锤子调整个更舒服的位置，偷偷把锤头转个方向。这时，父亲严肃的声音就会在头顶响起："帕迪，你想干嘛？"我吓得魂不守舍，赶紧撒开手，默默祈祷其他的人不要注意到，幸好大家都不在意，当地意大利人也弄不懂那个图案的含义……第二件是半圆形的大皮帽子，我觉得去西藏旅游时戴着才合适，样子像切成两半的南瓜，帽顶尖尖的，带着御寒的耳罩，垂下来捆在下巴上时，样子最难看。

我刚刚被就读的预备学校开除，所以在春季学期中途还有机会和父亲一起去意大利度假。之前在预备学校，我可算吃尽了苦头，跟公立学校不同，无论多么聪明伶俐的孩子，进了这种学校，很快就被摧残成不苟言笑、令人厌恶的小英国国教徒。正是借助这些为儿童定下种种戒律的"波茨坦"，大英帝国僵化刻板的社会习俗代代流传。要是把这些害人的地方都炸掉，人性的解放就有了希望。我和父亲戴好帽子，走上大街，伦巴第的阳光照在地质锤的宽头箭图案上，我放慢脚步，走在父亲身后，这样就不会有人认为我跟他是同路人，我真希望仁慈的上帝能降下一道闪电，将我们化为乌有。父亲嫌我走得拖拖拉拉，扭过头来呵斥我。坐在瓦尔纳的咖啡馆里，想到当时的场景，我的嘴角露出一丝微笑，看看我现在的穿着，跟父亲当年何其相似。

父亲那时担任印度政府的地质勘探总监，在任多年，主要负责勘探整个次大陆的矿产资源。只要他在加尔各答和西姆拉没有公事，就会四处旅行。小时候，我见过父亲寄来的褪了色的照片，他戴着遮阳帽，威风凛凛地坐在象夫身后，身下是一头壮实的大象，穿行在丛林和山野。他寄信的地址是班加罗尔、锡兰、锡金、瓦济里斯坦……他是个达尔文一样的自然主义者，对自然世界充满好奇。我曾在学校里向小伙伴们吹嘘父亲发现过八片叶子的雪花和背上长了八根毛的毛虫，还找到一种锶磷灰石，他们会羡慕地围在一旁，静静地听我夸夸其谈。鉴于这些成就，英国皇家学会吸收父亲为会员。不过，我和他总是合不来。我觉得他太严肃、冷淡和朴素，他作为自然主义者的性格让他热衷于对一切事物进行科学分类：当然，目的是对我进行指导，比如那天在克罗齐山上，他就教会我，不考虑颜色，在雪线之下找到的龙胆根究竟属于双子叶还是单子叶植物。我更喜欢狂野的音乐和烈酒……我不敢想象父亲心目中的儿子是什么样子，是一个长时间纠缠父母的累赘，还是消耗钱财的负担。他一直容忍我的过错，他也经常心血来潮临时改变旅行计划。也许他认为只有距离才能消除我们之间的隔阂，这种方式的确奏效了。

7. 瓦尔纳

我们之间唯一的共同点是习惯对彼此用双关语，即使是长一点或复杂一点的，现在仍是我的强项。这是父亲在无意中发现的一种天赋，看来他并不是木讷的人，而是用双关语讲故事的高手。夜复一夜，我和父亲住在德文郡、瑞士或意大利的酒店里，他给我讲了许多史诗般的个人经历，让我听得津津有味，觉得黑漆漆的房间地板被施了咒语。

我把两封信放回贴满邮票的信封，每一封都散发着沁人的芬芳，香味迥异，与眼前的黑海海水和巴尔干山脉形成强烈的反差。

咖啡馆是我在黑海边悬崖上找到的新据点，经常只有我一个顾客。咖啡馆看上去像树林里的简易草棚，只有一扇临海的大窗户。我常常坐在窗边，望着海水发呆。冬日的阳光下，海水时而呈现宝蓝色，时而是铁灰和钴蓝色，被云彩追逐，在雨中颤抖，狂风卷起惊天巨浪，雾霭遮住浩渺烟波，让悬崖边缘的树林和灌木变成飘在空中的鬼魅丛林。我用不同语言念着黑海的名字：英语、德语、罗马尼亚语、土耳其语、保加利亚语。古希腊的水手们将眼前这片大海的名字从"Pontus Axeinos"（"怀有敌意之海"）改成"Euxine"（"欢迎之海"），而突如其来的风暴也没有按往常的习惯叫"复仇女神"，而是称作"善良女神"。目光越过犬牙交错的悬崖，远眺多布鲁甲和康斯坦察，康斯坦察古时候叫托弥，是奥维德被奥古斯丁下令流放的地方，诗人在那里写出《爱的艺术》。（是黑海给了他创作的灵感！）再往北走，就到了广袤无垠的多瑙河河口，那里有纵横交错的支流，仿佛一条长绳末端被解开的绳头。接着，是比萨拉比亚、俄罗斯。很多熟悉的地名挨在一起。敖德萨、克里米亚、亚速海，这里曾是克里米亚鞑靼人和塞西亚王国的疆域。诺沃西比尔斯克和对面的科尔基斯，是希腊神话中的忒萨利亚王子伊阿宋乘着阿尔戈号，从皮立翁山起航，最终找到金羊毛的地方。要是我的食指能有几百英里长，一定能戳到高加索山脉，顺着山势滑过伊梅列季亚峡谷和明杰利亚峡谷，来到格鲁吉亚，漫步在童年莱蒙托夫熟悉的第比利斯，触摸阿勒山的顶峰，将手指伸入山的另一侧的里海海水。厄尔布尔士山、阿塞拜疆、波斯——都变得触手可及。向南挥动手指，进入特拉比松，体验古代本都王国和帕夫拉戈尼亚的风情，随后顺着小亚细亚海岸来到土耳其北部，最后到达土耳其东南部，像海鸥一样翱翔一百五十英里，越过博斯普鲁斯海峡，岸边那座城市，就是我此行的目的地。海水翻卷，白浪滔天，这片海岸好像是世界的尽头，再往前迈出一步，就进入传说中的所在。

"我走过不列颠，走过高卢，黑海边上雪花落"[2]——几天来，这两句歌词一直回荡在我的耳畔。除了奥维德和普希金，我还想起马捷帕，这位民族英雄的坟墓孤独地立在多瑙河河口。在布加勒斯特时，朋友们给我讲过他的故事，再加上读了拜伦写的诗歌，让我的思绪一下子越过多瑙河，横跨乌克兰，来到基辅城，在画家席里柯笔下，这位后来在彼得大帝麾下骁勇善战的哥萨克首领被赤裸上身，绑在马上，放逐于荒野，暮色衬托出奔马翻飞的鬃毛、瞪大的双眼和喷着粗气的鼻孔。

瓦尔纳城，尤其是我身旁这块绿树成荫的内陆，历史上曾遭受劫难。一四四四年十一月，年轻的匈牙利和波兰国王瓦迪斯拉夫与特兰西瓦尼亚大公亚诺什·匈雅提、瓦拉几亚大公"恶魔"弗拉德联合出兵，迎战穆拉德二世的大军。这是一次轻率的军事行动，弗拉德告诫过年轻的国王，"苏丹王出门打猎时，随从人数也比你的整支军队多。"战况果然不出弗拉德预料。双方短兵相接，杀得

---

[2] 虚构的罗马进行曲，选自吉卜林的小说《普克山的小精灵》。

血流成河。基督教徒组成的军队被土耳其人分割包围。骑士和步兵的尸体堆满了整片山坡，其中包括两位主教和红衣主教塞萨里尼，后者一直煽动国王撕毁盟约，以武力解决问题，声称对异教徒背信弃义并不是一种罪过。被俘的人有的由家人赎回，其余的都被斩首。对基督教世界来说，这是一次悲剧性的失败。此后，西方人再也难以阻挡土耳其人扩张的脚步。奥斯曼帝国成为这块土地的主人，九年后，土耳其人攻占君士坦丁堡。

瓦迪斯拉夫的战马被乱箭射死，他只得近身肉搏。一个叫西德贾·希尔迪尔的禁卫军挥刀砍下了年轻国王的头颅。（如此复杂的名字居然能流传下来，真让人惊讶。后来，率先越过罗马帝国末代皇帝狄奥多西都城豁口的也是土耳其禁卫军。）头颅被放进装满蜂蜜的罐子，穆拉德派人背着罐子，跑回布罗萨，向城里的人宣布胜利的消息。随后，将头颅拿出，在城郊的溪水中洗净，插在木杆顶端，在城里街道上巡游。

窗外，蓝色的微光笼罩一切。咖啡馆老板点亮一盏油灯，放在我面前的桌上。才下午五点，这里就天黑了。火苗闪烁，玻璃窗映出油灯和我的影子，与窗外的夜色交织重叠，像一幅合成的照片。天空变得深蓝，从东南方远远驶来一艘船，舷窗像黄色的小圆点，也许是从俄国开来的汽轮，起点是敖德萨、赫尔松、雅尔塔或诺沃西比尔斯克。我对黑海南部的海岸一无所知。不过，我很快就会弄明白的，明天就要动身了。

"这些，"加乔指着地上蜿蜒的洼地说，"就是打仗时挖的壕沟，他们以为俄罗斯的黑海舰队会在这里登陆。"壕沟里长满了荆棘和欧洲蕨，在悬崖上形成一道淡淡的纹路。看上去历史久远，其实就发生在我们出生一年后。十八年中积累的泥土几乎抹去了壕沟的痕迹。今天是星期天，万里无云，寒风凛冽，加乔叫上基里尔和韦尼亚明，送我踏上南行的旅途。我们天不见亮就出门，现在已经走了将近十英里。气温很低，每呼吸一口，鼻子里就喷出一股白雾。我们在山楂树下吃面包、奶酪，喝了一瓶葡萄酒。我一直对"韦尼亚明"这个名字好奇——听上去像东正教版本的"本雅明"，只改动了其中两个字母。他是个胖胖的、懒洋洋的男孩，随身带着一把手枪，随手扣动扳机，就打中了一只野兔。他拎着野兔的腿，长长的兔子耳朵拖在地上。他们该回去了。自从上次发生冲突以来，我和加乔再也没有闹过矛盾，关系修复得不错。头天晚上，我们在酒窖里坐到深夜，躲在酒桶之间畅饮。

我们手挽手，唱着歌，走在回去的路上。两位警察上前盘查，硬把我们抓回警局关押。其实，他俩比我们喝得还要多。后来，一位管事的警官出现在牢房门口，见我和加乔规规矩矩坐在长凳上静静地念着海涅《罗累莱》中的诗句，就释放了我们。没过多久，韦尼亚明在警察局的熟人遇见正要出城的我们，说那两个警察也因为酗酒被抓起来了，就关在我们刚才蹲的牢房里，正所谓天网恢恢。

他们该回去了。我和每个人紧紧拥抱，挥手告别，目送三人头上红色的学生帽和手里的兔子在沙丘上渐渐远去。我们通信至战争爆发前，此后，我再也没打听到加乔的下落。

8. 黑海岸边的舞蹈

现在是十二月的第一天。沿着大陆的边缘前行，比起北部山区和多瑙河一带，这里的景致截然不同。我快步走了好几英里。内陆西北部，相比此前穿越过三次的陡峭山脉，这里的巴尔干山地只剩下平缓的斜坡。走了半个上午的时间，我可以远远望见西边的高地，山顶的积雪像冰块一样闪着白光，阴影处则一片湛蓝。西南部，罗多彼山脉在天际若隐若现。（也许就是在这儿，在两道山脉尽头的开阔地带，迁徙的鹳鸟在黑海岸边集结队伍，飞向遥远的非洲大陆。）斜坡、小山丘和峡谷形成内陆独特的地貌，绿草与其他植被点缀着荒无人烟的土地，芥菜、水芹在岩缝中倔强地生长。晚秋过后，保加利亚即将迎来寒冷的冬季，这些在潮湿的黄褐色土地上长出来的绿宝石般的苔藓，让人有种初春将至的错觉。山上看起来没有人烟，但我还是瞥见几处村庄的影子，清淡的白雾中偶尔显露伸出屋顶的烟囱。空气仿佛被冻得凝固了，远处有时会笔直升起一股黑烟，在高空中慢慢偏离方向，弥漫开来，好像休伦族人在燃起篝火发出信号。倾斜的山坡上有很多暗红色的对称的深沟，缝隙中都长着绿色植物，一直向上延伸到山顶。几个空空如也的蜂巢散落在灌木丛下，静静地等待春天的到来。牲畜群在山坡上吃草，不过很难看见牛羊的踪迹，只能依靠叮当作响的铃铛大致判断它们的位置。有些地块被白色的海鸥占据，它们站在草丛或犁沟中，享受冬季前难得的假期。在这片开阔地，另一种常见的鸟类是喜鹊，它们不是在地上交头接耳，就是扇动翅膀飞过山间小径。每走完一段山路，就会钻进一道深谷，溪水在新月形的沙地上冲出弯弯曲曲的浅坑。峡谷里草木丛生，随处可见蜡白色树皮的胡桃树和茂密的白杨。树下积了厚厚一层树叶，西边吹来的狂风将叶子吹得漫天飞舞，最终飘到海面。

在靠近沙滩边缘的一处水湾附近，有个男人正坐在木屋前的台阶上，身旁的灌木丛下放着一艘小船。他颧骨很高，脸上长满密密的皱纹。我给他点了根香烟，聊起寒冷的天气、刺眼的阳光。他是个鞑靼人渔民，一个人住在海边。光秃秃的树杈上站满了乌鸦，被压得弯了腰，耳畔充斥着震耳欲聋的鼓噪声。渔夫拍了下手，鸦群盘旋着腾空而起，获得解放的树杈也终于直起身子。黑压压的鸟群像飘浮在空中的煤烟，突然拐了个弯，一起朝峡谷和山冈飞去，形成一道狭长的污迹，转眼间又集体返航，再一次把树杈踩得"嘎吱"作响。有人告诉我，这些鸟在此地已经生活了一百多年。要是此话当真，它们中一定有些啄食过克里米亚战争中的死尸，说不定还尝过从莫斯科撤退、逃到乌克兰南部的玛士撒拉人的尸体。

又走了几英里，景色变得越来越单调。一块块林地郁郁葱葱，山坡边缘的树倒伏在海岸；小路在岸边蛇行，忽上忽下；沼泽里长满了白色和红色的海葵，白色的身上还带着淡紫色条纹。

差不多有一年时间，我穿行在内陆的平原和山地。如今，就像一个初次来到海边的陌生人，我的眼睛难以适应这幅色彩对比强烈的图画。蔚蓝的海水，五彩斑斓的草木，看上去像是一种幻觉。冰冷的空气中，有一股植物的味道。

桃金娘和野草莓长着墨绿色的叶子，猩红色的果实分外惹眼，下垂的枝蔓穿过披针叶型的常绿灌木和圆形叶子的马尾藻。灌木丛中立着几棵大树——是冬青树吗？蜷曲的树根在山坡上形成带有褶皱的拱形凸起，像日本绘画中树木的样子。在山坡尽头的岩壁上，树干和枝杈纷纷向海面伸展，有些看起来像是把根扎在海底，立在深埋在水下的欧洲大陆的海床上。近海的海水呈浅绿色，离山崖稍远就变成湖绿色，等到了天际线，已经跟孔雀羽毛蓝别无二致。海面上有一道道柔波，像一匹起皱的丝绸，力度刚好在岩石和海面交界的地方激起细碎的浪花。假如力量再大些，海水就会迎头撞上岩石，形成半圆形的涟漪。呜咽的水声，交织着海鸥的啼叫。每一处海岬都别有一番景象，渐渐地磨去西南部海岸的棱角，最后只剩下水天苍茫。下午晚些时候，阳光几乎与岸上的斜坡平行，给树木和植被染上一层金色，光柱悬在半空中，被层层的枝叶阻隔，在水面上投下斑驳的影子。这里像赫斯珀里得斯的女儿们守护的金苹果园，萦绕着安详、平和的气息。宁静中带着狂喜，让我情不自禁地默念心愿，从寒冷的色雷斯迈开脚步，越过黑海、博斯普鲁斯和普罗旁提斯，直到踏上遥远爱琴海边的小岛。

清晨，三只鸬鹚从水面上飞过。后来，我发现它们在峡谷间的海水里畅游，伸长的脖子和鸟嘴看上去像潜艇的潜望镜。还有十多只鸬鹚各自站在岩石上，翅膀半张，摆出纹章图案上的造型。我选了一条下山的小路，想贴着海岸，近距离观察它们。还没走到跟前，鸬鹚们就急匆匆飞走了，只能望见长翅上锌色和淡紫色相间的羽毛。

大约又走了一英里，山路变得崎岖不平。等到黄昏时分，面前已经没有路的踪影，我奋力地钻过灌木丛，爬上岩石，甚至同时完成这两个挑战。看样子走岩石上要方便些，于是我从一块石板跳到另一块石板，绕过水塘，越过岩缝，爬上湿滑的岩壁，踩在高低不平的堤道上，想找到一条上山的路。天很快黑了，虽然有满天繁星，却无法帮助我从巨石和水塘中脱身。我拿出帆布包里的手电筒，借着亮光在陡峭的岩石上寻找出路，并打定主意，假如再找不到，就原路返回。我跳下一处突出的岩架，并顺着像谷仓房顶一样的斜坡向下滑行。突然，我的身子飞了出去，不偏不倚，刚好掉进一个齐腰深的水塘。等我爬上岸，才发现额头被撞破了，拇指指甲也裂了口。我坐在另一个更深的水塘旁边，刺骨的冷风吹来，冻得我瑟瑟发抖。之所以知道水更深，是因为在大约二十五英尺深的水底，躺着我的手电筒，光柱照亮了水中的海葵、海藻和游动的小鱼。我的身后是高高的岩壁，面前一团漆黑，隐隐绰绰有起伏的岩石，这里一定是傍晚时我看到的海岬。要是我背着包，穿着外套和靴子，潜到亮着手电的水下，后果会如何？我是不是应该脱下身上厚厚的装备，跳进水里把手电筒捞出来？我全身在打颤，牙齿也冷得咯咯响，看来这个方法行不通。那我待在这儿，等到天亮？太阳才刚刚下山，这意味着我还得在璀璨的星空下、在凛冽的寒风中熬过十二或十三个小时。幸运的是，我看见手杖漂在水面上，还好是浅水区，一伸手就捞了起来。我忽然产生了一个疯狂的念头，在这片荒凉的海滩，说不定有人刚好在附近，我决定大声呼救。喊了些什么？不记得了，估计是保加利亚语的"救命"吧。我脑子里想出来的是一句问候："晚上好！"我喊了一遍又一遍，结果在意料当中，根本无人回应，除了在岩石间的回声。

看来只能继续前进了。我像美男子希拉斯一样，依依不舍地望着水底的手电筒，鱼儿们都被吸引过来了，正疯狂地围着这个奇怪的东西打转。我摸索着朝前走，用手杖敲打身旁的岩石，伸手摩掌石壁的表面。我从立足的岩石滑下，手脚并用爬上另一块圆石；在长满墨角藻的、滑溜溜的壁架上慢慢挪着步子，担心一旦失足，就会跌入深渊；淌过齐腰深的水，生怕脚下会出现裂口；每爬上一处制高点，就绝望地呼喊几声。我已经彻底放弃了希望，唯一能做的，就是确保触手可及的范围内没有危险存在。

星辰在天上观望。它们的亮光太微弱，只能照出岩石大致的影子，而且要是遇上飘来几片云彩，就更爱莫能助了。不知连滚带爬走了多久，一片星光出现在正前方，而刚才，我的眼前还是一团黑，这说明我正在接近海岬，又经过一段漫长的跋涉，我绕过了海岬。内陆的山坡遮住了星光，只是不知道离我有多远，是几英里？还是近在咫尺？是陡峭的悬崖？还是平缓的山坡？那里黑乎乎的，像一个巨大的空洞。我勇敢地向它走去，做好了涉水登滩的准备；奇怪的是，水温比寒风的温度高了些，不过当我爬上岩石，衣服上已沾满了冰屑。才走了几分钟，脚上的鞋带相继断裂，靴子也灌进了水，像沉重的铁锚让我举步维艰，脚上仿佛戴了镣铐，每一步都"嘎吱"作响。我精疲力竭地坐在一处玄武岩的壁架上，准备歇口气，眼前浮现出前几天报纸上有关年轻人或学生在黑海遇难的消息，我打了个寒战，要是再不起身，我也会向死神屈服了。又经历了一段地狱般的旅程，我几乎是打着赤脚走进一个水塘，脚下踩着柔软的沙砾。没错，另一只脚也踩在沙砾上：我已经站在海滩的入口。黑色的岩壁下，海滩上方不远处，有星星点点的光从裂缝中透出来。我艰难地走过沙滩，推开一扇简易房门，哆哆嗦嗦地说了句"晚上好"，然后走了进去。

一张张被火光映红的脸孔，惊愕地望着我。原本盘腿而坐的人们忙不迭地放下手里的晚餐。他们弄不清这个破门而入的人，是敌方探子、海怪，还是溺水者的魂魄。

十分钟后，我换上运动鞋和帆布裤子，穿上两件衬衣和几层毛绒衫。包里这几件衣服居然没有弄湿，真是个奇迹。我套上绵羊皮大衣，戴了顶皮毡帽，还特意把帽檐放下来遮住耳朵。屋里生着一堆篝火，荆棘枝燃得"噼啪"作响，我蹲坐在火堆旁的一条长凳上，灌下三四杯斯利沃酒，呷着第二杯用山上草叶自制的浓茶，茶杯里放的白糖足足有两英寸厚。我的身体还在发抖。屋里有人帮我把血迹擦洗干净，用斯利沃酒处理我脸上、手上和脚上的伤口，一阵阵刺痛传来。另一个人帮我从背包里翻出毛巾。起初，这个满身是血、脸色苍白、衣衫褴褛的鬼怪，让屋里的人肯定吓了一跳，不过大家很快缓过神来，像法国圣贝尔纳天主教士们一样忙上忙下。我花了好一阵，才把在火光、阴影和烟雾中忙碌的人分辨清楚。

他们看上去都很凶悍。头一群有六个人，都穿着传统的厚土布衣服，颜色是土黄色或深蓝色，不过由于打了很多补丁，原来的颜色已经不太分明。脚上缠了布条，腰间扎着皮带，穿尖头鹿皮靴，其中有双一看就穿了几十年。他们把匕首别在深红色的肩带上，戴着跟我一样的皮帽子，只是又破又旧，帽子上的毛几乎都磨光了。一位留着白胡子的老人看来是他们的头领。另外一群有四个人，衣着很普通，但也旧得打满补丁，毛线衫上都是破洞。乱蓬蓬的头上歪戴着老式的水手帽。综合判断，他们是牧人和渔夫。有一位水手年龄大概四十岁，少了一只手，唯一的手背上刺了一颗星。其他的渔夫也比我大好几岁。

我们所在的地方是一个大山洞，难怪篝火的光线只能照亮有限的空间。山洞很高，形成天然的拱顶，但洞并不深。洞壁也由原来的岩石构成，缝隙先是被塞进大大小小的石块，然后填充树枝和木条，最后贴上压平的、写着斯拉夫字母的罐头皮。火光熊熊，映出林立的钟乳石，也照到原本阴暗的角落，透露了山洞的另一个用途。小船，木桨，船舵，捕鱼灯，长柄鱼叉，船锚，鱼篓，诱饵桶，软木塞，葫芦和渔网。一个树桩上固定着一小块铁毡。

与小船遥遥相望的是一些生活用品：搁在木板上的奶酪篮子、倾斜的铁钩、悬空的铁球。液体状的奶酪被灌进山羊皮囊，最后几滴也不浪费，皮囊里传出"噗噜噜"的声响。大锅里装着乳浆，在另一个火堆上煮得沸腾。老人时不时走到锅边，俯身看看，搅动里面的乳浆。在山洞的最深处，有齐胸的白色石头和茂盛的金雀花。石头背后突然传出一声痴笑，令人毛骨悚然。老人没有马上解答我的疑问，而是从大锅下面的火堆抽出一根燃烧的柴火，举在空中。椭圆形的火焰照亮了五十头山羊的螺旋形尖角，威严的胡须和黑白条纹的皮毛。一百只眼睛直勾勾地注视着越燃越旺的火苗，嘲弄的笑声此起彼伏，羊角相互碰撞，脖子上的铜铃叮叮当当。烟灰熏黑了人脸和岩壁。从地面凸起的岩石正好当作饭桌和倚靠的椅背。洞里有五六条狗，有些四处转悠，有些趴着睡觉。一条白色的大狗趴在地上，嘴里伸出舌头，前爪交叉，用恶狠狠的眼神观察周围，它的两只眼睛挨得很近，有一只长着一圈黑毛。沙地上有被踩过的羊粪和鱼鳞，空气中飘着山羊、鱼、凝乳、奶酪、焦油、卤水、汗水和木材烟尘的味道：这里像是独眼巨人波吕斐摩斯和辛巴达共同的住所。

他们吃完了晚饭。有人把剩下的扁豆装在锡盘里，递给我。一位渔夫在煎锅里倒了些油，放进几条鱼，然后趁鱼煎得嗞嗞冒油的时候，提着鱼尾，把鱼从锅里拿出，放到我装着扁豆的盘子里。我以为自己累得没有力气张嘴，谁知鲜美的鱼肉诱惑难挡。这道菜叫什么？"斯科恩布利，"渔夫回答道。"不对，不对！"其他人说，"是舒姆利亚（一种盐渍青花鱼）！"其余的人也七嘴八舌：牧羊人是保加利亚人，渔民则来自希腊。他们很抱歉地说，我来得不是时候，他们刚好把斯利沃酒和葡萄酒喝光。我想起自己的帆布包，从里面掏出加乔送给我的临别礼物：两瓶特尔诺沃产的拉基烧酒，其中一瓶装在娜代日达的木头酒瓶里，另外一瓶看上去也安然无恙。虽然还有点冷，身体和牙齿偶尔打颤，但在美食和美酒的作用下，我渐渐恢复了元气。拉基酒在大家手中传递，牧羊人和渔夫相互祝酒干杯，等到打开第二瓶，这些饱经风霜的人们开口唱起保加利亚民歌，有几首还是我熟悉的曲调。我注意到木桩上挂着一个东西，起初以为是用来给小羊喂奶的皮囊，后来才知道是个风笛；白胡子老人是风笛的主人，不过能不能演奏，他不敢打包票。充气的时候，从喇叭管里传出一声尖利的啸叫，引得那条黑眼圈的大白狗也哀嚎起来，随即挨了主人一巴掌，委屈得不再作声。羊皮风箱上有一处褶皱裂开了，我想方设法，在众人期待的笑声中，用一截胶带把它补上。

伴随奏响的风笛，一位年轻的渔夫跳起滑稽的肚皮舞，据他说，是在君士坦丁堡的伊斯坦堡学的。他跳得不赖，一边疯狂地扭动臀部和腰腹部，一边把交叉相扣的双手举过头顶，也许是力道太猛，指关节"嘎嘎"作响。接着是一段颇有喜剧效果的舞蹈，来自于一位身材强壮、长相酷似海盗的渔夫。他叫迪米特里。"给他加点料，"一个牧羊人高喊，顺手把包裹奶酪的布围在迪米特里脸上，像一张面纱遮住他的鼻梁、嘴和下巴。他的眼珠滴溜溜转，活脱脱一个悍妇、美女和《阿拉丁》里的寡妇。

与此同时，一个叫科斯塔的渔夫也在旁边候场。他把缆绳打个宽松的结，套在膝盖上方，然后分开腿，双手交替把绳子绞紧，直到绳扣里只能插进一根两英尺长的粗木棍，看上去像古罗马投石车的投臂。跟迪米特里一样，科斯塔也旋转着身子走进篝火照耀的舞台，木棍在转动，代表着沉睡中的男性生殖之神普里阿普斯，引来观众的欢笑声。对迪米特里"面纱舞"的模仿秀开始了，科斯塔突然分开的大腿让绳扣弹力增加，木棍几乎是水平旋转，然后有节奏地倾斜转动。随着大腿继续张开，木棍越来越像阴茎的样子，为了保持勃起的角度，跳舞的人迈着很大的步幅，时而像一只昂首阔步的蚱蜢，时而像猫着腰引诱少女的帕夏。他拔出一位牧羊人刀鞘中的匕首，咬在齿间。风笛声越来越高亢，观众跟着拍子鼓掌。迪米特里旋转着身体，摆出更挑逗的姿势。科斯塔的额头渗出密密的汗珠，为了让木棍保持上下摇动，他使出了吃奶的力气。火光将这幅画面投映在洞内的岩壁上。最后，风笛奏出一段持续的强音，科斯塔双腿深蹲呈八字形，围着自己的舞伴旋转跳跃，每跳一次，腿上的木棍就在地上敲打出声响，随后高高跃起，与地面形成直角。随着刺耳的尖叫，沙哑的风笛奏完最后一个音符，像一头被宰杀的牛发出一声哀鸣。跳舞的人累得瘫倒在地，满脸带笑，上气不接下气。迪米特里也停下舞步，摘下面纱，走到科斯塔身旁。"你再也用不上这个劳什子了，"他边说边从散开的绳子里抽出木棍，插进火堆，溅起一阵火花。科斯塔装出痛不欲生的样子，高声哀号。最后这段即兴演出彻底让观众疯狂。拉基酒在大家手中传递，山洞里再次回荡着笑声和祝酒声。

在同伴的鼓励下，第四位渔夫帕纳伊也准备登场献艺。他从船上拿来一个包得严严实实的东西，除去上面的裹布，露出一个近似鲁特琴和曼陀林、镶嵌着共鸣板的乐器。琴首的指板上嵌着象牙和乌木,琴颈很长,线条柔和。他盘腿坐在地上,将琴身搁在大腿上,斜抱在胸前,扭紧琴栓调音,然后用一支母鸡翎毛做成的琴拨,在七弦上奏响音符。他像是波斯绘画中的宫廷乐师,与眼前这座原始的山洞形成强烈的反差。他先是弹出流畅的二分音符和四分音符,然后奏出不同音高的和弦;休止符后,一段缓慢、低沉的音乐徐徐响起,富于变化的节奏,让血液的流动也变得张弛有度,就连演奏者本人,也时而屈身,时而凝视,仿佛被自己奏出的音乐催眠了。他身材高大,肌肉发达,年龄大概三十出头,有着一双灰色的大眼睛。奏完几小节后,他和另一位年长的渔夫开始合唱。曲子听上去像一支挽歌,有许多停顿和反复,演唱者有时还故意哑着嗓子,一唱三咏,旋律起伏中带着强烈的东方味道。合唱者拍着葫芦做的鱼漂,像有节奏地敲打鼓点,他用残肢稳住鱼漂的位置,用手背带有星形刺青的手掌拍着葫芦侧面。

没过多久,迪米特里和科斯塔又站起身,跳起一支与刚才欢快风格截然不同的舞蹈。跳舞的人并排站立,各自伸出一只手臂,僵硬地搭在对方左右肩头,他们面色凝重,把头垂到胸口,样子像被绞刑处决的人。别出心裁的舞步、等待已久的骨笛、突如其来的停止,让这支舞蹈畅快而激情四射。中途,两位舞者会微微弯曲和伸直膝盖,并将贴在地上的光脚的脚后跟贴在一起,角度打开又闭合,循环往复,随后抬起右脚,前后摆动。他们踮着左脚,向上跃起,身子不约而同朝右边倾斜,以平衡同时向后踢到地面的右脚。紧接着,两人加速向前冲出一两步,随后抬起右腿,放慢速度,膝盖和脚踝呈一条直线,与地面平行,像在挥动镰刀割掉稻草。他们用手掌打一下双拍子,然后跪倒在地,继续将手臂搭在舞伴肩上,朝一侧滑动,随即熟练地向前翻滚。充满韧性的动作、默契的配合、突然变化的节奏、单人脚尖旋转——如此复杂的舞蹈，为何会被简朴的巴尔干山民演绎得丝丝入扣？舞蹈的结尾也令人意外，在情绪爆发和宣泄后突然缓和下来，从渐弱过渡到平静。活力和速度受到钳制，像一把拔出一半的钢刀，锋芒初露，就被缓缓推回刀鞘。富有神秘美感的复杂舞步，与我在过去几个月中欣赏过的舞蹈一起，让我这个初来乍到的土包子大开眼界。我可以在观舞的同时，兴奋地发现其正如玄学派诗歌或民歌的歌词，语句中包含精致的格律、幻想、比喻、半谐音、中间韵和暗示。对我和牧羊人来说，都觉得很新鲜。

舞蹈已近尾声，迪米特里加入火堆边的人群，用歌声和另一个葫芦为自己的舞伴加油助威。下一支是科斯塔的独舞，跟刚才那支很相似，只是舞步更加奇特。中间也有停顿和缓慢，垂着头，帽子戴在一侧，嘴里叼着一根香烟。他望着地面，合上眼睛，两手交叉在腰背部，在原地打转。他慢慢地将手举过头顶，像秃鹰的翅膀展开，然后朝不同方向俯冲，直到故意将指关节捏出声响，才骤然减速。俯视的目光、专注的表情、精确的舞步、旋转的身体、轮流弯曲的膝盖、划出四分之三个圆的脚尖，以及在缓慢旋转中直起身体时张开两个半径的手臂、在高速旋转几秒钟后以违反能量守恒定律的方式急停的脚步——跳舞者似乎想通过赤脚踩在鱼鳞和羊粪上的舞蹈，来证明一些失传的几何定理，或者是想挑战毕达哥拉斯关于圆形和直角三角形斜边相切的结论。有时，他俯下身子，用一只手拍打地面，随即又纵身跃起，迈开沉重而安静的步子。他会毫不费力地跳向远处，脚踝交叉，连膝盖也不用弯曲，就平稳地着地。他可以从蹲坐姿势站立起来，弯下腰，把脑袋埋在双腿间，像一把合上的剪刀，嘴里仍然叼着香烟，弥漫的烟雾遮住他的身体。这些叹为观止的杂技表演，以及精心计算的力量展示，为他的舞蹈增色不少。快慢结合，刚柔并济，都融入这支庄严的独舞中。也许最令人感动的是舞蹈中的悲剧性色彩，没有炫耀的成分，孤独的舞者仿佛在进行内心的独白，如入忘我之境，山洞里的观众都化为虚无，他孤身一人在房间里展示充满未知谜题的舞姿，排解愁绪和伤痛。这是种难以排解的孤独。歌声停止，只剩下尖利的钢弦声为他伴奏。

我坐在岩石旁，石头上摆着一张低矮的饭桌。科斯塔一边围着石头转圈，一边弯下腰。突然，桌子被水平抬到空中，越过我们的头顶，桌面与他的脑袋呈直角，跟随他的身体旋转。桌沿衔在嘴里，被牙齿稳稳咬住。转动的桌子像一张飞毯，把浓重的烟雾剖开新月形的切口，速度之快，让摆在桌面上的四个玻璃杯，乐声呜咽、挂了打孔的牛角吊坠的风笛，拉基烧酒瓶，刀叉，装过扁豆、现在只剩下两条带头尾的鱼骨头的陶盘，都在飞转中看不清踪影。等到科斯塔放慢旋转速度，才又像一幅静物画浮现在人们眼前。科斯塔弯下腰，身体几乎贴到地面，火光映在桌上，突然，他冲进黑暗，这一次是桌子底部被照亮。与此同时，他加快旋转的节奏，到最后，基本上是站在原地打转，错愕的观众愣了片刻，才响起掌声和叫好声。他把头朝后仰，身体仿佛浓缩成一根根血管和肌肉，双臂伸开以保持平衡，像旋转中的托钵僧，直到飞转的饭桌幻化成两倍大小的巨大圆盘，在山洞中央上下翻飞，静物画变成一片幽冥的阴影。速度慢慢降下来。桌子还是那张桌子，在距离地面五英尺高度飞行，最后脱离自己的轨道，盘旋在当初起飞的那块岩石上空，不慌不忙地着陆。这期间，科斯塔都没有用手碰过桌子，等到饭桌安放停当，他从石头上捡起尚未燃尽的烟头，不慌不忙地迈着舞步，回到山洞中央，丝毫没有头晕目眩的迹象，然后抬起左手，用无名指弹去长长一截烟灰。他把烟叼在嘴里，旋转，深蹲，然后回归冷静而庄重的舞步——又是一次高潮后的缓和！他回到起点，僵硬的身体像一支笔直的利箭，踮起脚尖，悠闲地抽着烟，摘下帽子放在饭桌上，拿起盛着拉基烧酒的酒杯，若有所思地啜了一口，仿佛听不见周围的喧嚣，自顾自走进人群。

要是我会希腊语就好了！隔三差五，我听见一个似曾相识的词，但无法理解他们聊天时说出的完整句子。就凭我半吊子水平的保加利亚语，如何去讨教这些舞蹈的起源？为什么有如此奇特的舞步？跳舞的人清楚每支舞曲背后的含义吗？帕纳伊还弹着琴，伴奏工作完成，但如泣如诉的琴声仍断断续续流淌在我们的血管中。迪米特里把头枕在自己的胳膊上，迷迷糊糊地睡了。年长的渔夫用仅存的手拍拍酒瓶，将眼睛贴在瓶颈，看有没有余下的拉基酒，样子像一位海军上将摆弄心爱的望远镜。科斯塔抽着烟，面露微笑，像一位几何学家刚刚证明完数学定理。他把帽檐遮在眼睛上，挡住火光，沉浸在攻克难题后的喜悦中。

等我来到希腊，才终于找到机会了解这些舞蹈的来龙去脉。有些学者认为第一支舞起源于君士坦丁堡的屠宰区塔塔夫里，第二支则是生活在佛里吉亚山区的特伊伯克族人常跳的舞蹈，历史可以追溯到拜占庭时代。也有些学者认为这两支舞蹈成型于希腊历史早期，内容包含神话比喻，既有原创性，又有挑逗性，反映不同的社会历史阶段。当然，也有不少人对新奇、复杂而完美的舞步视而不见，排斥土耳其帝国的奴隶们创作这些舞蹈的可能性，而将目光投向古希腊比鲁斯出征舞。后来，希腊爱国者们将这种团体舞发扬光大，作为反抗土耳其人的武器，在山野乡村流行了好几个世纪。（如此看来，这些舞蹈蕴含的战斗精神，与苏格兰式短裙、布洛克粗革皮鞋、穆斯林弯刀和长管步枪有异曲同工之处。）学者们的说法不无道理（"略贝提克"融合音乐和歌曲，形成一种反映独立叛逆精神的民间音乐形式），但依我的理解，这些舞蹈中还包含着对宿命论的信仰和与世隔绝的孤寂，通过舞蹈来安定和抚慰个人的不幸，并与歌曲相结合，营造出一种带韵律感和舞蹈美感的艺术形式。学者们的不屑还在于舞蹈背后的联想：难民区的卑微生活，酒气冲天的地窖，烟雾缭绕的小屋，水边酒吧，纳尔吉尔水烟筒，装饰流苏的琥珀念珠。虽然现在有些过时，但在历史上，它们跟裁缝定制的服装一样时髦：尖头鞋，扎红色腰带的陀螺型裤子，宽肩长袖的外套——再加上卷曲的胡子，额头上的刘海，歪戴在后脑勺上的帽子。以这样的装束，悠闲地迈着方步，数着绕在食指上的念珠，烟卷叼在嘴边，脸上现出嘲弄的笑容，面无表情，摆着一副经验老到的样子，眼角露出凶光。

结合上述特征的城里人通常被称作"曼加斯"，时过境迁，也许他们不再身穿十九世纪中期的衣服式样，但气质和举止并没有发生改变。"曼加斯"说话时声音低沉，经常带有讥讽的口吻，嘴里蹦出的行话和黑话让人听起来摸不着头脑，且信誓旦旦。至少在外人眼中看来，"曼加斯"习惯自以为是，满怀恶意，对一切都持怀疑态度，他们有一套自己的行为准则，与官方的法律条款常常相悖。他们对朋友坚贞不渝，要是犯了事，宁愿自己坐牢也不出卖别人。这些无产者身上有种古典韵味的忧郁气质，装束也比他们的前辈更时髦，举止更吊儿郎当，向世人彰显他们的生存哲学：独立、鄙视布尔乔亚的价值观、喜欢做大事、不愿意寄人篱下（尤其是像杂货店主这样的职业，还不如当个屠户，说话做事都不用仰人鼻息）、唾弃苦力。走私或其他非法勾当是他们的强项，有时还会策划惊天大案。不过，"曼加斯"绝非恶棍，很少是彻头彻尾的坏蛋。要是他们卷入一宗命案，原因多半不是蓄意谋杀，而是受到别人侮辱挑衅，或是为情所困。鉴于他们多愁善感的天性，恋爱受挫是最大的打击。即使在最开心的场合，他们也郁郁寡欢、愁容满面：一枝玫瑰能帮助他们倾诉衷肠，花儿插在耳朵上，或是像香烟一样叼在嘴上。然而，这种有违社会法则的行为与通常意义上的年少轻狂性质不同。在西方，幼稚的青年会在懵懂中摸爬滚打多年，才会成熟起来。而"曼加斯"却相反，从一开始就将男子气概和成年人的独立性作为追求目标。当他们展开眉头、解除了戒备心理，善意地开起玩笑，看上去也自然热情，充满天真无邪。他们有很多别名，分别代表不同的层次，比如反叛者、灵媒、托钵僧、海盗，都属于"曼加斯"旗下分支（"曼加斯"这个词偶尔也可以用来代表"流氓"或"地痞"）。不经意间，我用大量篇幅介绍了希腊社会中的一个群体，但事实上，我对他们的了解少之又少，而且对现代希腊只字未提。我最好还是就此打住。

　　与此同时，我似乎找到了连接科斯塔和迪米特里的纽带，以及他们性格中的共同点。"哈赛匹克"屠夫舞和"特伊伯克"舞是"略贝提克"舞的两种主要形式，擅长跳这两种舞的人多是水手，尤其是那些周旋于各个岛屿，乘坐商船、汽轮和地中海轻帆船在黎凡特的港口间往来的海员。登岸的水手和游荡的"曼加斯"很容易就打成一片，成为志趣相投的好朋友。学者们认为这些舞蹈带有东方色彩，这很有说服力，但是他们一口咬定舞蹈中没有希腊文化元素，我觉得并不正确。不管起源何处，在哪里盛行，我只见过希腊人跳起这两支舞，尤其是希腊的水手，不管他们是在君士坦丁堡、多瑙河三角洲、特拉比松、士麦那、贝鲁特、亚历山大城或其他任何黎凡特的港口，以及爱琴海群岛。这两支舞肯定跟希腊相关，我确定无疑。在比雷埃夫斯、萨洛尼卡和佩特雷，那里的人们也熟悉这样的舞蹈，尤其在下层社会。啊！自战争结束以来，这些曾经隐秘的舞蹈从地下走入公众视野，逐渐少了些神秘感。但在我眼中看来，它们仍是希腊文化与东方文化交融的产物，最能体现"拜占庭"这个词蕴含的丰富内容，跟过去一千年中继承希腊文化精髓的那座城市关系紧密。有些人赞同这种看法，也有的说"略贝提克"舞起源更早，还有人认为是新兴产物。每一派都有道理，就我个人而言，第三种说法最不可信。由于缺乏确凿的证据，研究工作还将继续。这里，我不妨提出自己的假设供读者参考。在我看来，这两支舞蹈是过去两百年拜占庭文明的缩影，虽然帝国在十字军的蹂躏中幸存，但未来的灾难似乎已不可避免。多变的舞步代表深思熟虑、百感交集、吹毛求疵、老谋深算、低落沮丧、趾高气扬、屈服顺从。被敌军包围时的紧张，被朋友抛弃后的绝望。难以摆脱的宿命，慨然赴死的勇气。舞者像一位置身事外的静修士，用舞姿勾勒出拜占庭帝国走向末路时的景象。我觉得这个解释符合情理。当然，这种方式只能反映某个侧面，假如舞者扮演帝王、暴君、大臣和官员的话，对历史的叙述会更加清晰。与其他民族相比，希腊人肩上承载了太多的荣耀和悲伤。他们的血脉与文明紧紧相连。假如我这些毫无根据的猜测被证明属实，那些在比雷埃夫斯港游荡的"曼加斯"，或流亡到黑海岸边山洞里的希腊渔夫，他们舞蹈表演中的旋转、蹒跚和飞跃动作，并不是用来描绘贫穷、厄运和痛苦——至少不像唱出的歌词那样直接，而是将年代更久远的伤心事呈现在观众面前。

我的脑子里刚闪现出这些念头，穴居在山洞里的人们就已经喝下最后一口烧酒，准备入睡了。我打算跟渔夫们睡在一起。科斯塔和迪米特里特意为我留出离火堆最近的位置，铺上新鲜树叶，卷起外衣当枕头，盖了两层毛毯，又加上老牧羊人的大衣。我像只缩在壳里的乌龟。"国家？"他们问我。"学生？""冷不冷？"他们在云游的路上学会了四五个英语单词。"不冷。"要间隔很长时间，我的身体才会颤一下，提醒我在来时路上的遭遇。真奇怪，我这么快就淡忘了那段经历。四个希腊渔夫中，一个是叔叔，余下三个是他的侄子。既然他们过着像"曼加斯"一样的生活，身上也没什么值钱物件，无需留人守夜。他们的步伐带着忧郁，像在表演最后一支舞蹈。他们都长着灰色的大眼睛，目光中透露出幽默、好奇、警觉和睿智。他们对我的到来表示欢迎，伸出粗糙的大手与我握手，让我心里升起一股暖流。就像娜代日达的外公所说，他们是用希腊人特有的方式向拜伦勋爵的家乡人表达敬意。我说得没错。迪米特里嘴里一直用希腊语念叨着"拜伦？"他举起指节粗大的手掌，做了个表示赞同的手势。科斯塔的眼神有些闪烁，把两手食指贴在一起，用希腊语说："希腊—英格兰！好！"然后，他将两根食指末端反向挨着，指尖分开："希腊！保加利亚！坏，坏！"他弹着舌头，把头收回去。看来两国的关系不太融洽。牧羊人很善良，他们可以做朋友。

从瓦尔纳的黎明开始，过去的二十四小时，是我迄今为止在旅途中度过的最漫长、最奇特的一天。我久久不能入睡，思考着未知的希腊和希腊人。山洞深处，羊群偶尔传来一声清脆的铃铛声，燃完的木柴倒在余烬中，发出"噗噗"声响。十二个人的鼾声汇成一首和谐的乐章，洞口外几码的地方，海浪在轻声喘息。映在洞壁和钟乳石上的火光渐渐弱了，木柴泛着红光。透过洞口上方的孔隙，猎户星座像一串倾斜的菱形冰晶。就在我的大脑放空的时候，身旁响起窸窸窣窣的声音，幽灵般的影子，踮着的脚尖，自信地以为每个人都已经熟睡。（啊，还有人没睡呢！）那条长着黑色眼圈的狗凑到炖锅前，敏捷地把剩下的几颗扁豆吃进肚子。

早先朝赤道方向飞行的鹳鸟，到这片空荡荡、冷飕飕的海岬后，多半会失去方向感。我爬上山崖，抬头就能望见海鸥。它们成群结队地飞出螺旋形的峡谷，降落在岬角的沙面上。远山翻滚，仿佛自有生命以来，这里一直空旷寂寥。海滩附近荒无人烟，我不得不走到内陆，在小村里投宿（不知道是不是叫下奇夫利克？刚好位于地图折叠的地方，破了个洞），然后买了面包、奶酪、洋葱和大蒜。冬天的蒜瓣包着一枚绿色的柔芽，在湿气滋润下冲破外皮，长出嫩苗。我嚼着蒜瓣，朝西南方风雨兼程。上次在海边负的伤，多亏在山洞里得到精心治疗，没有留下任何后遗症。老牧羊人把山羊皮切成细长的条，代替我断裂的鞋带；这下，我的靴子又能跋山涉水了。两天前，牧羊人和渔夫预测会下雪，我也在默默期盼"黑海边上雪花落"的日子快些到来，谁知冷风吹得云开雾散，迎来暖阳、积云和细雨。望着平缓的山坡、低矮的山脉、轻柔的海波，我的内心得到一种抚慰。阳光和雨水交替，有时还下起太阳雨，天地间挂起一道彩虹，在有些传说中，彩虹脚下是狐狸举行婚礼的地方。有时，眼前只有白茫茫的水汽。冬日的世界给我带来无穷的乐趣，大脑不再紧张，神经也变得松弛。要是我的脑子里有个小小的太阳，我的视线就是一道光线，不知能在眼前这个遮了面纱的世界中穿行多远？万物寂寥，连人都变得想冬眠。思维像露珠一样静止不动。

第二天，从锯齿形山崖到海滩岩石，一连好几英里都被飘落的秋叶所覆盖。伸出的海岬间，巨大的环形海湾一个挨一个。巴尔干山脉向内陆迤逦绵延，在岸边与保加利亚的山脉远端相接。峡谷扩大成一块块沼泽，长满芦苇和莎草，样子跟传统地图上绘出的沼泽地区画面一模一样。一位老人穿着棕色衣裤，坐在一艘平底船里，猎枪放在膝盖上。一大群水鸟也许是见我来了，纷纷从池塘飞起，飞过老人头顶时，他举起猎枪，枪口冒出一股烟，过了片刻，炸雷般的枪声震得空气发颤。有好一阵，硝烟遮住神枪手的身影。等到烟雾散尽，水面上并没有传来猎物掉进水池的扑通声，他忙着检查手里的武器。见我路过，他把船划到池塘边，问我有没有香烟。他答应带我乘船抄近路越过沼泽地。我跳进这条渗水的小船，他继续填充弹药——这是件精细活，他手里是支前膛枪，生锈的枪管又细又长。他掏出个旧铜瓶子，朝枪管里倒了些粉末，然后抓了把大号铅弹，再塞进用来填充的报纸片和破布，用推弹杆把这些原材料推到位。枪管用麻线交缠在木柄上，箍着生锈的锡皮，再拿旧手帕像包扎伤口一样包裹起来。"鸟来了！"他边说边划了几下，松开船桨，然后举起手中的枪管，对准飞来的鸟群。又是震耳欲聋的一声，枪口火花四溅，烟雾弥漫。又没打中。他气哼哼地对渐渐远去的飞鸟挥着拳头："臭皮条客！"——他用土耳其语吼出这个称谓。几番折腾，他手里的枪看上去快要散架了。小船缓缓前行，划到对岸，我下了船。十五分钟后，我又听见一声枪响，下意识地朝湖边望去。我的恩人安然无恙，只是又让一群"皮条客"飞走了。

小路贴着河床，拐过一道弯，我刚好撞见一头喝水的野猪，深灰色斑纹，长着一副白色獠牙。它先是把猪嘴朝向我，然后转身钻过荆棘丛，跑进树林。以前，我从未见过野猪。横穿过通往比亚拉的公路，我走上一条落满灰尘的小道，将近傍晚时分，才来到萧条的阿旺特拉村。村民告诉我，再往前走两个小时，就可以到另外一个村子。太阳已经下山，我肯定是迷了路，在石南丛生的荒野上摸索到深夜，才看见一两处微弱的光亮。这个村镇叫哈吉科伊，看上去冷冰冰的，不过这只是表象。我拦下街上一个朦胧的身影，问他镇上哪里有客栈。这儿没有客栈，他用奇怪的口音说。他拉着我的胳膊，把我带到一栋农舍，轻叩房门，低声喊道："鲁斯塔姆！""谁呀？""苏莱曼，"我的向导回答。借着亮起的灯光，我看出他们都是土耳其人，还不到半小时，我就和大家一起盘腿坐在凉廊下，吃着面包片和一种油炸的叫"帕斯托玛"的熏肉。没有葡萄酒。我的耳边传来村民的名字——杰姆、阿卜杜勒-拉赫曼、穆斯塔法、穆罕默德、哈桑-阿里和塞利姆。打着赤脚、头戴面纱的女人们在背后忙碌，端来燃着木炭的火盆，随后，伴着闪烁的火光和荆棘燃烧时的炸裂声，一张矮脚圆桌放在我们面前，桌面摆满碗碟。这是我生平第一次吃到"帕斯托玛"，味道类似于干肉条。（几个月后，我问一位从伊康来的希腊人酒馆老板，这种美味是怎么做的。他顿时两眼放光。"得要找到骆驼或牛，骆驼最好，"他简明扼要地说，"把肉块放进榨橄榄的工具里使劲压，挤出肉里面的每一滴水分。记住，是每一滴！然后切成条状，加盐腌制，再放到太阳下面晒一两个月，最好挂在树枝上，自然风干，当然也可以搁在笼子里，免得被乌鸦叼跑了。"最后抹上捣烂的蒜糊和辣味十足的辣椒粉，来自东方的其他香料也能加上。等裹上的东西干透，变成坚硬的外壳，肉条看上去像一根木头，放好几年都不会变质。用锋利的匕首将其切成丝，生吃或烹调加工都行，香味浓郁，吃起来让人停不下嘴。不过有些人闻不惯大蒜的味儿，弄不好会闭过气去，再加上腌制过的肉气味也很特殊，熏得人连连后退，每次端上一盘，方圆几米的范围内都无人敢接近，人们走到旁边，就纷纷掩鼻，像一条抛物线飞离这个无形的圆环。）

就在我熟悉"帕斯托玛"味道的同时，其历史渊源也逐渐成形。跟土耳其建筑一样，土耳其人的饮食也融合了他们入侵和征服过的民族的饮食文化。几乎每一种都能追溯到波斯人、阿拉伯人和拜占庭人生活的年代。"帕斯托玛"也许是历经土耳其人摧残后，西欧历史中唯一幸存下来的饮食代表。肉干是游牧民族的传统食物，制作工艺高超，起源于乌拉尔山和阿尔泰山的高原地区，那里生活着成千上万只骆驼，用骆驼肉制成的肉干经久不坏、美味可口、营养丰富。另一个说法则与匈奴相关。他们习惯吃生肉，腌好的肉就挂在马鞍或胯下坐骑的侧面，饿了就撕一块放进嘴里。等到夜幕降临，骑手跳下马鞍，汗流浃背，肉干可以为他们提供身体必需的盐分。跟塞尔柱人一样，后世的吉尔吉斯人、塞西亚人，都学会了边吃肉干，边喝发酵的马奶和骆驼奶。不知肉干浓重的咸味和调料味是不是用来掩盖汗水的味道？马儿在吃草，骆驼在篷车旁溜达，乌古兹人用"帕斯托玛"迎接夜晚的到来。鲁姆苏丹国的人们也继承了这个传统，浑身上下都带着"帕斯托玛"的味儿，打仗时，还没等雷鸣般的马蹄声和喊杀声传到对方耳朵里，风已经把令人恐怖的味道吹到敌军阵地，尚有一箭之遥，吓破胆的敌人就四散奔逃。

灯芯照亮了众人淳朴的、略带伤感的面容。除了一两个村民，其他人都自在地与我这个异教徒共进晚餐，只是偶尔向我投来迷惑、惊奇但镇定的眼神。除了满头白发的长者苏莱曼，其他人都戴着破旧的毡帽，帽子上缠满布条。深红色腰带，土布衣服，都打满了补丁。很多人身上都显出老态——消瘦的面颊、青光眼、麻子坑、巴格达疖子。有位老人的耳朵像翅膀一样张开，薄薄的，透出身后的火光。他盘腿坐在地上，两眼无神，双手各捏住一个大脚趾，生怕它们一不留神就会离开自己的身体。这群人，看上去像是被奥斯曼帝国遗留在巴尔干的最孤独、最破落的土耳其人。

　　他们的保加利亚语和我一样糟糕。在他们眼中，英格兰是个遥远的国度，跟萨摩亚群岛或阿留申群岛类似。只有白发长者去过君士坦丁堡，是很久、很久以前的事儿了，那时巴尔干战争还没有打响。他煮了一锅咖啡，给每个人斟上一杯。

　　等我问到土耳其共和国国父穆斯塔法·凯末尔·阿塔图耳克，谈话气氛才活跃起来。年轻点的村民看来比较喜欢他，但白发长者在苏丹王阿卜杜勒·哈米德统治时期长大，一直摇头表示不赞同。一场土耳其语的争论就此展开。长者认为凯末尔比异教徒好不到哪儿去。接着，我们从神圣《古兰经》里的拉丁语聊到烈酒、托钵僧的解散、方言祷词、禁止戴毡帽和除去妇女脸上的面纱——这些都是恶魔撒旦的行为。我有些惊讶，这时就寝时间到了，长者把我带到一个谷仓状的房舍里，其他几个人送来毛毯、枕头和大水瓶。借助灯笼的光，我发现自己其实身处一座清真寺内，要不就是在清真寺附近，很方便把床铺被褥铺在草席上。村民们的家一定很简陋，难以为客人提供住宿。默念完祷词，这些瘦得像稻草人一样的村民依次向我行额手礼，互致晚安。我头顶的墙上贴着一张海报，日期是十九世纪九十年代，着色的画面上有桅杆顶端挂着新月旗帜的汽船、被信徒包围其中的克尔白石头以及阿拉伯文字。这是一幅麦加朝圣的广告。我有些迷惑不解，在清真寺里张贴广告，难道不是对神灵的亵渎吗？雨点打在瓦上，我很快进入了梦乡。破晓时分，我在长者的脚步声和驱除恶灵的诵经声中醒来。

　　往北走了几英里，我遇上难得一见的游牧民族萨拉卡森人。未见其人，先闻其声：潮湿的空气中传来颤抖的、像音符一样的铃铛声。翻过光秃秃的海岬，一片茅屋像深色的蜂巢建在长满绿色灌木林的山坡上，在芦苇和柳条精心编织的锥形屋顶下方，升起袅袅炊烟。鸟瞰村庄，荆棘和茅草搭起带刺的牲口棚，黑影在棚子里走来走去。在牲口棚正中，供牲畜喝水的木头水槽旁边，挖了一口井，井沿上撑着一根十八英尺长的横梁。这里有马、骡子和驴子，两匹母马身旁围着小马驹，狗叫声不绝于耳。数量占绝对优势的是绵羊和山羊，当庞大的羊群行动起来，铁铃铛和铜铃铛变换着音色汇聚成一首威风凛凛的进行曲。山羊比绵羊多些，有些身上是灰白色条纹；有些几乎全身洁白，毛发蓬松，尖角弯弯；不过大多数是深棕色和黑色。我径直朝羊群走去。牧羊人们身材高大，体格健壮，眼睛和头发的颜色各不相同。有些是灰色或蓝色眼睛，乱蓬蓬的头发上歪戴着黑色的矮圆桶帽，被太阳晒得褪了颜色。每个人的脸都埋在黑色土布斗篷里，从头部遮到脚踝，像纸板一样坚硬。他们手里握着高度和长矛相当的牧杖，插在雕花的木环里。他们一举一动都很谨慎，对周围保持高度警觉，他们的上衣、腰带、外套都带着强烈的个性——全是黑色的！女人一边推着摇篮，一边把毛线缠在卷线杆上，要不就在织布机上穿针引线。她们梳着辫子，身穿有黑白褶子和之字形花纹的衣服，跟扑克牌上皇后的装束一样。

空间里弥漫着马、羊、凝乳的气息和柴火的烟味。一切家什都由弯曲的树枝、荆棘、芦苇和木板制作而成，用皮带捆扎起来。也有铜或铁制的炖锅、木桶和把整张羊皮内外翻转、去掉颈部和四肢部分并扎紧而做成的皮囊，都淌着乳液和奶浆。这里一片乱哄哄，让人仿佛身处诺亚方舟。一位好心的牧民从皮囊里倒出一杯温热的、泛着白泡的奶，我小心翼翼地呷了一口。头戴黑帽子、身穿黑斗篷的男人，身穿黑白之字形花纹衣服的女人，圆锥形草棚，穿越鲁米利亚山林的牲口群，组成了我见过的最神秘的群体。他们身上笼罩着传奇色彩，眼前的景象更为传说提供了有力的证明。阳光透过云彩，在山坡上绘出一道道车辐形状，雨点在乐音流动的空气中落下，像万花筒中的五彩纸屑。很快，就会出现彩虹。

"牧羊倌！"一位保加利亚老农把木犁扛在肩上，大声喊道。我循声望去，过了一阵，"庄稼汉，"——一位身穿黑衣的牧人则用希腊语向对方打招呼。两人摇晃着手里的行头，像是在穷乡僻壤遇上了同病相怜的伙伴。山羊占领了从山脚到山顶的每个角落，躁动不安的声音渐渐消失在我身后。远远的，只能看见村里聚在一起的小圆锥冒着细细的白烟。

但我还想着刚刚遇到的牧羊人，心里充满兴奋。保加利亚人口中的"牧羊倌"，或谓萨拉卡森人，是一支独具特色的游牧民族。他们属于希腊民族，讲希腊语，完全以游牧为生。他们分布在整个希腊北部。也有一些在第二次巴尔干战争后，由于新划定的巴尔干国家边界，被迫与希腊的族人分开，赶着牛羊在奥斯曼帝国的废墟间谋生。有些权威人士认为这些游牧民的祖先是最初来希腊的流浪者，一直居无定所。夏天，他们住在高山地区，到了冬天，就赶着大篷车和牲口群来到长满青草的低地，等到来年春天再返回山区。我见到的算是典型的冬季住所：水草丰茂，远离公路、乡村和他们讨厌的文明世界，还可以避开风雪和罗多彼山脉的野狼。

（随后十年里，我数次与这些牧人近距离接触。虽然我不懂他们的语言，但还是在他们的茅屋里住了三个月。直到第二年的三月份，韦尼泽洛斯革命爆发，我才不得不与希腊骑兵中队一起出发，骑上马背，爬上他们曾放牧过的马其顿高山。我很想再讲讲他们的故事，但篇幅有限，必须朝下一站进发了。）

离群索居，牲口少得可怜，看上去比萨拉卡森人温顺——这是

8. 黑海岸边的舞蹈

我在一天剩下的时间里遇上的另一群牧羊人。一匹老马拉着椈木造的土耳其式小平板车，正沿着看不见的车辙印颠簸前行。一个土耳其男人盘腿坐在车上，他身后有四个全身包裹成黑色调酒瓶形状、脸上挂着厚厚面纱的女人，也盘腿坐着。她们是男人的四个妻子。

我已经深入内陆一段距离，等再回到海边，站在光秃秃的海岬上，居高临下望着夜幕降临前的大海，眼前突然出现一群海豚。我数了数，总共有十一只，正在畅游嬉戏。它们一齐跃出海面，身体划出一道优美的圆弧，然后又钻入水中，流线型的身体在海水中清晰可见。它们像猎犬一样在海底搜寻，随后游到水面转圈子，做着奇特的游戏。落水时的扑通声和尖锐的叫声传到崖顶。我呆呆地欣赏了半小时，直到它们突然转向东边，不顾一切地朝高加索山脉方向游去。山势的起伏很平缓，而且随着暮色渐浓，一些微微颤动的光点穿透夜空。一开始，我以为那是伸进海面的半岛，走到跟前，才发现是座海中岛屿，两侧都有宽阔的港湾，与海岸隔着一条狭长的水道。海岸向西南方转了个急弯，从海岬到东北部（我白天乘船抄的近路，走了一条直线），没多远就立着一座灯塔，光柱不时明暗交替，来回扫过海面。

一种奇异的、悲伤的、令人费解的咒语降临在夜幕下的小城墨森布瑞亚。这个地方几乎被黑海团团包围，与大陆只有一条纤细的吊桥相连。乍一看去，教堂的数量比民房还要多。我已经学会靠穹顶的形状、褪色的红砖束带层和石瓦片，判断出这些是小型拜占庭教堂，有些只剩下废墟和瓦砾，长满了杂草和荆棘，看上去一片死寂。这里早在公元前几个世纪就成为希腊人的定居点。等到拜占庭时代，小城富庶而繁华，随后被沙皇克鲁姆占据，但拜占庭人再次将其攻占，在佩利奥格洛和昆塔库泽那统治时期，兴建了许多教堂。土耳其人先攻陷这里，然后占领了君士坦丁堡。但到二十世纪初期，小城的居民都是希腊人。战乱曾让希腊人数量大大减少，巴尔干战争后，这里被分给保加利亚，更多的希腊人搬离这座小岛。有些希腊人不愿意离开他们生活了两千五百年的地方，比如萨拉卡森人和穴居的渔夫。再说政治风云变幻，谁知道这块地方会不会再次更换主人。在街道和咖啡馆里，我听到的多是希腊语，而不是保加利亚语，而且在进港的渔船上、在赤褐色的渔网边，也都是希腊人在忙碌。这里是个水陆相通的地方。海浪拍打在街道尽头，高高的桅杆刺向天空。造船工匠的手艺也不赖，他们按船舱样式加盖木楼，像帆船舰桥首尾相连，与街对面的房子遥相呼应。夜色中，小城静默不语，弥漫着咸湿的水汽、晚霞的余晖和星星点点的渔火，仿佛一座海底城池。每条街巷、每间店铺、每个房间，都能听见海的叹息，让人觉得自己藏身于巨大的贝壳中。以小城与大海的密切关系来看，这里的确可以算作一个贝壳。

　　我在一间凸出的楼上房间里住了两个晚上。房东是一对希腊老夫妇，孩子和孙辈都在外地成家立业。房间内部像一艘古船的艉楼，令人印象深刻。所有的东西都是由木板拼接而成，有菱形方格天花板，而且跟位于普罗夫迪夫的娜代日达家一样，起居室末端也有一张长沙发。透过舷窗，能清楚地看到黑海。我几乎一整天都在屋里写写画画，整理自己在黑海岸边的见闻。即便是现在，我仍觉得很难捕捉那块荒凉海滩的神韵，体会那让人心神安定的世外之地。这座漂浮在水上的小城，处处都能发现腐朽、变形、水渍、生锈的痕迹，有些地方几乎荒废，受海水滋养的生命最后又被海水带走。在地峡对面莎草茂密的海岸散步之余，我写完了好几封信。（真难以想象，它们能从如此偏僻的地方送到中欧各地，甚至是遥远的伦敦和加尔各答！）平静的海水一直延伸到青色的天边，好似一座巨型的王公帐篷，穹顶染成了淡紫色。海面上，一艘双桅纵帆船尾随着三只小船，正扬帆航行，满载着鱼向安希亚罗或布尔加斯驶去——水手们正俯下身查看刚刚捕获的鲜鱼，它们在太阳下闪着银光，像雪花盖在甲板上，引来成群的海鸥尖叫着在帆船四周盘旋。

睡觉前，我跟房东夫妇围坐在火盆旁，试着为他们背了几段荷马和萨福的诗歌。我用的英语，但特意加了点口音，听上去带了希腊语的味道。以前，在英格兰彭赞斯海边的小屋里，我也曾用中古英语为一对渔民夫妇讲《高文爵士与绿衣骑士》的故事。虽然房东夫妇听不懂诗句的内容，但抑扬顿挫的语调还是起到了效果，让他们非常满足。若是换个地方，比如英格兰的康沃尔，背诵同样的内容，当地人肯定会觉得无趣。在娜代日达外公那里听过的希腊民歌，现在也派上了用场。夫妇俩都熟悉这些歌曲，女房东还能用颤抖的嗓音唱上几句。她叫凯莉·埃莱尼，有一双蓝色的大眼睛，衣服和头巾都是黑色。我渐渐掌握了现代希腊语元音和双元音的发声技巧，气息变得通畅起来，口音和重音运用自如。我大声朗读，起初语速比较慢，但很快就读得流利了。我可以分析句子结构，甚至理解言外之意。旧报纸上的内容一般都通俗易懂，但拿起架子上的天主教祈祷书，我就傻了眼。看来那时我已为未来做好了充分准备，计划到君士坦丁堡逗留一阵后，就去希腊。现在最令人头疼的是耽搁已久的行程。

与希腊语相关的表演，让夫妇俩有些长吁短叹。他们从未去过希腊，现在年纪大了，更不可能出远门。他们很高兴有客人光顾，但这样的机会也不多。我觉得正是因为自己英国人的身份，得到了房东的优待。明天就要动身去布尔加斯，我寻思着，倒不如提前把房费付了，谁知夫妇俩像受到惊吓一样，连连后退，好像这些硬币在炉子上烧过，红得烫手。我睡在沙发上，身旁有盏台灯，灯座上有镀银的圣母、圣康斯坦丁与海伦教皇的塑像，他们手中举着"真十字架"。玻璃柜里有两个缠绕在一起的婚礼花冠，自夫妇俩在十九世纪末结为伉俪，精心保管的花冠就成为他们忠贞爱情的见证。整夜都能听见海水轻拍岸边。等到天明，银色的涟漪反射在头顶的菱形天花板上，偶尔有一只海鸥飞到窗台，来回踱着步子，然后又飞走。

"我说，小伙子，你来这儿之前吃的啥东西？"肯德尔先生伸出右手，正准备走过来跟我握手，半道上却突然停下脚步。想起来了，从墨森布瑞亚出发后，我还是没能抵挡住土耳其人传给我的社会陋习，将最后一块"帕斯托玛"切成肉丝，坐在角豆树下大嚼。山坡下是低地沼泽和盐碱地，依稀能看见布尔加斯城里有一些斑点和升降架。如今我身处英国领事馆，馆舍的窗户都做成大号舷窗的样式，正是我来的路上见到的那些斑点。

过去一年里，我已经多次提醒自己，外貌举止要和去的场合相匹配，不能像毛发蓬乱的公牛在处处精致的瓷器店里撒野。这次也不例外，我准备认真打扮一下，然后去和肯德尔先生见面——在索非亚的托林顿夫妇事先跟他通过信。在一家商队旅馆的房间里，我把背包里的东西翻了个遍，也没找到一件像样的衣服。外套和裤子在上次掉进水塘后，皱得像根旧绳子。没办法，我只好将就着扎上绑腿，穿上马裤，脚蹬一双露出鞋钉的靴子。我尽量把身上的尘土和泥巴抖干净，找个小男孩用工具把靴子擦亮，然后把脑袋凑到打开的水龙头下洗了个头，系好领带，穿了件无袖短上衣。我料想现在的样子虽然算不上像模像样，但也不粗陋，谁知我的努力功亏一篑。

肯德尔先生身穿花呢夹克衫——纽孔和胸袋之间挂着一根皮表带，灰色裤子，系着团纹领带。他红扑扑的脸上露出快活的神情，体格健壮，留着修剪过的小胡子，浅茶色头发梳得很整齐。他的办公室门上绘有狮子和独角兽图案，墙上挂着乔治五世和玛丽女王的肖像。我已经熟悉了巴尔干人的样貌，如今突然面对一个地道的英国绅士，难免自惭形秽。但肯德尔先生聊起天来幽默而真诚，蓝眼睛里也露出慈祥的光芒，让我一下子打消了顾虑。

他嗅了嗅。"我知道了！是'帕斯托玛'！这是我闻过的最浓的一次。"后来在起居室里，肯德尔先生递给我一杯酒，为自己敢与吃过"帕斯托玛"的人握手而得意洋洋。

不用说，我又从旅馆搬了出来，住进肯德尔夫妇为女儿塞西莉准备的儿童室里。真是对不起托尼·肯德尔和米拉·肯德尔两位好心人，在接下来的二十四小时里，要忍受我这个像臭鼬一样的不速之客。米拉说话时声音轻柔，做事耐心仔细，与风风火火的托尼刚好互补。她的父亲是位退休的保加利亚将军，身材高大魁梧，留着白胡子，他锐利的目光，一看就是多年在战场上判断火力射程而练就的。

布尔加斯的日子，加上之前的几天，曾在我的日记本上留下断断续续的记录，只不过这个日记本神秘消失了将近二十五年，在我人到老年时才奇迹般失而复得，成为本书的重要内容之一。此前我努力地想把记忆中的空白找回来，现在却像是发了笔意外之财，每一天的经历虽然简略，却很明了，至少从此处到旅行目的地，我大致知道白天发生了什么，夜里睡在哪里，而不担心将所有的信息都像拼图一样散乱地堆在一起，满目空缺或残损。有时，材料丰富反而让人棘手，要想面面俱到，文章的重心就不得不发生改变，比如布尔加斯这一部分，我就难以摆脱原始资料的诱惑，一不小心就超出了文字篇幅。

这种诱惑很强烈，要知道，与托尼和米拉一家共处的日子是我所有行程中最快乐的时光之一。从日记本上，我读到自己漫步在黑海岸边，风光旖旎，内心的孤独感却日渐强烈。白昼越来越短，十二月了，巴尔干的冬天让人意志消沉。我以为自己已锻炼得足够坚强，但站在海滩，乡思再一次触碰我脆弱的心灵。不用孤独，无需思家，肯德尔夫妇在这座港口城市有许多朋友，几乎包含了巴尔干所有的民族，再者说，虽然……

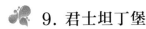 9. 君士坦丁堡

《青春的旅程》就在这里结束了。尽管帕迪在几天后顺利抵达君士坦丁堡，却只在"绿皮本"上留下寥寥数笔，用他自己的话来说，写得"实在拿不出手"。

很奇怪，即使在这个日记本上，也没有任何对拜占庭古都辉煌文化的描述（甚至对索非亚大教堂和末代罗马帝国皇帝狄奥多西修建的城墙，也只字未提），奥斯曼帝国也是一笔带过。他提及与一位迷人的希腊女士的友谊、领事馆的聚会，以及城里的各种社交活动。但都很匆忙。他居然没有与在索非亚见过面的惠特莫尔教授会面，对方当时正主持着索非亚大教堂马赛克镶嵌画的研究工作，而这也是帕迪一直感兴趣的领域，教授可以将自己在拜占庭文化上的非凡成就与他分享。

也许跟很多旅行者一样，走完计划中的旅程、完成目标后，心里反倒空荡荡的，不知道该何去何从。旅途中，抑郁的心情经常让他难以自拔。他有没有想过要写本书、一篇报道，或从军的经历？别人询问时，他总是推说不记得了。又或许这座伟大的城市让他很失望，破败荒废的景象，无处不在的土耳其风格（这种情况现在得到了改观）。从他后来的文字中不难看出，虽然离开了君士坦丁堡，他的内心并没有因此得到解脱。

不过，看看摘录下来的日记片段，他当时的心情还是不错的。

一九三五年一月一日　君士坦丁堡

刚到这里，参加庆祝新年的狂欢，累得快要瘫倒。一直睡到晚上六点，然后，醒来，以为才刚刚天亮，其实已经多睡了十二个小时，于是翻个身继续睡到一月二日早晨。这样的话，一九三五年的新年，对我来说是个空白。

一月二日

……美妙的一天，阳光照在"金牛角"上，城里有各种各样的声音……在一家亚美尼亚人开的小餐馆吃饭，老板能讲法语，给我讲土耳其人处决死刑犯的方法，汗毛都竖起来了。随后又去码头闲逛，那里的猫真多！深夜，与玛利亚约会，我们一起到小餐馆喝啤酒。她很可爱，是理想的伴侣，我们聊得很开心。亲爱的玛利亚！在土耳其的月光下去她家小坐，然后慢慢走回旅馆，斯坦布尔和教堂的尖塔看上去很美……

一月三日

给德杰哈特帕夏打电话，在布达佩斯时，特勒齐伯爵向我介绍过他，他邀我到他家做客。我在加拉塔大桥下乘坐小船……帕夏仪表堂堂，蓄着硬茬胡子，像英国乡绅——讲流利的法语（看上去，他好像下令杀过几个亚美尼亚人）。谈到亚美尼亚、巴尔干和第一次世界大战……

一月六日

乘车去地毯博物馆，回旅馆喝茶，在费舍尔家喝啤酒。我们会成为好朋友，我是这么觉得的。无所不谈。君士坦丁堡是营造浪漫的好地方，晚上与玛利亚喝淡酒，吵了架，我怒气冲冲地回旅馆睡觉。

一月九日

去斯坦布尔大市场，壮观极了，成千上万的地毯、利剑和弯刀。我买了个琥珀烟嘴的烟斗……

一月十一日

懒洋洋地躺在床上，起床，与美国大使馆的鲍勃·科埃吃午餐……我们坐在俯瞰博斯普鲁斯海峡的游廊上，水面平静，轻帆船来来回回……

从十二日到二十三日，帕迪的日记是空白，原因未知。等到再次动笔记录，他已经登上离开君士坦丁堡前往萨洛尼卡的火车。从那里乘船去汇集了东正教修道院的阿托斯圣山，日记完整记录下了他在那里的日子。

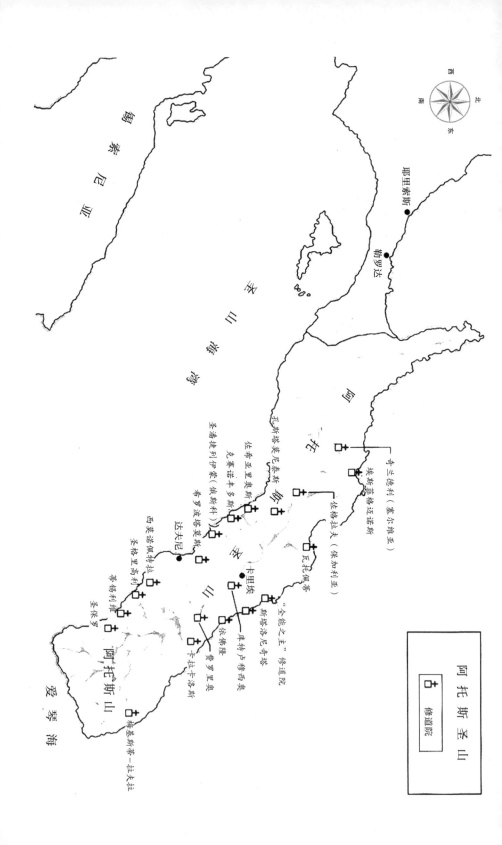

阿托斯圣山

修道院

西北

北

西

东

东南

耶里索斯

勒罗达

孔图

圣山海湾

阿托

斯海湾

孔斯塔尼蓉斯

埃斯菲格迈诺斯

瓦托佩蒂

奇兰德利（塞尔维亚）

佐格拉夫（保加利亚）

圣山

"全能之主"修道院

卡里埃

斯塔夫尼奇塔

库特卢穆西奥

单特卡拉卡拉

费罗里奥

依佛隆

圣保罗

圣格里高利

西美诺佩特拉

达夫尼

圣潘捷列伊蒙（俄罗斯）

克赛诺丰多斯

佐格拉夫

希罗波塔莫斯

蒂锡利维

圣格里高利

西美诺佩特拉

阿托斯山

梅基斯蒂-拉夫拉

爱琴海

鲁索尼亚

10. 阿托斯圣山

一九三五年一月二十四日至二月十八日

选自帕特里克·莱斯·弗莫尔的"绿皮本"

一月二十四日

头天夜里，我离开萨洛尼卡，帕图洛和埃尔芬斯通送我上船，我们在港口大门附近买了些面包、蒜味腊肠和奶酪。我很高兴他们能来，因为太阳已经下山，孤零零地离开，孤身一人上路，总归不是件让人开心的事。船很小，很脏，装载着各种货物，所有的货物都是由动作极不熟练的工人搬上去的。船舱里也是乱糟糟的，过道上堆着巨大的煤块。农夫随便找块空地，就铺上毛毯把身子躺下。我们站在过道上抽烟、聊天、等着钟声响起，提醒船就要出发，送行的人赶紧上岸。但船晚点了差不多两个小时，差点耽误了他们的安排，尤其是帕图洛，他再过一两天就要在塞得港登上运兵舰前往香港。

等到船离开时，天已经完全黑了。帕图洛和埃尔芬斯通在最后时刻越过船舷跳上舷梯，我们在黑暗中大声呼喊，直到听不见对方的声音。我希望有朝一日能与他们重逢。

尽管我买的是三等舱船票，一位船上的管理人员，先是凝望着萨洛尼卡的灯光慢慢消失在远方，然后好心地提醒我去二等舱碰碰运气，因为三等舱实在没有地方下脚（除非去甲板），吃住都在那里，像牲畜一样挤在一起，抵御逼人的寒气。我庆幸自己不用去受这份罪。

我喝了咖啡，吃了随身带的干粮，然后抽了几小时烟、读拜伦的《唐璜》——我昨天买的，价格便宜，就在城里一家小书店。虽然少了些诗意，但仍是部伟大的作品。最后，我在加了垫子的长凳上睡了几小时，盖着军用大衣，有些兴奋。踏上一段新旅程的人往往有这种感觉。

清晨，我早早起身，跑到上层甲板。风和日丽，水天一色，白浪映着微云。船舷右前方半英里外，是卡桑德拉半岛长满苍松的山坡。我想象自己生活在古希腊时期，我们的船是帝国的单层甲板大帆船，有五彩的风帆和挥动的船桨。我在甲板上散步，从一边船舷走到另一边船舷，想象着历史上不同帝国的三桅战船，曾与我们的船航行在同样的水道上。我又回忆起帕修斯、伊阿宋和奥德赛的海上传说，还有爱琴海群岛上的暴君、米特拉达梯的海盗，以及运送古罗马军团士兵前往色雷斯或帕夫拉戈尼亚的桨帆船，为拜占庭帝国送来物资的平底运输船。等到马可·波罗时代，热那亚和威尼斯人造的大帆船从欧洲驶向遥远的黎凡特，途中频繁遭遇摩尔人和阿拉伯人海盗船的拦截骚扰。奥斯曼土耳其人的船只从帝国时代航行至今。抚今追昔，世事变迁，但有一点可以肯定，这片长满松树的山坡和金色的沙滩，与马其顿国王菲利普和他的儿子亚历山大大帝麾下的重装步兵站在航行的战船上所看到的景象一模一样。

我们停靠在卡桑德拉半岛西岸的一个小村旁。村庄建在岛上，房舍很小，外墙涂成白色，看上去像儿童玩具。渔夫划桨出海，从我们的船上卸下装在麻袋里的面粉，娴熟地扔进小船。他们性格开朗，个子高，光着脚。他们靠过往的船只运来生活必需品，因为岛上山石崎岖，土地贫瘠，无法出产任何作物。绕半岛一圈让人大饱眼福，怪石嶙峋，高耸的悬崖直插入海水中，还有很多山洞、无人岛和石拱。两只老鹰在空中懒洋洋地盘旋，身影在悬崖的石壁上掠过。海浪很高，渔夫的小船在浪间忽隐忽现。

绕过海岬，我此次朝圣的目的地突然出现在眼前，阿托斯圣山，一座高耸入云、如幽灵般洁白的山岭，苍白得像骷髅，也像夜空中的月亮。山脚附近的斜坡完全掩盖在白色云雾里。在希腊语中，"阿托斯"是"神圣"的意思，至少此时此刻，这座山看上去完全超脱凡尘。威严、卓尔不群，我惊诧于巍然的山体。修建着修道院的顶峰，此刻正云遮雾绕。

我们沿着朗戈斯或锡索尼亚半岛东岸航行，岛上都是光秃秃的岩石，难得能看见修在峡谷峭壁下的茅草屋。夜幕降临，太阳已经落到海平面下方。我们仿佛远离尘世，空气中也带着柔和的气息。我们要驶入这片海湾最靠近陆地的海岬，然后掉头到达夫尼，那就算是进入圣山的地界了。这是个让我永生难忘的夜晚。云雾在阿托斯半岛的山坡缭绕，我们仍没有看见任何修道院的影子。

两小时后

天色已晚，我站在后甲板观赏日落。晚霞从阿托斯山背后消散，到最后，只剩下积雪的山顶，像一朵白云悬在暮霭中。

七只海豚与船同行，在船首斜桅下方游动。它们是美丽的生灵，轻盈、活跃、动作敏捷，有时跃出海面，又用优雅的姿态钻进水里。它们的速度极快，能一睹它们破浪前进的样子，真是一件幸事。我希望它们带来好运，船上水手们也这么说。他们给我讲了阿里翁的传说[1]。

---

[1] 希腊传说中，诗人阿里翁被海盗扔进大海，被海豚救起。

很晚了，天空繁星点点。我只分辨得出大熊星座。跟我在保加利亚时看到的样子完全不同，勺柄向下。

一月二十五日，希罗波塔莫斯

我靠着船舱里的桌子睡着了，睡得很浅，希望船快些到达夫尼。凌晨一点时，船员把我摇醒，说达夫尼到了。于是我收拾好东西，付了咖啡的钱，顺着一侧的舷梯下了船，跳进一艘在海浪中左右摇晃的小船。周围漆黑一片，而且冷，满脸胡子的老渔夫划着桨把我送到岸边，灯笼在寒风中瑟瑟发抖。达夫尼是座小渔村，像德文郡，有低矮的石头房子，厚实的墙，门外建了石阶。我是唯一登岸的乘客，只好跑到小酒馆叫醒老板，他给我安排了一间设施简陋的小屋，可以俯瞰大海。他们给我弄了些面包、奶酪和红酒。吃完后，我睡得死死的，像根木头。

我躺在床上。窗外的景色很美——小渔船正在出海，一两个渔夫坐在防波堤上抽烟。大海一片湛蓝。每一侧山坡都很陡峭，数十栋小房子都挤在面朝大海的半圆形地带。左边，海岸延伸至人眼能看到的最远的地方，修道院像鹰巢伫立在岩石上；远处，能辨认出锡索尼亚的蓝色海岸。

我走到码头上的警察局——昨晚，一个警察拿走了我的护照——警察在登记簿上写下我的名字，告诉我随时可以来取护照。去希罗波塔莫斯的路贴着海岸，顺山坡盘旋而上，路边修了防护墙，草木茂盛。这里很有异国情调——树叶表面光滑，可惜我叫不出它们的名字；被绿树覆盖的小山比比皆是，路旁有峡谷和水道；公路蜿蜒进入内陆，越过一座高高的拱桥，桥下是从半英里外的山腰喷涌而出的溪流。这是个干燥的沉睡之地，蜥蜴趴在岩石上晒太阳，栓皮栎树洒下浓荫。半山腰上，我坐在喷泉旁，眺望进出达夫尼湾的船只，它们小得像颗颗米粒。一位修士从我身旁经过，牵着两头运货的骡子；他长着络腮胡，梳着发髻，戴着黑色圆柱形帽子。这里的马已经去势，原因是圣山禁止女性进入，雌性动物也不例外。数百年来，母马、母羊、母狗、母猫等，都被排斥在圣山之外。不过眼前，一群公山羊在一个手持短笛的牧童的监视下，正努力想从岩石缝里找到青草。

又攀登了半小时，高大的、沐浴在阳光中的城墙跃入眼帘。希罗波塔莫斯得名于城门旁边奔流的小河，城里建有木楼、高烟囱和圆顶的礼拜堂。

一位身材很高、灰白胡须的修士正在院子里与执事交谈，见我进门，就走过来与我握手，用希腊语欢迎了几句，把我带到门房的小屋，坚持帮我解下肩上的帆布包，另外几位修士也走进屋子，围坐在炉火旁。他们对我的到来很好奇，一位阿尔巴尼亚修士与我攀谈起来。他讲俄语，能把我说的保加利亚语翻译成希腊语。有人把装着土耳其咖啡的小炖锅放在炉子上，煮好后给我倒在圆形的、没有把手的小杯子里。

他们戴上眼镜，饶有兴致地研究长老给我写的介绍信。其中一位修士拿上我的行李，走过几重铺着石板的庭院，爬上几级台阶，进入一间阳光明媚的客房。

另一位长相聪敏、镶着金牙、留着凌乱的大胡子、看上去与修道院这种地方八竿子打不着的修士，用流利的法语告诉我，介绍信已经送去给院长，他很快就会来见我。果然，过了片刻，院长来了。他是位须发皆白的老者，眉宇间透着威严。他招呼我坐下，询问相关情况。修士端来一个托盘，上面摆着蜜饯、土耳其咖啡和圣果，在东南欧，这是向客人表达正式欢迎。我们三人聊得很投机，听说我坚持写旅行日记，院长兴奋地拿来一本带有插图的书，上面是他对阿托斯圣山的描述。见我很有兴趣，就当作礼物送给我。我再三向他表达诚挚感谢，只可惜自己的希腊语很不利索。他在扉页上写了赠言，又拿出来宾签名簿让我签上大名。上面有几个英国人的名字。瑞典王储的名字就排在我前面。

讲法语的修士和我坐在俯瞰爱琴海的窗台上聊天，他告诉我他曾在巴黎学过几年音乐，但最后还是因为经济拮据而离开了。他是个好人，被院长差遣来照顾我的起居。我们一起吃晚餐。送餐的年轻修士长相有些奇特，胡子黑得发亮，弯弯的黑眉毛下长着一双悲伤的大眼睛，橄榄色的皮肤很光滑。我们吃得很简单：豆子、炸土豆、面包、红葡萄酒，但味道不错。

刚才那位黑发修士已经把我的行李送到为访客准备的房间里，光线充足，墙壁白净，一张豪华的大床上铺着整洁的被单，还有沙发和桌椅。他往漆成蓝色的炉子里添了几根柴火，桌上的油灯让房间温馨而舒适。窗洞像个炮眼，墙壁异乎寻常地厚。从这里能瞅见回廊之间的深井，一位身穿黑袍的修士正走在卵石路上。

很晚了，讲法语的修士和我坐在火炉旁边，从晚饭后聊到现在。之后，我坐在油灯下写日记。在阿托斯山度过的第一天很愉快，这里的修士对我关怀备至，他们好像也喜欢有客人来访，把照顾客人的琐事当成一件开心事。

一月二十六日，库特卢穆西奥

昨晚，我读《唐璜》到深夜，差不多上午十点钟才起床，这一觉睡得很实在。黑胡子修士送来咖啡、面包，摆在桌上，向我道

"日安"。会讲法语的修士叫卡拉贡尼斯，我刚好刮完胡子，他就出现在房间门口。我们一起抽烟、聊天。我决定白天去趟卡里埃，到牧师会要一封批准探访阿托斯山所有修道院的公函。

吃完午餐后，两位修士跟我道别，我独自一人走在山路上。路旁长着稀稀拉拉的冬青和刺槐，看上去像《圣经》中耶稣布道的"橄榄山"的木刻插图。公路缓缓从山脚爬上半山腰，经过很多小河与巨石，随着海拔的上升，树木变成针叶林，枝干上留着残雪。阳光洒向屋顶和希罗波塔莫斯的城墙，照耀在山间台地的葡萄园和柏树上。一位骑着骡子的修士很快超过了我，顺手把我的背包和外套挂上鞍子。他好几次跳下骡子，盛情邀请我坐到他的位置上歇歇脚，见我一再谢绝，他脸上有些挂不住。这些修士们真可算作舍己为人的典范。

差不多爬了一个小时，我们来到半岛顶端，两侧都能俯瞰蓝色的爱琴海。居高临下，小城卡里埃尽收眼底。这里是圣山的行政中心。我们沿着卵石路往下走，人还真不少，而且不全是修士，我不禁好奇这里究竟生活着多少人。山上没有妇女，自然没有婴儿出生，也没有婚姻家庭，但固定人口还是有相当规模。男人们是乘船去陆上娶妻生子，然后带着儿子返回圣山的吗？又或许住的都是些单身汉和厌倦世间情欲的人？我解不开这个谜团。

我爬上摇摇晃晃的木制台阶，好不容易才找到警察局。警官友好地问候日安，招呼我坐下，递给我一支烟，然后开始填写需要递交给修道院委员会的表格。在阿托斯，每个人都很和善，把这里变成一个绝不功利、没有物质诱惑的世外桃源，激发出人性中的善。时间仿佛凝固，让整座圣山停留在远古时代，那时，人类亲善友好，过着简朴平和的生活。

一位警察带我走上铺着卵石的街道，来到牧师会礼堂门前。卫士放我们进去。卫士长着浓密的络腮胡，身穿肥大的衬衫和黑色天鹅绒苏格兰裙，带流苏的帽子上缝着代表阿托斯的银质徽章，白色长袜，绒布鞋。他看上去很神气。几乎所有修道院的卫士都是这种打扮。

我走进牧师会大厅，有位老者坐在书桌旁，正在写东西，一看就地位不凡。他摘下眼镜抬头看着我，起身跟我握手，然后礼貌地请我坐下。他把我带来的相关文书递给一位年轻修士，其中包括君士坦丁堡的长老字迹优美、加了火漆的亲笔信。我们用法语聊了一阵，卫士给我端来咖啡、香甜酒和果酱。虽然是间办公室，房间陈设却很别致。座椅靠在三面墙下，每个座位上都有块棕色小牌子，分别刻着修道院的名字，每三周，代表们就坐在这里开小型会议。规模较大的修道院位列正中，其他的则根据等级严格排序。第四面墙边设置着讲坛，上面有一张宝座和一根用乌木做的、镶着银尖的权杖，象征牧师会主席的权力。

年长的修道院代表们陆续到场，先走到大厅尽头的圣像前划三次十字，然后就坐。（他们划十字的方向与天主教相反，是横着从右到左。）让人惊讶的是老人们都慈眉善目，说明他们过得简单而快乐。这真是幅美妙的图画：代表们齐聚一堂，坐在软垫式座椅上畅所欲言，山麓和大海装在窗框里充当背景。

我的朋友朗朗地念出长老写的信。信上有个意为"重要"和"有学识"的形容词，表达了长老对我的诚挚祝福，听到此处，代表们绽开笑容。修道院院长用庄严的语气念完最后一句："上帝的恩典与仁慈与你们同在。"

听完信，大家与我握手，祝福我受到神的庇佑。

我首先去了趟邮局，随后夜幕渐渐降临，我想起卡拉贡尼斯修士的建议，决定在山下不远处的库特卢穆西奥修道院住一夜，此处已经能看见修道院的高墙。

库特卢穆西奥修道院规模比较小，条件也一般，但修士们对我的到来表示欢迎，带我进了会客厅，与朴实的石头回廊和冷冰冰的走廊相比，室内的陈设算得上豪华。修道院的历史可以追溯到君士坦丁堡作为文化中心、马其顿人受土耳其压迫的时期。狭长的窗户挂着精致的窗帘，四面墙壁下摆放有椅面宽阔的短腿座椅，色彩明快的挂毯垂到地面，充满异国情调。

他们把炉子点着，在沙发椅上铺好床单被褥，摆开桌子准备晚餐。说句老实话，难以下咽，因为几乎都是蔬菜，只简单用油炒了下，我吃了很多面包和糖，还有几个橙子。为了不伤害修士的好心，我用纸把菜包起来，偷偷找机会扔了。

房间很暖和，我坐在桌旁写日记，等着修士来开炉。夕阳西下，独自坐在光线逐渐暗淡的房间里，让人有些压抑。窗外，修士们正走去礼拜堂晚祷，黑色圆柱形帽子罩着一层薄纱。后来，我听到语调深沉的素歌和轮唱赞美诗，最后一缕光线消失在穹顶与红白相间的石砌礼拜堂背后。我突然很伤感。夜色浓重，隐隐能辨认出圣山的轮廓。每当这时，我就会想起英格兰、伦敦和皮卡迪利广场上的汽车，或久违的英国乡野。

一月二十七日，依佛隆

昨天一早，我离开库特卢穆西奥，顺着公路朝山下走。路旁有欢快的急流，河水冲刷着圆石，泛起白沫。在半岛这块区域生长的几乎都是常绿乔木，很难让人相信现在是寒冷的一月。在冬青和夹竹桃间，长着橄榄、山杨、柏树和雪松。海拔高一点的山坡上长满了冷杉。

拐过弯，我看见一个瘦小的、灰白头发的男人坐在一口古井旁边，身旁放着棕色纸包。他用法语向我打招呼，递过来一支烟，然后我们就聊起天来。他从卡拉瓦来，在圣山生活了四年，能制作圣山的地图，还能用木头雕刻圣像。他给我展示自己的作品，果然手艺精湛。

我又看到了大海以及依佛隆修道院那比树木还高出一头的围墙。这么说吧，看上去高度好像超过了宽度，分出一个个矩形的堡垒，坚实的底座上没有一扇窗户，直到顶部才伸出悬垂的眺台，盖着波浪状的屋顶，石膏板上色彩明亮——红色、蓝色、绿色，样式古朴。

几位修士正坐在宽敞的石头庭院的长凳上半睡半醒，理着胡须。年轻的执事负责接待，带我来到会客厅，墙上挂着许多褪色的国王肖像：希腊的乔治和康斯坦丁，彼得大帝，沙皇尼古拉二世，爱德华七世和身穿护胸甲、头戴双头鹰头盔的罗曼诺夫家族大公。

喝完咖啡，休息了片刻，执事带我到一间宽敞明亮的客房，墙壁洁白，深黄色、加了衬垫的窗座安放在一码深的射击孔前。窗外是枝繁叶茂的山坡（这里将其称作"受难地"）。山杨林间，有修士的花园和橘子树，宝剑形状的叶子亮锃锃的，枝头挂着金色的果实。透过山岭和树冠，三角形的爱琴海在阳光下闪闪发光。画面内容丰富，让人联想起文艺复兴前的艺术家创作的作品。

我读了一下午《唐璜》，慵懒地躺在洒满阳光的窗座上。后来我听见敲击木梁的梆梆声，这是提醒修士们去礼拜堂做晚祷；我也去了。

礼拜堂的建筑风格是典型的拜占庭式，有金色祭坛和绘满壁画的墙壁，画面中的人物头上都带着光晕，在暗淡的墙面和石膏板上释放光芒。烛光摇曳，映出不甚清晰的金质和银质圣像。走进礼拜堂后，修士们拜倒在圣像前，划十字，亲吻圣像。现在是晚祷时间，我靠在雕刻有花纹的长座椅上，身旁是白胡子、黑胡子的修士们，他们都弯曲手肘，把胳膊靠在可折叠坐椅下凸出的扶手上。大家唱起素歌，礼拜堂内响起神秘的吟唱，伴着香炉的叮当声，蓝色烟雾萦绕在夕阳微弱的光柱上。这里教堂的焚香、煅油和蜂蜡都一样。数百盏圣灯挂在难以分辨的拱顶上，还有巨大的枝形烛台。在我眼中，东正教的圣餐仪式既神秘，又有些令人不安。

晚祷后，一位老修士领我去参观图书馆，那里有丰富的古拜占庭手稿，羊皮纸上绘有带寓意的恶魔、圣徒、童贞女和殉道者，形象栩栩如生。《圣咏经》和《圣经》的书页用金线固定，扣子用红宝石和钻石做成，是拜占庭皇帝、皇后或总督进献的礼物。法衣材料是金线织物，嵌着宝石，令人叹为观止。圣带上镶着珍珠。还有一箱箱圣餐杯和圣器，都镶嵌着紫水晶和绿宝石。

回到房间，我继续读拜伦的书，在希腊，这样做再合适不过。晚餐时，执事上门来叫我，我们一起在楼下厨房吃饭。又来了两个会讲法语的希腊生意人、几位修士和一个保加利亚人。今晚的禽肉味道鲜美，红葡萄酒也不错。这是一场愉快的聚会，修士们兴致勃勃，尤其是一位叫索弗罗尼奥斯的，到后来，大家齐声唱起歌来。他们唱的希腊农村歌曲很出彩。

人们都涌进我的房间，把椅子搬到炉火边，又开了一坛酒。我们开怀畅饮，唱歌，抽烟。环顾一张张被油灯照亮的面容，我不由得对他们的好脾气心生敬佩，他们是理性和严肃的结合体：睿智而真诚。

一月二十八日，斯塔洛尼奇塔

昨天，我早早吃过午饭，离开依佛隆。小路紧贴海岸，时而越过高高的岩石，时而穿过海滩上的沙砾，时而蜿蜒伸进内陆。这是一条林间步道，很像德文郡的峡谷，只不过长着茂密的常青树。山坡的壁架上有时会出现低矮的、供隐士隐居的石头房子，被包围在柏树林中。

海岸地势起伏不定，岩石和洞穴、水湾和小岛比比皆是，白浪滔天。我路过一座建在水中岩石上的塔楼，这也是某位隐士的住所。我从未见过如此荒凉的地方。

有时，绿树环绕的入海口形似古罗马竞技场，山坡上长满葡萄，山脚形成半圆形的沙地。

斯塔洛尼奇塔修道院跃然眼前。这是一座风格粗犷、带有中世纪特色的建筑，建在俯瞰大海的峭壁上。坚实的院墙垒成高高的、没有窗户的堡垒，直到突出的顶层眺台，才安装了小小的窗户。开了堞眼的礼拜堂钟楼从围墙上探出身子。

一艘帆船泊在水边，修士们卷起裤管，忙着拖网拉船。我觉得回到了中世纪时期，时光倒流了上千年。

我顺着石板路走到修道院大门，跨过阴暗的拱门，穿越高低不平的石头庭院。立柱支撑的回廊像围成的一口深井。一位毛发浓密的修士向我走来，他居然还能讲一两句法语，领着我走上石阶，拐进走廊，来到一间白色的屋子。这里是修道院的最高点，能望见嶙峋的山石、翻着白色泡沫的海水和茫然虚无的远方。北部海岸有突出的海角和水湾，"全能之主"修道院就坐落在一个小半岛上。

晚餐有非常新鲜的鱼，盐渍过，泡在油里。我该从何处下口呢？饥饿难耐，管不了那么多了，我直接用手把鱼捞出来，撕成小块放进嘴里。

那位毛发浓密的修士看来负责我的起居，他是个好心人，就是样子像比利时海盗。

太阳落山后，疾风劲吹，海浪猛烈地拍打着海岸。与世隔绝的感觉妙不可言，俗世的生活仿佛成为遥远的记忆。

熄灯后，我躺在床上，倾听风声和海浪的声音。

一月二十九日，"全能之主"修道院

从斯塔洛尼奇塔到"全能之主"修道院的路弯弯曲曲，有时被长在树下的金雀花丛和石南挡住去路，穿越茂密的灌木丛需要花费很大气力。在下山的路上，急流突然横过路面，我不得不借着惯性，把脚尖踮在水里的石头上，一鼓作气冲到对岸。

两地之间只相隔一个半小时路程，跟斯塔洛尼奇塔一样，"全能之主"修道院也像座堡垒，建在海岬上，得先走小路，再上木桥，钻过葡萄架，才能顺利到达。

一位修士看过我的文书，带我上到二楼一间看海的、阳光明媚的客房，然后送来咖啡、拉基烧酒和土耳其风味小吃，只是没有常见的果酱。周围风景秀美。见时候还早，我去山谷里转了转，躲在树下抽烟。内陆的山坡上居住着俄罗斯僧侣团体"先知伊利亚"，绿色的、带尖顶的建筑与希腊修道院的拜占庭式穹顶迥然不同。

山谷景色宜人。浅浅的小河水波荡漾，卵石和圆石立在水中，河畔长满橄榄树和白杨。我在暮色中走回修道院，正巧遇上挂着铃铛的马匹急匆匆地跑过山坡。

修道院大门前有一处起伏的空地，岩石参差不齐，距海面不到五十码。这里建了一座小型庇护所，有停枢门和靠背很高的木椅子，都朝着大海的方向。几个修士正静静地坐在里面，有的理着手里的念珠。我也走进去，望着赤红色的晚霞照在蔚蓝的爱琴海上，海浪在坎坷的岩石上击打出水沫。南面，斯塔洛尼奇塔修道院的塔楼映入眼帘，远处能望见萨索斯岛、伊姆罗兹和更远的萨莫色雷斯。更远处是马其顿曲折的海岸。一种奇妙的宁静笼罩着世界，我们默默不语地坐在海边，直到守卫前来提醒马上就到关大门的时间。直到第二天黎明，修道院大门才会再次打开。

小庭院里，几株橘子树长得很高，枝叶挨到拱顶的第二层。回廊是修道院特有的建筑单元，通常有五层拱顶。

我坐在房间里，与一位裁判官[2]，以及其他几位修士一起喝咖啡、聊天。他们中有人能讲简单的法语。随后，我回到客房，炉子和油灯都已经点燃。晚餐后，我守在温暖的炉火旁再次读起拜伦的书。《恰尔德·哈罗德游记》中的一个诗节刚好能表达我站在修道院门口观赏落日时的心情。难道一百年前，拜伦本人也漫步在夕阳中的希腊海边，有感而发？

> 神仙般的隐士生活是多么的幸福，
>
> 可以看到他们，在孤独的阿托斯山上；
>
> 傍晚时分在巍峨的山巅眺看远处，
>
> 碧蓝的是那海水，澄澈的是那苍穹；
>
> 无论谁在那样的时刻在那儿徜徉，
>
> 将会在那圣洁的地方陶醉沉思，
>
> 然后恋恋不舍地离开这迷人的地方，

---

[2] 裁判官：由数位修士组成的团体，代替修道院院长管理修道院事务。

惋惜着自己不能过这样的日子，

而重新怨恨那几乎已被他忘记的人世。[3]

一月三十一日，瓦托佩蒂

昨天过得很糟糕——事事好像都不如意。我打点好行装，正准备和"全能之主"修道院的修士们告别，天就开始下雨。修士们劝我"明天走吧，明天走吧"，可我还是执意冒雨出了门，朝临海的山路走去。我向上攀登，很快，面前只剩下一条狭窄的小径，荆棘密布、枝叶蔓生，每前进一步都很困难。

小路顺着河岸爬过苍翠的山坡，穿过一块平坦的林地，突然冲下陡坡。我简直是在狂奔，难以保持住身体的平衡，情急之下，我伸手拉拽身旁的灌木，想稍稍放缓速度，不过情况变得越来越糟糕，到后来，我的后背贴着泥巴，身体飞快地滑下山坡，滑到海边的石头上才停下来。然后，我从一块岩石跳到另一块岩石，手脚并用爬上崖壁。我觉得肯定是走错路了，但还是鼓起勇气朝前走，希望能在山崖上找到出口。我在岩壁上爬了好一阵，忽然前方有个拐角，这很快就让我的心沉到谷底。眼前是一块悬空的岩石，高得让人咋舌，巍然立在水中。我只好原路返回。这时，我看见一处不太陡峭的黑色山崖，决定尝试一下，脚踩在被雨水浸湿的崖面，手抓住草根和灌木艰难攀登。然而，我还是无功而返，因为山崖上部几乎垂直，光滑的表面找不到任何裂缝或搭脚的地方，至少我抬头望去，什么都没找到。回到崖底，湿滑的岩石让我摔了个趔趄，冲出去二十码才站稳身子，我遍体鳞伤，衣服也破了，手腕还划出一道

---

[3]选自《恰尔德·哈罗德游记》第二章第二十七首，拜伦从未去过阿托斯山，诗句为诗人的想象。本节诗歌采用杨熙龄先生译文，仅在地名作了微小修改。——译者注

深口子。走到海边，潮水涨起来了，我把胳膊伸进水中清洗。

包扎完流血的手腕，我拖着酸痛的四肢，历经千难万险，终于爬上岩石，返回来时的山路。帆布包的背带断了，我汗如雨下。最后，我自认为找对了方向，满心欢喜地走上另一条山路，但还没走一两英里，就来到一处堆满木柴的林间空地。只有一条路通往山下，而且越走越崎岖，经常被数英尺厚的矮树丛和藤蔓的卷须拦住去路，尤其是烦人的卷须，虽然没有鞋带粗，却像钢丝一样结实。又走了一阵，我隐隐有种不祥的预感，这条路杂草丛生，看样子已经多年没有人来过。

我又累又乏，考虑是不是应该返回"全能之主"修道院，再说天色也暗了下来。往回走了大约一百码，我发现前面是条死路，肯定又走错了！我转过身，在茂密的灌木丛中搜寻山路的影子，却什么也没找到。往下，就走到悬崖边，铅灰色的海水愤怒地拍打海岸；往上，密不透风的灌木丛令人举步维艰。伤口、淤青、疲惫和迷茫凑到一块儿，让我有些泄气。我放下背包，跑来跑去，想找到一条出口，却徒劳无功。雨水和夜色一起落到身上，让我感到绝望，而且饥饿难耐，因为午餐没有吃太多。风雨交加，暮色茫茫，还在密林中迷了路，这种惨状谁能想象得出？我掏出锋利的匕首，准备开辟出一条路，但只前进了几码就止步不前，脸和手都被刮出了血，只好悻悻地回到放背包的地方。在每个可能的出口，我都在树上做个记号，免得重复相同的错误。雨下个不停。山路左右两边的坡度都一样。真见鬼！

我突然浑身无力。一想到会在这里度过饥寒交迫的雨夜，我有些恐慌。而就在刚才，我还残留着一丝幽默感，告诉自己一定会逃出去，笑到最后。我在书上读过密林惊魂之类的故事，而那些都是虚构的，现实中根本不会发生。饥饿和疲惫同时袭来，我坐在背包上高声呼救，每隔六秒钟，就长长喊出一声"有——人——吗——"山谷中传来回音，伴着雨声和海浪声。

我放弃了，在接下来一年里，都不会有人来这儿。我精疲力尽地坐着，诚心诚意地念了一小段祷词，身陷困境，只能祈求神灵的庇护了。这里可是圣山，我觉得上帝没有理由不伸出援手。

还剩下一簇灌木丛没试过，虽然看上去希望渺茫，我还是决定再赌一把。我猫着腰匍匐在紫杉树掉落的枝叶上，用匕首劈开藤蔓，半分钟后，居然钻过去了。我直起身，试探着迈开步子，发现并没有树木或荆棘挡住去路。我划燃一根火柴，用手遮住风雨，将欢舞的火苗举到跟前，黑暗中浮现出一条上山小路的轮廓。我激动得快要晕厥过去。拿上背包，我一溜小跑朝山上发起冲锋，大喊大叫，扯着嗓子唱歌，以释放心中压抑太久的情绪。要是我带着左轮枪，一定会把枪膛里的子弹都打光，来庆祝自己顺利脱险。于是我挥舞着手里的匕首，狠狠地刺向身旁的灌木丛。要是这时遇上一个路人，他肯定以为我是个危险的疯子。

我又经过那片堆着柴垛的林子，上了大路。修道院的灯光终于出现在下方，就在一处山崖的顶上。

跑到修道院跟前，大门已经关了。我死命地捶门，高声叫喊，试了好几分钟，里面都没人应答。围墙有几码厚，风声、雨声和海浪声交织在一起，我的声音微弱得几乎听不见。

山腰上有座茅屋，窗户中透出灯光。我走下去，叩了叩房门。门开了，出来一个小个子、黑色络腮胡的伐木工人，听我讲完自己的遭遇，他邀请我进了屋，让我坐在篝火旁的凳子上，递上一杯拉基烧酒和土耳其咖啡，并和三位同伴一起帮我解开绑腿，脱下袜子和鞋子，在火堆旁按摩我的双脚。我的脚已经冻僵了。湿衣裤晾好了，我终于有了些温度，坐在熊熊燃烧的火堆前，吃着伐木工人为我做的晚餐，还喝了几杯带劲的热茶。他们真是热心肠的希腊人！

有一位伐木工坐在木桩上，磨着手里的斧头；另外一位抽着烟。长着络腮胡的伐木工把杯子里的茶或咖啡倒进一个棕色小罐子，然后放到炽热的煤灰中，聚拢煤灰到罐子边缘高度，搅动里面的液体，加入白糖又尝尝味道，活像一个守在炖锅前的巫婆。还有位伐木工身材高大，留着长长的小胡子，他从墙上取下巴拉玛琴开始演奏。这种琴近似鲁特琴，琴颈细长，多为三四根弦，上漆彩绘，垂着一两股装饰用的流苏。虽然演奏时也不需要琴弓，但巴拉玛琴和保加利亚的独弦琴还是有一定区别，后者的琴头和琴轴更长。奏出的旋律带有浓郁的东方色彩，五声音阶营造出忧郁的、并不抑扬顿挫的哀思。伴着如此迷人的乐音，希腊人常常跳起"库切克"舞。

听众们加入这如泣如诉的吟唱中。他们跟着节奏拍手，摇晃着脑袋，让我回想起满月时那只冲着月亮嚎叫的狗。

小屋里充满欢声笑语，大家轮流畅饮希腊红葡萄酒、土耳其咖啡和甜茶，直到每个人都瘫倒在地；火光中，眼神闪烁而迷离。虽然再三推辞，络腮胡伐木工还是坚持把他的床铺让给我，还把垫在长凳上的毛毯盖在我身上，而他自己睡在火堆旁的地上。整夜，烟囱里都有一只蟋蟀唧唧鸣叫。

二月一日

大清早起来，吃过面包、喝完茶，我背上烘干的行囊。雪下了一整夜，山坡上堆起厚厚的积雪。有位伐木工已经跟修道院的人讲了我的遭遇，鉴于我脸上和手上的伤情，他们决定让我坐上加了垫子的马鞍，让马把我驮过去。马真是种温顺、耐心的动物。

络腮胡伐木工陪我上了山坡，来到路上。分别时，我真诚地向他道谢。本来想付钱给他，又觉得这样的举动是一种侮辱，因为在巴尔干，乐善好施是由来已久的传统。我把别在腰间的保加利亚匕首拔出来当作礼物递给他，他犹豫了片刻收下了。他很喜欢这把刀，但又觉得夺人所爱，不太好意思。

马蹄声中，我沿着卵石路朝内陆走去。数英里外，是我昨天迷路的地方，从起点就走错了路。积雪盖住了马蹄跨过的小树丛，要是昨晚困在树林里出不来，后果真是不堪设想。我不禁打了个寒战。

穿越树丛是件苦差事，雪把枝条压得很低，纷纷扬扬的雪花钻进我的脖颈、衣袖和任何有缝隙的地方。越往上走，积雪越深。我翻身下马，和马儿一起走在雪地上。又开始漫天飞雪了，整个世界变得白茫茫。不知走了多久，我来到一个十字路口，两个人正在照顾一匹马。我用希腊语向他们打招呼，见他们没有回应，又试着用保加利亚语，这下成了。他们是马其顿人，从德米尔·西萨尔来。我向他们询问去瓦托佩蒂的路，结果才知道，五公里前就错过了。当时我的确看见路旁有拐弯，但满是积雪和灌木丛，我以为那条路通往山下的海边，就跟昨天我走过的两条死胡同一样。这里没有路标，除非轻车熟路，要不然肯定会迷失方向。

他们告诉我，他们正好也要去瓦托佩蒂。只需十分钟，等他们再牵匹马来。迎着飘落的雪花，我在雪地上转圈子，差不多二十分钟过去了，人还没有到，我决定不能再等下去了，就用手杖在地上写下留言，"太冷，去瓦托佩蒂了！"我牵着马往回走，大约半小时后，我找到去山下修道院的路。雪停了，太阳从乌云后面挤出笑脸，碧蓝的海水拍打着岸边。拐过弯，瓦托佩蒂修道院的高墙、眺台、屋顶和塔楼进入我的视线，赫然耸立在无花果树和冬青树林中。我看见山上有残存的回廊，也许是某座修道院的废墟。

瓦托佩蒂修道院内部像一座村落，铺着石板的庭院里，马、骡子和驴子的蹄声永不停歇。坐在客房里，窗口传来渔夫拉网时的号子声和伐木工砍树时的刀劈斧凿声。回廊高度不同，但彼此相通，立柱、顶拱、梯级和楼宇让我感觉身处一个小城镇。

在玫瑰堂的入口门廊，一位瘦小的、长着白色胡子的修士接过我递来的文书。看上去他对长老的信很感兴趣，并告诉我需要交给掌管本院食物的裁判官艾德里安。他带我来到修道院餐厅，喝咖啡、拉基酒，品尝土耳其特色点心，然后端上丰盛的午餐。来阿托斯山后，这是我第一次吃到肉。看来这是座富裕的修道院，尽可能给访客盛情招待。每座修道院都很好客，只不过这里的物资相对丰富。

这位瘦小而忙碌的修士来自阿尔巴尼亚，这唤起我的好奇心。在我看来，阿尔巴尼亚是个充满浪漫的国度，尤其是听过诺普乔男爵[4]的故事后。我卸下被雨雪浸湿的行李，厨子（他也是个性十足的人）帮我挂起来晾干。这时，瘦小的修士告诉我信已经送去给了裁判官艾德里安，马上带我去见他。

修道院的这块区域铺着精美的厚地毯，门口都挂着华丽的帘子。我们来到裁判官艾德里安的私室，他正盘腿坐在绘有双头鹰和拜占庭王冠图案的土耳其地毯上。他是位精神矍铄的老者，长着飘逸的胡子，带有一种不容侵犯的威严，一看就是位博学之人。他向我表示欢迎，招呼我坐在扶手椅上——"请上座"，又叫人送来仪

---

[4]弗朗茨·诺普乔男爵（1877—1933），匈牙利古生物学家，杰出的阿尔巴尼亚学者。他致力于阿尔巴尼亚独立运动，并在第一次世界大战中担任该国的民兵指挥官。他在古生物学理论上极富革新性。后来，他债台高筑，不得不将自己多年搜集的化石标本出售给位于伦敦的自然历史博物馆。一九三三年，他与情人一起自杀。

式用的咖啡、拉基酒和拼盘。我们聊得很投机（想想我刚学会一周的希腊语）。他询问朋友的近况，对我的长途旅行表现出浓厚的兴趣。最后，他叫来另一位令人尊敬的修士，后者负责管理修道院的图书馆，他带我来到存放图书的塔楼，参观瓦托佩蒂收藏的有千年历史的文学宝藏。

这里的手稿堪称无价之宝，内容包括修道院的设计草图和地质地貌，以及用金字和黑字写成的拜占庭诗篇，每一件都是艺术珍品，由皇后或总督进献。还有苏丹王的书法、科穆宁家族赠送的圣杯。

我在图书馆逛了半个小时，正准备走回客房休息，厨子招呼我到餐厅里喝茶。这种茶不是煮的茶叶，而是筛过的浆果，颜色为绿色。厨子长着小胡子，戴一顶白色小帽，两眼炯炯有神。为了一展身手，他现场表演绝技：蹲坐在地上，双手抱着一只大黑猫，上下摩挲猫的肩膀部位，跟猫说话；随后把猫放在地上，胳膊围成环状。黑猫蹲伏了片刻，纵身跃起足足一码高，穿过圆环稳稳地落在地上。我几乎不敢相信自己的眼睛，为了证明自己的功力，他又重复了几次，都成功了。他是怎么教会这个小动物的，我百思不得其解，不过猫倒是很乐意做这个游戏。

整个傍晚，我都待在客房里写日记，直到晚餐时间，厨子上门来叫我到餐厅吃饭，一共有八个人，四位修士、厨子、一个陌生人、我，以及一位见习修士。随着红葡萄酒下肚，气氛活跃起来，欢笑声不断。我给众人模仿宣礼吏站在尖塔上的声声呼唤，还有穆斯林祷告时如何跪拜，让大家开了眼界。现在想起来，我当时肯定醉得不轻，但确实引来满堂喝彩。他们鼓掌欢呼，用土耳其语大喊："唷！唷！演得不错，先生！"（跟保加利亚人一样，很多马其顿人都能讲土耳其语，就好比"诺曼征服"的数百年后，不少英国人都能讲法语。尤其是那些经历过一九一二至一九二二年的"希土战争"、从小亚细亚来的难民，土耳其语讲得很流利。他们中有个士麦那人，曾经在达达尼尔海峡的亚洲一侧海滩遭遇土耳其士兵开枪射击，情急之下，他跳入海中，向停泊在岸边的英国和法国战舰游去。他先寻思着投靠法国人，高声呼叫，想让法国水兵把他拉上甲板，谁知对方用左轮枪指着他，要他滚远些。于是他憋住最后一口气，沿着海岸游到英国驱逐舰旁，船员不但把他救上船，给他吃的，喝"瓦士忌"，抽英国香烟，并帮助他平安遣返。我不知道他讲的故事是否真实，因为他的英语实在蹩脚，但故事引人入胜。他对英国和英国人高度赞扬，学着希腊人表示赞成的方式，把拇指和其余手指聚拢在一起，嘴里不停高喊"棒极了，妙极了"！）

吃完晚餐，礼拜堂里举行了一场晚祷仪式，参与者包括刚才餐厅里的八个人。礼拜堂很小，点着一根蜡烛，阿尔巴尼亚修士拿着祈祷书。我们依稀可以看清壁画上的武士和长者头上的光晕，以及圣坛上的圣像和圣餐台上的帷幕。晚祷进行得很快，大家划着十字，跪拜，亲吻圣像，然后互致晚安，举着蜡烛回到各自房间。我写日记到深夜。

二月二日

醒来后，一位年轻修士给我送来丰盛的早晨，包括茶、拉基酒、面包、奶酪和果脯。吃完早餐，我起床穿戴整齐，写日记到午餐时间。餐厅里又多了两个阿尔巴尼亚人，他们是接待我的基里亚科斯修士的同胞，看上去正直善良，身材高大匀称，面庞宽阔，眼神锐利，长着浓密的大胡子。其中一个能讲几句法语，看样子他们在卡里埃经营着一间酒馆。两人给我留下了深刻印象，希望有机会能在阿尔巴尼亚再次与他们相见。

我认识了两位年轻的修士，分别叫以法莲和扎卡里，一个体型修长、络腮胡子，像拉斯普京；另外一个身材娇小，嘴上几乎看不见胡茬。大约四点钟，他们邀我去大教堂做弥撒。阳光照进庭院，修士爬上钟楼敲响大钟，清婉的钟声响彻四周。

教堂里很昏暗，隐约能看见金色的圣像、鲜艳的幕布、大理石和马赛克镶嵌画。圣坛上的屏帏金光灿灿，锻造的金属油灯挂在头顶，像热带的葡萄植物。我靠在距裁判官们不远的教堂长凳上，他们头顶的圆柱形帽子垂着一层黑纱。艾德里安与德高望重的修士们坐在一起。执事以法莲负责主持弥撒，他身穿金色和蓝色相间的法衣，圣带绕了两圈，从右手臂下方穿过，绕过左侧肩膀，然后垂到地面。他的金发散开着，摇动手中巨大的铜香炉，另一只手握着银质教堂模型，白色的花边带子盖着他的前额。这是我第一次参加弥撒，绕行一周的人们手里拿着蜡烛，香炉在空中摇摆，烛光照亮神龛，耳畔传来永不停息的拜占庭素歌。修士们把手肘靠在座位扶手上，看上去像睡着了。

仪式结束后，修士们聚拢到圣像前，亲吻一张张银画框里的面容，然后离开教堂。一位修士问我还想不想看看其他的宝物，然后领着我来到圣坛背后，展示镀金的《圣经》、圣杯、圣器、圣像和包在银椁中的圣人的指骨。一个农夫跟在我身旁，每见到一件，就赶紧屈膝跪倒，将额头贴在大理石地板上。最后，修士拿出最珍贵的两件宝物：一柄真十字架和圣母玛利亚的腰带，据说是拜占庭皇帝约翰·坎塔库济诺所赐（他是布加勒斯特人的祖先），都镶嵌着珍贵的宝石。不知那位农夫那天亲吻和跪拜了多少次，有没有诚惶诚恐的感觉?

　　弥撒完毕,以法莲和扎卡里陪我逛了逛修道院的其他地方,花园里水分充足,栽满了橄榄树和无花果树,让人心旷神怡。我们观赏爱琴海上的日落,然后在夜色中走回扎卡里的小房间,坐在火炉旁喝着土耳其咖啡,直到晚餐时间到来。

　　晚餐后,我们到教堂参加晚祷。之后,我回到房间写日记,把睡衣挂在炉子旁烤热,然后钻进被窝,读《阿比多斯的新娘》和《劳拉》。

二月三日

　　昨天,我一直守在炉火旁写日记,午餐时才稍微缓口气,下午又去教堂参加仪式。弥撒结束后,我与以法莲和扎卡里再次到修道院花园散步。扎卡里主持了下午的弥撒。他的嗓音浑厚,穿上法衣的样子很潇洒,与脸色苍白、须发皆白、双手像叶脉般枯瘦、昏昏欲睡的裁判官们形成鲜明对比。

　　我们在以法莲的房间里喝茶,在炉子上烤面包和小香肠。他们很风趣,也很友善。晚餐时,多了几个从第比利斯来的高加索人,其中一人能讲一点德语,于是我们聊了一阵。他们相貌端正,皮肤黝黑,满头卷曲的黑发,眼神中带着不羁。

　　离开他们后,我参加晚祷,然后回到房间,写日记到深夜。

　　今天是我离开瓦托佩蒂的日子,与基里亚科斯、以法莲和扎卡里依依惜别。他们送我走进山谷,修道院响起悠扬的钟声。两个高加索人也同日离开,我把外套和背包挂在他们的马鞍上边走边聊,跟一个人讲德语,至于另外一个人,我讲保加利亚语,他讲俄语,居然彼此都能听懂。一路上,我们只遇上一位乞讨的托钵僧。

圣山上有不少托钵僧，身上的袍子破成布条，头上的圆柱形帽子也蔫得没了形状。

我们选择了另外一条路。此前，我沿着海边的路，分别探访了依佛隆、瓦托佩蒂、斯塔洛尼奇塔和"全能之主"四座修道院。新路往内陆延伸好几英里，然后爬上半岛中部的山脊，临近分水岭。这里空气清新，清风徐徐，最适合步行远足。我越过一块块岩石，前进速度并不比骑在马上的高加索人慢。半路上，一位骑手突然遇险，他的马踩在松散的石子上滑了一个跟头，马鞍上的骑手整个人飞了出去，脸颊撞上了石头棱角，伤得不轻。两人中，他的肤色更黑。他告诉我，虽然才人到中年，身子骨已经大不如前，究其原因，是曾去两座伟大城市堕落快活。听说我到过很多国家，他询问不同国家姑娘的床上功夫，见我说不出个所以然，就现身说法讲起自己年轻时的风流韵事。他说自己对放荡的生活痛心疾首："但有什么法子呢，我们格鲁吉亚人天生就好这口！"远远地，能望见卡里埃的尖塔和穹顶，他摘下帽子，不停地划十字，嘴里念着祈祷词。

很快，我们踏上这座独身者都城狭窄的街道，走进一个小教堂。弥撒仪式刚刚结束。我这两位朋友可谓虔诚的信徒，不停地把额头贴在地板上亲吻圣像。他们请一位修士领我们来到圣障背后，精雕细刻的圣障是东正教用来分隔教堂内殿用的屏帏。这里单独安放着圣母玛利亚的圣像，两人在圣像前鞠躬行礼，花了好长时间。我觉得自己像个异教徒或腓力斯人，尴尬地站在一旁，不知道该做些什么。他们向修士讨要圣像前的灯油，好带回家给亲戚朋友治病，修士将两个棉球浸入油中又取出，分别包好塞进他们的钱夹里。

我决定下山去海边，返回依佛隆住上一夜，然后去拉夫拉修道院。他们也要去依佛隆，正好结伴而行。他们得把马匹留在卡里埃，跟我一起步行前往。道路崎岖难走，在山谷里忽上忽下拐着弯，刚出发没多久，两人就气喘吁吁、汗如雨下，我料定他们吃不消这样的艰辛，更别说"罪恶的生活"已经掏空了他们的身子。最后，耗了两倍时间，我们才好不容易走到依佛隆，两人累得不成样子，眼看就要瘫倒在地上。我独自扛着他们的行李。说来奇怪，我并不讨厌这对拖后腿的搭档，他们性格开朗，而且，与俄罗斯人同行，很容易对不顺心的事儿保持宽容之心，也不知道为什么。

晚餐时，他们喝了很多酒，吵吵闹闹，逗人发笑。我们齐声唱起斯拉夫歌谣。我写日记时，他们像死尸一样睡在旁边，也像歌词里的"义人"鼾声如雷。俄罗斯民族果真豪爽。索弗罗尼奥斯修士很高兴再次见到我，我们聊了一晚上拜伦。希腊人对拜伦可算是一往情深——他们从小学开始就知道"拜伦勋爵"是"钟爱希腊的伟人"。

二月四日，卡拉卡洛斯

虽然昨晚喝得大醉，两位高加索朋友还是比我先起床，跑到楼下喝咖啡。等我穿好衣服下了楼，他们正跟索弗罗尼奥斯以及其他几位修士聊天。一见我，两人大声招呼："早上好呀，迈克——尔先生！"他们也就能讲这么几句英语（还都是些无聊的句子，像什么"好的""你好吗"，尤其是后面这一句，从他们口中念出来时，不像是提问，而是陈述事实）。我们共进午餐，菜品丰盛，有通心粉、西红柿沙司和炸鱼丸，配上希腊红葡萄酒。酒一下肚，话就多了起来。真的，以索弗罗尼奥斯为首，剩下几位修士也海阔天空，大家很快就成了朋友。午餐后，一位稳重的修士带我们去他的房间，展示他用木头制成的战船模型，有桅杆、风帆、大炮，甚至还有船员在甲板上列队或拉绳索。这件艺术品花了他一年时间。房间虽小，却处处整洁，毛毡和地毯裹起来放在墙角，木雕桌案上有一尊快要完工的圣母像，木屑扫成小堆。他是个羞怯的、沉默寡言的人，做事时专注投入，圣山上像他这样刻苦修行的基督徒有很多，其他地方却很少见。他在这间小屋已经独居十五年了。

我离开修道院，沿海岸朝南走。赶上好天气，天空和海水呈现不同寻常的蓝色。利姆诺斯和萨索斯岛的山石被阳光晒得发光，阿托斯白色的山峰高大巍峨。远处山脊上居住着马其顿王国的子民。路旁有许多寂寥的海湾和峡谷，郁郁葱葱的常青树一直长到海边，纵横交错的枝叶遮挡了烈日，石板路上只有稀稀落落的光点。我遇见一群渔夫，正站在低矮的茅屋前抽烟。他们大声嚷嚷，指了一条山间小路，费罗里奥修道院建在山的最高处。

很快，小路一分为二。荒废的堡垒带着堞眼，仁立在临海的悬崖上。朝内陆爬上山坡，就可以抵达卡拉卡洛斯修道院，我已经能望见高墙和钟楼的影子。小路蜿蜒曲折，一个男孩吹着口哨从我身旁经过朝山下走去，路旁的树林里有几头驴子。这是条寻常的山路，铺着打磨平整的石板，每隔一码，就镶上一块窄条石，作为行人或马匹牢靠的立足点。修道院门前的路上搭着葡萄架，左右两侧路面都往中间倾斜，正中挖出一道沟，用来排掉雨水或融化的雪水。修道院大门上挂着圣像，看门的修士正靠在石头座上打盹儿。（进门时，东正教徒会毕恭毕敬地摘下帽子，划着十字。）

我被安排到最好的客房，位于回廊上方，能俯瞰古老的石头庭院和有好几个穹顶的礼拜堂，窗外就是绿意盎然的山坡。放下行李后，我到山里转了一圈。阳光依然强烈，不出来晒一晒实在是种罪过。我走到一座小修道院旁，从穹顶上的双十字架与倾斜的横木判断，这是一座俄国东正教修道院。

走进庭院时，一位俄罗斯修士有礼貌地迎接我，并用俄语说刚好赶上茶饮时间（在保加利亚时，那里的人也有这种习惯）。他个子很小，微微有些驼背，正准备拿起斧子劈柴火。他把僧袍扔到一旁，裤脚塞进齐膝的靴子里，身穿俄罗斯风格无袖短上衣，扣上左耳下方衣领的扣子，腰间扎一条带子，下摆像衬衫一样散开。他的帽子有些破旧，扁平的脸、闪烁的眼睛、毛糙的棕色胡须，让他看上去像《格林童话》木刻插图中的土地神。他放上一个圆木当凳子，很快给我端来茶和面包，给我聊起他的身世。他是在一九〇四年来修道院的，那一年还打响了"旅顺港战役"[5]，时至今日，他以为外面世界的人们还穿着裙衬、高领和小礼帽。另外一位身材高大、白发苍苍的修士也过来喝茶，我们聊起斯大林，白发修士用带着磁性的嗓音发表自己的评论："斯大林是凶残的恶魔！"我总觉得俄罗斯人很神秘，但有他们作伴又很幸运——他们有绅士风度，就连农夫也不例外，脑子里的想法很古怪，还有与生俱来的幽默感！

我不得不告辞回卡拉卡洛斯修道院了，要赶在关门之前。太阳就快落山了。果然，跑到大门口，门正要关上。我想起小时候赶着铃响前跑去学校的情景。

我正在吃晚餐，院长来了。他是位和蔼的老者，我们交谈了一阵，虽然他不会英语，但我学了三周的希腊语。随后，来了个希腊佣人，他去过美国，自称能带我环游圣山，"像兄弟一样保护我的安

---

[5] 旅顺港战役（1904）拉开了日俄战争的序幕。一九〇四年二月八日夜，日本军舰突袭了停泊在满洲里旅顺港的俄罗斯太平洋舰队。

全"。他看上去有些油滑，于是我告诉他，自己跟他一样，也是个穷人。他的兄弟情谊一下子消失得无影无踪，便找个机会走掉了。

炉火快要熄灭。狂风肆虐，森林里的树在呻吟呜咽。

二月五日，梅基斯蒂-拉夫拉修道院

起床之前，院长来到我的房间探视，询问早餐是否招待不周。随后，等我穿戴整齐，他把我介绍给图书管理员，后者带我爬上去图书馆的石阶。他给我看了修道院珍藏的手抄福音书。其中有一本，每一首福音前都配有小图，手绘交缠的蛇。他还展开一卷羊皮纸祷文，是历史上某位修士的作品。

我整理好背包，准备向院长辞行。修士带我走进牧师会堂。院长坐在宝座上，身旁围着裁判官们，都用手理着白胡子。他祝我旅途顺利，欢迎我再来修道院拜访。其他长者也纷纷祝我好运。

从卡拉卡洛斯到拉夫拉修道院，是半岛上最长的路程之一。也许两地间都是崎岖的海岸，没有建造其他的修道院。仰起头就能望见积雪覆顶的阿托斯山，终日在阳光下闪着耀眼的光芒。小路在悬崖和海岬盘桓，有时下到海湾、峡口和深谷，山涧溪水潺潺。有些峡谷深不可测，终年不见天日。我在烈日下走了一整天，只碰见两个人，一个是牵着拉货驴子的伐木工，还有一个是骑着小马去依佛隆的修士。我向他们打听时辰，回答却让人困惑，生活在圣山的人们习惯使用古老的拜占庭计时方式，其他地方早已弃之不用。修士告诉我，现在是九点，而实际上已经下午过半；太阳在十二点下山。不过只需几天，我就习惯这种计时方式了。

我遇上一匹加了鞍子的马，正焦躁不安地嚼着低矮灌木丛的叶子，也没看见主人。我的出现把它吓了一跳，撒开腿就往山下跑，

一边跑一边扭过头来打量我这个陌生人。周围一个人也没有，我不知道这匹马为什么流落在此，于是追在它身后跑了好几英里。我尝试拉住缰绳，谁知它往前猛冲几步，惊慌失措地逃之夭夭。最后，我想了个妙招，抄近路躲在小路的拐角处，奔跑的马以为甩掉了追赶，岂料我突然出现在面前挡住去路。它调转身子，朝来时的路跑去，强有力的后蹄蹬得石板路嗒嗒作响。

鸟鸣婉转。在这个半岛上，不允许伤害任何野生动物，于是动物们常常自由自在地在山坡上闲逛。我看见一只隼在晴空下盘旋，还有一只体形庞大的鹰，翅膀完全展开，正围着阿托斯山顶打转。几艘白色的渔船在海面上乘风破浪。

小路仿佛没有尽头。崎岖的路面用血红色的石头铺成，表面长了一层鲜绿色的苔藓，杜鹃和冬青树的叶子为赶路人遮挡阳光。快要日落的时候，拉夫拉修道院的灰白色墙壁从树冠背后显现出来，巍然屹立在波涛汹涌的大海之上。这是圣山上历史最古老的修道院，也是规模最大的一座。剥落的墙面、歪斜的瓦片和起了皮的壁画，让人回到了基督教萌芽时期。这座神圣的修道院建在白色峭壁与狂暴的大海之间，像一座鹰巢。

一位修士出来接过我的背包和外套，眨眼工夫，我已经坐在生了火炉的客房里。我围着庭院走了一圈，正赶上修士们趁着日落前出来透透气。他们把头发盘起，装进圆柱形帽子，双手也藏在肥大的袖子里。经过时，他们向我严肃地点头，道一声晚上好。拉夫拉修道院位于半岛顶端，道路也异常崎岖，正因为如此，这里有种与世隔绝的氛围，相比其他修道院，更能感受历史的沧桑。

年轻的修士带我去吃晚餐，他告诉我，由于连日大雪，通往修道院的路都已经封闭，而且还有野狼出没。他用希腊语重复了好几次，鼓着眼睛，龇牙咧嘴，用手拼命地扒拉，见我领会了意思，显得心满意足。他想方设法让我的房间舒适些，把炉子里加满柴火，问我还有没有别的需要，然后跟我道晚安。修士们对访客的关怀，真让人感动。

我的希腊语一天比一天熟练，这让我很兴奋。今天的日记写了很多页，困得眼皮都耷拉下来了，还赶了一天路，赶紧睡觉吧。

二月六日，梅基斯蒂-拉夫拉修道院

我起得很晚。我问能不能去图书馆看看，他们要我再等几个小时，因为图书管理员去卡里埃了，据说今天上午回来。天气晴朗。一位修士告诉我，一座罗马尼亚修道院或僧侣团距离拉夫拉步行只需要四十五分钟，于是我按照他的指引，穿过山谷的树林，来到那座修道院。一名守卫用希腊语向我问好，我则用罗马尼亚语回应，他又惊又喜，马上改口讲起罗马尼亚语。他带我上楼，叫来其他修士，虽然我只会讲几句他们的家乡话，但还是让大家很兴奋，不停地问我在罗马尼亚旅游时的见闻。他们中有两位来自特兰西瓦尼亚，或准确地说是巴纳特地区，还有一位家乡是腾斯法[6]，其余都是赛维林堡人。他们问我罗马尼亚的近况。战争爆发前好多年，他们就与祖国失去了联系，只知道摩尔达维亚和瓦拉几亚分别建立了公国。我告诉他们，合并后的罗马尼亚疆域辽阔，包含特兰西瓦尼亚的巴纳特、布科维纳、比萨拉比亚和多布鲁甲。他们非常友善，一个个神采奕奕，与我头两天遇到的俄罗斯人性格迥异。他们浑身散发着魅力。

我问一位从卢戈日来的年轻修士，是否认识奥尔绍瓦镇附近

---

[6]即蒂米什瓦拉，罗马尼亚西部城市。

那家杂货铺老板的儿子，看样子没人知道。再一次讲罗马尼亚语，我觉得很有趣。我喜欢这种语言，希望能讲得更好。讲得比较溜的语句用完了，我只能连猜带蒙。

我朝拉夫拉修道院方向飞奔。一路都是下坡，我敏捷地在石头上跳跃，跑得上气不接下气。天色已晚，我刚好赶上晚祷仪式。我打消了今天离开拉夫拉的念头。吟唱声妙不可言，演唱者们靠在教堂的座椅上，身体伴着音乐节奏晃动。他们能将整篇祷词准确无误地唱出来，真是不可思议，因为曲调听上去既复杂又没有规律，要不是所有人整齐划一地吟唱，演唱者完全可以即兴发挥。祈祷书上标注的符号也很奇特，看上去像阿拉伯语，有花体字和弯曲的线条，和乐谱上的音符完全没有共同点。乐句不停重复，返回到单一的、低沉的主音，在此基础上形成上行、下行的乐句和半音，而这些变化都在无伴奏合唱中完美实现。对于初次聆听晚祷的人，一定会留下极其深刻的印象。至于我，已经熟悉了仪式的流程，知道什么时候会垂下大烛台，点燃或熄灭上面的蜡烛，以及主持牧师何时会焚香致敬，修士们何时离开长椅行跪拜礼、亲吻圣像、划十字，直到仪式结束。

拉夫拉修道院图书馆的历史与修道院一样悠久，在圣山上规模最大、最古老。图书馆里保存着古代手稿和其他珍藏。有一件手稿堪称阿托斯的至宝，写于公元四世纪，与《西奈抄本》的时代相同。法衣数不胜数，都用金线编织、手工刺绣。大主教的法杖装满柜子，杖柄镶有十字架和两条交缠的蛇。修道院院长的黄金法冠排成一列，头饰上镶嵌了各种宝石，形状跟王冠和《圣经》里主教的帽子一样。向我展示这些宝物的修士相貌堂堂，目光如炬，会几句英语。他自豪地给我看一张卡片，有古抄本的画面，是伦敦市郊著名的植物园"裘园"的主管亚瑟·希尔寄来的。

陪我逛完修道院其他区域后，修士保罗邀我喝茶。他曾是个医生，出生在特拉比松，后来逃出凯末尔统治下的土耳其。他猛烈抨击青年土耳其党[7]的所作所为，尤其是对亚美尼亚人和希腊人的迫害。他是个令人惊讶、知识渊博的人，长相很有东方人特色：橄榄色的皮肤，鹰钩鼻，眼神温柔，一绺小胡子，背驼得厉害。他看上去对世俗事务很关心，每天花大量时间，完成三十或四十页日志，连续写了五年。他指着一卷卷字迹整洁的稿纸，每一张都编着页码，分门别类，到现在已经积累了上万页。他告诉我，以后会把这些日志留给修道院，因为上面记录了时代的变迁，也是他日常生活的点滴。他坚信有朝一日，所有的基督徒会相聚在同一座教堂，为此，他愿意奋斗终生。他说话的声音很轻，好像根本没有意识到我的存在，一边自言自语，一边翻阅手中的稿纸。房间的墙上贴满了复制的古老圣像、手稿和修道院的印刷品，每一张都整洁如新。临走前，他送我一长串诵经用的玻璃念珠。我会时时回忆起他那间俯瞰爱琴海岸的凌乱小屋。

我在修道院门外的小庇护所里坐了一晚，望着落日沉入波涛之下，呼吸着山间潮湿的、略带咸味的空气。晚餐时，负责照顾我的年轻修士端来一盘帽贝。看样子，这类海鲜是拉夫拉常见的食材。帽贝味道怪怪的，但为了不让他的好意落空，我还是强咽了下去。他是个善良而体贴的人，我不能违逆他的心意。之后，我坐在火炉前读了整夜拜伦的作品。就寝时间到了。门外是条走廊，可以俯瞰庭院、礼拜堂、回廊、高墙以及被紫衫和柏树掩映的眺台。我决定

---

[7]青年土耳其党由激进的少壮派军官组成，在一九〇八年攫取土耳其政权，推行现代化政策。第一次世界大战中，他们与德国并肩作战，制造了臭名昭著的针对亚美尼亚人的种族清洗。一九一八年，青年土耳其党解散，党魁流亡海外。

在走廊上散散步，抽根烟，然后睡觉。

二月七日

早上被两位朋友叫醒，其中一个和我在依佛隆喝过酒。他是个好玩的愤世嫉俗者，法语讲得很好。他问我这段时间去了哪里，听说我当天要出发去圣保罗修道院，他便邀我一起坐船过去，因为他准备行船去达夫尼。他很健谈，我们相见甚欢。等我穿戴好了，我们步行下山，来到防备海盗的瞭望塔旁的小房子，房子就建在海港边的岩石上。午餐很合我的胃口，房间里炉火熊熊，摆着手扶椅，还有一台留声机。家务事都由一个佣人帮他打理。房子的主人叫维里塔斯，是个杂货商，主要负责给山上的修道院送来小麦和其他物资。

小木船上，满脸络腮胡的船老大用力挥动手中的桨。驶出海湾后，小船像一片飘落在磨坊引水槽里的树叶，随波逐流。

岸边景色宜人，到处是嶙峋的山石，海水钻进石头缝隙，击打出白色水沫。灰白色和红色的陡峭山崖直插云天，就在我们绕过海岬时，隐士们的住处出现在眼前，每一间都建在危险的绝壁上，看上去和鸟巢一般大小。这是我平生见过的最荒凉、最偏僻的居所，让人不禁潸然泪下。这些隐士会在这里默默度过余生，真是不可思议。没有路通往他们居住的崖顶，扎进岩石表面的钉子充当了梯级。每周会有人送来食物，放到系在绳子末端的篮子里。这些巢穴各具特色，有的高不可攀，可以鸟瞰幽深的峡谷。

拐进锡索尼亚湾，我决定不去阿吉欧斯帕罗斯，而在蒂锡利维住一夜。船缓缓靠岸，我跳上码头的栈桥。去蒂锡利维的路在修道院背后盘桓而上。修道院像一座堡垒，建在巨大的山石上，没有窗孔的高墙、城垛和带碟眼的塔楼，让人仿佛回到中世纪黑暗时代。

我穿过拱门走进庭院，惊讶地发现大门紧闭。站在护墙上张望，我看见小船已经划出海岬，几乎看不见了。于是我使劲敲门，大声呼喊。最后，一个头戴黑帽、长着小胡子的人出现在窗口，旋即又缩回身子。也许院长正在召集修士们开会。等了许久，门缝里终于透出一丝亮光，伴随门栓拉动的叮当声，一扇小木门慢慢打开，一位提着灯笼的修士仔细打量着我。门只开了个小口，正好容我侧身而过，随即又关上，插好门栓。摇晃的灯笼在墙壁上投下跳跃的光影，我跟着他走上石阶，走进一间亮着灯的屋子，几位修士正坐在里面。

我受到热烈欢迎。有人给我让座位，端来咖啡、点心和拉基酒。他们告诉我，太阳下山后，修道院是不开大门的，因为我是外国人，所以算是例外。我拿出介绍信，递给其中一位修士。他长得很像罗宾汉故事里的胖修士塔克，能讲罗马尼亚语，逗得屋里欢笑声不断。他为我安排食宿，吃完晚餐后，与我聊了一阵，然后离开客房。窗外是迷人的海景，月光倾泻如银色的丝缎，与爱琴海海水共舞缠绵，看上去温柔可人。

二月八日，西莫诺佩特拉

从蒂锡利维出发，迄今为止，这是圣山上最崎岖险峻的一段路程，"之"字形山路有很多急弯，时而爬上荒凉的海岬，时而下到绿意盎然的峡谷。海岸正对下午的太阳，路旁生长的仙人掌和刺梨让此地极具热带风情。

我遇上一些赶路人，都蹲坐在岩石间，守着一小堆篝火，眼睛像正午的蜥蜴闪着光芒。我们互致问候。他们在篝火旁给我空出个位置。这群人看上去古里古怪，有两个相对年长，沉默寡言，颧骨下生出黑色的胡须，另外两个年轻人很健谈，衣衫褴褛。他们说自己是共产党员，言下之意，都是希腊的穷人。其中一个，有一副好嗓子，给我唱了几首希腊民歌，音域宽广，声情并茂。他们勤劳善良，可惜日子过得太不如意。后来，我又碰见一位从斯特鲁米察来的马其顿人，他对自己的身份有些困惑——究竟该算希腊人，还是保加利亚人。他能讲带浓重马其顿口音的保加利亚语，我还是第一次听到。他神情沮丧，每走一步都要喘息半天，跟我在里拉山脉、罗多彼山脉和斯塔拉山脉遇见的保加利亚山民完全没有共同点。很快，他就远远落在我的身后。

视线越过屋顶，我能清楚地看见圣格里高利修道院的庭院以及来回走动的修士们。我跟一位修士聊了一阵，他们给我端来咖啡，听说我当天还要赶路，都有些吃惊。有位修士拉着我的手亲热地抚摸，一直不愿意撒开，这让我不免有些尴尬。突然把手抽走的话，肯定显得没有礼貌，我只好假装在卵石路上滑了一跤，趁势脱身，随即迅速将双手插进口袋里。我第一次隐隐感觉这座山上有些异常，事实上，身处永远保持独身的环境，人们的行为势必一反常态。

西莫诺佩特拉修道院气势恢宏。修道院建在高山之巅，仿佛是山顶长出的一段山体。墙面与岩石融为一体，像美人鱼伸出的尾巴。砖墙高得令人目眩，顶部有一层层眺台，支撑在无窗墙和坚固的堡垒上，如同树干上伸展开的枝叶。罗伯特·拜伦曾认为修道院可与布达拉宫相媲美，确实恰如其分。

去修道院的路漫长而艰辛。沿途都是山石，小路在陡坡上绕行，直到最后钻进低矮厚重的拱门，来到铺着高低起伏石板的庭院。晚祷还没有结束，我汗流浃背地参加了最后几分钟仪式。很多修士一看就是穷苦人，年老体衰，弓着腰，身上穿着破旧的袍子，黑色帽子早已没有了形状。

傍晚，夕阳西下，我站在木头眺台上，凝望着山下的大海。天空、海水和锡索尼亚、卡桑德拉两座海岬连成一片。阿托斯山的夜晚让人有种莫名的忧伤，安静肃穆得可怕。

我从眺台探出头往下看，一颗心仿佛提到嗓子眼。数百英尺之下，是锯齿状的山石。树冠层层叠叠，一条小河在山间奔流，也许是距离太遥远，减缓了水流的速度，河水看上去懒洋洋的。我觉得自己像是在另一个星球，罗塞蒂的诗句脱口而出——"天上的河流……地球像焦躁的摇蚊不停转动"——正契合我的心境。

一年前，同样的时刻，我站在囚禁过狮心王理查的杜伦斯坦城堡废墟。瓦豪山下，蓝色多瑙河穿行在河谷，远方显出格特维格修道院的影子。才一年光景，那就已经成为遥远的记忆。

我想起童年时玩过的游戏，从背包里找出一张纸，折成飞镖从眺台扔下。飞镖旋转着钻进茂密的树冠。我又做了一个，起初飘飞了好一阵，然后开始盘旋下降，在风中抖动着身体，看上去像悬停在半空中。望着飞镖越飞越远，心情也好起来，往下，往下，往下，直到小得看不见，消失在林间。

整座修道院都已经沉睡。修士们睡得很早，距黎明还有很长时间，修道院里响起槌子敲打木梁的声音，宣告新的一天开始。这里不像其他地方会敲响钟声。起床后，修士们会在礼拜堂的长椅上完成一两个小时的早课。此时此刻，我还在睡梦中。有时，我在半梦半醒间听见木梁声和脚步声，醒来后，却不能肯定那究竟是梦境，还是现实。

二月十日，圣潘捷列伊蒙

由于很晚才睡，当阳光照进房间，我久久不愿起身，半是清醒，半是迷糊。

愉快地走在山路上，橄榄树遮挡了烈日，树林里有牲口在吃草，牧笛悠扬。一小时后，山下出现达夫尼的房舍屋顶。远方，依次能望见希罗波塔莫斯修道院和圣潘捷列伊蒙修道院。

达夫尼，一座被烈日晒得死气沉沉的小村，仿佛正在熟睡。浪花拍在岸边，卷起卵石，打破宁静。目光所及，人们都在睡觉，并用帽子遮住眼睛。我顺利地找到了维里塔斯的家，房间被涂成白色，两扇窗户俯瞰大海，和他在拉夫拉的住处一样。维里塔斯穿着衬衫，仰面躺在床上，一边抽烟，一边看希腊的讽刺周刊。我的来访让他很高兴。我躺在另一张床上，聊天、看书，耗了一下午。傍晚时，我们走下码头观赏落日，然后来到小酒馆，正好遇见警察局长和海关官员——"这二位是达夫尼社会的花朵，"维里塔斯用法语打趣道。我们一杯接一杯地喝拉基烧酒，吃奶酪和橄榄。小酒馆里欢笑声不断，差不多微醺的时候，维里塔斯的佣人来了，告诉我们晚餐已经准备妥当。参加饭局的除了主人和我，还有一位达夫尼的青年才俊，大家相见恨晚，喝了很多马其顿葡萄酒，味道跟托考伊白葡萄酒相近。随后，我们唱起民歌。

维里塔斯和我聊到深夜。他是个愤世嫉俗的人，对一切都嗤之以鼻。在他看来，阿托斯山上的宗教根本是个闹剧——"和上帝完全不相干！"当然，我并不同意他的看法。听说我第二天一早要去圣潘捷列伊蒙，他告诉我，想当年，在沙皇俄国时期，这座修道院富得流油——每晚都能喝到香槟、吃到鱼子酱，现在，却沦落得穷困潦倒。我听得将信将疑。他又提到巴泽尔神父，这位高加索人的儿子，保卫罗马尼亚的大公。我已经听过不少关于他的传奇故事。维里塔斯很诧异，这样的伟人会甘心成为一位修士。他告诉我，巴泽尔精通英语、希腊语、德语和法语，聪明过人。"不过，"他总结道，"他后来变成一个神秘主义者，俄国人喜欢干这种事。我向你保证，我可做不到！"

我们起得很晚。维里塔斯与他的朋友再加上我，在小酒馆背后吃露天午餐，头顶的格子凉亭垂下棕色的叶子。吃完后，我们坐在防波堤旁的码头上，与几位村里的人一起喝土耳其咖啡、抽烟、聊天。偶尔沉默不语，耳边除了海浪声，只有手指间拨弄念珠碰撞出的咯咯声。

在我眼中，住在达夫尼的居民过着无聊透顶的日子，每天见到同样的面容，聊永远不变的话题，重复同样的生活。这里住着二十或二十五位居民，大多数都很古怪，不是反应迟钝，就是智力有缺陷。我不知道像维里塔斯这么聪明的人，如何能年复一年与这些人和谐相处。离开时，他们还理着手中的念珠，默默地凝望大海。

有一段路和我头天上岛时的山路重叠，但只走到半道就分了岔，我朝希罗波塔莫斯修道院方向前进。每走一步，山路都变得更荒凉、更惆怅。风声响在林间，岩石中流出的清泉悲伤地哭泣。脚下有破碎的落叶，空气中弥漫着草木的清香。在我的想象中，以色列橄榄山的客西马尼园就是这般景象。圣潘捷列伊蒙修道院的钟声随风而至。很快，我看见海边的围墙、绿色的穹顶，以及闪着金光的俄罗斯东正教十字架。

我看到修士。很多都身材高大，身穿与其他修道院不同的蓝色僧袍，齐膝长靴。黑色帽子和散乱的头发下面，露出他们白皙的斯拉夫人面孔，看上去有些孩子气，天真无邪。微微倾斜的眼睛、高颧骨，让人怀疑他们是不是来自于西伯利亚。有些留着和马其顿人一样的胡子。他们颔首致意，带我去见接待修士。接待修士的脸上流露出朴实、伤感和诙谐。他把我领到刷得雪白的客房，送来漂着一小块柠檬的俄罗斯茶。

喝完茶后，他陪我穿过巨大的庭院，去见久仰大名的巴泽尔神父。我们爬上一段又一段木楼梯，终于来到他的房间门口。回廊里光线阴暗，天色也有些晚，巴泽尔神父的身影几乎被掩藏在黑暗中，但当他开口，语调平静地用英语向我问好，我的心激动得怦怦直跳。他的声音就像一剂香膏，能让从美国归来、被大都市刺耳的喧嚣折磨得心神不宁的流亡者气定神闲。他清晰地说出每一个词，嗓音超脱尘世，富有音韵之美。

我们走下楼去喝茶。我不太明白维里塔斯为什么要将巴泽尔神父描绘成一个神秘主义者，他高大英武，有苍白的前额，高鼻梁，古典的鼻子。赤褐色的络腮胡下，露出雕塑般的、敏感的面容，看上去的确充满悲伤和神秘。最令人称奇的是他仍保持着青春面容，蜡色的脸上没有一丝皱纹，却因为世间的悲伤而受到触动，仿佛是我的出现，将他从黑暗的沉思中拉回现实。

跟其他白俄人一样，巴泽尔的英语讲得很完美，德语和法语也很流利。我们聊到西欧，聊到共同认识的朋友——学识渊博的惠特莫尔教授，以及马克·奥格尔维-格兰特[8]，他们曾在几年前与罗伯特·拜伦[9]和大卫·塔尔博特·莱斯[10]一起来过修道院，准备共同撰写一本关于圣山的书。和他聊天轻松自在，也许是与乡下人交往太久，我迫切地想找个知己讲讲心里话，而不是说什么我

---

[8]马克·奥格尔维-格兰特（1906—1969），植物学家、美学家，二十世纪二十年代伦敦"上等人"的杰出代表。后来在希腊定居并生活多年。
[9]罗伯特·拜伦（1904—1941），著名的游记作家和艺术史家，作品包括《驿站》和《穿行内陆亚洲》。第二次世界大战时，因乘坐的轮船被德国海军U型潜艇击沉，葬身大海。
[10]大卫·塔尔博特·莱斯（1903—1972），杰出的拜占庭艺术史家，著述颇多。一九三〇年，与罗伯特·拜伦合作撰写《西方绘画的诞生》。

来自伦敦，伦敦人口有多少，我的父亲、母亲、姐妹（我没有兄弟，对此人们普遍感到遗憾）或我有没有服兵役。

这是个令人心情畅快的夜晚。陪我回客房后，我们又小坐茶叙，然后去快要结束晚祷的礼拜堂。修士们围着一堆燃烧的蜡烛，正用低沉的斯拉夫嗓音吟唱祷词。在缓慢移动、心不在焉的人群中，我一眼就认出在路上同行过的两个高加索人，只有他们在不停亲吻圣像，虔诚的表情引人注目。晚祷结束后，我便遇见了修道院的副院长（院长当时卧病在床）。与巴泽尔神父道过晚安后，我跑过庭院的石板路，吃了一顿丰盛的晚餐，有甜菜汤、水煮蛋（我猜是从大陆送来的）、橘子和颜色深红的葡萄酒。

夜深了，我的窗口正对潮起潮落的大海，低沉连续的海浪声会持续一整夜。几分钟后，走廊上传来人声，一位老得驼了背的修士拖着沉重的脚步，骂骂咧咧，好像提到什么看不见的恶灵，一边骂还一边在空中挥舞手中的拐杖。他的蓝眼睛喷出怒火，嘴里不停嘟囔。叫骂声引来几位修士，他们脸上带着孩子般的微笑，连哄带劝地把老人送进房间。

二月十一日，我的二十岁生日，圣潘捷列伊蒙

早上醒来后，想到自己已年满二十，心里沉甸甸的，在英格兰的家乡，不知有多少亲朋好友在祈盼我平安归来，也不知他们的祝福能否跨越大陆与海洋，飞到我的身旁。我与接待修士成了好朋友，他给我送来茶、果酱和面包。他对我关怀备至，也许因为我是修道院唯一的访客。

穿戴整齐后，我打算去拜见巴泽尔神父，刚打开房门，正巧他也来探望我。于是我们坐在房间里聊了一阵，然后去礼拜堂参观，那里的圣像和壁画都是新绘制的，虽然艺术造诣不低，但总归没有老的有魅力。上层小教堂的镀金也刚完工不久，有些用模板印在墙上的壁画很拙劣，幸好位置不那么显眼。图书馆有两层，规模庞大，狭长的房间里摆着贵重的书箱，里面装满古籍善本。手稿数量不多，只有一本福音书值得一提，书中包含教徒每天需要诵读的内容，配的插图尤其精彩，有的描绘在基督诞生地的动物们虔诚、崇拜的眼神；还有的描绘基督受洗，赤裸的基督立在约旦河中，魔鬼或邪恶的水妖诚惶诚恐地躲在水下。图书管理员细声慢语地给我讲起惠特莫尔教授，还允许我把罗伯特·拜伦送给巴泽尔的代表作《驿站》带回房间看。之后，我跟巴泽尔神父告别，各自回到房间。他走在我的身后，轻快的脚步声让人感觉像个年轻人或是学校的男学生，正贴着胡子、戴上假发和帽子、身穿长袍，乔装改扮为修士模样。

我读了一上午《驿站》。这是本好书，内容引人入胜（扉页上的赠言是"致巴泽尔神父，请接受科林·戴维森[11]的良好祝愿，伦敦，柯曾大街六十四号"）。我看得笑出了声，整座庭院都洋溢着我的欢乐，书中写到洽拉拉姆彼神父，午餐时他恰好坐在我的对面。书中用瓦伦丁神父代替巴泽尔的真名，将人物性格刻画得淋漓尽致，对阿托斯山的风貌描写也准确生动。

我想起希罗波塔莫斯修道院的吉奥吉奥斯神父，还有院长，他也曾送我一本书作为礼物。手握着在"全能之主"修道院时伐木工人送我的拐杖，我穿行在山石间，顺着山路爬向希罗波塔莫斯。从俄斯科[12]到这里，步行要不了一小时。狂风大作，上山变得格

---

[11]对于科林·戴维森，作者这样写道："几年后，我们才相互认识。他是个令人愉快、有教养的人。一年半前，我见过罗伯特·拜伦，是在一家喧闹的、烟雾弥漫的、黑漆漆的夜总会里，名字忘了——鸟巢？疯人院？冒烟的乔？——每个人都酩酊大醉。"
[12]圣潘捷列伊蒙修道院的俗名。

外艰苦。见到我，阿尔巴尼亚守卫显得很高兴，知道我的保加利亚语比希腊语好，特意用俄语跟我打招呼。他带我走进修道院，端来拉基酒和咖啡，不算是官方欢迎仪式，只是他自己的一片心意。我问他有没有听说过"拜伦先生"，他茫然地摇着头，但当我提及"马克·奥格尔维-格兰特"[13]，他一下子激动得两眼放光——"噢，马可！"他向我讲述那是怎样的一位年轻绅士，举止文雅，衣冠楚楚。我又问起吉奥吉奥斯神父，他领着我来到神父的房间。还在走廊上，我就听见他洪亮的声音。他热烈欢迎我的到来，用法语跟我交谈，眼珠仿佛在跳舞，金牙闪着光。他的房间很简陋，桌椅摆放得恰到好处，因为他刚下床就开始做弥撒，床铺还没有整理，挂在窗口的橘子就快成熟。

他说《幽默故事》给他带来很多快乐，这本书是我上次临行前送给他的。我打趣地说，要是他能找到一架钢琴，就能离开修道院。我不知道巴尔扎克的这部作品是否让他多了些不切实际的愿望。他看上去像被遗弃的人，坐在床边双手托着下巴，回忆在巴黎的幸福时光——"我为什么要浪费钱呢，呵呵！"他递给我几个橘子。随后，我们去拜访院长，上次他送过我一本自己写的传记。他正在与从大陆来的修道院名誉院长开会，见我来了，喜悦之情溢于言表，吩咐人送来果脯、咖啡和拉基酒。他详细询问我的见闻，去过哪些修道院，印象如何。他和吉奥吉奥斯神父盛情邀请我留下来过夜，但那样做似乎对潘捷列伊蒙修道院不太公平，于是我婉言谢绝了。当我准备起身跟院长告辞时，吉奥吉奥斯在我耳边轻声说："吻他的手，吻他的手！"我把腰弯得很低，亲吻院长的手。见我这个野

---

[13] 作者的脚注是"陪伴我整个旅程的帆布包，就是他送我的——时间是我出发前一年——他正是背着这个包，陪着拜伦和大卫·塔尔博特·莱斯踏上伟大的圣山之行。《驿站》记载了这段行程。这个背包后来丢失在青年旅舍（位于慕尼黑，时间是一九三四年一月）。"

蛮人居然懂得教会的礼节，老人显得很满意，他也向我赐福。吉奥吉奥斯神父陪我走上山路，狂风把他身上的袍子吹得像一只气球，他抓紧头上的帽子，免得被风吹跑，然后向我告别，叮嘱我有空时给他来信，我答应照办。

借助风势，我毫不费力地跑回潘捷列伊蒙，感觉身体比赫耳墨斯还要轻盈，长长的拐棍举过头顶，像墨丘利的节杖。我在石头、溪水、岩壁和峡谷间腾挪跌宕，被橄榄树灰白色的枝叶包围。天色已近黄昏，我终于赶到俄斯科，一路冲到回廊进入巴泽尔的房间。他坐在光线暗淡的屋子里，手里捧着一本厚厚的神学书，他看上去像蚀刻版画里的中世纪巫师，正专注地寻找魔法石。他招呼我就座，然后取下油灯上的玻璃灯罩，擦了根火柴点燃灯芯，房间里顿时弥漫着金色的柔光。他一边和我聊天，一边摆上茶杯、香肠和茶炉。我喝着煮好的俄式茶，打量他简朴的小房间，有一张木板床，书桌上杂乱地垒着各种大词典。他的生活很自在，令人羡慕。他向我介绍房间里的圣杰罗姆画像。我们谈到住院隐修和隐居修道的异同，我赞成后一种方式，因为人和人之间不可避免会有摩擦、嫉妒和争吵。他同意我的观点，认为住院隐修是为独居隐修作好铺垫，那会是迈出的一大步。随后，他列举了历史上著名的隐修士，包括杰罗姆、希波的奥古斯丁和"坐柱者"圣西门。

随着谈话不断继续，我感到有些沮丧。因为我意识到，自己依然留恋世间的浮华和自私，而坐在我对面的巴泽尔，显然已将这些看作镜花水月。我渴望与他进行心灵的交流，但一想到自己的见解肤浅庸俗，又痛苦万分。很显然，我还达不到巴泽尔神父那样沉稳的境界。他极富个人魅力，而陪在他身边的人不过是得到命运的眷顾。最后，我向他道了晚安。他去院长房间晚祷，我则去了教堂。

今天是守夜日，纪念圣巴西略、格里高利和金口圣若望（即"三圣人"），我走进礼拜堂，持续一整夜、长达八个小时的仪式刚刚开始，修士们虔诚地迎接圣日的来临。临走前，巴泽尔带我来到圣坛前一把单独的、宝座样式的椅子旁边。礼拜堂里几乎一片漆黑，只有蜡烛和油灯在圣像前发出微弱的光亮，放大的影子投射到圣坛上的帷幔和画像上。修士们立在长椅旁，身影掩藏在黑暗中。整座礼拜堂里鸦雀无声，偶尔有修士进来，脱下靴子放在地板上向圣母行礼，才弄出一些动静。一位修士如鬼魂般飘过，手里捧着燃烧的蜡烛，正准备去点亮悬在空中的银质油灯。

万籁俱寂，一位身披圣衣的神父从圣坛走下，摇动着手里的香炉。他背对着修士，依次向教堂四周的耶稣、圣母与圣子、圣约翰，以及其他圣人的圣像焚香致敬，教堂里除了香炉在"哐当、哐当"，依旧没有其他声音。在教堂的中殿，唯一能看见的是炽热的香炉，以及袅袅升起的蓝色烟雾。随后，神父挨个给修士焚香，轮到的就鞠躬还礼，我是最后一个。之后，他返回圣体龛，默不作声地走出教堂，紧接着，修士们开始轻声吟唱，奇妙的和声让我的心开始悸动。渐渐地，音量大了起来。几位修士穿着黑袍，戴着黑纱帽，从两侧走上圣坛，列队站在诵经台上，头顶悬着一盏油灯。他们加入和声中，音量和音色顿时有了微妙的变化。我被神秘的吟唱迷住了，听上去与保加利亚、罗马尼亚和希腊教堂里的歌声都不相同。望着修士们面无表情的脸孔，我突然感受到了冰雪覆盖的高原的灵魂，眼前仿佛出现了克里姆林宫、松林中的西伯利亚乡村和嗥叫的野狼。

慢慢地，烛光将教堂照得明亮起来，圣坛上的金银制品和圆柱在柔和的光线下，也显得不那么俗气了。另外一位穿着袍子的神父从圣体龛走出，合唱队围成半圆，歌声也发生变化，乐句音色时而上升，时而下降，但始终保持神秘的色彩。庆典继续进行，三位圣人的圣像被放在一个挂着黑纱的三脚架上，仪式从教堂的一侧进行到另一侧。与此同时，外面狂风怒号，有时还响起炸雷，并借助教堂顶上的十字架，将隆隆的雷声传进内殿。吟唱变成连祷，三支不同的和声声部汇成一句悲悯而悠长的"主啊，求你怜悯，主啊"。

我有些出神，也不知道自己在昏暗的教堂里待了多久。最后，有人轻轻拍打我的肩膀，把我从恍惚中唤醒。我转身一看，是巴泽尔神父，他手里握着一根蜡烛。他建议我回房休息，夜已经深了，冗长的祷文还要唱好几个小时，不如等明天早上来参加弥撒。虽然感到遗憾，我还是跟在他身后，走下回廊的台阶，远处的吟唱变得越来越微弱，风势更劲。我独自踏上通向庭院的阶梯，教堂的圆顶在夜色中发着微光，棕榈树的叶子被风刮得哗啦啦响。我突然感到毛骨悚然，飞一般地跑过石板路，径直跑回我的房间。

美好的一天，正好用来庆祝我的生日。一年前的这个时候，我在下奥地利的一座城堡里，与特劳特曼斯多夫伯爵夫妇共进晚餐，谈天说地，然后酣然入睡。

二月十二日，圣潘捷列伊蒙

我昨晚睡得太晚，结果错过了为三圣人举行的弥撒，仪式结束一小时后，神情恍惚的洽拉拉姆彼神父给我端来茶、面包和果脯。站在窗前，我看见刮了一夜的狂风给山坡带来厚厚的积雪，海滩白雪皑皑，连窗台上也堆着雪。一派冬日的肃杀景象，铅灰色的海水在岸边咆哮，洁白的雪花飘飘洒洒。看来我今天不能离开俄斯科了。

我把外套上的衣领竖起来扣好，走进庭院。地上的雪有六英寸厚，雪花不断落下，堆在我的头顶和肩膀上。我本以为能赶上弥撒的结尾部分，结果刚走到教堂门前，就看见一支游行队伍走出来，手中的蜡烛"扑"的一声被风吹灭。我尾随他们穿过钟楼对面的一道道门，尴尬地发现自己来到修士餐厅，数百人正坐在桌旁用餐。我赶紧逃回客房，洽拉拉姆彼神父摆好了桌子，端上午餐。他帮我脱下外套，拍打上面的积雪，嘴里重复着一个俄语单词——"雪"。他对自己的工作很敬业，除了巴泽尔，他是第二位进入房间前会敲门的人，他也不会刨根问底打听我的家庭情况、我父亲能挣多少钱和伦敦的大小，尽可能尊重我的隐私。他的眼睛里闪着奇异的光，我们之间尽管话不多，但总能知道对方的意图。不像希腊人，一天到晚总爱唠叨。

午餐后，巴泽尔神父来探望我，洽拉拉姆彼为我们端上泡好的俄式茶。聊天的话题集中在我的地图，以及规划我前往希腊的路线。我决定去卡兰巴卡镇附近的迈泰奥拉修道院看看，巴泽尔还建议我探访特尔斐旁边的奥西厄斯·路加修道院和雅典旁边的达夫尼修道院[14]。我给他讲述已完成的路途上的所见所闻，他听得津津有味，眨眼的工夫，就过去了几个小时，我们讨论不同的国家，比较各国的居民，看来我和他在很多方面观点一致。后来，巴泽尔有事离开，我顿时没了乐趣。晚些时候，我来到回廊间的小教堂，参加简短的晚祷，聆听俄罗斯式的吟唱，以后的日子里，我难得听到这样的天籁之音。

晚餐我吃得很饱，有新鲜的水煮蛋和不可或缺的甜菜汤，没有油的汤清淡爽口。洽拉拉姆彼总能把菜式安排得让人胃口大开，

---

[14] 迈泰奥拉修道院（"空中修道院"）位于色萨利，建在一块天然的巨石上，历史可追溯至十四世纪。奥西厄斯·路加修道院和达夫尼修道院均为拜占庭风格，教堂内部均装饰有十一世纪的镶嵌画，尤以达夫尼修道院穹顶的基督普世君王镶嵌画闻名。

配上一尘不染的餐巾、银光闪闪的餐具以及摆放得像艺术品一样的甜橘子。雪下得更大了，雪片砸在窗玻璃上，发出沉闷的"吧嗒"声，由于室内外的温差，很快又融化成一条条自上而下的细流。洽拉拉姆彼拉上窗帘，点亮油灯，我仿佛站在游乐场的哈哈镜前，望着玻璃外扭曲而惨淡的景象。我很早就上床，读完《马里诺·法列罗》和《威尼斯执政官》才安然入睡。我越来越痴迷拜伦的作品，欧洲人都喜欢读他的书，但不知为什么，偏偏是他的家乡英格兰对他缺乏应有的尊重。

二月十三日，克赛诺丰多斯

早上醒来时，雪已经停了，太阳正努力从灰色的云朵后面挤出笑脸，但云层很厚，恶狠狠地盘踞在暗灰色的海面上空。冰雪开始消融，只要是有雪的地方，就会形成冷得僵手的水流。在外面走了几分钟，我就扛不住严寒，重又躲进温暖的客房里。洽拉拉姆彼把空茶杯添满，想知道我是不是"睡了一晚安稳觉"，我示意他放宽心。我把桌子和椅子都拉到炉子跟前，暖洋洋地忙碌了一上午。我的心情有些低落，一来是糟糕的天气，二来是就要离开俄斯科，在阿托斯山上的修道院中，这里让我觉得最快活。我希望趁年轻力壮，找机会再来阿托斯。我悲伤地喝着甜菜汤，以后再也喝不上这样美味的甜菜汤了。

下午，我的心情稍稍有些宽慰，因为巴泽尔来我房间喝茶，坐了很长时间，聊起维吉尔、贺拉斯和卡图卢斯。我给他看埃尔泽菲尔家族出版的小开本《贺拉斯诗集》，这是去年在慕尼黑时利普哈特男爵送给我的礼物。巴泽尔讲到他在修道院时接待过的英国人，有些人的大名我早有耳闻——惠特莫尔教授、罗伯特·拜伦、马克·奥格尔维-格兰特、大卫·塔尔博特·莱斯、巴尔弗和斯图尔特·海伊船长。巴泽尔建议我到雅典后，去拜访这位船长，他为人风趣，只是因为与圣格里高利修道院的修士们发生了一些冲突，从此被禁止进入圣山。我答应如果成行的话，向船长转达他的问候。收拾好行装，我跟洽拉姆彼神父告别，他看上去很悲伤。我也很不情愿跟他和巴泽尔神父道别，人这一生中，这样的知己很难再能遇上。我再次向他保证，将他的额手礼带给我未来旅途中他的朋友们。

从俄斯科到克赛诺丰多斯的山路泥泞难行，山坡上的积雪融化，泥浆没过脚踝，有些地方甚至更深。靴子上很快沾满黏糊糊的泥巴，弄得我边走边骂。泥地看上去很结实，脚一踩就陷进去，还伴随着木头裂开的声音。后来，我的双脚陷在松软的雪堆里，有些地方的积雪深及膝盖。我的靴子在尖利的岩石上跳跃了两星期，变得伤痕累累，如今又被雪水浸泡得像块海绵，等赶到克赛诺丰多斯修道院的时候，我和脚上的靴子一样惨不忍睹。

克赛诺丰多斯修道院看上去像杂乱的教会农场。修道院建在海岸边，距离水边仅有一两码，与其他盘踞在山崖上的修道院相比，少了些宏伟的气势，多了些平凡生活的味道。屋檐低矮，也没有常见的眺台。一小群驮着柴火的驴子悠闲地走进院子，几只鸡在湿滑的卵石路上啄食虫子。接待修士表情忧郁，领着我走过一道漫长而阴暗的走廊来到客房。打开窗，浪花仿佛随时会冲进来，墙边有土耳其风格、加了衬垫的窗座，白色圆柱灰泥炉子，以及关不严实、能透进冷风的房门。窗台上方挂着约阿希姆三世的画像，他是君士坦丁堡的普世牧首，一位精力充沛的老者，留着带条纹的小胡子，胸前挂着缎带、十字架和蛋奶饼干大小的大主教徽章，身穿黑色袍子。

我去教堂参加晚祷，内殿的墙壁刷得雪白，光线充足，挂了许多精美的圣像，尤其是南袖廊里的一幅，描绘了两位身披胸甲、腿上套着护胫甲的古代勇士，盔甲和头顶光晕的色调以红色和金色为主，层次分明，色彩浓郁。《驿站》一书中高度评价过的两幅镶嵌画也名不虚传，画面栩栩如生。不过跟俄斯科比起来，这里的晚祷仪式就显得小儿科了，只有两位修士轮流吟唱。与此同时，执事从中殿一侧走到另一侧，最后把手里捧着的《圣咏经》放在高桌上。执事快速唱出每一句经文，修士缓慢地重复，然后他再唱下一句，以此类推，直到最后结束。这种单声部和多声部结合的方式形成了独特的和声效果。

接待修士显然觉得自己做的是份苦差事。有些小事，换作洽拉拉姆彼，眨眼工夫就能干完，而且绝无怨言，但在这里，修士脸上露出赴死殉道的表情，让我感到很不舒服。见我冻得直哆嗦，他冷冷地问我是否需要烤火，我委婉地表达了自己的愿望，他怒气冲冲地找炉子生火去了。

晚饭后，我正在火炉旁写日记，两位年迈的裁判官来探望我，我赶紧起身给他们搬来椅子。这是一次例行的官方访问，大家寒暄了一阵，便陷入令人尴尬的沉默。为了避免冷场，我向他们展示自己的素描、日记，想让他们对地图和旅行路线产生兴趣，最后都失败了。我无助地坐下来，让沉默在房间里延续。有时，我故意清清嗓子——"嗨，嚯！"用希腊语说"生活多美好！"想唤起对方的共鸣，也讲几句英语。实在是没辙了，我假装陷入沉思，两眼凝视着炉子里的火苗，心里却为无法摆脱眼前的窘境痛苦不已。也不知道过了多久，其中一位老者叹了口气，说了声："λοιπόν！"随后，与他的同胞哆哆嗦嗦地站起来，祝我睡个好觉，走出房间，剩下我继续完成日记。"λοιπόν"很有用，是个语气词，相当于英语中的"well",法语中的"eh, bien",德语中的"also"和保加利亚语中的"haidi"。

二月十四日，佐希亚里奥斯

午餐很糟糕，蔬菜泡在油里，样子很像圣像前面燃的灯芯，实在难以下咽，于是被我扔进了大海，只吃了面包、葡萄酒和白奶酪。接待修士其实人不坏，只是昨晚他忧郁的样子给我留下了错误的印象，误以为他很粗鲁。我决定尽早动身，恰巧在走廊上遇见昨天来探访我的两位老修士，就匆匆忙忙道了别，总算不用在房间里应付令人尴尬的场面了。

从克赛诺丰多斯到佐希亚里奥斯的路很好走，阳光强烈，把雪后的山路晒成了一条小河。两座修道院之间相距不到一小时路程，很顺利就能到达。佐希亚里奥斯修道院很快出现在视野里，让我回想起在意大利时看到的风景，柏树、紫杉树、略带坡度的卵石路、停枢门和大门外栽种的橘子树。走进修道院大门，就像进了一条宽阔的隧道。守卫的房间盖在围墙最厚的位置，要爬上几级台阶。他的样子像山林之神潘，二话没说，先递给我一杯烧酒，然后带我走过倾斜的庭院，踏上被高墙围住的白色阶梯和带木扶手的楼梯，来到平台，这里能俯瞰庭院深井、小教堂和修士的住所。负责接待的修士正在太阳下劈柴火，他卷起裤脚，挽起袖子，露出结实的手臂。他看上去像个苦行者，长着银白色的胡须、深陷的眼窝和消瘦的脸。他朝我挤出一丝微笑，领我到客房，房间很大，面向南方的海水，下午时，阳光洒满整个房间。上岛后，这是我第一次见到壁炉，主人首先欢迎我的到来，然后开始生火，将劈好的木条放进炉子，房间里很快像吐司面包一样热乎。

太阳还挂在碧蓝的天空上，爱琴海海水仿佛变得透明，像一面镜子映出山上的积雪。我坐在护墙边的石凳上，拿出速写本画着教堂的铅顶和铺着零乱瓦片的房檐上升起的缕缕白烟。在我看来，佐希亚里奥斯的山景最美。修道院建在小山上，所有的屋檐都朝大海方向倾斜，高大的柏树越过围墙，修士、农夫和拉货的牲畜簇拥在陡峭的庭院里，被教堂的影子遮住，这不禁让我想到亚瑟王传说中祥和的小镇。

这里的晚祷也很有特色，很多修士穿着衬衫就来参加，而且都不把如此严肃的仪式当成一回事，有些新人乳臭未干，像猩猩一样咧开嘴傻笑；有两位裁判官一直在低声耳语，走过来向信众们焚香致敬的神父姿态像个退休的税吏正准备给夏夜里的玫瑰花浇水（他用的是个叮当作响、没有链子的小香炉）。也许是提醒仪式快点结束，窗台上传来绿黄色科鸣鸟的叫声，鸟儿在教堂里绕圈子飞向穹顶，那里的镶嵌画上，全能的基督正交叉右手的大拇指和无名指为世人降福。有时，科鸣鸟停在圣人和殉道者的画像前，远远望去，他们头上密集的光晕色彩暗淡，像叠在一起的鱼鳞。每个人的目光都紧跟鸟儿飞行的方向，一边学着鸟叫，一边指指点点，提醒不知情的同伴。仪式终于结束了，人们纷纷走出教堂，一位修士摇着土耳其羽毛扇走过来，一下就把蜡烛扇灭。

海上的落日很美，太阳变成一个橘色的气球，缓缓地沉入水中。我坐在窗座上，有些想家。天黑了，壁炉里的火光照亮房间。我仍旧坐着，若有所思地望着跳动的火苗。这时，一个可怕的小个子男人走进来，坐在旁边喋喋不休，向我讲述他的人生故事。他从口袋里掏出一个药瓶，里面装着烧酒，狠狠地抿了一口，叹着气把瓶子递给我。见我无动于衷，他起身走了，留下我独自坐在暮色中。独处，的确是人生中的一件乐事。

夜已经深了，我晚餐吃的米饭和沙丁鱼，随后坐在壁炉前，喝了一会儿葡萄酒，感觉自己像中世纪的旅行者，一个人待在密室里喝酒——像《修院与炉边》里的丹尼斯。

窗外，月亮和星星出现在被白雪覆盖的屋顶上空，在墨色的海面投下一道银色的光带。此时此刻，家里人都在干什么呢？

二月十五日，孔斯塔莫尼泰斯

主人把房间里一张宽大的土耳其沙发铺成床铺，灭了油灯。我躺在炉火闪烁的房间里发呆，倾听潮湿的木柴燃烧时发出的"嘶嘶"声，观察木头加热后渗出的树浆，一直等到睡意来袭。再睁开眼睛时，已经是第二天早晨。我仰面朝天，躺在朝南的窗边晒了几小时太阳。外面阳光明媚，爱琴海波光粼粼。越过屋檐、烟囱、穹顶和柏树，半岛的海岸蜿蜒伸向雾霭笼罩的远方。

顺着下坡路，我穿过修道院大门的拱顶和两棵橘子树。累累的金橘挂在枝头，衬托出一片片宝剑般闪亮的绿叶。我很快走到海滩，踩在卵石上，海浪离我的脚边不到几英尺。后来，我爬上山坡，在开垦的梯田边的橄榄树下，一个沉默的阿尔巴尼亚人正坐在石头上，他像普罗米修斯一样紧缩双眉，忧郁地望着大海。见我来问路，他用手杖指着山上。我经过一片旷野，两个表情严肃的烧炭工人正在炭窑旁忙碌。山路坡度不大，沿途都有树荫，只是很荒凉，见不到人烟，让我一直觉得走错了路。我决定在路旁歇歇脚，等有人路过时，向他打听正确的方向。我自娱自乐，在山坡上滚雪球，看着雪球变得越来越大，最后在树上撞得粉碎。我把手杖末梢的雪按紧，压成一个小球，这样当我把手杖插进松散的雪堆，就能收集大块的菊石标本了。就在我玩得带劲的时候，山路拐角出现赶路人的身影，我有些不好意思，上前问明方向，赶紧溜到路上，我感觉有一双眼睛警惕地盯着我的后背，仿佛我刚刚造的不是雪球，而是炸弹。

孔斯塔莫尼泰斯修道院坐落在山洼里，好像是一个被遗忘的角落。我在庭院里等了好半天，才有一位两鬓花白的老者带我去见接待修士，对方是个热情的人，长着络腮胡，满脸堆笑。他给我安排了一个小房间，墙边摆着一张宽大的沙发椅，里面只剩下一码半的过道。壁炉里很快填满燃烧的木柴，皮靴上的雪慢慢融化。

派来照顾我的保罗神父是位谦恭的年轻人，有黑色的须发、忧郁的眼神。他能讲流利的法语和一点德语。聊了一阵，他问我是否相信世上有奇迹，见我回答得含含糊糊，他先是开怀大笑，然后给我讲了很多与奇迹相关的故事。看来，这座修道院里的住院修士将谦逊和贫穷看作修行的目标。不知不觉间，庭院里响起敲击木梁的声音，他带我去教堂参加晚祷，瞻仰圣像，讲述他们的事迹。来到古老的圣斯蒂芬圣像前，他说土耳其人曾企图将其化为灰烬，却奇迹般地保存到了现在。晚祷仪式中，修士们离开座位，依次来到圣像前划十字、行礼、鞠躬和跪拜。我站在一旁观望，生怕自己的动作不符合礼仪，冒犯神灵。这时，一位老修士气冲冲地朝我走来，呵斥我"出去！出去！"幸好保罗神父及时赶到，告诉他我是个异教徒，不懂这里的规矩。

修士们恪守清贫的修行生活，在圣山上，很难能找到如此老朽、颓败的群体，他们无力地靠在教堂长椅上，骨瘦如柴的身躯罩在破烂不堪的袍子里，浑黄的老眼凄苦而冷漠，令人心酸。

晚祷后，保罗神父——称他为"神父"让我有点不习惯，因为他只比我大几岁——带我来到餐厅，修士们坐在一侧的搁板桌旁。

院长很威严，留着大胡子，黑色的权杖放在身旁。他向我鞠躬致意。随后，保罗领着我找到餐桌。饭前的谢恩祷告后，我们坐下来，修士们仍旧披着黑纱，吃着面前的蔬菜和沙丁鱼，菜和鱼仿佛在黄色的清油里游动，面包坚硬得像块石头，葡萄酒装在金属罐子里。没有人说话，一位修士用单调的声音念出《圣经》的章节，修士们频繁放下手里的叉子，划着十字。最后，他跪倒在地，亲吻院长的手。院长递给他一片代表耶稣基督身体的面包。我们站起身，进行饭后的谢恩祷告，然后由院长领头走出餐厅，权杖夹在他的臂弯里。

晚上，似乎修道院里所有的修士都挤到我的房间，沙发上坐满了人，你一言我一语，聊得很起劲。接待修士料想我在餐厅没有填饱肚子，还专门端来满满一盘炸土豆。大家喝着拉基酒，气氛热烈而和谐。虽然他们外表严肃，却都是好人，超出宗教的藩篱，我们是亲密的兄弟。

二月十六日，佐格拉夫

我起得很晚，因为客人们玩得很尽兴，夜半时分才离开。接待修士叫醒我，送来一杯茶、拉基酒和甜点。他是个慈祥的老人，恳请我在孔斯塔莫尼泰斯多待上一天，但我迫不及待，告诉他自己马上就要出发。他很伤感。我穿衣服的时候，保罗神父也来了，继续跟我讲奇迹和禁欲的故事，以及耶稣基督神奇愈合的伤口。我敢肯定，他会像圣弗朗西斯一样亲吻麻风病人溃烂的伤口，以表现自己的仁爱之心。撒拉弗神父大腹便便，腰间的皮带上系着雕刻了"三位一体"的精美皮带扣，他的微笑和俏皮话让我吃了一顿愉快的午餐。我听说去保加利亚修道院佐格拉夫的山路被雪封堵了，我不得不绕行，先下山，走进一条狭长幽深的峡谷，然后穿过海岸边的冷杉林，再折向内陆。一大群修士护送我走到修道院大门，叮嘱我路上千万小心。

山谷里的雪很深，阳光无法穿透密林融化树下的积雪。不过我很快就爬上一片山坡进了树林，等到钻出来时，已经到达山顶。冬日的太阳是自然赐予人间的礼物，我情不自禁地躺在草地上，沐浴在和煦的阳光中。绿意盎然的山坡一直延伸到海边，石头垒成的台地上种着橄榄树，透过银灰色的叶子，爱琴海碧波荡漾。山脚下，牧羊人吹着笛子，与此起彼伏的铃铛声一唱一和。在海的边缘，一座圆形塔楼旁边，立着正方形的佐格拉夫修道院群落。清风吹拂树林，空气中飘来落叶的气息。古希腊诗人忒俄克里托斯的诗句，描绘的就是这般景象。

山脚盖了很多渔夫的草房，簇拥在这些足以抵御海盗进攻的小型堡垒周围。耳畔响起蹄子敲打石板路的声音，一个骡夫赶着背负木料的骡子，朝等在岸边的小船走去。渔村正在酣睡，我选了条上山的路，越过橄榄树林。左侧是分层的大块岩石，随着山路绕进峡谷，长满苔藓的磨坊屋顶出现在眼前，转动的水磨发出"咔嗒"声，搅动水流。不远处，池塘水平如镜，清澈见底。林子里有橄榄树、紫杉、夹竹桃、金雀花、月桂、杜鹃和冬青。乌鸫叫声婉转，预示着春天即将到来，让我也想到远方的家乡。

即使隔得很远，佐格拉夫的规模还是令我惊讶。修道院看上去像一座奥地利城堡，或放大了的猎人小屋。内部的景观更让人赞叹，两棵高大的紫杉树屹立在教堂门前。虽然我的保加利亚语讲得磕磕碰碰，守卫却很高兴，径直把我领到接待修士面前。修士把咖啡、拉基酒和果脯端进阳光明媚的厨房，语速飞快地讲起带马其顿口音的保加利亚语。我听得不太懂。窗外风景优美，绿树长满整片山谷，一直铺到山的那一边。山间点缀着一座蓝白相间的隐士住所。远处，层峦叠嶂，高大的松树顽强地生长在岩石间。

去隐士住所的路要经过紫杉林，树上挂满小小的球果。住所好像无人居住，除了一只浅黄色的小猫，它被我的脚步声惊醒，用怀疑的目光瞪着我。走廊传来动静，我走到大门口，一位小个子、卷发的修士腰间系着皮匠围裙，膝盖上摆着一只尚未完工的鞋子；另一位身材魁梧的修士坐在窗台上晒太阳，把勺子横放在茶杯边缘。他们邀请我进屋，听说我从英国来，他们立刻对英国人恭维了一番。他们告诉我，法国人和希腊人曾试图闯进修道院，点火烧掉沙皇斐迪南[15]的画像，多亏英国人介入，事情才得以公平解决。他们递给我一杯茶，听说我刚去过保加利亚，便问起我在那里的见闻。离开故国太长时间，他们甚至对去年五月格奥尔基耶夫[16]密谋的政变都一无所知。我尽可能把自己知道的保加利亚近况告诉他们。

回到修道院时，晚祷正好开始，我走进教堂，聆听修士们的吟唱。在希腊修道院，至少有两个声部加入吟唱，而在佐格拉夫，所有的修士用低沉的音调唱起一支挽歌。主持仪式的修士外表俊朗，目光深邃，长着高颧骨、坚实的嘴和铁灰色胡子。他的嗓音低沉而有力。大多数修士都是马其顿人：一个忧郁、好战的民族。大部分时间里，我仰着头观赏教堂里的壁画，它们虽然年代久远，保存得却很好。画得最好的是一幅殉道者群像，他们头顶有倾斜的光晕，眼睛仰望天空，红色的火焰从火刑架底部升起，施刑者是一个卑鄙的教皇，身穿长袍，头戴三重冕。另外一幅则描绘了异教徒国王下

---

[15] 沙皇斐迪南（1861—1948），第三保加利亚王国的缔造者，统治保加利亚三十一年。第一次世界大战中，保加利亚战败，斐迪南一世在协约国要求下退位，继任者为长子鲍里斯，即后来的鲍里斯三世。大约十六年后，帕迪路上前往保加利亚的旅程。
[16] 基蒙·格奥尔基耶夫（1882—1969），右翼"秘密军队同盟"领导人，一九三四年五月，以政变推翻保加利亚联合政府。八个月后，鲍里斯三世发动反政变，重新获得政权。

令对信徒严刑拷打的画面：一个身穿白袍的年轻人站在宝座前，与国王理论，而在他身后的背景中，立着车轮、绞架和一口冒着沸腾油烟的炖锅；年轻人的一个朋友已经被拽上绞刑架，脖子上套着绳索；异教徒正准备将短弯刀砍向另一个获刑的人；有两人已被斩首，带着光晕的头颅离他们的身体有数英尺远，双手做出僵硬的姿势。

　　教堂外墙拱廊里的壁画尤其骇人，表现了作恶之人死后的生活。审判厅外有梯子和滑道，通向深不见底的大坑，坑底有一群群通体黑色或红色的魔鬼，吐出的舌头分了叉，猪首或狼首，蛇尾巴，鹰爪子。它们用三叉戟和拨火棍将恶人推入火中，或是将恶人扔给狮子、熊和狗，野兽们贪婪地啃食肢解的尸体，牙齿间露出大腿、双手和头颅，或正将其咽下喉咙。魔鬼们的脸上露出满足而狡黠的笑容，它们对这份工作很满意，不是将火棍插进死者的肚脐，就是对死者极尽侮辱，朝他们的身体拉大便。全能的基督坐在云端的宝座上，他面无表情，抬着手，做出赐福的姿势，获得救赎的人们穿着崭新的袍子，头上戴着光晕，聚集在他的脚旁。我兴致盎然地浏览这些受福或地狱诅咒的图画。

　　离开教堂时，一位此前跟我打过招呼的修士问我会不会讲法语或德语，得到肯定的回答后，他把我领到一位庄严的修士面前，他两眼炯炯有神，长着白色大胡子，看上去并不像修行之人。他先用法语跟我交谈，后来又换成更熟悉的德语。他的德语讲得很流利，我邀请他来房间喝茶，听他讲述自己的传奇故事。他曾在加布罗沃有间大制衣厂，富裕的生活让他有机会游遍欧洲，对西方各国的首都很熟悉。几年前，在蒙特卡洛的浴室泡澡时，他差一点就在浴缸里溺水身亡。他深信是上帝在关键时刻伸出援手，再加上妻子早逝，子女们都长大成人，他决定将自己的后半生奉献给修道院。

他费了很大的劲，才踏进佐格拉夫的大门，因为希腊人不太愿意接纳外国人来圣山修行（俄罗斯人的情况也是如此）。打那以后，他过着充实而满足的修士生活。他给我看几年前的照片，那时候的他风度翩翩，穿着晚礼服，胸前挂满勋章，其中一枚系在缎带上，悬在脖子下面，那是他离开索非亚时，国王鲍里斯赠送的礼物。他担任过一些外交职务，曾经在位于加布罗沃的德国领事馆任职。如今，他仍然仪表堂堂，只是身上的装束有些寒碜，不过，他看上去一点都不在意。在他黑色的修士袍里，是绣着花纹的无袖短上衣，纹饰包括十字架和骷髅下的交叉腿骨。他年近八旬，一生荣辱起伏，迫不及待地想与我分享。我们七嘴八舌地聊起保加利亚的风物，他带我走进修道院的接待大厅，跟保加利亚的咖啡馆和酒馆一样，这里的墙壁上也悬挂着鲍里斯沙皇和乔安娜皇后的画像。除此之外，还有法国人一度想毁掉的斐迪南画像，画上的人物留着帝王风范的胡子，呢帽上插着羽毛。韦尼雅明神父（他的俗名叫卡拉吉奥谢夫）告诉我，就在几天前，以格奥尔基耶夫为首的内阁倒台，由前国防大臣彼得·兹拉特夫组建起保加利亚新政府，内阁成员包括两位将军和一位上校，表明未来的保加利亚会走向军事独裁。

晚餐前，他给我拿来几本过期的《保加利亚》杂志，还有黄油，这是我第一次在阿托斯见到黄油（不知他从哪儿弄来的），以及一些保加利亚黄奶酪，比修士们平时吃的油腻的白色奶酪好上一万倍。临走前，他还念叨着英国对保加利亚有多么友好，并举了詹姆斯·伯切尔和巴克斯顿爵士的例子——他的发音是"布克斯顿！"他是个可爱的老人，非常和善。

晚餐后，我看了保加利亚政府更迭的新闻。这个精力旺盛的民族，后来与匈牙利人一道，在战争中吃尽了苦头。

二月十七日，奇兰德利

今天是节日，所有的修士都参加了昨晚的守夜仪式。早餐后，我下楼来到教堂，正好赶上弥撒结束，韦尼雅明神父向我推荐餐厅的午餐，因为节日菜品丰盛，庆祝仪式也很有趣。我们来到院长桌旁（院长名叫亚历山大，介绍完后，我向他致吻手礼）。韦尼雅明坐在院长旁边，我则挨着韦尼雅明。我深感荣幸，因为在这个半圆形的饭桌上，院长身居正中，剩下的八位都是德高望重的老修士。其他的修士坐在余下的三排搁板桌上。餐厅内部空间很高，拱顶刷成白色。伴着香炉的叮当声，从教堂来的游行队伍走进餐厅，为首的修士捧着圣像，两位见习修士陪在他左右，手里各拿一个燃着蜡烛的彩色提灯，手捧香炉的辅祭者紧随其后。谢恩祷告完毕后，嗓音浑厚、主持昨晚守夜仪式的修士登上诵经坛。他声情并茂地诵读经文，我们则低头用餐。等他亲吻过院长的手，接过对方恩赐的面包，我们再次起身祷告。随后，一位修士将白面包端到众人跟前，大家依次取了一小块。另一位修士跟在后面，手里拿着香炉，每个人将捏碎的面包放在神圣的香炉烟中片刻，然后吃下。（最后这个仪式环节让我感觉最新奇。）接着，院长手握黑色权杖，带领我们安静地走出餐厅。

我准备启程，韦尼雅明神父陪我走到修道院门口，临别时，他用德语对我说："祝你旅途愉快，愿上帝与你同在。有时间的话，能给我寄明信片来吗？我将感激不尽。欢迎再来修道院，我们可以再聊聊保加利亚。一路平安！"

走在山路上，回顾阿托斯山上的外国修道院窘迫的现状，我不免情绪低落。佐格拉夫曾是保加利亚在马其顿的土地，后来被希腊人没收。修道院以前修士数量众多，还有一个宾客如云的旅馆，韦尼雅明曾给我看过照片。希腊人对圣山上的外国修道院并不热心，设置了种种限制。相比俄斯科，佐格拉夫算是幸运的，至少能得到祖国强有力的支持。沙皇鲍里斯是虔诚的基督徒，对修道院也很热心，经常馈赠厚礼。与英国王室相比较，鲍里斯也许更受人民爱戴。

从佐格拉夫到奇兰德利，地形地貌差异很大。长满常青树的山谷被覆盖着石南的高地取代，冷杉和橡树洒下绿荫，脚下的岩石变成沙砾。眼前的风景让我想起苏格兰。碧空万里，鸟鸣山涧，一派初春将至的气象。一只羽毛鲜艳的松鸡朝着我尖叫，斑尾林鸽飞出冬青林的树梢。鹰在高空盘旋，将孤独的身影投在光秃秃的沙地。

路旁一直有条小河，水流很急，持续的风雪肆虐将灌木丛和小树苗吹得东倒西歪。这可苦了我，有时不得不爬过低矮的林木，或者攀登枝蔓丛生的山崖，总之不是件简单事，因为每根树枝都长满荆棘，藤蔓也像铁丝般结实。很快，神圣的山林响起咒骂声，不知这算不算是对神灵的亵渎。我汗流浃背，浑身酸痛，终于爬上一处制高点。俯瞰山下的原野，塞尔维亚人的奇兰德利修道院沐浴在正午的阳光下，越过树顶能看见铺着褪色瓦片、长满青苔的屋檐。在一面墙上，带有城垛的塔楼监视着庭院里的动静，还能看见四个拜占庭式教堂圆顶，以及三株跟塔楼高度相当的柏树。密林宛如梯级，从山顶延伸到峡谷，倒映在不远处的蔚蓝大海中。水边的树林里有一座荒废的塔楼，几码外，懒洋洋的海水围着一座白色岩石构成的微型小岛。海平面上升起薄雾，萨索斯岛只露出白雪覆盖的山顶，像悬在空中的仙境。

走进奇兰德利修道院的庭院，一切仿佛都在沉睡中。厚厚的院墙将寒风挡在门外，院子里只有一只猫潜行在长满青草的卵石路上。四周鸦雀无声，时间仿佛停止了。我坐在木头长凳上，闭着眼睛感受多彩的阳光。突然，有人轻拍我的肩膀，我转身一看，是个塞尔维亚人。负责接待的神父名叫大马士革，个子很矮，胡子也长得很奇怪，脸上流露出关切的神情。他帮我拿起背包和手杖，爬上两段楼梯，来到阳光明媚的客房，飘窗正对庭院。趁他煮咖啡的时候，我环顾贴在房间墙上的画像——彼得一世[17]，出生四个月就不幸夭折的亚历山大，玛丽女王和三个儿子，奥布雷诺维奇家族与卡拉乔尔杰·彼得罗维奇家族成员的相片，竖着衣领、戴着威灵顿式领结的米洛什大公[18]，还有众多兵团士兵和总督的版画——一个个头戴矮圆桶形帽子，身着刺绣马甲，腰带上插着黄铜手枪和弯刀，他们脸上的神情却很平和，目光深邃，胡子拉碴。甚至还有一张表演剑舞的黑山人的图画，那是巴尔干的黑客盗反抗土耳其的时代，残忍的科索沃战役[19]后，异教徒的头巾散落一地，血流成河，斯拉夫人骑在马背上振臂欢呼。谁也不会想到，他们其实是战败者。

如今，作为奥布雷诺维奇家族末代君主的侄子，匈雅提伯爵仍然居住在特兰西瓦尼亚，与现任卡拉乔尔杰·彼得罗维奇家族国王的表妹齐妮亚·切尔诺夫策相距不到几英里，世代仇恨的两家人终于学会和平相处。说来凑巧，两边都有我认识的熟人。

整个下午，我都在修道院的建筑间闲逛，直到晚祷快结束才跑去教堂，然后到山坡上的树林散步。我爬上崖顶松林间的空地，站在低矮的灌木丛中，这里能一窥修道院的全貌：拱壁支撑的院墙、

---

[17] 彼得一世，卡拉乔尔杰·彼得罗维奇家族成员，受军队拥戴，一九一八年成为塞尔维亚、克罗地亚和斯洛文尼亚（即未来的南斯拉夫）国王。玛丽皇后的三个儿子中，长子后来成为彼得二世，即南斯拉夫末代君主。

[18] 米洛什·奥布雷诺维奇大公（1780—1860），现代塞尔维亚的缔造者，将塞尔维亚从奥斯曼土耳其人手中解放出来。

[19] 科索沃战役（1389），交战双方为塞尔维亚联军和奥斯曼土耳其军队，均伤亡惨重，塞尔维亚民间传说中经常提及。此役后，土耳其完全控制了巴尔干半岛。

眺台与房檐，以及庭院里的石子路。傍晚的景色尤其动人，不知不觉中，我走到松林深处，见天色不早了，才顺着一条干涸的溪流跑回修道院。守卫正在等我，摇着手指，眨着眼睛，告诫我下次不要跑得太远。

塔楼的高度在整个圣山数一数二，但没有像其他修道院那样用来做图书馆或藏宝阁。门槛上残留着生锈的铰链，表示此处曾有一扇开合的大门。楼里昏暗而神秘，嘎吱作响的木楼梯通到高处，阴影中飞出一只蝙蝠，扑棱着翅膀钻入夜空。楼顶铺着瓦片。我坐在地板上，掀起活板门，看着院子里跑来跑去的修士们。晚霞映出柏树长长的影子，墙壁被染得金黄。但转眼间，最后一线光芒也被大海吞没，海上烟波浩渺，萨索斯岛的山峰若隐若现。夜色越来越浓，我慢慢爬下塔楼，一想到就要离开圣山，情绪有些低落。

大马士革神父做了一桌好菜，有炸鱼、炸土豆和美味的汤。他泰然自若地装盘，然后满足地看着我大快朵颐。就在他端上咖啡时，我听见狗用爪子挠门的声音，紧接着，窗户开始抖动。大马士革神父与我面面相觑。这时，地板也晃动起来，耳畔传来隆隆声。不知哪里的瓷器掉到地上，"哗啦"一声碎了。我们这才意识到发生了地震。大马士革眨眨眼，把咖啡杯放在桌上，朝我咧嘴而笑，仿佛这是他特意安排的小玩笑。这是我在两个月内遭遇的第二次地震，上次地震时，我正在君士坦丁堡跟肯特小姐一起喝茶。

夜里，我坐在火炉旁重读《唐璜》里的章节，这本书真是百读不厌。

二月十八日，埃斯菲格迈诺斯

我比往常起得早些。喝完大马士革神父端来的两杯茶，我穿上柔软的保加利亚鹿皮鞋。天气晴朗，正是爬山的好时候。我本想在包里找找去年生日时母亲送的《什罗普郡少年》，却意外翻出满满一信封"绞盘"牌烟丝。这可是个大发现！我拿出有将近一个月没用过的烟斗，加满烟丝并点燃。我敢保证，哪怕是每天被焚香包围的上帝，心情也不如我这般大好。飘飘欲仙的感觉，用文字很难形容。

　　我又来到林间空地，远眺修道院和大海，然后躺在一株欧洲赤松下，读着《什罗普郡少年》，不觉沉沉睡去。修道院的钟声把我惊醒，等跑回住处，大马士革正端上热气腾腾的午餐。我的鹿皮鞋（希腊人称作皮拖鞋）[20]在修道院引起不小的轰动，修士们一边笑，一边摇头。打点好行装后，我与大马士革神父告别，他祝我一路顺风，并邀请我再来修道院。守卫给我制作了一份手绘地图，并详细介绍了去埃斯菲格迈诺斯的路程。"走到十字路口时，往右拐，"他说，"不要往山下走，那样就走到海边的塔楼去了。"每隔五十码，路旁就有一座带十字架的小神龛。最后，我终于看到海边的塔楼，于是拐上另一条路，走进一个开垦过的山谷，修士们正在锄地，他们卷起裤脚，把头发扎成发髻。顺着一个劈木柴的马其顿人指的方向，我越过石阶，穿过几块田垄走下坡，来到被海湾怀抱的埃斯菲格迈诺斯。走上通往修道院的石桥，不知是谁喊了一声"你是英国人吗？"我四处寻找，看到一位威严的修士。"你从哪儿来？"他用带美国口音的英语问我，"我知道美国、英国、日本、中国、法国——很多个国家呢！"

　　他带我找到接待修士，这是我在圣山上最后一次享受由拉基酒、咖啡和果脯组成的欢迎仪式。与此同时，维利萨里奥斯神父拿

---

[20]一种户外皮拖鞋，在庆典仪式上，这种样式的皮拖鞋依然穿在步兵脚上。

来一些《泰晤士报》上剪下的新闻，是去年时亚瑟·希尔爵士寄给他的。希尔爵士是英国皇家植物园"裘园"的主管，他挑选了一些富有代表性的照片（比如英国中部城市德比）给修道院寄来。照片上的美景给维利萨里奥斯留下了深刻印象，他回信给希尔爵士，提议两人凑份子买张彩票。从希尔爵士的回信来看，当他收到来自圣山的这位修士的建议时，肯定也吃了一惊，只好推说自己从不投注。然而，维利萨里奥斯还是对彩票念念不忘，叮嘱我如果回到英国，下次发售彩票的时候，一定要给他来信。他说自己以前是个赌徒，一定是那位植物学家寄来的照片唤醒了他深藏已久的赌性。维利萨里奥斯性格开朗，满脸透着和气，眼神中露出风趣。伊格内修斯神父是他的好友，也是修道院的厨子，不过性格完全不同，简朴而内敛，和善的脸上留着棕色的胡子。为了让我住得满意，他和维利萨里奥斯绞尽脑汁，给我安排了楼上最好的房间，推开窗就能看见海波荡漾。伊格内修斯把炉子里的火生得很旺，又送来额外的被褥，并把玻璃水瓶放在我的床边。他是位模范的修士，从枯燥的工作中得到快乐，而且绝无怨言。伊格内修斯忙上忙下的时候，维利萨里奥斯就坐在桌旁陪我聊天，分享他对生活的理解和感悟。

他带我去参加晚祷，途中，他回到自己的房间，穿上修士服，戴上圆帽和黑纱。这是我最后一次在圣山上聆听祈祷文，我全神贯注，期待着每个熟悉的步骤。我凝望壁画中人物头顶的光晕，复活的基督升上缀满星辰的天空，他双腿交叉，仿佛正要迈出神圣的舞步。提着香炉的辅祭向修士们焚香致敬，轮到我的时候，我没有像往常一样只是鞠躬致谢，而是深吸了一口。长椅平时硬邦邦的，今天坐起来却很舒服：就要告别圣山，眼前的一切都让人留恋不舍。

伊格内修斯、维利萨里奥斯和我靠在厨房门对面的木头扶手上，欣赏爱琴海上的日落。典型的拜占庭风格红砖墙、钟楼、长出春天果实的柠檬树，都渐渐隐没在暮色中。阿托斯的夜晚宁静而忧伤，我们默默地回到白色大厨房。为了活跃气氛，维利萨里奥斯从碗橱角落拿出一瓶拉基酒。修道院的厨房建于中世纪，加了拱顶，空间宽敞，巨大的灶台上方立着被熏黑的拱形烟道，墙上挂着不同尺寸、用来煮咖啡和茶的铜砂锅，厚实的陶罐和陶盘上涂着鲜艳的色彩。通常会挂上一两张圣像，甚至还有一码深的白色大酒罐，可以用来装山泉或油。厨房里总是气氛热烈，畅快明媚。我在修道院的厨房度过很多美妙的时刻，大口喝酒，与修士们聊天，厨子则将黑色的袍子放到一旁，挽起袖子忙着煮咖啡，或是将小平底锅放到燃烧的木炭上。

晚餐后，维利萨里奥斯来客房探望我，他穿着绸布衣服，看上去比白天严肃了很多，不再嘻嘻哈哈。他痛骂天主教和共济会，然后又谴责那些有罪的人，说他们只有离开人世，才能洗清身上的罪过。"上帝会教导他们，上帝会拯救他们的灵魂，对吧？"他向我讲起圣人、圣迹和修道院里的圣像，故事很生动，可惜他的英语有些欠缺，让我听完后不得要领。但有一句话深深地刻在我的脑海里："他的女人，给他生了三个儿子。"

听说我明天就要启程离开阿托斯，他为我画了一份简易的路线图，并让我放心，他会叫伊格内修斯将午餐打包，并给旅店老板写了张字条，表示我要去史塔特托斯庄园[21]，希望他能为我提供帮助。

维利萨里奥斯走后，我写了几页日记，抽完最后一点烟丝，倾听窗下大海的声音。海浪呼啸着冲上沙滩，裹挟着沙砾和卵石退

---

[21] 彼得·史塔特托斯曾邀请帕迪前往他位于沃尔维湖湖畔的莫迪庄园。

回海中。望着温馨的房间、干净的床单、整洁的陈设和火炉里燃烧的木柴，我突然有点遗憾自己将与如此恬静而幸福的生活告别。回国后，整个旅途的最后一个月将成为永恒的记忆。不知什么时候，我还能故地重游？

全书完。

致谢

　　首先，要将诚挚的谢意献给奥利维亚·斯图尔特，正是她让帕特里克·莱斯·弗莫尔振作精神，整理这部三部曲中的"卷三"。她不但将本书初稿打印成文并转为数字格式，还鼓励帕迪将荒废已久的写作计划进行到底。

　　我们感谢约翰·默里档案馆的大卫·麦克莱博士，以及苏格兰国家图书馆的托管人的大力协助，使"绿皮本"上的阿托斯山部分得以公诸世人。还要感谢约翰·默里和弗吉尼亚·默里夫妇的盛情款待。

　　鲁迪·费舍尔与威廉·布莱克审读了书中有关罗马尼亚的内容，彼得·马克里奇教授、托马斯·基林格和索菲-卡洛琳·德·马尔热里则分别审读有关希腊、德国和法国的内容。爱德华·古维奇与保加利亚文化中心提供了必要帮助。霍华德·戴维斯对文字进行了细致的编辑工作。以上各位，在此一并致谢。

图书在版编目（CIP）数据

破碎的道路 / （英）帕特里克·莱斯·弗莫尔
（Patrick Leigh Fermor）著；（英）科林·杜勃朗
（Colin Thubron），（英）阿尔忒弥斯·库珀
（Artemis Cooper）编；一熙译. —重庆：重庆大学出
版社，2016.9（2023.3重印）
（弗莫尔游记）
书名原文：THE BROKEN ROAD：From the Iron Gates
to Mount Athos
ISBN 978-7-5689-0018-8

Ⅰ.①破… Ⅱ.①帕…②科…③阿…④一… Ⅲ.
①游记—作品集—英国—现代 Ⅳ.①I561.65

中国版本图书馆CIP数据核字（2016）第201318号

破碎的道路
Posui De Daolu

［英］帕特里克·莱斯·弗莫尔（Patrick Leigh Fermor）　著
［英］科林·杜勃朗（Colin Thubron）
［英］阿尔忒弥斯·库珀（Artemis Cooper）　编
一　熙　译

策划编辑：王　斌
责任编辑：张家钧
责任校对：邹　忌
责任印制：赵　晟
版式设计：张　晗

重庆大学出版社出版发行
出版人：饶帮华
社址：（401331）重庆市沙坪坝区大学城西路21号
网址：http://www.cqup.com.cn
重庆升光电力印务有限公司印刷

开本：710mm×1020mm　1/16　印张：19.5　字数：226千　插页：16开2页
2016年12月第1版　2023年3月第2次印刷
ISBN 978-7-5689-0018-8　定价：39.00元